Orlando Stein

Bulle und Finn

Impressum
© dead soft verlag, Mettingen 2024
http://www.deadsoft.de

© the author

Cover: Irene Repp
http://www.daylinart.webnode.com
Bildrechte:
Khorzhevska – stock.adobe.com
New Africa – stock.adobe.com
AlexGo – stock.adobe.com
Lakkot – stock.adobe.com

1. Auflage
ISBN 978-3-96089-703-3
ISBN 978-3-96089-704 0 (ebook)

Prolog

**Berlin, Tankstelle Skalitzer Straße;
Sonntag, 1:45 Uhr**

Tom Seifert blickt durch das Panzerglas des Nachtschalters und stutzt. Draußen steht Burak an den hell erleuchteten Zapfsäulen und winkt. Er trägt eine große Plastiktüte in der Hand. Tom lächelt und bedeutet seinem Freund, dass er die Vordertür öffnet.

Er verlässt den Tresen, geht zur Tür und drückt auf den Öffner. Die Scheiben gleiten auseinander.

»Sehnsucht?«, fragt Tom.

Burak grinst frech.

Tom umarmt ihn. »Semir löst mich gleich ab.«

»Ich weiß.«

»Dann komm doch solange mit rein.«

Die beiden stehen mitten im Eingang, sodass die Türen nicht schließen.

Burak hält eine Plastiktüte auf. »Sieh mal! Mit besten Grüßen von meinem Vater.«

Tom blickt in die Tüte voller Obst und Gemüse. Tomaten, Zucchini, Kartoffeln, überreife Avocados, leicht gebräunte Bananen, Trauben und Äpfel. Die Lebensmittel hatten allesamt kleine Schönheitsfehler oder Dellen, sodass Buraks Vater sie im Gemüseladen nicht mehr verkaufen konnte. Die Leute wollen stets picobello Ware. Dabei war das Gemüse noch Eins a.

Noch während sich Tom über das Geschenk freut, hört er ein dumpfes Geräusch und die Tüte fällt zu Boden. Burak stöhnt, schwankt und sackt zusammen.

Tom fängt ihn auf. »Verdammte Scheiße! Burak? Was ist mit dir?«

Burak antwortet nicht. Er ist bewusstlos. Tom bring ihn in die stabile Seitenlage, springt auf, um den Rettungsdienst zu rufen, doch da blickt er in die Augen dieses muskulösen Typen. Ganz in Schwarz gekleidet wie ein Ninja. Hose, T-Shirt, Basecap. Eine Sturmhaube, wie sie Polizei und Militär verwenden, verdeckt das Gesicht bis auf Augen und Mund.

Toms starrt auf die Maschinenpistole mit Schalldämpfer, und seine Gedanken überschlagen sich.

Sie werden mich umlegen. Und dann Finn.

Tom bewegt sich vorsichtig mit erhobenen Händen rückwärts zum Tresen. »He, ganz ruhig. Ich gebe dir das Geld.«

Tom weiß, dass es nicht um Geld geht. Seine Gedanken gelten dem Alarmknopf unter der Ladentheke.

»Die Dokumente«, knurrt der Schütze. »Alle. Auch die vom Penner. Kapiert?«

»Dokumente?«

»Du weißt genau, welche.« Der Schütze feuert zur Warnung eine Salve in die Neonröhren an der Decke. Sie erlöschen und Glassplitter fallen herab.

Tom duckt sich, schafft es zum Tresen und drückt den Alarmknopf. Ein ohrenbetäubender Lärm bricht aus.

Zur gleichen Zeit fährt ein Tankkunde vor.

Der Typ wird hektisch und feuert auf Tom.

Reißende Schmerzen durchfahren Tom. Er bekommt keine Luft mehr und sackt in sich zusammen.

Kapitel 1 - Hanno

»Okay«, gesteht Milan. »Berlin wird überbewertet.«

»Sag ich doch.« Mein Blick fällt übers Geländer der groß-zügigen Dachterrasse auf die Kastanie im Hof und die Brandmauer dahinter. Schöneberg bei Nacht.

Es ist Sonntag, zwei Uhr morgens und tropisch warm. Eine Hitzewelle hält die Hauptstadt seit Tagen fest im Griff. Klimakrise, Jetstream, was weiß ich. Irgendwo dröhnt ein Martinshorn und entfernt sich. Sonst ist es ruhig am Vikto-ria-Luise-Platz.

»Gegenüber hat mal Billy Wilder gewohnt«, sagt Milan in die Stille. Ich mag seinen tschechischen Akzent. Den kriegt er nicht raus. Oder will es nicht, weil er charmant klingt. Ein Windlicht setzt sein hübsches Gesicht dramatisch in Szene. So von unten herauf.

Ich stutze. »Wer zum Teufel ist Billy Wilder?«

Milan verdreht die Augen. »Einer der bekanntesten Holly-wood Regisseure, du *Hlupak*.«

»Und was hat er dann in Berlin gemacht?«

»Da war er noch Journalist, glaub ich. Früher konntest du alles machen, wenn du kreativ warst. Da brauchtest du keine Filmhochschule, oder so.«

Milan war mal Hardcore-Model und produziert jetzt selbst Gay-Pornos. Wir kennen uns, seit ich in Berlin arbeite. Er hatte sich mit üblen Leuten angelegt, die sein schönes Ge-sicht filetieren wollten und ich hab ihn da im wahrsten Sinn des Wortes herausgeboxt. Inzwischen ist er mein bester Freund. Wir teilen uns die schicke Dachwohnung mit der Glasfront zum Hinterhof. Die hat sich Milan hart erarbeitet.

Er schwenkt seine Cocktailschale mit dem Hemingway Special, dem Daiquiri Klassiker. Rum, Limettensaft und Zuckersirup. Milan mixt ihn mit zerstoßenem Eis und Basilikumblättern.

Er reicht mir den Joint. »Alle sagen Berlin ist sexy.«

Ich ziehe daran und blase den Rauch aus. »Berlin ist so sexy wie ein Bestattungsinstitut. Ende, Aus, Mickymaus.«

Milan kichert. Das Gras macht sich bemerkbar.

»Bestattungsinstitute und Sexbranche zählen zu den wenigen krisensicheren Geschäftszweigen«, behauptet er.

»Polizei hast du vergessen«, sage ich.

Wir sind schon bei der zweiten Runde Daiquiri auf nüchternen Magen und die Zucker-Alkohol-Mischung steigt uns mit dem Gras allmählich zu Kopf.

Keiner von uns beiden konnte bei dieser Schwüle schlafen. Wir trafen uns in der Küche, Milan kam auf die geniale Idee einer Cocktailparty for two, und wir verzogen uns nur in Boxershorts nach draußen. Doch unter freiem Himmel rührt sich auch kein Lüftchen. Die Nacht erinnert mich an meinen letzten Urlaub in der Ägäis. Da war auch so eine Scheiß-Hitzewelle und der Abendwind so heiß wie ein Föhn.

Wir schweigen und ich denke an Zuhause. An den kleinen Ort, die frische Brise von der Ostsee und die Stille am nächtlichen Strand.

»Warum bist *du* dann von Kiel vor fünf Jahren ausgerechnet nach Berlin gekommen?«

»Weil ich dachte, die Hauptstadt sei sexy.«

Wir prusten und gackern laut.

»Ruhe da oben!«, ruft jemand über den Hof.

Wir beruhigen uns.

Milan guckt mich an und seufzt. »Ich kann immer noch nicht glauben, dass du gekündigt hast.«

»Hab ich aber. Noch vier Wochen, dann geht's heim an die See.« Ich grinse und wir stoßen an.

»Ich freu mich für dich, Hanno. Wirklich. Obwohl ich dich sehr vermissen werde.«

»Komm doch mit. Zumindest für ein paar Wochen im Jahr.«

Milan gluckst. »Ich könnte dort einen Milchbauernkalender machen. Schwule und Frauen stehen auf Naturburschen.«

Ich schmunzle. »Warum nicht? Sexy Jungs findest du auch da. Es gibt nicht nur Milchbauern, sondern auch die Offiziersschule der Marine.«

Milan grinst. »Au ja! Marine und Matrosen sind sehr lukrativ in der Szene. Hast du Kontakte?«

»Milan! Männer interessieren mich gerade einen Scheiß. Ich bin froh, wenn ich diesen ganzen Müll hier erst mal hinter mir hab.«

Milan guckt mich an wie die Polizei-Psychiaterin, nur dass er es viel besser drauf hat als die. Weil er die Menschen und ihre geheimsten Sehnsüchte kennt.

»Ich mache mir allergrößte Sorgen, Hanno. Du suchst nach der großen Liebe!«

»Du nicht?«

»Sex ist mein Business. Du möchtest ja auch nicht 24 Stunden arbeiten.«

Wieder lachen wir.

»Ruhe, verdammt. Sonst ruf ich die Polizei!«

»Polizei ist schon da!«, antworte ich.

Milan lächelt spitzbübisch. Und das mit seinen 30 Jahren.

»Liebe«, sinniert er lasziv, »das ist was für die Ewigkeit. Sex ist eine Illusion, die ständig neues Futter braucht. Liebe und Sex zusammen, das ist der Jackpot.«

»Und den suchen doch alle.«

Wir stoßen wieder an. Sind uns einig.

Milans Filme sind keine Hose-runter-und-druff-Streifen, sondern sinnliche, romantische Geschichten, die neben dem ganzen Hardcore-Geficke einschlagen wie Bomben. Er kennt die Szene und weiß, was angesagt ist.

Ich betrachte seine rasierten nackten Beine, die lässig über der Armlehne des Balkonsessels baumeln, seine aalglatte Brust und die akkurate Frisur. Milan ist makellos schön. Selbst um diese Uhrzeit. Keine Ahnung, wie er das schafft. Ich fühle mich für einen Augenblick tatsächlich wie ein Milchbauer mit Gummistiefeln.

Ein Surren unterbricht unser Gespräch. Mein Smartphone. Es liegt auf dem Tisch in der dunklen Küche hinter uns. Ich drehe mich um. Das Handy wirft sein Licht an die Decke.

»Hört sich nach einem Einsatz an«, sagt Milan.

Ich blase die Backen auf. »Geh du ran und sage, ich bin krank.«

Die Blaulichter von Polizei und Rettungsdienst tauchen die Kreuzberger Tankstelle in gespenstisches Licht. Jedes Mal, wenn ich sie sehe, springt Phillips tödlicher Segelunfall mit der Einhand-Jolle aus meiner Erinnerung, wie der Kasper aus der Kiste.

Phil war mein jüngerer Bruder. Über zehn Jahre ist es nun her, doch dieses Bild hat sich in mich eingebrannt. Und das Gefühl, nicht richtig auf ihn aufgepasst zu haben.

Da war ich noch auf der Polizeihochschule.

Es war eine saublöde Idee, Bulle zu werden. Zu spät zu kommen ist mein Schicksal. Als Bruder, als Mensch und als Bulle. Wenn du an einen Tatort kommst, ist es immer zu spät, ich meine, zumindest für das Opfer.

Ich denke an Milan. Der verpasst mit seinen Filmen den Leuten ein gutes Gefühl, den Glauben, dass es so was wie Liebe, Romantik und geilen Sex noch gibt und, dass das alles aufregend ist. Und er verdient eine Menge Geld damit.

So sieht eine gelungene Karriere aus!

Als Bulle hast du die Arschkarte. Du befindest dich auf der dunklen Seite des Mondes und blickst in Abgründe, die du gar nicht sehen willst. Ich jedenfalls nicht. Nicht mehr. Ende. Aus. Mickymaus.

Ich stelle den BMW am Rand der Skalitzer Straße in der Nähe des Görlitzer Bahnhofs ab und steige aus dem klimatisierten Fahrzeug. Die heiße Julinacht empfängt mich wie ein Faustschlag. Dazu kommt der Alkohol in meinem Blut. Über mir rattert die Hochbahn der U1. Am Wochenende fährt sie die Nacht durch.

Kaum aus dem Wagen treibt mir die schwüle und aufgeheizte Stadt den Schweiß wieder aus allen Poren. T-Shirt und Jeans kleben an mir.

Das hier ist definitiv mein letzter Fall. Hat lange gedauert, bis ich kapierte, dass mich die Arbeit gegen die organisierte Kriminalität auffrisst. Sie ist unbesiegbar. Hebst du ein Nest aus, baut irgendwer schon das nächste. Eine Sisyphosarbeit.

Mein Traum, dass ich die Welt auch nur ein bisschen verbessern könnte, ist schon lange geplatzt. Ich betreibe lediglich Schadensbegrenzung.

Nach ein paar Sitzungen mit der Polizeipsychologin stand *die* Alternative vor meinen Augen. Omas idyllisches Frühstückshotel mit Seeblick an der dänischen Grenze. *Strandrose*. Da geh ich bald morgens entspannt an der Förde joggen und decke hinterher die Tische für die Gäste. Es läuft schöne Musik, aus dem Garten schwebt der Wildrosenduft in die Küche und vermischt sich mit dem des frisch aufgebrühten Kaffees. So fängt dort der Tag an, nicht mit *Hanno, gib Gas, sieht nach einer Hinrichtung aus*.

Organisierte Kriminalität gibt es in der Strandrose nicht. Okay, ein bisschen Schwarzgeld, vielleicht. Das weiß ich. Schließlich bin ich da aufgewachsen.

Am offenen Rettungswagen steht Luis Sandmann. Unser rothaariger Frischling. Ziemlich ehrgeizig, der Junge und ziemlich sexy. Finde ich zumindest. Rothaarig mit Sommersprossen und grünen Augen. Ein Klassiker. Da krieg ich Herzklopfen und romantische Gefühle. Keine Ahnung warum. Ich bin schon so oft auf romantische Gefühle hereingefallen, dass sie mir inzwischen schlechte Laune bereiten. Armer Luis.

Nach der Hochschule war Luis ein Jahr bei der Bereitschaftspolizei, dann bei der Wirtschaftskriminalität und jetzt schließlich hier. Dass sie so einen jungen Kommissar gleich zu uns stecken, wundert mich. Offensichtlich hat er was drauf, denn Luis soll mein Nachfolger werden und ich ihn einarbeiten.

Als er vor zwei Wochen zu uns kam, hab ich gesagt: »Ich bin Hanno und ich bin schwul. Wenn du ein Problem damit hast, kannst du gleich mal anfangen, dran zu arbeiten.«

»Ist mir doch egal, mit wem du schläfst«, hat er drauf geantwortet und schnell weggeguckt. So ganz egal war es ihm scheinbar doch nicht.

Nach zwei Wochen Schreibtischarbeit ist heute unser erster gemeinsamer Einsatz und ich bin gespannt.

Luis spricht mit einem Mann, der eingesunken auf der Schwelle des Rettungswagens sitzt.

Daneben lehnt Luis‹ Mountainbike. Der Helm baumelt an der Stange. Strampelt der doch glatt zum Tatort.

Ich meine, für nen kühlen Luftzug haben schlaue Menschen doch Klimaanlagen in Autos erfunden.

Luis entdeckt mich, verabschiedet sich und kommt mit einem Starlächeln samt seinem Rad zu mir.

»Hey, Hanno. Guten Morgen.«

Luis‹ Haare, sonst ein perfekt gestylter Undercut mit lockigem Haupthaar à la Milan kleben an der Stirn. Ich erkenne noch den Abdruck vom Helm. Sein T-Shirt ist verschwitzt, doch irgendwie riecht er trotzdem gut. Nach Himbeere und etwas, das ich nicht benennen kann. Ein echter Red-Hot, der Kerl, sportlich und nicht so überkandidelt schön. Sympathisches Gesicht, volle Lippen. Ein Mann von nebenan. Mein Typ und ich befürchte, genau das ist das Problem zwischen uns.

»Bisschen früh, um aufzustehen, wie? Siehst verdammt übel aus, Hanno.«

»Moin, Luis. Konnte bei der Hitze kein Auge zumachen.«

»Ich auch nicht. Schwüle Nächte machen mich immer so …« Er bricht ab.

»Was?«, frage ich.

»Nicht wichtig.«

»Nun sag schon! Das interessiert mich jetzt.«

»Solche Nächte machen mich irgendwie … wuschig.« Luis grinst entschuldigend. »Dich nicht?«

In seiner Stimme liegt dieses unverwechselbare Berliner Timbre, ein angenehmer Singsang, der neckisch klingt, ja okay, auch sexy und anregend auf die zwischenmenschliche Kommunikation wirkt. Sagt Milan. Der muss es ja wissen, als geschäftstüchtiger Romantiker.

»Nee. Echt nicht.« Ich räuspere mich. »Schönes Bike.«

»Das ist kein Bike.«

»Sondern?«

»Ein Cannondale.«

»Aha. Und worin liegt der Unterschied?«

»*Das* ist die Marke der amerikanischen Profis, weißte. Gemacht, um im Dreck zu spielen. High-end-Material. Alles klar?« Luis haut mir auf die Schulter, als seien wir die besten Kumpels und lacht.

Ich betrachte ihn wie einen Irren. »Als ich zum letzten Mal freiwillig im Dreck gespielt habe, *weißte*, da war ich zehn oder so.« Ich gehe los.

Luis holt mich ein und schiebt sein High-End-Material zwischen uns her.

Ich weiß auch nicht, warum er mir seinen Hormonspiegel anvertraut. Auf meiner Stirn steht bestimmt nicht: *Hey, mit mir kannst du über alles reden.* Schließlich komme ich aus dem letzten Winkel von Schleswig und wechsle beim Spazierengehen zwischen Deutschland und Dänemark. Wenn dir da einer mit *jou* antwortet, ist das schon ein Wahnsinnsdialog.

Okay, Luis hat mich letzte Woche nach dem Dienst genötigt, ein Bierchen mit ihm zu trinken. Er wollte wissen, was so läuft bei der *Organisierten Kriminalität*.

»Puh! Bin völlig fickrig«, gesteht er.

Ich sehe ihn von der Seite an. »Geh aufs Klo, fahre deinen Testosteronspiegel runter und komm wieder, wenn du locker bist.«

Luis verdreht die Augen. »Wegen dem Einsatz, Mann.«

»Es heißt *wegen des Einsatzes*.«

»Du bist vielleicht pingelig.«

»Es ist unser Job, auch um drei Uhr morgens pingelig zu sein.«

Ich weiß, dass ich gerade nicht der Richtige bin, um solche Sprüche loszulassen. Außerdem eigne ich mich nicht zum Mentor. Ich mache mein Ding lieber allein.

Hauptkommissarin Soraya Dabaschi, die Chefin, ist schon da. Mit großem Bahnhof. Spurensicherung und Kriminaltechniker. Keine Gerichtsmedizin? Das lässt hoffen.

Sie steigt gerade in ihren weißen Schutzanzug. »Mensch, Hanno! Wo bleibst du denn, verdammt?«

Sorayas schlechte Laune ist legendär. Vor allem um diese Uhrzeit. Und seit meiner Kündigung. Na ja, sie floh als kleines Mädchen mit den Eltern aus Iran und baute sich mit nichts bei der Berliner Polizei eine Karriere auf. War bestimmt nicht immer lustig. Ich meine, so als Frau zwischen den ganzen Chauvis, die sich gegenseitig die Eier schaukeln und Posten zuschieben. Als offen schwuler Polizist weiß ich, wovon ich rede.

»Moin, Soraya.« Ich lächle süß. »Sorry, war mit Milan und nem Cocktail auf dem Balkon.« Das Gras verschweige ich.

»Hanno!« Das klang wie meine Mutter. »Auch wenn deine Tage bei uns gezählt sind, wir haben Bereitschaft und ich erwarte professionelles Verhalten.«

»Aye, Käptn.«

Luis glotzt mich an wie Omas Kater Fiete, wenn er das Wort *Tierarzt* hört. »Du wechselst die Abteilung?«

Ich hatte ihm nichts erzählt. Und jemand anderer offensichtlich auch nicht.

»Jou ... Erklär ich dir ein andermal. Was gibts hier, Soraya?«

»Schießerei mit zwei Schwerverletzten.« Aus ihrem Mund klingt es so profan wie *Currywurst mit Pommes*. Sie streicht eine schwarze Strähne hinters Ohr. Vielleicht ist sie schon gefärbt. Ich weiß es nicht.

»Warum zum Teufel schicken sie dann *uns* hierher?«, frage ich. »Raubüberfall ist jetzt echt nicht unsere Baustelle.«

»Kein Raubüberfall, Hanno«, sagt Luis und klingt wie ein Lehrer. Fehlt nur noch, dass er den Zeigefinger hebt. »Hast du nicht das Tankstellenlogo gesehen?«

»Nee. Sorry, ist mir entgangen.«

»Dann wach endlich mal auf«, knurrt Soraya. »Tank-Top. Die Billigtankstellen-Kette.«

Mein Gehirn rattert wie eine alte Dampflok. Ja, da war was ...

»Seit mehreren Wochen wird der Konzern bedroht, weil er aggressive Werbung für sein Billigbenzin betreibt.«

Luis‹ Nachhilfe ist wahnsinnig reizend. Ich spüre die Schwere des Alkohols. Mein Kopf ist nicht ganz frei. »Jou. Weiß ich.«

»Die Schwerverletzten sind Tom Seifert, 45, und Burak Özcan, 24.« Soraya zieht den Reißverschluss ihres Schutzanzugs hoch.

»Sie hatten Brieftaschen und Ausweise einstecken«, ergänzt Luis.

Ich bin immer noch nicht ganz bei der Sache. Hätte nicht kiffen sollen. Milan, der Verführer vor dem Herrn. Selbst den würde er zu einem Joint überreden.

»Seifert trug ein T-Shirt mit dem Tankstellen-Logo«, sagt Soraya. »Er hat einen Lungenschuss und zerschossenen Arm. Steht auf der Kippe. Was Özcan hier machte, wissen wir noch nicht. Er hat einen heftigen Schlag auf dem Hinterkopf bekommen. Vermutlich Schädel-Hirn-Trauma zweiten Grades. Wurden beide sofort in die Klinik gebracht. Die Drohungen an den Konzern werden nun offensichtlich in die Tat umgesetzt.«

Ich blase die Backen auf. »Gibts eine Überwachungskamera?«

»Zwei«, sagt Luis, wie aus der Pistole geschossen.

Er hat hier alles unter Kontrolle. Ich fühle mich überflüssig und frage mich, warum sie mich überhaupt vom Balkon geholt haben.

»Im Verkaufsraum und außen.«

Ich habe absolut keinen Bock auf Musterschüler und Mütter.

»Die Aufzeichnungen gucken wir uns später in Ruhe an«, sagt Soraya.

Luis nickt. »Der Leiter der Berliner Filialen ist bereits verständigt. Kollegen bringen ihn hierher.«

»Zeugen?«, frage ich knapp.

Luis deutet zum Krankenwagen. »Die beiden Männer dort. Sind völlig fertig. Der Ältere wollte tanken. Sah den mutmaßlichen Täter noch fliehen und mit quietschenden Reifen davonfahren. Sein Wagen stand hier gleich an der Görlitzer. Der Jüngere arbeitet ebenfalls an der Tankstelle. Selim Kayhan. War Tom Seiferts Ablösung. Er kam gerade, als der Täter wegfuhr. Die beiden verständigten sofort Notarzt und die Kollegen. Die waren aber schon durch das Alarmsystem der Tankstelle informiert. Kayhan hatte sich das Kennzeichen des Fluchtwagens gemerkt. Wenige Minuten später war die erste Streife da. Die Fahndung nach dem Wagen läuft.«

»Gute Arbeit«, sagt Soraya.

Luis strahlt wie die aufgehende Sonne.

Alles klar. Soraya verteilt Lob an den Neuen, um mich zu mobben. Geht mir aber am Arsch vorbei. Widerwillig ziehe ich den Plastik-Schutzanzug über und fühle mich sofort wie ein eingeschweißtes Steak in der Sauna.

Luis starrt angewidert auf den Overall, den ihm Regina Wolz von der Spurensicherung unter die Nase hält.

»Muss ich das Ding wirklich überziehen?«

»Ick bitte darum«, sagt Regina schnippisch. »Sind schon jenuch Spuren da. Und Handschuhe nich verjessen, ja!«

Regina war *das* Berlin, das ich immer mochte und immer noch mag. Auch wenn es allmählich ausstirbt. Ich grinse.

Luis steigt in den Anzug, hüpft auf einem Bein herum, verliert das Gleichgewicht und landet auf dem Arsch.

»Yoga«, sagt Regina. »Det soll helfen, ha ick jehört.«

Luis murmelt etwas wie: *Danke für den Tipp.*

Regina deutet auf eine Kreidezeichnung zwischen dem Eingang und eine Plastiktüte.

»Burak Özcan hat mitten in der Tür jelegen. In der Plastiktüte ist Obst und Jemüse.«

»Obst und Gemüse?«, wiederhole ich.

Regina zuckt mit den Schultern. »Det ist so was mit Vitaminen, Hanno, weeste. Schon mal jehört?«

»Ja. Kann sein. Steht so was nicht auch auf den Kartons der Fertigpizzen?«

Regina grinst und zwinkert mir zu. Wir verstehen uns.

Luis hat endlich den Schutzanzug an und wir betreten den Verkaufsraum. Die Leute von der Spurensicherung wuseln herum wie Ameisen.

Luis atmet plötzlich stoßweise, bebt und ist blass.

»Keine Angst, Kumpel. Der böse Mann ist nicht mehr da.«

Luis stützt sich auf ein Regal mit Chipstüten und Gummibärchen. »Ist gleich wieder gut.«

So, wie er jetzt da steht, wars das wohl mit wuschig. So schnell kanns gehen.

»Tom Seifert hat dort hinter der Kasse jelegen«, erklärt Regina.

Ich umrunde gefolgt von Luis den Tresen.

»Schüsse in Brustkorb und Arme«, deklariert sie. »Hat sich schützen wollen, nehm ick an. Aber bei einer Maschinenpistole?« Sie schüttelt den Kopf. »Sein Glück war die Theke mit dem Sicherheitsglas. Konnte noch den Alarm auslösen.«

»Welche Maschinenpistole?«, frage ich.

»Also wir finden hier jede Menge Kaliber-neun-Patronen«, sagt Regina. »Vermutlich eine gängige MP5, wie se auch bei uns verwendet wird. Mit Schalldämpfer, sonst wäre ja det janze Viertel im Bett jestanden.«

Hinter dem Tresen fällt mein Blick auf eine Blutlache am Boden. Eine Zeichnung markiert die Position des Angeschossenen.

Luis deutet auf die Registrierkasse. »Sieh mal. Ist geschlossen.«

Ich nicke anerkennend. »Gratuliere, Watson.«

»Damit ist der Raubüberfall ja wohl vom Tisch.« Luis tritt einen Schritt zurück, verschränkt die Arme vor der Brust und schmollt.

Sieht echt putzig aus, so mit seinen roten Haaren und den Sommersprossen.

»Ach ja«, sagt Regina. »Unter der Kasse hat eine Pistole jelegen. Schreckschuss. Ha ick schon einjetütet.«

»Sie können hier nicht rein«, sagt der uniformierte Kollege an der Tür.

Wie auf Kommando drehen wir die Köpfe zum Eingang.

»Ich bin Matthias Schmittke, der Leiter der Berliner Filialen.«

Bevor Luis sich erneut vordrängt und ich im Overall ersticke, ergreife ich die Flucht. »Ich kümmere mich um ihn.«

Soraya nickt.

Draußen öffne ich den Schutzanzug. Der Duft von Waschmittel, Schweiß und Plastik steigt in meine Nase. Sexy Mischung.

»Guten Morgen. Kriminaloberkommissar Peters. LKA Berlin.«

»Schmittke.« Er guckt vorsichtig über meine Schulter. »Wo ist Tom?« Seine Stimme zittert.

»Im Krankenhaus. Er wurde angeschossen und lebensgefährlich verletzt.« Ich erzähle kurz, was sich hier abgespielt hat.

Schmittke schwankt. »Heilige Scheiße! Wann ist das passiert?«

»Vor einer knappen Stunde.«

Ich drehe mich um. Luis steht hinter mir wie ein Schatten.

Schmittke guckt von mir zu ihm. »Haben Sie schon Finn und die Özcans benachrichtigt?«

»Wer ist Finn?«, fragt Luis.

»Hör mal, Luis.« Ich lächle, obwohl es mich alle Überwindung kostet, ihn nicht am Kragen zu packen und zu schütteln. »*Ich* befrage Herrn Schmittke. Ist das okay für dich?«

»Ja, klar.«

»Also, wer ist Burak Özcan?«

»Ein Freund von Tom.«

»Und der kommt mitten in der Nacht hierher?«

»Die beiden kennen sich schon lange. Vielleicht wollten sie nach Toms Schicht noch zusammen einen trinken gehen.«

»Um zwei Uhr morgens?«

Schmittke zuckt mit den Schultern. »Ist nicht verboten, oder?«

Ich hasse Antworten mit Gegenfragen. »Und wer ist Finn?«

»Tom Seiferts Sohn.«

Auch noch ein Kind im Spiel! Ich blase wieder die Backen auf. Eine blöde Angewohnheit. »Haben Sie die Adresse?«

»Natürlich.«

Luis schreibt sie emsig in sein kleines Notizbuch. Drollig. Dass er noch weiß, dass es so was gibt.

»Wissen Sie, Tom ist alleinerziehend.« Schmittke reibt sich verzweifelt das Gesicht. »Und mein bester Mitarbeiter hier.«

»Wir kümmern uns sofort darum«, sagt Luis chefmäßig.

»Ja, erledige du das mal.«

Bingo. Ich bin ihn los.

»Was ist mit der Tankstelle?«, fragt Schmittke. »Mein Chef reißt mir den Arsch auf, wenn es nicht weiterläuft.«

»Hier läuft erst mal gar nichts«, sage ich. »Bis die Spurensicherung durch ist. Noch etwas: Wir brauchen die Aufzeichnungen der Überwachungskameras.«

»Der Rechner ist hinten im Büro.«

»Gabs hier neue Probleme?«, fragt Luis.

Ich kneife die Augen zusammen und drehe mich um. Der Kerl ist immer noch da.

»Ich meine, *neue* Drohungen«, sagt Luis.

Ich knurre.

»Ach so! *Die* Geschichte. Ne. Da war jetzt ne Zeit lang Ruhe. Sonst hätten wir bestimmt neue Anweisungen bekommen.«

Soraya kommt zu uns. »Wie siehts aus?«

Ich berichte.

»Kümmere du dich bitte sofort um den Jungen, Hanno.«

»Das wollte eigentlich Luis übernehmen.«

War ja klar, dass Soraya mich noch fickt, bevor ich gehe. Sie weiß genau, dass ich nicht gut mit Kindern kann.

»Luis soll hier übernehmen. Ich fahre zu Özcans Wohnung.«

Luis grinst ein bisschen zu siegessicher.

»Was stehen Sie hier noch rum?«, faucht Soraya. »Kümmern Sie sich sofort um die Videos, Luis. Und nehmen Sie die Aussage von Herrn Schmittke auf.«

»Ich würde aber lieber ...«

»Würde aber lieber?« Soraya kneift die Augen zusammen. »Das ist eine Dienstanweisung, Kriminalkommissar Sandmann, und kein Vorschlag zur nächtlichen Freizeitgestaltung.«

»Natürlich.« Luis trollt sich.

Er tut mir zum ersten Mal ein bisschen leid.

Trotzdem bin ich froh, ihn loszuwerden und aus Sorayas Schusslinie zu kommen. Ich klaue in der Tankstelle eine Tüte Lachgummis für den kleinen Finn, steige aus dem Anzug und fahre zur Kinderbetreuung. Es ist nicht weit. Nur ein Stück die Skalitzer runter und am Kottbusser Tor vorbei.

Schlag vier stehe ich endlich vor dem richtigen Eingang eines großen Wohnblocks an der Ecke Kohlfurter Straße und südlicher Wassertorplatz.

Ich gucke an der Fassade hoch und überlege, wie ich einem Kind beibringe, dass sein Vater fast verblutet und noch nicht über dem Berg ist. Und überhaupt! Wer lässt sein Kind nachts allein? Zustände sind das in der Hauptstadt, ehrlich wahr.

Regina hatte mir Tom Seiferts Wohnungsschlüssel mitgegeben. Für alle Fälle. An den Klingeln suche ich den Namen. Seifert, 5. Stock. Ich klingle nicht, sondern gehe einfach rein, ruckele mit einem Aufzug nach oben und hoffe, dass er durchhält.

Überall Schmierereien und Sprüche.

Nazis sind schwul
Wir ficken dich, Kanake
Nur Auserwählte kommen in die Ufos
Katharina ist eine Nutte
Allah liebt jeden, auch die Drogenfahnder
Boris ist ein Schwanzlutscher. Darunter: *Aber ein schlechter*

Das ganze Panoptikum des normalen Berliner Wahnsinns auf knapp zwei Quadratmeter. Wer hier aufwächst, weiß früh, wo der Hase im Pfeffer liegt. Das ist so ein Spruch von Oma.

Ich freue mich tierisch auf das schnucklige, altmodische Hotel. Auf das kitschige Geschirr mit Rosen drauf, auf die stillen Winter und die Möwenschreie. Auf den Kamin im Wohnzimmer. Auf Omas Apfelkuchen und ihren Heringssalat. Darauf meinen Gästen Tipps zu geben, wie sie ihre Ferien angenehm verbringen können. Ich werde nie wieder Todesnachrichten überbringen oder einem Jungen sagen müssen, dass sein Vater ums Überleben kämpft.

Fuck you very much, Berlin!

Im fünften Stock gehe ich den Flur entlang, suche Seiferts Wohnungstür und klingle.

Nichts rührt sich.

Ich will nicht einfach in die Wohnung und den Jungen erschrecken. Also läute ich mehrmals.

Endlich rührt sich was.

»Ja, Mann!«, tönt es hinter der Tür und es hört sich ganz und gar nicht nach einem Kind an.

Ich sehe, dass jemand durch den Spion guckt. »Was ist?«

»Oberkommissar Peters, LKA Berlin.«

»Kann jeder behaupten.«

Ich ziehe meinen Ausweis aus der Jeans und halte ihn vors Guckloch. »Bitte. Du kannst ruhig aufmachen. Dir passiert nichts, okay?«

Ich platziere mich mit den Lachgummis.

Die Tür öffnet sich. Sie ist mit zwei Ketten gesichert. Vor mir erscheint der Doppelgänger meines Bruders Phil. Blond. Hübsch. Mit sehr weichen Gesichtszügen, wie denen eines Mädchens.

Phil und ich sahen uns überhaupt nicht ähnlich.

Überrumpelt weiche ich zurück.

Es ist kein Kind, sondern ein Teenager um die 17 mit verstrubbelten schulterlangen Haaren. Er trägt nur Boxershorts. Sein verschlafener Blick wandert abwechselnd von meinem Gesicht zur Tüte mit den Fruchtgummis.

Ich dagegen starre auf seinen sehnigen Körper und denke, dass er was Sportliches macht. Leichtathletik, vielleicht.

»Was glotzen Sie so?«

»Entschuldige. Ich bin Kriminaloberkommissar Peters vom LKA.«

»Haben Sie schon gesagt.« Er kratzt sich ungeniert am Bauch und gähnt. »Kann ich noch mal Ihren Ausweis sehen?«

»Hier!«

Er guckt ihn sich genau an.

Plötzlich geht das Licht aus. Vom Ende des langen Flurs höre ich Schritte und drehe mich um.

»Landeskriminalamt?« Die Stimme des Teenagers hallt durch den Flur.

Plötzlich rennt jemand und eine Tür schlägt zu.

Ich stutze. »Ist um diese Uhrzeit immer so viel Betrieb auf dem Flur?«

»Normalerweise penne ich da, wenn mich nicht gerade ein Bulle weckt.« Der Junge mustert mich und deutet auf die Lachgummis. »Verteilt die Polizei jetzt Give-aways in sozialen Brennpunkten, oder was?«

Ich komme mir dämlich vor und verstecke die Tüte hinter meinem Rücken. »Bist du Phil Seifert?«

»Ne, Finn Seifert. Na, vielen Dank auch für die Ruhestörung.« Er will mir die Türe vor der Nase zuschlagen.

Ich klemme schnell meinen Fuß dazwischen. »He, warte! Es geht um Tom Seifert.«

Finn runzelt die Stirn. »Paps? Hat er was angestellt?«

Normalerweise stellen diese Frage Eltern, wenn es um ihre Sprösslinge geht.

»Darf ich reinkommen?«

Er verdreht die Augen und gähnt wie ein junger Löwe. »Aber glauben Sie nicht, dass ich Ihnen jetzt auch noch n Kaffee anbiete.«

»Seh ich so aus, als bräuchte ich einen?«

»Ja.«

Ich liebe zuvorkommende Teenager.

Kapitel 2 - Finn

Jeder sagt, Tom und ich sind uns wie aus dem Gesicht geschnitten. Vater und Sohn, Dream-Team. Freunde. Als Kind sagte ich immer nur *Paps*, weil Vati oder Papi einfach spießig klingt und weder zu mir noch zu Tom passt. Als ich älter wurde und sich zwischen uns auch echte Freundschaft entwickelt hat, sage ich auch Tom. Inzwischen switche ich zwischen Paps und Tom hin und her. Er hat seine Karriere geschmissen, damit er bei mir sein kann. Doch jetzt ist er so bleich wie die Bettwäsche und voll im Eimer. Schläuche verbinden seinen Körper mit irgendwelchen Maschinen. Ihre eintönigen Signale machen mich ganz krank.

Aber solange sie piepen, lebt er noch.

Ich drehe mich um.

Der Bulle steht draußen vor dem Guckfenster und beobachtet mich so komisch mit seinen stechenden blauen Augen. Er sagte, *Tom Seiferts Zustand ist kritisch.*

Dasselbe habe ich vor ein paar Tagen zu Tom gesagt, als er meinte, dass sie uns umlegen wollen. *Dein Zustand ist kritisch.* Doch Tom hatte wie immer recht.

Von dem, was der Arzt erklärt hat, hab ich weder ein Wort verstanden noch behalten. Hab nur auf Tom gestarrt und gedacht, *Finn, das Leben fickt dich gerade von allen Seiten.*

Plötzlich brennen meine Augen, doch ich will nicht heulen. Nicht vor dem Bullen da draußen. So gern würde ich Paps‹ Hand nehmen, aber ich traue mich nicht. Hab Angst, was kaputtzumachen. Also hocke ich nur da, zupfe an Shir-Khan herum, meinem alten Plüschtiger, den ich Tom auf die Schnelle mitgenommen hatte, und starre ihn an. Wie war das noch mal mit Koma-Patienten? Sie spüren doch angeblich, wenn ein nahestehender Mensch bei ihnen ist, oder?

»Mach jetzt bloß nicht schlapp«, flüstere ich und hoffe, dass Paps es hört. »Schau mal, ich hab Shir-Khan mitgebracht. Damit du nicht allein bist. Er hat immer gut auf mich aufgepasst. Jetzt brauchst du ihn, okay?«

Hinter mir öffnet sich die Tür.

»Alles in Ordnung?«, fragt der Bulle.

»Was ist das denn für ne bescheuerte Frage?«, schniefe ich über die Schulter.

Der Bulle räuspert sich. »Es ist halb sechs. Komm, ich fahre dich nach Hause, Phil.«

»Ich heiße Finn, verdammt. Können Sie sich nicht mal vier Buchstaben merken?«

Der Bulle hebt beschwichtigend die Hände.

Ich stehe auf und platziere Shir-Khan neben Toms Kopf, weil ich denke, er riecht nach mir. Und wenn Tom ihn riecht, denkt er an mich. Tom zuckt plötzlich, ich lächle.

Da kommt mir ein Gedanke in den Sinn. »Wo liegt Burak?«

»Nebenan«, sagt der Bulle. »Mit schwerer Gehirnerschütterung. Hat aber keine Blutung.«

Draußen ist es für die Tageszeit schon viel zu warm. Trotzdem trage ich eine Kapuzenjacke. Wir gehen über den Klinikparkplatz. Der Bulle drückt auf einen Autoschlüssel. Sein dunkelblauer BMW blinkt und piept.

Ich bleibe stehen, ziehe eine Zigarette aus meinem Hoodie und zünde sie an.

Der Bulle betrachtet mich von der Seite. Wahrscheinlich denkt er, was alle denken, wenn sie mich sehen.

Der sieht aus wie ein Mädchen.

Und ehrlich? Es gefällt mir, so auszusehen. Weil es viele verunsichert. Weil ich Schubkastendenken nicht ausstehen kann.

»Im Wagen wird nicht geraucht«, mault er.

»Brauch jetzt eine.«

»Na gut. Dann im Stehen. Ich hab sowieso noch ein paar Fragen.«

»Von mir aus.«

»Wie alt bist du?«

»18.«

Der Bulle schnaubt ungläubig. »Ich kriegs sowieso raus. Also?«

»17.«

»Wie wärs mit 16?« Er starrt auf meine Zigarette wie Kids auf die Überraschungseier an der Supermarktkasse.

Ich schnaube. »Sind wir hier auf m Basar, oder was?«

Er grinst.

»Ich bin siebzehn. Schaun sie doch in Ihren schlauen Computer.«

Sieht eigentlich ganz cool aus, der Typ. Dunkle rappelkurze Haare, unrasiert, ausgewaschene Jeans und weißes T-Shirt. Bisschen trainiert. Und diese Augen! Als ob er einfach in das Innere eines Menschen blicken kann.

Ich streiche eine Strähne hinters Ohr. »Auch eine?«

»Nee, danke. Gewöhne es mir gerade ab. Klappt aber nicht wirklich. Solltest erst gar nicht damit anfangen.«

»Danke für den Text.«

»Weiß dein Vater, dass du rauchst?«

»Gibts keine wichtigeren Fragen?«

Wir starren uns an, bis er meinem Blick ausweicht.

»Wann genau arbeitet dein Vater in der Tankstelle?«

»Von abends sechs bis morgens um zwei. Dann löst ihn Selim ab.«

»Jeden Tag?«

»Von Mittwoch bis Sonntag. Wegen Wochenend- und Nachtzuschlag.«

»Der Konzern, zu dem die Tank-Top-Tankstellen gehören, wird seit einiger Zeit bedroht.«

»Ist das mein Problem?«

»Jou. Dein Vater und dieser Burak Özcan liegen möglicherweise deswegen hier.«

»*Dieser Burak* ist Paps' Freund.« Ich gucke über den Parkplatz.

»Hat dein Vater mal über diese Drohungen gesprochen?«

»Hat er.«

»Und *was*, bitte schön?«

»Dass er keinen Schiss hat, weil er nur ein kleiner Angestellter ist, der Benzin und Chipstüten verkauft. Die Drohungen richten sich seiner Meinung nach an die Konzernleitung und nicht an kleine Verkäufer.«

»Weißt du, Öl ist ein Milliardengeschäft. Da kommt es auf ein paar Menschenleben nicht an.«

»Vielen Dank für Ihr Mitgefühl.« Ich hab keinen Bock mehr auf Fragen und schnippe die halb aufgerauchte Zigarette weg. »Bin fertig. Fahren wir?«

Auf dem Weg nach Hause redet keiner. Peters schaltete Musik ein. Eine Mischung aus Techno und Chill. Gefällt mir.

Die Kleidung des Bullen verströmt einen markanten Waschmittelduft. Ich gucke aus dem Fenster und kann keinen richtigen Gedanken fassen. Toms Gesicht guckt mich durch die Scheibe an wie ein Geist und ich hab keinen blassen Schimmer, was ich jetzt machen soll.

Vor unserem Block hält der Bulle an, schaltet die Musik aus und stellt den Motor ab.

»Danke fürs Zurückbringen.« Ich steige aus und gehe zum Eingang.

Er steigt ebenfalls aus, verschließt den Wagen und folgt mir. »Hey! Ich komm noch auf n Sprung mit rauf.«

Ich bleibe stehen und drehe mich um. »Nett von Ihnen, aber Sie sind nicht mein Typ.«

»Witzbold, was? Wohnst du mit deinem Vater allein?«

»Suchen Sie n Zimmer?«

Der Bulle sieht mich herausfordernd an. »Gibt es jemand, der sich um dich kümmert, solange dein Vater im Krankenhaus liegt?«

»Ich bin 17 und komme klar, Herr Kommissar. Außerdem sind Ferien.«

»Was ist mit deiner Mutter?«

»Hab keine.«

»Wie?«

»Hat sich gleich nach meiner Geburt aus dem Staub gemacht.«

»Hast du jemand, zu dem du gehen kannst?«

»Hab ich. Also, wars das jetzt?«

»Du bist minderjährig.«

»Schon mal was von Aufenthaltsbestimmung gehört? Und dass auch 17-Jährige allein wohnen dürfen? Tom würde nie wollen, dass ich woanders hingehe. Stellen Sie sich vor, ich kann kochen, waschen, bügeln, putzen und einkaufen.« Ich wende mich ab und gehe zum Eingang.

»Also. Wohin kannst du gehen?«

Ich bleibe stehen. »Warum interessiert Sie das?«

»Dein Vater wurde angeschossen und lebensgefährlich verletzt. Solange das nicht geklärt ist, sind wir für dich verantwortlich. Außerdem gibt es bestimmt noch Fragen.«

Ich will den Bullen loswerden und gebe klein bei. »Sindo Achebe ist mein Kumpel. Seine Eltern betreiben das afrikanische Restaurant Dakar, am anderen Ende der Kohlfurter Straße. Da wohnen sie auch. Ist so was wie mein zweites Zuhause.«

»Klingt doch perfekt. Ich fahre dich hin und spreche mit den Leuten, einverstanden?«

»Kann ich nicht hierbleiben?«

»Hör zu! Ich bin überzeugt, dass du allein zurechtkommst, aber nach der ganzen Geschichte ist es besser, ein paar Tage nicht allein zu sein. Glaub mir.«

»Sprechen Sie aus eigener Erfahrung?«

»Kann sein. Das Leben ist kein Wunschkonzert.«

»Toller Kalenderspruch. Hängt der eingerahmt über Ihrem Bett?«

Der Bulle lächelt matt.

Ich mustere ihn. »Hätte ich jetzt nicht gedacht.«

»Was?«

»Dass n cooler Typ wie Sie so n Paragrafen-Reiter ist.«

Er kneift die Augen zusammen und deutet nach oben. »Wir beide gehen jetzt da rauf, du packst ein paar Sachen zusammen und ich fahre dich zu deinem Kumpel. Klar?«

Ich gucke ihn an. »Na gut.«

Wir fahren zu den Achebes und ich klingle. Es dauert eine Weile, bis sich jemand an der Sprechanlage meldet.

»Ja?« Es ist Sindo.

»Ich bins. Finn.«

»Hey. Surprise. Willste mit mir joggen?«

»Ne. Is was Schlimmes passiert.«

»Ach du Scheiße!«

Die Tür geht auf und wir steigen in den ersten Stock. Sindo steht in Joggingklamotten an der Wohnungstür. Er sieht Bombe aus. Groß, trainiert, Braun, glattes dunkles Haar, buntes Stirnband, volle Lippen und blaue Augen. Von seiner deutschen Mutter.

Sindo starrt auf den Bullen. Der starrt ihn an.

»Peters, LKA Berlin. Können wir reinkommen?«

Sindo guckt mich fragend an, nickt mechanisch und führt uns in ein Landhausstil-Wohnzimmer.

»Ein Überfall«, sage ich zu Sindo. »Tom wurde in der Tankstelle angeschossen. Burak haben sie zusammengeschlagen.«

Sindo reißt seine schönen Augen auf. »Was?«

»Ich möchte gern mit deinen Eltern sprechen«, sagt Peters.

»Sie schlafen noch.«

»Könntest du sie freundlicherweise wecken?«

»Sicher. Warten Sie.« Sindo geht.

Ich lasse mich aufs Sofa fallen, kaue an den Fingernägeln und wippe mit den Beinen. Ich möchte allein sein und nachdenken. Mit dem Bullen neben mir schaffe ich das nicht. Wir schweigen. Peters guckt sich um.

Kurz darauf kommen die drei Achebes zurück. Sindos Eltern in Morgenmänteln. Sie gucken mich verstört an.

»Oberkommissar Peters, LKA. Es gab einen Überfall auf die Tankstelle, in der Finns Vater arbeitet. Tom Seifert wurde angeschossen. Sein Freund, Burak Özcan, niedergeschlagen.«

»Das ist ja furchtbar.« Lena blickt entsetzt zu ihrem Mann.

»Paps liegt mit nem Lungenschuss im künstlichen Koma und Burak hat ne schwere Gehirnerschütterung.«

Peters nickt. »Ich möchte Sie fragen, ob Sie sich um Finn kümmern, bis Tom Seifert wieder aus dem Krankenhaus kommt. Andernfalls muss ich das Jugendamt benachrichtigen.«

»Nicht nötig«, sagt Juma. »Tom ist ein guter Freund der Familie und Finn wie ein zweiter Sohn für uns.«

»Natürlich bleibt er hier«, sagt Sindo.

Peters nickt mir zu. »Dann ist das ja geklärt.«

»Warum hat man auf Tom geschossen?«, fragt Lena.

»Das wissen wir noch nicht, Frau Achebe. Vermutlich hat es etwas mit den Drohungen an dem Tankstellen-Konzern zu tun. Hat Tom Seifert je mit Ihnen darüber gesprochen?«

»Ja«, sagt Juma. »Aber er wusste auch nicht mehr, als in den Zeitungen stand.«

»Hat er je eine Drohung an seine eigene Person erwähnt?«

»Nein«, sagt Lena. »Nachts ist die Tankstelle gesichert und tagsüber herrscht ständig Betrieb. Tom arbeitet aber nur nachts.«

Juma nickt. »Wenn er sich bedroht gefühlt hätte, dann hätte er bestimmt mit uns darüber gesprochen. Allein wegen Finn.«

Lena lächelt. »Die beiden sind wie Kletten.«

Ich fühle mich plötzlich schlecht. Die Achebes sind so cool und offenherzig, haben uns immer geholfen, doch Paps und ich hüten unser Geheimnis. Weil wir sie da nicht hineinziehen wollen. Mein Magen verkrampft sich und mir wird speiübel. Ich springe auf, renne zum Klo, knie mich vor die Schüssel und übergebe mich, bis nur noch Galle kommt.

Es klopft an der Tür.

»Finn?« Es ist Sindo. »Brauchst du was?«

»Geht schon. Bin gleich wieder fit.«

»Na gut.«

Ich richte mich kraftlos auf und betrachte mich im Spiegel. Sehe verdammt scheiße aus. Fahl und eingefallen. Ich wasche mein Gesicht mit kaltem Wasser und kann einen Kaugummi. Ich brauche einen Plan.

Der frische Minzgeschmack bringt wenigstens so viele Lebensgeister zurück, dass ich die Tür öffnen kann.

Peters steht vor mir. »Alles n bisschen viel, was?«

»Kann sein. Außerdem bin ich hundemüde.«

»Dann leg dich hin. Kann ich sonst was für dich tun?«

»Haben Sie so was wie ein Helfersyndrom?«

»Ich bin dein Freund und Helfer. Schon vergessen?«, Peters grinst.

Ich lächle fahl zurück. »Danke, aber meine Freunde suche ich mir schon selbst aus.«

»Da bin ich ja froh.«

»Worüber?«

»Dass ich nicht dazugehöre. Hier ist meine Nummer.« Er hält mir eine Visitenkarte vor die Nase. »Falls dir doch noch was zum Thema Tankstelle einfällt, egal was, ruf mich an. Ja?«

»Wenns sein muss.« Ich nehme die Karte und verstaue sie in der Hosentasche. »Was ist denn jetzt mit dem Jugendamt?«

»Bei den Achebes bist du erst mal gut aufgehoben, denke ich.«

»Kann ich wieder zu Paps?«

»Klar.«

»Dann einen schönen Tach noch.« Ich lasse Peters einfach stehen und gehe zu den Achebes.

Wir hören, wie Peters die Wohnung verlässt.

»Jetzt ruh dich erst mal aus«, sagt Lena. »Reden können wir später, wenn dir danach ist.«

Sindo lächelt schön. »Leg dich hin. Ich geh erst mal joggen, bevor es wieder zu heiß wird.«

»Danke. Ihr seid die Besten.« Gähnend tappe ich in Sindos dämmriges Zimmer, ziehe mich bis auf die Boxershorts aus und schlüpfe unter seine Decke. Es riecht nach ihm, vertraut und tröstlich. Ich kenne Sindo so lange und habe oft hier geschlafen. Er stand mal auf Jungs wie mich. Früher haben wir auch miteinander herumgemacht. Aber das hat sich irgendwie gelegt. Jetzt steht er eher auf Mädchen, glaubt er jedenfalls. Ich stehe auf Kerle. Wie Peters, zum Beispiel.

Ich denke wieder an Paps. Solange er lebt, bin ich nicht in Gefahr.

Kapitel 3 - Hanno

Auf der Fahrt zum LKA geht mir Finn nicht aus dem Kopf. Es ist unglaublich, wie ähnlich er Phil sieht. Und nicht nur das. Auch diese schnoddrige, trotzige Art, überhaupt das ganze Wesen. Dass es so etwas gibt. Ich hielt Doppelgänger-Geschichten bis heute für reine Fiktion. Gerade war ich dabei, die Sache mit Phil endlich mal aufzuarbeiten, meine Schuldgefühle loszuwerden und dann taucht dieser Junge auf. Passt mir gar nicht in den Kram, vor allem nicht, wie er mich einfach so stehen lässt. Das war Phils Spezialität.

Mein Handy klingelt. Es ist Soraya. Ich wappne mich gegen die nächste Attacke.

»Wann kommst du, Hanno? Wir warten auf dich.«

»Bin gleich da.«

Im Büro angekommen, lasse ich mir einen Kaffee aus der Maschine und frage unsere Innendienstfrau Verena nach den anderen.

»Luis ist schon bei der Chefin im Büro.«

Ich bedanke mich, klopfe an und trete ein.

Soraya sitzt am Schreibtisch, Musterschüler Luis ihr gegenüber.

»Bisher gab es nur Drohungen an das Unternehmen Tank-Top, die allesamt von nicht nachvollziehbaren IP-Adressen kamen«, sagt er.

Die beiden sehen mich erwartungsvoll an.

Ich lächle. »Lasst euch nicht stören.«

»Ich meine«, fährt Luis fort, »wer sich so geschickt im Netz bewegt und einen ganzen Konzern bedroht, kann doch viel bequemer Schaden anrichten, als unbedacht an einer einzigen Tankstellenfiliale herumzuballern.«

»Ich sehe im Fall Tom Seifert auch noch keine direkte Verbindung zu den Drohungen an den Tankstellen-Konzern«, sagt Soraya. »E-Mails von anonymisierten IP-Adressen und eine Schießerei vor Ort? Das sind für mich zwei grundverschiedene Sprachen.«

»Sie meinen, da läuft etwas ganz anderes und jemand springt auf die Tankstellendrohungen auf?«

Soraya nickt. »Möglich. Die Sache mit den Drohungen ging ja groß durch die Presse. Nur weiß keiner, wie die Geschichte dorthin kam. Der Konzern zeigte sich bei den Ermittlungen nicht gerade kooperativ und die Zeitungen berufen sich auf irgendwelche Informanten, die sie nicht preisgeben.« Sie überlegt. »Vielleicht waren die Drohungen ja auch nur gefakt.«

»Eine inszenierte Werbekampagne?«, fragt Luis.

»Solchen Firmen ist alles zuzutrauen. Schließlich geht es um viel Geld. Aber das heute Nacht, das sieht irgendwie nach richtiger Drecksarbeit aus.«

»Warum schließt du Raub aus?«, erkundige ich mich.

»Der Typ ballerte, noch bevor die Kasse auf war, Hanno. Ein Räuber wüsste, dass er die Kasse nicht so einfach aufkriegt und sie sich so bei der Flucht untern Arm klemmen müsste. Macht an der belebten Skalitzer keinen Sinn.«

Ich habe wieder das Gefühl, dass die beiden mich gar nicht brauchen.

»Hast du auch etwas zu dem Fall beizutragen?« Sorayas Sarkasmus ist überwältigend und ihre Enttäuschung über meine Kündigung noch immer nicht überwunden. Wahrscheinlich nie.

»Nun, Finn Seifert meint, sein Vater sei eines der kleinsten Rädchen im Unternehmen. Er verkauft Benzin, Chips und Zigaretten und hat somit keinen Zugriff auf sensible Konzerndaten.«

»Na ja …«, entgegnet Luis.

Ich ahne, dass mir gleich wieder eine superschlaue Bemerkung um die Ohren fliegt. »Ich höre?«

»Tom Seifert hat laut Aussage des Tankstellenleiters auch die Warendisposition für Shop und Tankstelle bearbeitet. Über ein Warenwirtschaftssystem gibt es meist eine Schnittstelle zu einem zentralen Server und wo eine Schnittstelle zur Datenübermittlung ist, gibt es einen wunden Punkt im System. Aber da bräuchte man schon Hackerwissen.«

War ja klar, dass Luis schon seine Hausaufgaben gemacht hat. Ich frage mich nur, wann, zum Teufel. Und was er sagt, hat leider Hand und Fuß.

»Habt ihr schon Näheres über Tom Seifert herausgefunden und ob er überhaupt *Hackerwissen* besitzt?«

Luis schüttelt den Kopf.

Ich grinse schadenfroh.

»Er und Burak Özcan sind für die Polizei absolut unauffällig«, sagt Luis. »Keine Vermerke in unseren Systemen. Aber wir stehen ja erst am Anfang.«

»Wie war es mit dem Kind?«, erkundigt sich Soraya.

»Das *Kind* ist 17 und eine spätpubertäre Kratzbürste. Doch er und sein Vater scheinen eine enge Beziehung zu haben. Finn war in der Klinik sehr betroffen und hat Tom Seifert einen Plüschtiger mitgebracht.«

37

»Was ist mit der Mutter?«, fragt Soraya.

»Nach der Geburt auf Nimmerwiedersehen abgehauen, laut Finn.«

»Wo ist er jetzt?«

»Bei der Familie seines Kumpels. Ich dachte, ist besser, wenn er erst mal nicht allein ist. Wenn Tom nicht durchkommt, müssen wir das Jugendamt informieren. Die Leute, bei denen Finn nun ist, sind auch mit Tom Seifert befreundet und machen einen soliden Eindruck. Weder sie noch Finn haben eine Erklärung für den Überfall und wissen von keinen direkten Drohungen. Aber sie sagen, Finn und Tom sind wie Kletten.«

Soraya dreht ihr Tablet um. »Sieh dir mal die Aufnahmen der Tankstellenkamera an.«

Ich setze mich neben Luis. Er riecht wieder nach Himbeerkaugummi und diesem Luis-Duft, den ich inzwischen leider als verführerisch einordne.

Ich konzentriere mich auf die Aufnahmen.

Burak Özcan kommt mit der Tüte zur Tür. Tom Seifert verlässt den panzerglas-gesicherten Thekenbereich und öffnet den Hauptzugang zum Verkaufsraum.

»Der Eingang bleibt aus Sicherheitsgründen ab 23 Uhr geschlossen«, erklärt Luis.

»Was du nicht sagst.« Ich schenke ihm ein mattes Lächeln und gucke weiter.

Burak und Tom umarmen sich und sind dann von der Tüte abgelenkt. Da taucht ein Typ auf und schlägt Burak brutal die Maschinenpistole auf den Kopf. Burak sackt zwischen den Türen zusammen. Tom kniet sich hin und will ihm helfen, da erst bemerkt er den Typen. Er springt auf und geht rückwärts zum Tresen. Der Typ mit der Knarre folgt ihm und ballert an die Decke. Er sagt etwas und Tom antwortet. Der Typ ballert los. Tom kippt hinter die Theke. Kann aber noch den Alarmknopf drücken. Ein Kunde fährt vor. Der Schütze wird sichtlich panisch und flieht. Dann taucht Selim Kayham auf, Seiferts Kollege.

»Können wir herausbekommen, was sie sagen?«

»Ich werde jemanden von der Schule für Gehörgeschädigte anfordern«, sagt Soraya. »Aber heute ist Sonntag.«

Es klopft. Verena kommt herein.

»Der Tankstellenmitarbeiter Kayham erkannte doch das Nummernschild des Täters. Wir haben den Wagen gefunden. Er stand in der Nähe der Tankstelle. War geklaut. Die Technik untersucht ihn gerade.«

Soraya nickt. »Danke, Verena.«

»Kann ich die Aufnahme noch mal sehen?«, frage ich.

Soraya startet sie von vorne.

»Der Typ wirkt nicht wie ein unkontrollierter Junkie, der schnelle Kohle will«, sage ich. »Er schießt cool in die Deckenlampen. Kommt mir eher wie eine Warnung vor.«

Als der Typ auf Seifert schießt, halte ich an.

»Da! Was ist das am rechten Handgelenk des Schützen?«

»Ein Armbändchen«, sagt Luis.

Ich vergrößere das Bild. »Ne, Watson, guck mal genau hin. Das ist ein Tattoo. Drei schwarze Ringe untereinander.«

Luis blinzelt. »Du hast recht. Drei Ringe den Elbenkönigen im Licht …«

»Was?«, fragt Soraya und guckt belämmert.

»Das Ringgedicht aus *Herr der Ringe*.« Luis grinst.

Ich schnaube leise.

»Ihr Literaturgeschmack interessiert jetzt nicht«, knurrt Soraya.

»Da vermummt sich der Schütze und zeigt ein Tattoo«, sage ich. »Hatten wir so was Dämliches schon mal?«

Soraya schüttelt den Kopf. »Nicht, dass ich wüsste. Aber ehrlich, Hanno, so ein Tattoo ist nicht besonders auffällig.«

»Was hat es mit der Obsttüte auf sich?«, frage ich.

»Die Özcans betreiben einen Gemüsehandel«, sagt Soraya. »Alles sauber. Hat Luis schon geprüft. Tom Seifert hat früher für die Özcans Gemüse ausgefahren. Sie kennen sich sehr gut. Burak studiert Jura. Seine Eltern haben ausgesagt, ihr Sohn habe Tom immer wieder aussortierte, unverkäufliche Ware vorbeigebracht.«

Ich denke nach. »Ausgerechnet in *der* Nacht lauert ein Schütze an der Tankstelle?«

»Ist in der Tat seltsam, aber wir hatten schon einige blöde Zufälle, die am Ende nichts bedeuteten.«

»Warum schlägt der Schütze Burak nieder, bedroht Tom erst und schießt dann?«, überlege ich. »Nach Hinrichtung organisierter Banden sieht das nicht aus. Die fackeln nicht lange und sehen zu, dass sie Land gewinnen.«

»Aber du hast doch gerade erwähnt, der Schütze wirkt cool«, sagt Luis. »Da passt was nicht.«

»Wenn er kein Interesse an Geld hatte, könnte man annehmen, er hätte ein persönliches Problem mit Tom Seifert«, sinniert Soraya. »Rache, Schulden, Drogen, was weiß ich.«

»Wenn da nichts Organisiertes dahintersteckt, dann ist das kein Fall fürs LKA«, sage ich. Insgeheim hoffe ich, dass Soraya den Fall abgibt und ich die letzten vier Wochen bis zu meinem Abschied doch noch chillen kann. Und dann, ab an die See. Ich lächle zufrieden.

»Wir werden Tom Seifert unter die Lupe nehmen.« Soraya macht meinen Wunsch mal wieder zunichte. »Konten, Privatleben, Telefonverbindungen, Chats und all das. Wenn dann nichts auf organisiertes Verbrechen hindeutet, wars das fürs LKA. Du, Hanno, guckst dir die Wohnung der Seiferts an und, Luis, Sie checken mit Verena unsere Datenbanken und fahren zum Fundort des Wagens. Hören Sie sich um. Vielleicht haben Anwohner etwas gesehen.«

»Heute noch?«, frage ich. »Es ist Sonntag.«

»Sieht jemand Gefahr im Verzug?«, fragt Soraya.

Wir schütteln die Köpfe.

»Gut. Dann schlaft euch aus und macht euch einen schönen Tag.«

Luis und ich stehen auf und verlassen mit Verena das Büro.

»Na, gehste heute wieder mit deinem High-End-Material im Dreck spielen«, frotzele ich.

Luis kneift die Augen zusammen. »Was hast du gegen mich, Hanno?«

Ich räuspere mich. »Jou … nichts eigentlich. Ich kenne dich ja kaum.«

»Eben. Ich kann nichts dafür, dass du die Abteilung wechselst und keinen Bock mehr hast, hier dein Hirn anzustrengen.«

Ich schnappe nach Luft.

»Alle haben gesagt, du bist Vollprofi und man kann jede Menge von dir lernen«, fährt Luis fort. »Aber mal ehrlich, du erinnerst mich eher an einen Vollpfosten. Lass dich doch krankschreiben und erspare mir deine blöden Bemerkungen.«

Ich arbeite hier, weil *ich* noch Bock habe. Verstehste?« Luis dreht sich auf dem Absatz um und geht in unser Büro.

Verena grinst. »Seine Standpauken kommen schon nah an die Chefin ran, was?«

Wieder einer, der mich abkanzelt und stehen lässt. Ich fühle mich wie ein Fußabstreifer, blase die Backen auf und gehe Luis nach.

»Hör mal zu, Luis. Wenn du keinen Spaß verstehst, ist das deine Sache. Okay, ich kann auch ernst sein. Sehr ernst sogar, wenn dir das lieber ist. Was andere über mich sagen, interessiert mich nicht. Und denk mal drüber nach, ob deine Besserwisser-Show, die du hier abziehst, professioneller ist als mein Verhalten, oder eine postpubertäre Profilneurose. Du musst hier keinem was beweisen, weil hier nur Leute herkommen, die was drauf haben.«

Luis wirft sich die Tasche über die Schulter und schnappt sich den Fahrradhelm. »Nen schönen Sonntag«, sagt er kühl und verschwindet.

Ich lasse mich genervt auf meinen Schreibtischstuhl fallen und sehe seinem Knackarsch nach.

Verena versperrt mir plötzlich die Sicht. »Gib ihm eine Chance, Hanno. Ich finde ihn sehr nett und er hat echt was drauf. Wie du. Wenn du willst.«

Ich fahre nach Hause. Es ist halb neun und schon wieder verdächtig warm.

Unsere Wohnung ist der Hammer. Es gibt einen lichtdurchfluteten Raum mit integrierter Küche im hinteren Teil. Eine Glasfront läuft links den Raum entlang und geht in der

Küche um die Ecke. Draußen liegt die blickgeschützte Terrasse mit Buchsbäumen und Gräsern in Kübeln. Ich weiß nicht, wie Milan an diese Traumwohnung gekommen ist und ich will es auch nicht wissen. Er haut nur noch die übers Ohr, die dasselbe mit ihm tun wollen. Er ist der geborene Geschäftsmann.

Er hat jedenfalls alles auf den Punkt genau stilvoll eingerichtet: grau, weiß, cool. Ein bisschen zu cool für meinen Geschmack. Nur die bunten Leinwände einer befreundeten Malerin bringen Farbe in die Wohnung.

Milan frühstückt auf der Terrasse und tippt nebenbei auf seinem Laptop. Sein dünner Bademantel, die Brille und seine konzentrierte Versunkenheit erinnern mich an einen seriösen Geschäftsmann. Milan hasst Brillen, aber er ist weitsichtig und kann wegen einer Hornhautverkrümmung keine Kontaktlinsen tragen. Ich glaube, das ist sein größtes Problem. Der Glückliche.

»Moin, Milan. Haste noch n Kaffee?«

Er nickt, ohne aufzusehen.

Ich hole eine Tasse, setze mich zu ihm und schenke mir ein. Milan fragt nie nach meiner Arbeit, weil ich nichts sagen darf und er weiß, dass sie mich täglich mehr nervt.

»Neues Drehbuch?«, frage ich und klaue mir eine seiner Zigaretten.

Er sieht erst mich an, dann die Zigarette. »Ja. Eine Geschichte zwischen einem prüden Grafen, seinem sinnlichen Stallburschen und einem eifersüchtigen Diener.« Er nickt zur Zigarette. »Wolltest nicht damit aufhören?«

»Wollte ich. Wer gewinnt das Match?«

»Da es ein Porno ist, gibts am Ende einen Dreier.«

43

Ich grinse schief und zünde die Zigarette an.

»Das Ganze spielt in der Regency-Zeit. Enge Hosen mit schönen Beulen im Schritt, taillierte Jacken, Stiefel, nackt reiten, schwimmen, viele Kerzen und Landhausromantik vor dem Kamin.« Milan guckt mich an und strahlt, als hätte er die Jahrhundertidee eines Gay-Romance-Pornos.

Ich gluckse.

»Was?«

»Naturbursche und Aristokrat? Dass so was zieht.«

»Noch mal, Sweety: Bauarbeiter, Banker und Collegeboys sind durch. Nie was von der Netflixserie Bridgerton gehört?«

»Nö.«

»War ein Bombenerfolg. Ich adaptiere das fürs Gay-Publikum. Jane Austen für Schwule, nur ohne Frauen und mit viel sinnlichem Sex.«

»Ein Kostümschinken? Hört sich aufwendig an.«

»Ist es auch. Aber meine Leute und ich glauben daran.« Milan schiebt die Brille bis zur Nasenspitze und mustert mich eindringlich über den Rahmen. »Hast du nicht Bock, den prüden Grafen zu spielen, der erst von seiner Neigung überzeugt werden muss? Du wärst genau der richtige Typ. Musst auch nichts sagen. Ich möchte, dass das Ganze hauptsächlich von Bildern und Musik lebt.«

Ich zeige ihm einen Vogel. »Zu deiner Information: Ich stehe zu meiner *Neigung*.«

Milan lacht. »Schade. Du siehst so aus, als könntest du Sex gebrauchen.«

»Das ist mein Schicksal.«

»Es macht dich verdammt sexy, einsamer Wolf.«

»Ich bin nicht einsam, sondern brauche einfach nur meine Ruhe.«

»Kannst du haben. Ich fahre gleich ins Studio zu Probeaufnahmen.«

»Am Sonntag?«

»Wir haben ein paar neue Jungs eingeladen. Sind Laien und können nur sonntags. Mal sehen, was sie schauspielerisch draufhaben. Mir fehlt nur noch ein überzeugender Graf.«

»Viel Spaß beim Suchen. Ich geh duschen und leg mich hin. Ist sowieso zu heiß draußen.«

»Wollen wir am Abend zusammen essen?«

»Pizza?«

»Hanno, du bist so was von gewöhnlich und unromantisch.«

»Bisher hat sich noch keiner meiner Lover über gewöhnlichen Sex und Unromantik beklagt.«

»Welcher der beiden?« Milan grinst.

Ich wuschle ihm durchs Haar. »Du weißt auch nicht alles.«

»Oh, ein einsamer Wolf mit Geheimnissen. Du weckst meine Neugierde.«

»Vergiss es. Und was bitte ist falsch an Pizza?«

»Wenn du nicht von selbst drauf kommst, geh duschen, Sweety.«

Ich komme nicht drauf. »Spontandates und Pizzen sind authentischer als Romantik und minimalistische Drei-Sterne-Küche, von der kein Mensch satt wird.«

»Du bist einfach nicht meine Zielgruppe.« Milan lächelt. »Aber okay. Ich bringe Pizzen mit. Sagen wir so gegen 20 Uhr?«

»Perfekt.«

»Ich nehme Frutti di Mare. Vorher ein Carpaccio. Und du?«

»Ne gewöhnliche Margherita passt wohl am besten zu mir. Und vergiss bitte nicht die Tabascosoße.«

Milan verdreht die Augen und ich muss lachen.

Irgendwie sind wir wie ein altes Ehepaar und das ist richtig schön.

Nach der Dusche falle ich ins Bett und gleite in einen unruhigen Schlaf. Träume von Phil. Oder Finn? Ich kann sie nicht auseinanderhalten.

Pass auf ihn auf, sagt einer der beiden.

Auf wen?, frage ich.

Die beiden deuten aufeinander. Wie ein Spiegelbild.

Und auf Paps, sagt der andere.

Das kann nur Finn sein. Beide lächeln, wie Jungs in diesem Alter lächeln sollten. Schön und ein bisschen unsicher.

Dann wechselt die Szene und Luis taucht plötzlich an einem See auf. Wir tragen beide Regency-Klamotten. Ich verstecke mich im Schilfgras, er zieht sich aus und springt ins Wasser. Ich, der prüde Graf, hocke wie ein Spanner im Schilf und biege die Halme auseinander. Ich beobachte Luis, mein Hosenlatz spannt und ich hoffe, dass mich keiner sieht.

Kapitel 4 - Finn

»Ich muss noch mal in unsere Wohnung«, sage ich zu Sindo.
»Hab den Laptop vergessen.«

Wir sitzen im Dakar und essen Hühnchen mit Reis und Gemüse. Köstlich scharf. Das Restaurant ist im Ethno-Stil eingerichtet. Afrikanische Stoffe, Farben und Muster. Archaische, geheimnisvolle Skulpturen stehen in beleuchteten Nischen. Lena hat ein Händchen für Dekor. Sindo und ich kellnern in den Ferien bei seinen Eltern und müssen als Jugendliche um zehn Schluss machen.

Es ist kurz nach 22 Uhr und der Hauptbetrieb ist ohnehin durch. Nur im Hof, zwischen den Kübeln mit Gräsern sitzen noch ein paar Leute und quatschen. Es hat kaum abgekühlt.

»Wann kommst du wieder?«, fragt Sindo.

»In ner halben Stunde oder so.«

Er nickt. »Kannst ja mein Rad nehmen.«

»Ich geh lieber zu Fuß. Mein Bauch platzt gleich.«

Sindo grinst. »Können dann ja noch nen Film angucken.«

»Machen wir.« Ich binde meine Haare zu einem Zopf zusammen und stehe auf. »Sag nur noch schnell deinen Eltern Bescheid.«

Draußen zünde ich eine Zigarette an. Es dämmert. Aufs Neue beschleicht mich ein schlechtes Gewissen, weil ich Sindo nur die halbe Wahrheit gesagt habe. Aber ich muss handeln und etwas in Sicherheit bringen, bevor die Bullen darauf stoßen. Oder die anderen. Je schneller, desto besser.

Ich gehe die Kohlfurter Richtung Admiralsplatz entlang. Das Dakar befindet sich am Anfang der Straße. Da stehen noch ein paar schöne Gründerzeithäuser. Die Kohlfurter ist eine enge Straße mit Bäumen. Links und rechts stehen Autos in den Parkbuchten, manche auch direkt an der Straße, dass kaum zwei Autos aneinander vorbeikommen. Um diese Zeit ist es ruhig.

Am Admiralsplatz liegt meine Grundschule, ein hässlicher Bau vom Ende der Siebziger, vollgesprüht bis zum Abwinken. Ich erinnere mich an meine Zeit dort, als sie Sindo mobbten und meinen Pimmel sehen wollten, weil sie nicht glaubten, dass ich ein Junge bin, da ich schon immer längere Haare trug. Das haben sie einmal versucht und dann gabs blaue Flecken.

Nicht bei mir, wohlgemerkt.

Schon Grundschüler können sozial brennen. Da haben uns unsere Eltern beim Jiu Jitsu angemeldet. Das stärkt das Selbstvertrauen und es war schnell Schluss mit dummen Sprüchen. Sindo und ich wechselten dann aufs Leibniz Gymnasium im schicken Bergmann-Kiez. Zehn Minuten mit dem Rad. Wir wurden die schnellsten Läufer und begannen mit Freerunning, der Kunst der effizienten Fortbewegung. Das machen wir heute noch im Verein oder zu zweit irgendwo in der Stadt. Wir setzen unsere Parcoursläufe online und sind inzwischen ein fester Teil der Freerunner-Community.

Ein Wagen startet und parkt aus. Ich schenke ihm keine Beachtung, bis er am Admiralsplatz wieder anhält. Aus der Fahrertür springt ein Bodybuilder. Er hat seine Basecap tief ins Gesicht gezogen. Ich kann in der Dämmerung seine Züge nicht richtig erkennen.

»Wo ist es?«, fragt er und kommt auf mich zu.

Alle meine Alarmglocken läuten. Ich starre ihn an und atme die Angst aus. »Lass mich in Ruhe.«

»Rücks raus, sonst gehts dir wie deinem Alten.«

Der Fehler von Großmäulern ist, dass sie alle unterschätzen, die nicht nach Muckibude aussehen.

»Hab keine Ahnung, was du willst, Penner.«

»Na gut!« Er ballt seine Fäuste.

Ich erkenne ein Tattoo an seinem rechten Handgelenk. Drei schmale schwarze Ringe.

Er gehört zu ihnen.

»Wenn du es mir nicht gibst, prügle ich es aus dir raus, du kleine Schwuchtel.«

Jiu Jitsu. Die Kraft des Gegners gegen ihn selbst richten.

Ich bin bereit.

Er stürzt sich auf mich.

Im letzten Moment springe ich zur Seite. Er schlägt mit Schwung ins Leere und strauchelt. Ich drehe mich sofort um.

Er fängt sich und schnaubt vor Wut.

Genau das will ich. Wut ist ein schlechter Begleiter, weil er das Hirn ausschaltet.

Er walzt wieder auf mich zu, packt mich mit beiden Händen am Ausschnitt meines T-Shirts und schüttelt mich.

»Du verschissener kleiner Wichser.«

Dann geht alles blitzschnell.

Ich packe sein Shirt an den Schultern, lasse mich auf den Rücken fallen und ziehe ihn mit mir zu Boden. Seine Hände lösen sich vor Schreck von meinem Kragen und er verliert die Kontrolle über seinen Körper. Ich nutze seinen enormen Restschwung, stemmte einen Fuß in seinen Unterbauch,

knapp über dem Geschlechtsteil, und schleuderte ihn kopf-
über. Er legt einen gestreckten, unfreiwillig lustigen Salto hin
und klatscht mit einem dumpfen Laut rückwärts aufs Pflaster.

»Ah …«

Ein gekonnter Überkopfwurf. Mein Trainer wäre stolz auf
mich.

Ich springe auf und trete ihm noch mal volle Kanne in die
Eier. »Nicht nur die Muckis trainieren«, sage ich. »Sondern
auch das Hirn, verstehste?«

Er stöhnt und wälzt sich am Boden. Der ist erst mal beschäftigt. Beim Salto hat er seine Cap verloren. Ich ziehe
mein Phone aus der Tasche und fotografiere ihn.

Da springt ein zweiter Typ aus dem Wagen.

Scheiße. Ich renne los. Er verfolgt mich.

Ich werfe einen schnellen Blick über die Schulter. Noch so
n Schrank.

Bodybuilder trainieren zu viel Kraft, zu wenig Ausdauer
und zu wenig Hirn. Ich hoffe, das Klischee passt.

Ich beschleunige. Der Kerl ist nicht schlecht, doch den
hänge ich ab. Ganz sicher. Bin leichter und wendiger.

Vor mir taucht unser Wohnblock auf. Ich sehe die ver-
trocknete Grünanlage mit dem Spielplatz. Heimspiel.

Am Spielplatz beschleunige ich noch mal und springe mit
ausgebreiteten Armen und angewinkelten Beinen frei über
die niedrige Einzäunung. Doch als ich lande, geht alles
schief.

»Fuck!«

Sand! Irgendein Scheißkind hat ihn vom Kasten auf dem
Weg verteilt. Die glatten Sohlen meiner Chucks greifen nicht

auf dem Gehweg. Ich schlittere. Meine Konzentration ist hin und der Instinkt schaltet sich zu spät ein. Keine Zeit mehr, den Fall zu kontrollieren und abzufangen. Ich knalle hin und rutsche zum Sandkasten. Dabei schürfe ich mir die nackten Knie auf, bremse unfreiwillig noch mit dem Kinn und beiße mir in die Lippen. Der Sand bearbeitet meine Handflächen wie Schleifpapier.

Der keuchende Atem meines Verfolgers ist schon nah. Zu nah.

Denk nach, Finn!

»Das wars dann.« Der Kerl beugt sich über mich und ich verpasse ihm eine Ladung Sand in die Augen.

Er heult auf und weicht zurück. »Ah … du verdammtes Arschloch!«

Das Adrenalin in meinem Körper hilft mir, die Schmerzen zu ignorieren. Ich springe auf, stoße ihn in den Sandkasten und sehe dasselbe Tattoo wie am anderen Kerl.

Ihr Rudel ist frei. Gar nicht gut.

Meine Knie und Hände brennen wie Feuer, doch ich muss den Kerl loswerden. Also Zähne zusammenbeißen, die letzten Kraftreserven aktivieren und nichts wie weg hier.

Vom Spielplatz, durchs Gebüsch, zurück zur Straße. Ein Auto verlässt die Ausfahrt zur Tiefgarage unseres Wohnblocks und das Rollgitter schließt sich.

Meine Chance. Ich beschleunige, schlüpfe durch und habs geschafft. Hinter mir kracht das Gitter auf den Boden.

Ich verstecke mich hinter einem Pfeiler, verschnaufe und lausche. Außer meinem Keuchen ist nichts zu hören. Das Licht geht aus. Sie haben verloren.

Fürs Erste.

Ob sie vom Auto wissen?

Unser grauer Polo steht auf der zweiten Ebene. Ich ziehe mein neues Smartphone aus der Hosentasche und hoffe, dass es den Sturz überlebt hat.

Hat es.

Im Schein meiner Taschenlampe schleiche ich durch die dunkle Garage. Alles ist still. Am Heck des Polos gehe ich in die Hocke und taste mit den Fingern im Auspuff herum.

Da ist der Faden. Ich ziehe den Wagenschlüssel heraus. Paps hat das so arrangiert, für alle Fälle. Wenn wir mal schnell wegmüssen.

Nix wie rein und absperren.

Mit dem Kopf auf dem Lenkrad versuche ich, ruhig zu atmen.

Sie wollen Paps aus dem Weg räumen und danach bin ich dran. So siehts aus.

Dass sie so schnell vorgehen, hatten wir nicht erwartet. Und Burak? Sie konnten doch nicht wissen, dass Paps ihn eingeweiht hatte. Das ist unmöglich!

Ich denke an Paps und dass er vielleicht stirbt. In mir zerbricht etwas und ich fange an zu heulen.

Da fällt mir der Stick ein.

Ich wische mir mit dem Arm den Rotz aus dem Gesicht, steige wieder aus, schiebe den Fahrersitz vor, klappe die Rückbank hoch und schiebe meine Hand zwischen den Filzboden und das Sitzgestell. Da ist der Stick. Ich hole ihn heraus und stecke ihn in die Hosentasche. Alle anderen wichtigen Unterlagen hat Tom in ein Bankschließfach gebracht. Oder zu Burak.

Ich sollte untertauchen. Aber wie und wohin? Und wer soll sich dann um Paps kümmern? Ich kann ihn jetzt nicht allein lassen. Er muss überleben und ich werde dafür sorgen. Und wenn es meinen eigenen Arsch kostet. Tom hat alles für mich getan. Immer. Nun bin ich an der Reihe.

Etwas zuversichtlicher schließe ich das Auto wieder ab und verstecke den Schlüssel im Auspuff. Ich husche zum Aufzug und fahre in den fünften Stock. Die Neonröhre flackert und surrt. Meine Schürfwunden pochen und tun höllisch weh.

Ich betrachte mich im Spiegel des Aufzugs. Verheulte Augen glotzen mich an. Meine Lippe blutet und das Kinn sieht nicht besser aus als die Knie.

Okay, denke ich. *Schnell die Wunden versorgen, den Laptop holen und zurück zu den Achebes.*

Ich schließe die Wohnungstür auf, und noch bevor ich das Licht einschalten kann, werde ich von hinten gepackt. Mein linker Arm wird grob auf den Rücken gedreht. Jemand presst mich mit dem Gesicht an die Wand. Ich spüre etwas Kaltes im Nacken. Eine Waffe?

»Kein Mucks und keine Bewegung«, zischt jemand in mein Ohr.

Sie haben mich.

Ich atme wie ein Irrer und mein Gehirn rattert. Der Typ hat eine Waffe, ich nur einen Arm zur Verfügung und seine Knie sind so zwischen meine Beine gedrückt, dass ich sie spreizen muss und weder Bewegungsraum noch Standsicherheit habe.

Der Typ hat mich voll im Griff. Ein Nahkämpfer. Einer von den Harten. Der kennt sich aus. Keine Chance.

Doch dann rieche ich dieses Waschmittel und atme auf.

»He! Ich bins. Finn. Sie tun mir weh, Peters!«

Er steckt die Waffe weg und drückt den Lichtschalter direkt neben uns. Mein Arm klemmt noch immer auf dem Rücken.

»Sie können mich ruhig loslassen. Ich bin megasozialverträglich. Wirklich.«

Er schnaubt leise und gibt mich frei. »Sorry.«

»Was sind Sie denn für n Rambo?«, maule ich. »Rennen Sie immer mit ner Waffe durch die Gegend?«

»Bin im Dienst.«

Erst jetzt entdecke ich aus den Augenwinkeln das Chaos. Alle Schränke und Schubladen wurden ausgeräumt und das Zeug liegt kreuz und quer auf dem Boden.

Unsere Wohnung ist klein. Paps pennt normalerweise auf der Schlafcouch im Wohnzimmer und hat mir das Schlafzimmer überlassen.

»Wie sind Sie hier reingekommen?«

»Toms Wohnungsschlüssel.«

»Und warum sind Sie am heiligen Sonntagabend hier?«

»Hab den Nachmittag verpennt und mir war nach einer kleinen Abendspazierfahrt nach den Essen.«

»Spazierengehen ist besser für die Verdauung. Dachte, sie sind im Dienst.«

»Hab den Auftrag, mich in eurer Wohnung umzusehen.«

»Dann haben Sie diesen Saustall angerichtet?«

»Ne, war wohl jemand schneller.« Er betrachtet mich. »Was ist denn mit dir passiert?«

»Tja ... Also ... Bin unten gestolpert. Diese Scheiß Berliner Gehwege! Eine Zumutung. Echt! Wenn *ich* schon stolpere und auf die Fresse falle, wie gehts dann erst den alten Leuten? Die Stadtverwaltung sollte ...«

»Jetzt halt mal Luft an, ja!«

»Bitte.« Ich tapse über das Chaos zum Sofa und lasse mich hineinfallen.

Er folgt mir und setzt sich neben mich. »Die Wohnungstür war nicht aufgebrochen. Hat noch wer einen Schlüssel?«

»Ne. Aber die Tür hat kein besonderes Schloss. Nachts schiebe ich immer die Ketten vor.«

Peters deutet in den Raum. »Was soll der Verhau hier? Als ich dich das letzte Mal besucht habe, war alles picobello.«

»Woher soll ich das wissen? Ich war mit Ihnen im Krankenhaus und dann bei den Achebes.«

»Und was machst du *jetzt* hier?«

Ich kneife die Augen zusammen. »Haben Sie eigentlich einen Durchsuch–«

»Was ... machst ... du ... hier?«, betont er langsam.

»Erstens ist das mein Zuhause und zweitens wollte ich nur schnell mal unseren Laptop holen.«

»Sieht so aus, als suchte wer was«, sagt Peters.

Ich nicke anerkennend. »Intelligenzbolzen, wie?«

»Sonst wär ich kein Bulle. Also?«

»Also was?«

»Jemand suchte etwas. Was?«

»Hier liegen überall Wertgegenstände herum. Ach ja, und bündelweise Bargeld. Hier kannst du richtig was holen.«

»Gehts ne Nummer kleiner?«

»Keine Ahnung. Ein ganz gewöhnlicher Einbruch wahrscheinlich. Lesen Sie keine Zeitungen?«

»Hast du was geschluckt? Bist aufgedreht wie ne Spieluhr.«
Ich schüttle den Kopf. »Typisch Bulle. Wer in der Nähe vom Kotti wohnt, ist automatisch n Junkie oder Dealer.«

»Okay.« Peters reibt sich genervt das Gesicht und atmet tief ein. »Noch mal von vorne: Fehlt was?«

»Was jetzt? Soll ich die Klappe halten oder Ihre Fragen beantworten?«

»Fehlt hier was oder nicht?« Er ist sauer.

Ich gucke mich um. »Tom und ich teilen uns den Laptop. Der lag neben dem Sofa hier, als Sie mich am Morgen abgeholt haben. Vielleicht hatten die Einbrecher es darauf abgesehen.«

Der Bulle grinst. »Wie alt war das Ding?«

»Zwei Jahre. Also, wir haben es zwei Jahre. War gebraucht. Fast wie neu.«

»Marke?«

»Mac.«

»So was klaut keiner, außer …«

»Außer was?«

»Es ist was Brisantes drauf.«

»Klar. Wissen Sie, Tom arbeitet nebenberuflich für Putin und Kim Jong Un.«

Der Bulle faltet die Hände vor dem Mund und atmet tief ein. Wie unser Jiu-Jitsu-Trainer.

»Yoga ist gesund für Geist und Körper, Herr Kommissar.«

»Du nervst!« Peters guckt mich an und ich befürchte, er knallt mir gleich eine. »Eine Zecke ist im Vergleich zu dir ein Schmusetier.«

Im selben Augenblick surrt mein Smartphone.

Wir sehen uns an.

»Sindo«, vermute ich. »Er wartet auf mich.«

Ich ziehe mein rotes Phone aus der Hosentasche und starre auf das Display.

Unbekannte Nummer.

Der Bulle sieht es auch.

»Ein Verwähler.«

»Nimm ab und schalte auf Lautsprecher!«

»Was ist mit meiner Privatsphäre?«

»Ich ermittle wegen Mordversuch an deinem Vater und du hast gerade keine. Mach schon!«

Ich geh ran. »Ja?«

»Hallo, Finn.« Die Stimme klingt scheiße gruslig. Ich kann nicht erkennen, ob ein Mann oder eine Frau spricht.

Der Bulle deutet auf das Phone und nickt mir energisch zu.

Ich verstehe, was er meint. »Wer bist du?«

»Das schlechte Gewissen von Tom Seifert.«

Da platzen mir die Pickel. »Hör mal, du Wichser. Was willst du?«

Der Bulle verdreht wieder die Augen und macht beschwichtigende Handbewegungen.

»Gib mir, was Tom Seifert nicht herausrücken wollte.«

»Pech für dich, ich hab nämlich keine Ahnung, wovon du redest.«

»Dann gehts dir wie ihm.«

»Du hast so wenig Hirn wie deine Prügelknaben ...
Hallo ...« Ich sehe zum Bullen. »Aufgelegt.« Ich lächle matt.

»Prügelknaben?«

Ich schweige.

Er deutet auf meine Wunden. »Das da war kein Sturz, richtig?«

Ich zucke mit den Schultern.

Er zieht sein Phone aus der Hose und drückt eine Nummer. »Hanno Peters, hier. Ich brauche die Spurensicherung ... ja, schon wieder!« Er nennt unsere Adresse, erklärt die Situation, legt auf und betrachtet mich argwöhnisch. »Na dann mal raus mit der Sprache.«

»Keine Ahnung, was die Clowns wollten.«

»Noch mal zum Mitschreiben, Kumpel. Dein Vater wird lebensgefährlich verletzt und Burak Özcan fast der Schädel eingeschlagen. Dann tauchst du mit Wunden in eurer durchwühlten Wohnung auf, dich ruft einer an und droht. Wie sieht das für dich aus, hm?«

»Noch mal zum Mitschreiben«, äffe ich ihn nach. »Ich bin nicht Ihr Kumpel.«

»Hat dein Vater etwas mit diesen Konzern-Erpressungen zu tun?«

Ich lache hysterisch. »Da sind Sie auf dem völlig falschen Dampfer.«

»Dann zeig mir den richtigen Dampfer.«

Der Kerl ist nicht schlecht. »Hören Sie, Tom weiht mich nicht in alle seine Geheimnisse ein. Ich ihn übrigens auch nicht in meine. Eine stinknormale Vater-Sohn-Kiste. Okay?«

»Rede kein Blech. Du sprichst entweder von *Tom* oder *Paps*. Das ist keine *stinknormale* Vater-Sohn-Kiste.«

»Welcher Paragraf schreibt vor, wie man seinen Vater nennen muss?«

»Was waren das für Prügelknaben?«

»Keine Ahnung. Die standen da unten und haben mich blöd angemacht. Da war n die bei mir aber an der falschen Adresse. Ich kann Jiu Jitsu und renne wie ein Gepard.«

Peters nickt und guckt spöttisch auf meine aufgeschürften Knie. »Dabei haben sich deine Gepardenbeinchen wohl ein bisschen verheddert, hm?«

Ich schniefe angepisst.

»Und was haben die Prügelknaben mit dem Anrufer zu tun?«

»… wahrscheinlich gar nichts. Das ist mir da am Telefon nur so rausgerutscht. Ich werde immer wieder blöd angemacht, weil ich wie ein Mädchen aussehe. Homophobie, Transphobie. Das Übliche.«

»Das Übliche?«

»Ja, Mann! Wahrscheinlich waren die Typen mächtig untersexualisiert. Kommt hier öfter vor.«

»Verarsche mich nicht. Der Anrufer will was von deinem Vater.«

»Ah, meine Wunden«, jammere ich. »Können Sie vielleicht erst mal einen Blick drauf werfen?«

Der Bulle seufzt und guckt sich um. »Gibts hier was zum Verarzten, Phil?«

»Im Bad. Und ich heiße verdammt noch mal, Finn! F-I-N-N.«

Kapitel 5 - Hanno

Finn sitzt auf dem Badewannenrand. Seine aufgeschürften Hände sind schon desinfiziert und eingepflastert. Hat eine ordentliche Abreibung abbekommen, der Jiu-Jitsu-Gepard.

Er schiebt den Stoff der Sweat-Shorts hoch und ich sehe mir seine Knie an. Die sehnigen, gebräunten Beine sind mit blonden Härchen bedeckt. Er ist keiner dieser Couch-Potatoes, die nur mit einer Spielekonsole zocken.

Ich knie vor ihm und tupfe die Schürfungen vorsichtig mit einem Stück feuchter Küchenrolle ab. Finn verfolgt meine Bewegungen und stöhnt leise. Er verströmt Essens-Duft mit milchig süßer Unternote. Ich denke an Milchbubi und Milans Milchbauern. Und meinen blöden feuchten Spannertraum. Doch damit hat Finn nichts zu tun.

»Machst einen sportlichen Eindruck.«

»Bin kein Sportler. Sindo und ich sind Parcoursläufer.«

»Ah … Freerunning?«

Finn lächelt endlich mal einfach schön. »Genau. Die Kunst der effizienten Fortbewegung.«

»Kunst?«

»Ja. Ist keine schnöde Sportart, sondern eine kreative Interaktion mit Hindernissen. Du musst die Grenzen von Körper und Umwelt erkennen und überwinden.«

Finn ist keine Dumpfbacke. Das höre ich an seiner Ausdrucksweise. Und das Thema ist offensichtlich sein Ding.

»Wo machst du das?«

»Im Verein. Da üben wir an verschiedenen Orten. Manchmal gehe ich mit Sindo auch auf ein Gelände oder wir machen was, wo wir uns nicht auskennen. Das fördert die Kreativität erst richtig.«

Ich nicke anerkennend. »Hab mal ne Doku gesehen. Wirklich beeindruckend.«

Finn grinst. »Wollen Sie jetzt ein Autogramm?«

»Ich versuche nur herauszufinden, wie du tickst.«

»Und wie ticke ich?«

»Ich vermute, du hast gewaltig einen an der Waffel. Ich weiß allerdings noch nicht, warum.«

»Vielleicht bin ich ja ganz normal und Sie haben einen an der Waffel. Wäre kein Wunder, ich meine, als Bulle ...«

Nicht schlecht, der Milchbubi. Aber auch ein Milchbauer lässt sich nicht so schnell aufs Glatteis führen. »Du hast keine Vorurteile, oder?«

»Ich hab auch so meine Erfahrungen gesammelt.«

»Mit Bullen?« Ich lache. »Das interessiert mich jetzt aber.«

»Sindos Mutter ist ja Berlinerin und sein Vater aus Senegal, wie Sie wissen. Sindo sieht mega aus, oder?«

»... Jou.«

»Seine Haut ist dunkler als unsere. Wenn wir mal unterwegs sind, wollen die Bullen stets *seinen* Ausweis sehen und kontrollieren *seine* Tasche. Wer hat hier also einen an der Waffel?«

»Ich weiß es nicht. Gib mir noch mal Pflaster!«

Er schneidet umständlich ein paar Stücke ab. »Ist Berlin nun eine Weltstadt oder nicht?«

»Da fragst du genau den Richtigen. Ich finde Berlin zum Kotzen.«

Finn schnaubt leise.

Ich klebe die Pflaster auf die Wunden. »Schürfwunden sind nicht so schlimm, aber viel schmerzhafter als die meisten anderen Wunden.«

»Schade. Dachte schon, ich komme ins Krankenhaus.«

»Wegen der paar Schürfwunden?«

»Dann wäre ich wenigstens bei Tom und könnte auf ihn aufpassen.«

»Warum solltest du das tun?«

»Nun … ich meine … damit er auch gut behandelt wird.«

»Das wird er.« Ich stehe auf. »Zeig mal dein Kinn!«

Finn hebt sein Gesicht und guckt mir direkt in die Augen. Er sieht so sehr aus wie Phil, dass es mir wehtut und ich mich zurückhalten muss, seine Wangen nicht zu streicheln. Wie damals, als sie Phil davongetragen haben. Tot …

»Warum gucken Sie mich so an?«

»Wie *so*?«

»Irgendwie … keine Ahnung.«

»Erinnerst mich an jemand.«

»An wen?«

»Ist meine Sache.«

»Stehn Sie auf Jungs?«

»Warum fragst du das?«

»Weiß nicht. Ihr Blick. Aber ist ja Ihre Sache. *Ich* respektiere die Privatsphäre anderer Leute.«

»Ach nee.« Ich tupfe die Wunde sauber und Finn gibt mir ein letztes Pflaster. Unser Verhältnis entspannt sich allmählich. Das ist gut.

Wir wechseln vom Bad ins Wohnzimmer.

»Was jetzt?«, fragt Finn.

»Wie, was jetzt?«

»Ich meine, wie geht es weiter?«

»Wir warten auf die Spurensicherung. Ich muss noch mal telefonieren. Du rührst hier inzwischen nichts an, kapiert?«

»Ich geh auf den Balkon und rauche eine.«

»Rauchen und Sport passen nicht zusammen«, sage ich.

»Sie haben echt nicht zugehört.« Finn klingt enttäuscht. »Ich hab eben erklärt, dass ich kein Sportler bin.«

»Ach ja, Künstler. Sorry.«

»Na geht doch.« Finn verschwindet nach draußen.

Ich beobachte ihn durch die offene Balkontüre, rufe Soraya an und erkläre die Lage.

»Du meinst also, es gibt doch einen Zusammenhang mit den Konzerndrohungen?«, fragt sie.

»Einen Beweis habe ich nicht. Aber da stinkt doch auf jeden Fall was. Ich bringe den Grünschnabel gleich wieder zu den Achebes. Kannst du vorsichtshalber Personenschutz für Tom Seifert und Burak Özcan organisieren? Und eine Zivilstreife zu dem Restaurant der Achebes schicken? Ich denke, das kriegst du nach dem Drohanruf durch.«

»Ja. Ich kümmere mich sofort darum.«

»Prima.«

»Sag mal, Hanno, wieso arbeitest du am Sonntagabend?«

Ich konnte ihr schlecht gestehen, dass ich keinen Bock habe, mich von Luis in die Tasche stecken zu lassen. Seine Standpauke hat mich wieder angefixt.

»Du kennst doch meinen sechsten Sinn.«

»Ach, den gibts noch?«

Ich antworte nicht.

»Gut. Bringst du Finn morgen früh mit zum LKA? Ich denke, bis dahin haben sich einige Fragen angesammelt.

»Jou. Ich hole ihn ab. Wir sehen uns morgen. Ciao.« Ich lege auf und trete auf den Balkon.

Aufgebautes Vertrauen vertiefen, ist angesagt.

»Jetzt nehme ich eine«, sage ich. »Falls du mir eine anbietest.«

»Dachte, Sie wollten aufhören.« Er spendiert eine Zigarette.

»Dachte ich auch.«

»Ich werde Sie so schnell nicht los, wie?« Finn bläst mir den Rauch ins Gesicht.

Kokettiert er mit mir?

»Nicht weinen.«

Finn schnaubt abfällig. »Personenschutz. Wow! Hab mein Leben lang von nichts anderem geträumt.«

»Man soll sich nichts wünschen. Es könnte in Erfüllung gehen.«

»Noch so n Scheiß-Kalenderspruch und ich springe vom Balkon.«

»Das tut aber richtig weh.«

»Nicht so wie Ihre blöden Sprüche.«

Der Teenager ist schlagkräftiger als eine Panzerfaust. Seine Coolness verunsichert mich. Ich weiß noch nicht, ob sie aufgesetzt ist oder echt.

»Personenschutz ist kein Spiel. Du wurdest bedroht und dein Vater krepiert vielleicht gerade. Schon vergessen?«

Finn sieht mich mit großen Augen an und schluckt. Manchmal muss man Leuten klarmachen, was auf dem Spiel steht.

Finn mustert mich. »Sind Sie eigentlich so n einsamer Bullen-Wolf?«

Jetzt fängt der auch damit an. Wie Milan.

»Was soll die Frage?«

»Na ja, Sie gehen am Sonntagabend lieber arbeiten als n Bier zu trinken oder noch ma ordentlich zu vögeln, bevor die neue Woche losgeht und der Alltag Sie wieder auffrisst.«

Ich lache. »Du streamst zu viel seichtes Zeug.«

»Kann sein. Haben Sie keine Freunde, oder so?«

»Ich hab alles, was ich brauche. Keine Sorge.«

»Da bin ich aber froh.«

Finn ist eine Nervensäge hoch zehn, aber auch verdammt pfiffig. Ich kann ihm nicht wirklich böse sein. Wie Phil.

»Okay. Du willst wissen, wie es weitergeht? Dann beantworte meine Fragen mal nicht mit Gegenfragen. Dann gehts vielleicht weiter.«

Finn nickt.

»Hast du außer deinem Vater noch Verwandte in der Stadt?«

»Nee. Opa Seifert, also Paps‹ Vater, war der Einzige. Er ist vor n paar Monaten gestorben.«

»Und deine Mutter?«

»Nie gesehen.«

»Welche Schule besuchst du?«

»Leibniz Gymnasium. Mach nächstes Jahr Abi.«

»Und danach?«

»Werde ich einsamer Bullen-Wolf.«

Ich gluckse. »Das glaub ich dir aufs Wort.«

»Warum?«

»Weil du mehr Fragen stellst als beantwortest.«

»Dann haben Sie wohl Ihren Job verfehlt.«

»Jou, hab ich.«

Finn guckt mich irritiert an. »Keine Ahnung, was ich mal mache. Vielleicht was mit Geschichte.«

»Geschichte?«

»Mein Leistungskurs. Mich interessiert, wie alles mal war und zusammenhängt. Ich könnte einen YouTube-Kanal machen und auch mal Teenies dafür interessieren, wie früher alles gelaufen ist und was das mit heute zu tun hat.«

Ich pfeife anerkennend. »Übernimm dich nicht.«

Ich ernte mal wieder einen astreinen Phil-Blick. Trotzig und herausfordernd. Du wirst's schon sehen.

Ich wende mich von Finn ab, betrachte durch die offene Balkontüre das Chaos im Wohnzimmer und werde das Gefühl nicht los, dass Finn mich ablenken möchte. Nur, wovon?

»Die Stimme am Telefon verlangte von dir das, was dein Vater nicht herausrücken wollte.«

Finn zuckt einmal mehr mit den Schultern. Auch so eine Phil-Geste.

»Hat er sich mit Leuten angelegt, die sich nicht ans Bein pinkeln lassen?«

»Was für Leute?«

»Sag du es mir.«

Finn verdreht die Augen. »Jetzt geht die Fantasie aber komplett mit Ihnen durch.«

»Ne! Ich bin seit fünf Jahren Bulle in Berlin und hab schon Pferde kotzen sehen.«

»Echt?« Finn grinst und drückt seine Kippe in einem Aschenbecher aus. »Richtige Pferde?«

»Das ist kein Joke, Finn.«

»Hey!«, sagt er und lächelt zum zweiten Mal schön und ein bisschen scheu. So wie ein Teenager lächeln sollte.

»Was?«

»Sie kapieren langsam, dass ich Finn heiße.«

Ich räuspere mich. »Warum wurde Burak niedergeschlagen? Ist da was zwischen ihm und deinem Vater?«

»Sie meinen, ob sie miteinander schlafen? Falls ja, hab ich kein Problem damit. Sie?«

Seine Gegenfragerei geht mir tierisch auf die Eier. Vielleicht wäre er der bessere Ermittler von uns beiden.

Ich atme tief durch. »Das meinte ich nicht. Ich dachte an irgendeinen Deal.«

Finn überlegt. »Paps und Burak mögen sich. Sehr sogar. Und ich mag beide.«

Geräusche an der Wohnungstüre beenden unser Gespräch.

Das Team der Spurensicherung trifft ein.

Ich fahre Finn zum Restaurant zurück, obwohl es nicht weit ist. Er hockt still neben mir, kaut Fingernägel und wippt nervös mit den Beinen. Ich vermisse plötzlich seine Schnoddrigkeit, seine provozierenden Fragen.

»He! Du musst dir keine Sorgen machen«, sage ich. »Eine Zivilstreife beobachtet bis auf Weiteres das Haus der Achebes.« Ich halte hinter einem Wagen. »Schau! Die Kollegen sind schon da.«

Er guckt mich an. »Ich mache mir viel mehr Sorgen um Paps.«

Ich lächle. »Nicht nötig. Auch er und Burak werden bewacht. Kannst also beruhigt schlafen. Ich hole dich morgen früh um acht ab.«

»Wir haben schon wieder ein Date?«

»Jou.«

»Sie können wohl nicht mehr ohne mich, wie?«

»Meiner Chefin fallen über Nacht bestimmt jede Menge Fragen ein.«

»Ist die auch so eine einsame Bullen-Wölfin?«

»Da kannst du einen drauf lassen.«

Finn schnaubt leise.

»Schon mal eine Frage vorab«, sage ich, »damit du nicht aus der Übung kommst. Was waren das für Prügelknaben vorhin und wie ist das abgelaufen?«

Finn stiert erst mal gerade aus und scheint zu überlegen. Dann guckt er mich an. »Sie glauben wirklich, dass Paps und Burak in Gefahr sind?«

»Sonst hätte ich keinen Schutz angefordert.«

Finn nickt und beginnt zu erzählen. Ich habe das Gefühl, dass irgendwas einen Schalter in ihm umgelegt hat. Nur … was?

Ich glaube nicht, was ich da höre. »Und mit der Tätowierung bist du dir sicher?«

»Hundertpro.«

Ich gehe nicht näher darauf ein. »Hast du die Typen schon mal gesehen?«

»Nein.«

»Kannst du sie beschreiben?«

»Es hat schon gedämmert. Waren so proteinverseuchte Muskelprotze. Einen hab ich jedenfalls fotografiert.«

Ich grinse. »*Du* bist der perfekte Bullen-Wolf. Ehrlich wahr. Schick mir mal das Bild.« Ich gebe ihm meine Nummer.

Er speichert sie und kurz darauf habe ich das Foto.

»Ist ziemlich verwackelt.«

»War leider keine Zeit, ihn um ein freundliches *Cheese* zu bitten.«

»Trotzdem danke, Finn. Vielleicht kriegen die von der Technik das ein bisschen schärfer hin.«

»Das mit dem Garagentor war echt Glück. Ich bin durch die Tiefgarage gleich hoch in die Wohnung, wo *Sie* mich dann fast umgelegt haben.«

»Wusste ja nicht, wer sich da anschleicht.«

»Schon gut. Wars das?«

Ich nicke. Wir steigen aus und gehen zu den Kollegen. Ich stelle Finn vor und bespreche mit ihnen, worauf sie achten müssen.

Danach begleite ich Finn zum Eingang des Restaurants. Es ist schon geschlossen. Er klopft an die Glastür. Lena Achebe kommt, öffnet und stößt einen kleinen Schrei aus, als sie Finns Verletzungen sieht.

»Halb so schlimm, Lena. Ist Sindo schon oben?«

Sie nickt.

»Gute Nacht, Finn«, sage ich.

»Nacht, Oberfragenstellerkommissar.« Er geht, ohne mich weiter zu beachten.

Ich schmunzle. »Finn?«

Er dreht sich um.

»Geh nicht mehr allein zu eurer Wohnung oder irgendwo anders hin, okay?«

Er nickt und verschwindet.

»Was bedeutet das alles?«, fragt Lena.

Ich erkläre ihr die Situation.

»Wir werden bewacht?« Sie lacht hysterisch.

»Reine Vorsichtsmaßnahme, bis wir mehr wissen. Vielleicht reden Sie noch mal mit Finn. Er macht zwar auf cool, aber es tut ihm sicher gut, wenn er jemanden in der Nähe hat.«

Frau Achebe nickt. »Jungs halt.«

»Wir können im Augenblick nicht einschätzen, wie gefährdet Finn ist. Ich hole ihn morgen früh wieder ab. Meine Chefin möchte mit ihm sprechen.«

Frau Achebe seufzt. »Ich verstehe das alles nicht, Herr Peters.«

»Ich auch nicht, Frau Achebe, aber wir geben unser Bestes. Schlafen Sie gut.«

»Gute Nacht.« Sie wirft einen argwöhnischen Blick auf die Straße, schließt die Tür und lässt die Gitter herunter.

Beruhigt gehe ich zum Wagen zurück und sehe dabei, dass einer der Kollegen bei offenem Fenster raucht.

Ich beuge mich zu ihm. »Tschuldigung, Herr Kollege. Haben Sie vielleicht mal eine für mich?«

Er spendiert eine Zigarette. »Danke schön. Ich bringe Ihnen dafür morgen früh Kaffee vorbei!«

»Das wär n feiner Zug, Oberkommissar.«

Ich tippe mir an die Schläfe und gehe zu meinem Wagen. Bevor ich einsteige, hole ich mein Smartphone aus der Hosentasche und sende Luis eine Nachricht.

Schläfst du schon?

Ja

Ich grinse.

Können wir bitte kurz mal telefonieren? Ist wichtig

Meinetwegen

Ich atme tief ein und drücke auf die Gesprächstaste. Mein Herz klopft plötzlich wie wild. Luis nimmt ab.

»N Abend Luis … Störe ich?«

»Kann gut sein.«

Ich ziehe an der Zigarette und blase den Rauch aus.

»Rauchst du etwa?«, fragt er.

»Ne. Lass nur n bisschen Dampf ab. Hör mal. Das heute Morgen tut mir leid, Luis. War kein guter Start mit uns beiden.«

»Wird das eine Entschuldigung?«

»Jou. Bekomme ich eine zweite Chance? Ich erkläre dir alles mal in Ruhe.«

Luis schweigt. Ich höre, wie er atmet.

»Okay, Hanno. Noch vier Wochen dissen halte ich nicht durch.«

»Musst du nicht. Ich habe über deine Standpauke nachgedacht und gebe dir recht. Du hast mich wachgerüttelt. Also, Neustart?«

»Gern. Ich hab auch nachgedacht, Hanno. Komme ich wirklich als Besserwisser rüber?«

»Jou. Aber du bist ein sehr guter Ermittler und lässt eben nichts außer Acht. Das ist voll in Ordnung. Hör mal zu …«

Ich erzähle ihm von meinen Überstunden mit Finn.

»Das muss ich erst mal sacken lassen.«

»Klar. Wir sehen uns ja morgen früh.«

»Hanno?«

»Jou?«

»Ich hab auch Überstunden gemacht und die Anwohner der Straße befragt, in der wir das Auto des Schützen gefunden haben.«

Ich grinse. »Dann haben wir ja doch was gemeinsam.«

»Vielleicht. Eine alte Frau konnte nicht schlafen wegen der Hitze und hat ne Zeit lang aus dem Fenster geguckt.«

»Irgendwer sieht doch immer irgendwas«, sage ich.

»Ja, aber leider sieht sie schlecht. Der Fluchtwagen wurde abgestellt und der Fahrer stieg in ein anderes Fahrzeug, das dort offensichtlich auf ihn gewartet hatte. Ein dunkles mit irgendeinem Fisch drauf.«

»Fisch?« Ich muss lachen.

»Ja. Ein stilisierter Fisch oder so. Mehr hab ich nicht herausbekommen.«

»Leg dich hin, Luis. Wir sehen uns morgen früh.«

»Bist du dann auch noch so sozialverträglich, wie jetzt?«

»Vorsicht! Ich bin ein Morgenmuffel. Nimm dann meine Sprüche bitte nicht persönlich.«

»Probiers doch mal mit ner halben Stunde früher aufstehen, ein paar Liegestützen und nem Frühstück. Das hilft bei mir.«

»Ich werde es testen. Dann schlaf mal gut, Luis.«

»Du auch.«

Wir beenden das Gespräch und ich fühle mich besser. Viel besser.

Montag

Kapitel 6 - Finn

Gegen halb acht schäle ich mich widerwillig aus Sindos Bett. Er pennt noch. Ich würde auch gern noch liegen bleiben, aber Peters kommt gleich. Also gehe ich duschen und fühle mich schäbig, weil ich Sindo genauso ausgewichen bin wie Peters.

Ich ziehe mir was Frisches an und frage mich, ob Peters mich cool findet. Seine Blicke verraten mir zumindest, dass er mich irgendwie sympathisch findet, weil wir so entspannt gequatscht haben. Da keiner meine Frage beantwortet, klebe ich neue Pflaster auf meine Schürfwunden und denke daran, wie sanft Peters das gestern gemacht hat. Der Bullen-Wolf.

Punkt acht klingelt es.

Ich tappe zur Sprechanlage. »Ja?«

»Moin. Peters hier.«

»Bin gleich unten.« Ich binde mein Haar zu einem Knoten zusammen, guck noch mal in den Spiegel, strecke mir die Zunge heraus, schnappe meinen kleinen Rucksack und verlasse die Wohnung.

Peters lehnt mit verschränkten Armen an der Beifahrertür seines Wagens und lächelt. Er ist rasiert und duftet nach Duschgel. Er gefällt mir und ich betrachte ihn.

»Gut geschlafen?«

Ich gähne. »Können wir mit der Befragung noch warten, bis ich ganz wach bin?«

»Probiers doch mal mit ner halben Stunde früher aufstehen, ein paar Liegestützen und nem Frühstück. Das hilft.«

Peters gefällt mir besser, wenn er behutsam Pflaster aufklebt. »Warum arbeiten Sie nicht in einem Boot Camp? Da können Sie Teenies aus einem Problemviertel, die einen an der Waffel haben, nach Lust und Laune schikanieren. Außerdem habe ich Ferien.«

Er schnippt mit den Fingern und deutet auf mich. »Jetzt weiß ich, was mir gefehlt hat.«

»Was?«

Er hält mir übertrieben höflich die Tür auf. »Dein unwiderstehlicher Charme. Darf ich bitten?« Es klingt genervt.

»Übernehmen Sie sich nicht. Freundlichkeit ist nicht so Ihr Ding.« Ich steige ein.

Peters knallt die Tür zu, umrundet den Wagen und setzt sich neben mich. Er startet den Wagen und wir fahren los. Er schaltet Musik ein. Es ist wieder diese coole Mischung aus Techno, Trance und Chill.

»Was ist das?«

»Aes Dana.«

»Kenne ich nicht.«

»Höre ich seit meiner Jugend.«

»Gefällt mir.«

»Da hab ich ja mal Glück gehabt.«

»Was heißt Aes … Dana?«

»Ist altirisch und bedeutet *Leute mit Fähigkeiten*.«

»Was für Fähigkeiten?«

»Du bist doch kreativ. Suchs dir aus.«

»Können Sie eigentlich tanzen?«

Er gluckst. »Wenn du damit so albernes Gequirrle wie Tango oder so meinst, dann nein.«

Ich grinse und versuche mir Peters in einem Techno-Club vorzustellen. Schwitzend mit nacktem Oberkörper und rhythmischen Bewegungen. Könnte richtig sexy aussehen.

Er stellt die Musik lauter. Hat wohl keinen Bock mit mir zu reden.

Ist mir recht. Ich verscheuche das Techno-Bild und überlege, was sie mich wohl fragen werden. Paps wird bewacht. Genau das braucht er. Gut, dass Peters von sich aus drauf gekommen ist. Ich hatte mir schon den Kopf darüber zerbrochen, wie ich das hinkriegen könnte. Der Anrufer hat sich das nun selbst eingebrockt. Dafür hab ich Peters dann ein bisschen was über die Schläger erzählt. Bin ja kein Unmensch.

Wie kann ich Paps helfen, ohne ihn selbst tiefer in die Sache hineinzureiten? Ich brauche Burak, aber der ist ja auch k.o.!

Kurz darauf sitze ich am Tisch eines hellen Besprechungszimmers und gucke aus dem Fenster auf den begrünten Innenhof. Das LKA am Tempelhofer Damm kommt mir wie eine Burg vor. Peters hat gesagt, hier kommt keiner ungesehen rein und raus.

Ich fragte ihn, ob sie keine bunte Ballkiste hätten wie bei Ikea. Dann könnte ich mich ein bisschen beschäftigen. *Jou*, sagte er, *wenn du willst, bring ich dich zum Eltern-Kind Büro. Da kannst du mit den Bratzen der Kollegen und Kolleginnen spielen.* Damit ließ er mich hier sitzen. Sein versprochenes Frühstück habe ich noch nicht bekommen.

Mein Magen knurrt. Ich lenke mich ab und chatte mit Sindo.

Hey. Gehste wieder joggen?

Nee. Keinen Bock. Was läuft bei dir?

Sie lassen mich warten. Keine Ahnung, wann ich hier herauskomme

Du musst ihnen helfen, die Typen zu finden

Ich brauche dich, Sindo

Ich weiß. Bin immer für dich da

Immer, egal was?

Immer, egal was!

Melde mich, wenn ich hier Land sehe

Ich schiebe das Handy in die Hosentasche, verschränke die Arme auf den Tisch, lege den Kopf drauf und denke nach.

Sie waren in unserer Wohnung. Hätte mich Peters nicht weggebracht, oder wäre er gestern Abend nicht da gewesen, sie hätten mich eiskalt erwischt.

Ich hatte Tom neulich gefragt, warum er nicht zur Polizei geht. Er meinte, ohne klare Beweise würden sie ihn für einen Spinner halten. Oder für einen Mitwisser. Ich habe gesagt, okay, Tom, ich halte dich auch für einen Spinner. Aber jetzt haben sie ihn angeschossen und das zeigt, dass Tom auf der richtigen Spur war.

Die Tür geht auf. Peters und eine arabisch aussehende Frau Ende vierzig kommen herein.

Sie ist sportlich, sieht aber schlecht gelaunt aus. Muss bei denen irgendwie am Job liegen.

Den beiden folgt ein rothaariger junger Kerl. Anfang 20 schätze ich. Wie Burak vielleicht. Wirkt irgendwie zu jung für einen Bullen und ausnahmsweise mal freundlich.

»Ich bin Kriminalhauptkommissarin Dabaschi und das ist Kriminalkommissar Sandmann. Kriminaloberkommissar Peters kennst du ja.«

Ich schüttle den Kopf. »Bei der Polizei ersetzen Dienstgrade ein *Guten Morgen*, oder wie?«

Dabaschi schnappt nach Luft.

Peters grinst. Er setzt sich mir gegenüber und legt ein Notizbuch auf den Tisch.

»Dass ich Kommissar Peters kenne, ist reichlich übertrieben, Frau Dabaschi. Wir haben gezwungenermaßen Bekanntschaft gemacht. Warum sitze ich hier wie in Einzelhaft?«

»Sorry. Die Besprechung hat ein bisschen länger gedauert. Wir mussten unsere Infos zusammentragen.«

Sandmann serviert mir Kakao mit einem Schoko-Croissant und lächelt. »Kleiner Gruß aus der Kantine.«

»Kaffee wär mir lieber.«

»Zimmerservice hat gerade Schichtwechsel«, sagt Sandmann.

Peters prustet.

Sandmann hat also auch den Bullenkoller. Ich werfe ihm einen abfälligen Blick zu, schnappe mir das Croissant und beiße ein Stück ab. Ist gar nicht mal schlecht. Dafür sieht der Automaten-Kakao aus, als hätte ihn schon jemand getrunken.

Dabaschi atmet tief ein, setzt sich an den Tisch und schiebt mir ein Tütchen zu. »Das ist eine von zwanzig Patronen aus der Tankstelle. Kaliber neun. Deinem Vater ist eine durch die Lunge gerauscht. Eine in die Schulter. Er hat mehrere

Streifschüsse an den Armen. Der gesicherte Tresen hat ihm womöglich das Leben gerettet.«

Ich höre auf zu kauen und sehe sie an.

»Soraya!«, mahnt Peters. »Sein Vater kämpft ums Überleben.«

Ich sehe Tom vor mir, wie er auf der Intensivstation liegt. Tränen sammeln sich in meinen Augen und die Bullen verschwimmen vor mir.

»Die Patronen stammen mutmaßlich aus einer deutschen Maschinenpistole«, sagt Peters erstaunlich ruhig.

Eigentlich hat er eine schöne Stimme, auch wenn er Scheiß-Sachen sagt.

Ich schniefe. »Wie geht es Paps?«

»Leider unverändert.« Sandmann lächelt mitfühlend und reicht mir ein Papiertaschentuch.

»Bitte! Ich möchte zu ihm. Er hat nur mich.« Ich schnäuze in das Taschentuch. Scheiße! Ich will nicht heulen.

»Später«, sagt Dabaschi. »Er ist in guten Händen und wir passen auf ihn auf. Wir haben uns die Überwachungsvideos aus der Tankstelle angesehen.« Sie klappt ein Tablet auf.

»Moment! Sie verlangen jetzt aber nicht, dass ich mir angucke, wie Paps und Burak ...«

»Nein. Wir haben den Schützen herausgeschnitten. Möchtest du ihn dir ansehen?« Sie klingt ein bisschen sanfter.

Ich nicke.

Sie wischt auf dem Screen herum und legt das Bild vor mich. Ich sehe einen Typen in Jeans und engem schwarzem T-Shirt, Basecap und einer Sturmhaube. Typ Bodybuilder, breiter Rücken, mächtige Bizeps.

»Kommt er dir bekannt vor?«

»Solche Muskelprolls stehen vor jedem Fitnessstudio. Ohne Maske, zumindest.«

»Er trägt ein Tattoo am rechten Handgelenk.« Sandmann deutet auf den Bildschirm. »Drei Ringe. Sehen aus wie Armbänder.«

»Der Herr der Ringe oder was?«

Sandmann starrt mich kühl an.

»War das einer der Kerle, die dich gestern Abend angegriffen haben?«, fragt Peters.

»Kann sein.«

Dabaschi wischt weiter und zeigt mir eine Vergrößerung. »Wir haben dein Foto von gestern Abend so scharf wie möglich gemacht. Wurde aber nicht viel besser. Hast du den Kerl vorher schon mal gesehen?«

Ich betrachte das Bild. »Hat das Sackgesicht auch auf Paps geschossen?«

»Das wissen wir nicht.« Dabaschi trommelt genervt auf den Tisch.

»Euer Laptop war nicht mehr in der Wohnung«, sagt Peters.

Ich sehe ihn an. »Blöd. Den haben wir echt günstig bekommen.«

»Was war denn drauf?«

»Das Übliche. Hab ihn für die Schule gebraucht, gesurft oder mit Sindo Pornos geguckt. Keine Ahnung, was Tom da getrieben hat. Vermutlich dasselbe. Machen Sie doch auch, oder?«

Peters und Dabaschi hüsteln.

Sandmann gluckst.

»Ich wiederhole«, sagt Peters. »Der Laptop ist weg. Ich habe schon gesagt, so ein Modell klaut keiner, um es zu verticken. Das hat kaum noch einen Wert. Also vermutet jemand darauf etwas zu finden, was er haben will. Das, was dein Vater nicht herausrücken wollte.«

Ich nicke. »Hört sich schlüssig an.«

Die drei Bullen stöhnen auf.

Da fällt mir was ein. »Wo ist Toms Handy?«

»War in seiner Hosentasche«, sagt Sandmann. »Wird gerade geprüft.«

»Würdest du uns freundlicherweise mal dein Smartphone zur Verfügung stellen?«, fragt Sandmann.

»Warum?«

»Vielleicht können wir den Drohanrufer irgendwie zurückverfolgen.«

Finn, du Idiot! Warum hast du das Phone angesprochen? Ich stecke den Rest des Croissants auf einmal in den Mund und kaue. Denke nach. Ich muss alles tun, damit sie Tom nicht für einen Spinner halten oder ihm gar was ans Bein binden.

»Haben Sie was in der Wohnung gefunden?«, nuschle ich mit vollen Backen und versuche die Bullen von meinem Phone abzulenken.

»Die Spuren werden gerade ausgewertet.«

»Ich kann ja auch noch mal genauer gucken, wenn ich später zu Hause aufräume. Wann kann ich gehen?«

»Du glaubst doch nicht im Ernst, dass wir dich in die Wohnung zurücklassen«, sagt Dabaschi.

»Sie können mich nicht einsperren.«

»Nein.« Peters beugt sich über den Tisch. »Aber du wirst bedroht.«

Ich trinke vom lauwarmen Kakao. Er schmeckt so beschissen, wie er aussieht. »Hab keinen Schiss.«

»Solltest du aber«, sagt Sandmann. »Also, das Handy, bitte!« Er streckt die Hand aus.

Ich gebe es ihm widerwillig.

»Coole Farbe.« Er betrachtet es. »Sieht neu aus.«

»Hab ich von Paps zum Geburtstag bekommen. Mit der Uhr hier.« Ich halte ihm stolz meine Smartwatch in derselben Farbe vor die Nase.

»Code?«

»Fingerabdruck.«

»Könntest du mal?«

Ich schalte das Phone ein.

»Deine Nummer?«

Ich sage sie, Sandmann schreibt mit und ändert sofort die Entsperrung.

»Was ist mit meinen privaten Chats? Werden die auch geprüft?«

»Sofern sie der Sache dienen, werden sie dokumentiert. Andernfalls nicht.«

»Na toll. Schon mal was von Privatsphäre gehört?«

»Wir interessieren uns nicht für deine Pillow-Talks.«

»Was?«

»Bettgeflüster«, sagt Peters.

»Ich lass das mal in die Technik bringen.« Sandmann verlässt den Raum und kehrt gleich darauf ohne mein Phone zurück.

»Wer war dieser Anrufer?«, fragt Dabaschi. »Irgendeine Idee?«

»Hab schon Herrn Peters gesagt, dass ich das nicht weiß. Ist doch Ihre Aufgabe, das herauszufinden.«

Peters haut mit der Faust auf den Tisch.

Wir zucken alle zusammen. Seine Freundlichkeit ist wie dünnes Eis.

Er steht auf. »Ich erzähle dir jetzt mal, wie die Sache in der Tankstelle abgelaufen ist.«

Ich nippe am Ekel-Kakao und glotze in die Tasse, weil ich keinen Bock habe, Peters anzugucken und höre ihm zu.

»Das war kein Überfall irgendwelcher Junkies vom Kottbusser Tor«, sagt Peters. »Ob das mit den Drohungen an den Tankstellen-Konzern zusammenhängt, bleibt abzuwarten, denn die Drohung an deine Adresse stört uns dabei. Mit wem hat sich dein Vater angelegt? Mit irgendwelchen Banden oder Clans?«

»Hä?«

»Tu nicht so blöd. Wir haben drei Kerle mit demselben Tattoo. Der Schütze aus der Tankstelle und die beiden, die dich angegriffen haben. Das Tattoo könnte eine Art Bandenzeichen sein.«

»Tom hat jedenfalls keines.«

Peters kneift die Augen zusammen. »Du bist ein schlauer Bursche und hast verdammt viel keine Ahnung. Das passt nicht.«

»Da lag eine Schreckschusswaffe unter der Kasse«, sagt der junge Kommissar. »Der Tankstellenleiter konnte sich nicht erklären, was die da zu suchen hatte.«

»Und dann soll ich das wissen?«

»Hatte dein Vater Schiss vor jemanden?«, fragt Peters.

»Hören Sie: So gern ich es auch wäre, ich kann Ihre Fragen leider nicht beantworten. Versteh ja selbst nur Bahnhof.«

Für einen Augenblick herrscht Stille. Die drei sehen mich an.

Dabei wird mir eines klar. Ohne diese Leute hier werden die Schweine nie hochgehen.

»Ist es so schwer zu kapieren, dass nicht *wir* deine Feinde sind?«, fragt Peters.

Ich starre ihn an. War das Gedankenübertragung? Echt spooky, der Typ. Wow.

Kapitel 7 - Hanno

Es klopft und Verena platzt herein. »Sorry, dass ich störe.«
Sie blickt zu Finn. »Habt ihr mal ne Minute?«

Wir lassen Finn zurück und schließen die Tür.

»Es gibt eine Leiche«, sagt Verena.

Soraya legt die Stirn in Falten.

»Ist gerade reingekommen. Der Tote trieb im Landwehrkanal. Ein Rentner, der seinen Hund ausgeführt hat, ist heute
früh auf ihn aufmerksam geworden. Die Mordkommission
und die Rechtsmedizin sind schon vor Ort.«

»Und was hat das mit uns zu tun?«, erkundigt sich Soraya.
»Ich habe heute Morgen mit dem Tankstellen-Konzern telefoniert. Es gab keine neuen Drohungen.«

»Die Todesursache ist ein Genickschuss aus nächster
Nähe, sagt die Gerichtsmedizinerin. Für sie sieht das nach
einer Hinrichtung aus dem organisierten Milieu aus. Deswegen hat sie uns gleich ein paar Fotos geschickt.«

Wir gehen zu Verenas Schreibtisch und sehen uns die Fotos an.

»Könnte der Schütze von der Tankstelle sein«, sage ich.

»Das Tattoo, die Statur und die Kleidung stimmen jedenfalls überein«, bestätigt Soraya. »Die Sneakers sind eindeu-
tig.«

»Ich hab euch die Fotos schon geschickt. Details gibts im
Lauf des Tages.«

»Danke, Verena«, sagt Soraya und denkt einen Augenblick
nach. »Finn blockt irgendwas. Am besten, wir zeigen ihm
den Toten. Vielleicht kapiert er dann, mit welcher Sorte Kri-
mineller wir es hier zu tun haben.«

Luis und ich nicken.

»Ich hole uns erst mal eine Runde Kaffee«, sagt Luis.

»Gute Idee.« Soraya lächelt zur Abwechslung mal.

Gemeinsam gehen wir in den Besprechungsraum zurück.

Finn guckt uns an.

»Hier, der hilft vielleicht.« Luis beugt sich über den Tisch und schiebt Finn einen Becher Kaffee zu.

Sein T-Shirt rutscht hoch. Ich sehe weiße Haut und den Bund der Puma Boxershorts. Puma! Mein Blick wandert zwangsläufig über seinen knackigen Hintern.

Mein Bauch kribbelt. Ich schließe die Augen, massiere die Nasenwurzel und versuche dieses Bild auszublenden.

Als ich die Augen wieder öffne, schlürft Finn am Kaffee. »Darf ich hier rauchen?«

»Nein«, sagt Luis energisch.

Finn hebt beschwichtigend eine Hand. »Schon gut. Dann halt nicht.«

»Hör zu, Finn«, beginnt Soraya. »Es gibt eine Leiche und wir gehen davon aus, dass es sich um den Mann handelt, der auf deinen Vater geschossen hat.«

Finn schnappt nach Luft.

Zum ersten Mal spüre ich einen Riss in seinem Panzer der Lässigkeit. »Das zeigt uns, wie skrupellos diese Leute sind und dass dein Vater und du verdammt viel Glück hattet.«

»Wer, bitte, killt einen *Killer*?« Luis‹ Frage steht im Raum wie ein ungebetener Gast.

»Seine Auftraggeber?« Finn hat seine Fassung wieder, spielt gelangweilt mit einer Haarsträhne und blickt in die Runde, als wären wir Idioten.

Drei LKA-Beamte starren auf diesen Gymnasiasten mit dem Gesicht eines unschuldigen Mädchens und es passt mir überhaupt nicht in den Kram, dass er uns auch noch Stichworte einsoufliert, als seien wir schlechte Schauspieler.

»Du musst es ja wissen«, knurre ich.

»Hab da mal so n Film gesehen.«

»Interessanter Aspekt«, sagt Luis, geht auf und ab, legt dabei einen Zeigefinger an die Lippen und rekapituliert. »Nach allem, was wir bis jetzt wissen, wollte jemand etwas von Tom Seifert. Was?« Er bleibt vor Finn stehen und fixiert ihn.

»Was?«, wiederholt Finn.

»Denk mal nach, du Opfer!«

Finn sieht zu Soraya. »Darf er mich so nennen?«

»Darf er«, sagt sie. »Du bist eins.«

Ich muss grinsen.

»Hab doch schon gesagt, dass ich nicht weiß, was Tom getrieben hat, während ich brav in der Schule war.«

»Okay«, sagt Luis und geht weiter auf und ab. »Tom Seifert hat etwas und rückt es nicht heraus. Es muss für jemanden sehr wichtig sein, denn man setzt einen Mann fürs Grobe auf Tom Seifert an. Vielleicht sollte es nur eine Drohung sein. Die einsame Nachtschicht in einer Tankstelle ist eine optimale Location für ein kleines Meeting. Dann kommt Burak Özcan vorbei. Tom Seifert lässt ihn zum Haupteingang rein. Die Tüte mit dem Gemüse spielt dem Schützen zu. Beide Männer sind abgelenkt. Der Schütze nutzt die Gelegenheit, setzt Burak außer Gefecht und bedroht Tom. Draußen fährt ein Kunde zum Tanken vor. Der Schütze verliert die Nerven, schießt und haut ab. Er ahnt nicht, dass Selim Kayhan, Seiferts Ablösung, auch gerade um die Ecke kommt.«

»Ich verstehe nicht, worauf Sie hinaus wollen«, sagt Soraya und spricht damit genau meinen Gedanken aus.

»Ganz einfach!« Luis streicht mit einer aufreizenden Geste den Pony zurück und lächelt. »Der Schütze hat Scheiße gebaut. Gestern Abend wird Finn von ähnlichen Männern tätlich angegriffen und danach per Telefon bedroht.«

»Klar«, sage ich und schlage mir an die Stirn. »Jedes Kind weiß, dass so eine Tankstelle überwacht wird. Besonders an der Skalitzer Straße in der Nähe vom Kottbusser Tor. Daran hat der Schütze im Stress wohl nicht mehr gedacht. Dem Auftraggeber aber ist klar, dass wir die Aufzeichnungen früher oder später in die Hände bekommen und den Täter vielleicht identifizieren könnten.«

Luis lächelt mir zu. »Einen Tag später überfällt einer dieser Männer Finn. Der aber ist ne kleine Kampfmaschine, legt ihn aufs Kreuz und fotografiert ihn auch noch. Was ich damit sagen will, die Auftraggeber werden nervös. Deren Kerle machen ihre Jobs schlecht. Einen hat man schon zum Schweigen gebracht.«

Ich zeige Luis einen erhobenen Daumen.

»Vielleicht ist er uns bekannt«, sagt Soraya und nickt anerkennend. »Nicht schlecht, Luis.«

Er strahlt.

»Für den Anfang.«

War ja klar, dass Soraya Lob nicht einfach so stehenlässt.

»He! Das war meine Idee«, beschwert sich Finn.

»Schön, dass du auch mal was Konstruktives beizutragen hast«, sage ich.

Soraya guckt zwischen uns hin und her. »Bleibt nur die Frage, was Tom Seifert nicht preisgeben wollte und was man nun von dir einfordert.«

Wir sehen erwartungsvoll zu Finn.

Er sinkt auf seinem Stuhl zusammen.

Ich betrachte ihn. Sein Gesicht verwandelt sich aufs Neue in das meines Bruders.

Soraya weiß, dass ich wegen Phil in Therapie war, weil ich mir die Schuld am Segelunfall gab. Ich hatte ihm strikt verboten, bei dem stürmischen Wetter rauszufahren. Doch er hat mich an der Nase herumgeführt.

Ich dachte, ich wäre drüber weg. Aber Finn führt mir mein Versagen bei Phils Unfall wieder vor Augen.

Ich wäge ab. Wenn ich Soraya davon erzähle, steckt sie mich wegen Befangenheit in den Innendienst, ich tippe die nächsten vier Wochen gechillt Berichte und gebe dann eine nette Abschiedsparty für meine Abteilung.

Aber da ist Luis, sein Himbeerduft, sein knackiger Hintern und das schöne Lächeln, das er mir heute schon geschenkt hat.

»Kann ich das Bild von dem toten Muskelprotz mal sehen?«

Finns Frage reißt mich aus meinen Gedanken.

Soraya holt es aufs Display. »Bist du sicher? Sieht nicht hübsch aus.«

Finn nickt.

Soraya schiebt ihm das Tablet zu.

Finn betrachtet das Bild lange. Er schweigt und scheint nachzudenken. Wie gestern im Auto.

»Den hab ich schon mal gesehen«, sagt Finn leise.

»Was?«, rufen alle gleichzeitig.

Ich bin mit einem Mal hellwach. »Wo?«

»Bei der alten Fabrik an der Spree.«

»Wo genau?«, fragt Luis.

»Die Ruinen der ehemaligen Wolf'schen Konservenfabrik in der Luisenstadt«, erklärt Finn. »Gehörte früher zu Ostberlin und lag im Mauerbereich, sagt Paps. Da hat sich nach dem Mauerfall wenig verändert. Erst seit ein paar Jahren bauen sie da.«

Luis beißt sich nachdenklich auf die Unterlippe.

»Wann hast du den Kerl gesehen?«

»Vor zwei Monaten etwa. Es war vor meinem Geburtstag. Die Fabrik ist ein optimales Gelände zum Parcourslaufen. Da kommt kaum einer hin und Sindo und ich können da in Ruhe trainieren.«

Soraya beugt sich vor. »Was ist dort geschehen?«

»Gerhard hat Stimmen gehört und uns gewarnt.«

Luis stöhnt auf. »Wer zum Teufel ist jetzt wieder Gerhard?«

»Gerhard Fritsche. Ein Obdachloser, der sich dort eingerichtet hat. Bisschen durchgeknallt, der Typ, aber ganz in Ordnung. Sitzt dann da, guckt uns beim Laufen zu, trinkt ein Bierchen und applaudiert.«

Soraya verdreht die Augen. »Und weiter?«

»Wir haben ihm immer mal was zu Essen und n Sixpack mitgebracht. Wenn er nicht da war, haben wir das Zeug in sein Versteck gestellt.«

»Was ist dann passiert?«

»Gerhard kam und sagte *schnell weg, Jungs. Da kommt wer.* Wir versteckten uns in einem Holzverschlag. Wissen Sie, da hängen ja überall Schilder. Betreten verboten. Wegen Baufälligkeit und so. Wir wollten keinen Ärger. Dann tauchten ein paar Anzugträgern auf und sind wichtig durch die Gegend marschiert. Einer hatte einen Plan dabei.

»Was für einen Plan?«

»Einen Bauplan vermutlich. Der Bodybuilder da hat das Gelände im Auge behalten.«

»Ein Bodyguard?«, fragt Soraya.

Finn antwortet mit seinem legendären Schulterzucken.

»Kanntest du die Männer?«

»Nein. Nie gesehen.«

»Worüber haben sie gesprochen?«

»Waren zu weit weg. Wir haben kein Wort verstanden. Aber ich hab sie gefilmt.«

»Wie bitte?« Soraya ist kurz davor, über den Tisch zu springen und ihm eine zu knallen. »Warum sagst du uns das erst jetzt?«

»Weil ich den Kerl vielleicht gerade erst erkannt hab?« Er guckt so hilfesuchend zu mir wie ein junger Kater, der sich verlaufen hat. Denselben Blick hatte Phil drauf, wenn er mich rumkriegen wollte.

»Und das ist dir vorhin nicht eingefallen?«, frage ich.

»Auf dem Tankstellenvideo war er vermummt. Fällt Ihnen immer alles auf einmal ein?«

»Hör auf, ständig Gegenfragen zu stellen und antworte einfach. Also?«

»Ich hab Tom die Aufnahme gezeigt und er hat uns verboten, weiter zur alten Fabrik zu gehen.«

»Dein Vater wusste, dass ihr dort trainiert?«, fragt Luis.

»Klar. War ja manchmal mit dabei und hat unsere Läufe aufgenommen. Für Insta und YouTube.«

»Kannte er die Männer?«

»Ich wüsste nicht, woher.«

»Warum hat er das Verbot ausgesprochen?«, fragt Dabaschi.

»Na ja, er hatte keinen Bock auf Ärger mit Leuten in Anzügen und Leibwächtern. Tom hat mir selten was verboten und wenn, dann hab ich mich dran gehalten.«

»Ach wirklich?«, spotte ich.

»Tom und ich haben im Laufe der Zeit ein paar Regeln aufgestellt und halten uns dran.«

»Und Sindo?«

»Der geht ohne mich nicht zur Fabrik.«

»Wo ist diese Aufnahme jetzt?«, fragt Soraya.

»Auf meinem Handy.«

Soraya schnippt mit den Fingern. »Luis! Bringen Sie auf der Stelle Finns Smartphone zurück.«

»Bin schon unterwegs.« Luis hastet aus dem Raum.

»Ich hab Hunger«, sagt Finn.

»Dauert nicht mehr lange.«

Luis kommt zurück. »Die Verbindungsprotokolle von Tom Seiferts Mobiltelefon dauern noch. Finns Gerät haben sie noch nicht mal angeguckt. Sind Ferien. Da fehlen Leute in der Abteilung.«

Soraya verdreht die Augen. »Wie sollen wir einen Scheißfall lösen, wenn sie das halbe LKA in den Urlaub schicken.«

Gemeinsam sehen wir uns Finns verwackelte Aufnahme an. Luis steht hinter mir. Der Himbeerpuma.

Im Hintergrund erkenne ich heruntergekommene Backsteingebäude, aus denen junge Birken wachsen. Dürres Gras. Dazwischen stehen wilde Büsche. Eine Gruppe von Männern in Anzügen debattiert. Sie stehen mit dem Rücken zur Kamera. Man versteht nicht, was sie sagen. Der Einzige, dessen Gesicht man zur Hälfte erkennen kann, ist der Mann mit dem Plan. Wie Finn behauptete, steht der Schütze abseits und behält das Gelände im Auge. Finn zoomte ihn heran. Er guckt auf seine Uhr und dabei erkennt man das Tattoo.

Ich halte die Aufnahme an. »Du kanntest das Tattoo.«

»Mann, das ist so ein nullachtfünfzehn Ding. Konnte ja nicht ahnen, dass n ganzes Bodybuilder-Rudel damit rumläuft.«

»Wollen die da was bauen?«, fragt Soraya.

»Keine Ahnung«, sagt Finn.

Ich kann es nicht mehr hören.

»Vielleicht suchen sie auch was«, überlegt Luis.

»Stasigold?« Finn grinst blöd.

»Die Kriminaltechnik soll sich das auf jeden Fall mal genauer ansehen«, sagt Soraya zu Luis. »So sind die Beteiligten kaum zu identifizieren.«

»Das schaff ich mit etwas Geschick vielleicht selbst und schneller.«

»Na, dann los!«

Luis geht mit dem Handy zur Tür.

»Wann kriege ich mein Phone wieder?«, ruft Finn.

»Wenn wir es nicht mehr brauchen«, sagt Luis und stutzt. »Noch was, Finn. Ist dir schon mal ein Auto mit einem stilisierten Fisch darauf aufgefallen?«

»Fisch?«

Luis verdreht die Augen. »Ja. Fisch. Das ist so ein Wirbeltier, das im Wasser lebt und durch Kiemen atmet, weißt du?«

Finn hebt belehrend den Zeigefinger. »Nicht zwangsläufig, Herr Kommissar. Könnte ja auch ein Sternbild sein oder eine Yoga-Figur.«

Luis schnieft angefressen. »Vielen Dank, Herr Professor.«

»Gern.«

Mir gefällt Finns kreative Denke. Vielleicht gibt er wirklich mal einen guten Ermittler ab.

»Ist der Fisch nicht ein christliches Symbol?«, fragt Soraya.

Luis nickt. »Daran habe ich auch zuerst gedacht. Aber Christenfische auf Fahrzeugen sind in der Regel kleine Aufkleber und die Frau, die den Wagen gesehen hat, sagte, es war ein *großer* Fisch.«

»Ein dicker Fisch«, spottet Finn.

»Ein Firmenlogo«, sagt Soraya.

»Gut möglich.« Luis verschwindet.

»Hast du gesehen, mit welchen Wagen diese Männer gekommen sind?«, frage ich Finn.

»Ne. Wir sind erst wieder aus dem Verschlag raus, als die Luft rein war. Aber den Geräuschen nach zu urteilen, waren es mehrere Fahrzeuge.«

»Warum hast du die Männer überhaupt aufgenommen?« Soraya nimmt mir die Frage aus dem Mund.

»So halt … Da gibts nur Ratten, Vögel und Gerhard.«

»So halt«, spotte ich.

»Solche Krawattenheinis hab ich dort noch nie gesehen. Ich hab die Aufnahmen Tom gezeigt und der hat gesagt, wir legen uns nicht mit denen an.«

»Gut. Das wars erst mal.«

Soraya telefoniert und fordert zwei Leute für Finns Schutz an. Dann erhebt sie sich und nickt mir zu. »Wartest du bei Finn, bis die Personenschützer da sind, und kommst dann in mein Büro?«

»Bin gleich bei dir.«

Soraya verschwindet.

»Sind sie wenigstens nett?«, fragt Finn.

»Es sind Bullen«, entgegne ich knapp.

Finn schmollt. Ist mir recht. So hält er wenigstens mal die Klappe.

Ercan Onur und Angie Leipold kommen herein. Wir kennen uns und ich erkläre den beiden, was ansteht.

»Bringt Finn Seifert bitte erst mal in die Kantine und sorgt dafür, dass er ein ordentliches Frühstück bekommt.«

»Na endlich«, knurrt Finn.

»Noch etwas«, sage ich. »Der Junge verlässt das Gebäude nicht.«

Die beiden nicken.

»Komm!«, sagt Ercan und begleitet Finn raus.

»Angie?«

Sie dreht sich zu mir um.

»Egal was er tut«, sage ich leise, »ihr begleitet ihn. Auch wenn er pinkeln muss.«

»Geht klar.«

»Und lasst euch nicht von seinem Ich-armer-schwarzer-Kater-Blick einwickeln.«

»Wir sind keine Anfänger, Hanno«, sagt sie und geht.

Warum lassen mich immer alle stehen wie einen ausrangierten Regenschirm?

Ich mache mich auf dem Weg in Sorayas Büro.

»Was hältst du von dem Jungen, Hanno?«

Ich reibe mir mit dem Zeigefinger die Nasenspitze. »Er weicht ständig aus und dann weiß er plötzlich doch was.«

»Aber *was* weiß er, Hanno?«

»Anfangs war er ein cooles Plappermaul, aber jetzt wirkt er auf mich irgendwie ... überfordert.«

»Finn erinnert mich an meine Tochter«, sagt Soraya. »Ich kenne diese Altersgruppe. Erst wissen sie nichts und dann fällt ihnen doch was ein. In dem Alter checken sie normalerweise aus, wie weit sie gehen können.«

»Finn ist ein intelligenter Bursche und keine psychedelische Hormonschleuder, die in einer Bubble lebt. Das habe ich in unseren Gesprächen gespürt. Ich habe außerdem den Eindruck, dass er allmählich den Ernst der Lage erfasst.«

»Er guckt dich manchmal so vertraut an.«

»Mich?«

»Ja. Könnte sein, dass du Eindruck auf ihn machst. Weißt du, wie damals, beim Mord an dem Banker, der groß in Geldwäsche verwickelt war. Den haben wir nur gelöst, weil dich ein gewiefter Azubi so lässig fand und uns Kontobewegungen zuspielte.«

Hot Ricky. Meine Fresse ...

Ich lächle. Er war zwanzig und scharf auf mich. Wir hatten ein heißes Date und ich bekam die Infos. Aber das weiß nur Milan. Sex mit Zeugen wird hier nicht so gern gesehen.

Soraya seufzt und legt die Stirn in Falten. Die vertikalen Falten über der Nasenwurzel zeigen, dass sie eine Entscheidung fällt.

»Wir verfolgen die Sache weiter, Hanno. Immerhin betrifft es ja eine Filiale des bedrohten Konzerns und der Verdacht, dass eine organisierte Bande dahintersteckt, nimmt zu. Ich hoffe, dass Luis was aus den Aufnahmen machen kann. Ihr seht euch auf jeden Fall gleich das Fabrik-Gelände an. Versucht diesen Gerhard aufzustöbern. Vielleicht kann er mehr zu diesem Treffen an der alten Fabrik sagen.« Soraya lächelt plötzlich und guckt mich ganz komisch an.

»Hast du was im Auge?«, frage ich.

»Schade, dass du uns verlässt, Hanno. Ich weiß, ich bin keine Traumchefin, aber wir waren immer ein gutes Team.«

»Luis ist ein vielversprechender Nachfolger«, sage ich.

Mit einem weiteren Seufzer greift sie zum Telefon. Unser Gespräch ist beendet. Große Gefühle sind nicht ihr Ding und ich bezweifle, dass sie noch mal ein persönliches Wort über meinen Abgang verlieren wird.

Wir waren immer ein gutes Team. Punkt.

Ich werde meinem Ruf als Spürnase also bis zum Schluss gerecht werden. Am besten ohne Gras und Cocktails. Mit Soraya und Luis. Und so wie's aussieht, mit der Zecke Finn.

Ich verlasse ihr Büro und gehe in meines, das ich mit Luis teile.

Er sitz kreidebleich am PC und stiert auf den Bildschirm.

»Hey, Luis! Ist dir ein Gespenst begegnet?«
»Vielleicht«, sagt er. »Guck dir das mal an!«

Kapitel 8 - Finn

»Freie Auswahl«, sagt der Polizist. »Geht aufs Haus.«

Ich stehe am Tresen der Kantine und belade mein Tablett mit Orangensaft, Rührei, Schrippen und Himbeerkuchen.

»Übernimm dich nicht«, warnt die Polizistin.

»Ein All-inclusive-Angebot lass ich mir bestimmt nicht entgehen.«

Sie lächelt. »Dann hau rein.«

Ich setze mich an die offene Tür zum Innenhof. Die beiden Aufpasser unterhalten sich etwas abseits mit Kollegen und lassen mich dabei nicht aus den Augen. Sie sind etwa in Peters Alter und ganz okay. Er ist ein attraktiver Türke, groß und gut gebaut. Sie ist blond und drahtig wie eine Iron-Woman, eher so der herbe Frauentyp. Sie haben erzählt, dass sie aus dem SEK kommen. Das sind so die ganz Harten, die ohne Adrenalinschübe eingehen würden. Abseilen aus einem Hubschrauber, Fassadenklettern, Geiselbefreiung und solche Spielchen. Imponiert mir. Die beiden machen aber meistens Personenschutz. Bei Gerichtsverhandlungen, Staatsbesuchen, Zeugenschutz, was weiß ich.

Ich bin froh, mal für mich zu sein. Während des Frühstücks wandert mein Blick immer wieder ins Freie. Der Himmel ist verdammt blau und die Schwüle hat sich verzogen. Geiles Wetter für einen Lauf.

Freie Auswahl. Die Worte des Polizisten hallen in meinem Kopf nach und ich denke an Tom.

Ich stelle mir vor, wir säßen zusammen in einem Hotel am Meer. Keine Ahnung, wie es da ist, wie es da riecht. Wir waren nie dort. Wir waren nie irgendwo. Tom hat mir versprochen, *wenn wir alles hinter uns haben, fahren wir, wohin du willst. Freie Auswahl.*

Ich sagte, *ans Meer.*

Bisher hat Tom seine Versprechen immer gehalten. Oder er war so schlau, nur das zu versprechen, was er auch einhalten konnte. Tom ist kein Spinner. Ich lächle. Tom und ich. Sindo hat mich immer um ihn beneidet, weil er jeden Scheiß mitgemacht hat und doch Vater blieb. Er hat sich nie angebiedert. Ich liebe ihn wie sonst niemanden auf der Welt.

Robinson Crusoe war früher unsere Lieblingsgeschichte. Wir stellten uns vor, auf einer einsamen Insel zu leben und bauten aus Decken, Sofa und Stühlen ein Robinson-Lager. Plüschtiger Shir-Khan war unser Beschützer. Wir besuchten den Botanischen Garten und taten, als wären wir mit Indiana Jones im Dschungel, bis ein Aufseher uns zur Ordnung rief. Wir fuhren an einen See, paddelten auf einem Boot und spielten Wickie. Tom ist neben Sindo der beste Kumpel der Welt und hat mich zu dem Menschen gemacht, der ich bin. Wir konnten immer über alles reden.

Wie auch immer du aussiehst und was auch immer du bist, Finn, ich liebe dich.

Paps hatte keine Scheu, so zu reden. Warum auch? Liebe ist doch was Schönes.

Plötzlich fällt mir auf, dass ich in der Vergangenheit denke und das stinkt mir.

Tom lebt noch, verdammt!

Das Frühstück schmeckt mir nicht mehr. Die Sehnsucht nach Tom ist größer als der Appetit und ich schiebe das Tablett weg.

Die Polizistin kommt zu mir. »Na, doch n bisschen viel, was?«

»Muss an meinen Vater denken. Könnten Sie mich vielleicht ins Krankenhaus bringen?«

»Das muss Frau Dabaschi entscheiden.«

»Wollen wir sie fragen? Bitte! Paps geht es sehr schlecht und ich wäre gern bei ihm. Außerdem muss ich hier mal raus.«

Sie grinst. »Fragen kostet nichts.«

»Wir können dich natürlich nicht einsperren«, sagt die Hauptkommissarin, nachdem sie mit der Staatsanwältin telefoniert hatte.

Wir sitzen in ihrem Büro. Die beiden Personenschützer stehen hinter mir.

»Doch im Augenblick wirst du bedroht und musst damit leben, dass ohne Begleitung nichts läuft.«

»Ich bin ja froh, dass Sie auf mich aufpassen. Aber hier drehe ich langsam durch.«

Sie mustert mich lange. »Okay, Finn, Personenschutz ist kein Bodyguard-Service mit der Option auf freie Auswahl.«

Schon wieder dieses Wort.

»Für dich, deinen Vater und Burak Özcan gilt im Augenblick Gefährdungsstufe eins. Das bedeutet, wir werden vorübergehend deinen Bewegungsfreiraum zu deiner eigenen Sicherheit einschränken. Das Attentat in der Tankstelle war offensichtlich keine Zufallstat. Und wer auch immer dich und deinen Vater bedroht, schreckt vor nichts zurück. Mit Sicherheit auch nicht davor, meine Leute zu gefährden. Also erwarte ich, dass du mit deinen beiden Beschützern hier zusammenarbeitest und deine Augen auch selbst offenhältst. Ich muss sichergehen, dass du mit keinen unüberlegten Aktionen dich oder meine Leute reinreitest. Oder unsere Ermittlungen behinderst.«

»Sie können sich auf mich verlassen, Frau Dabaschi. Sobald mir was ein- oder auffällt, sind Sie die Erste, die es erfährt.«

»Gut! Du bist kein Idiot, Finn. Weißt du, ich geh heute Abend nach Hause und entspanne mich in der Badewanne. Aber dich hat jemand auf seiner Abschussliste. Denk nur dran, dein Vater wacht auf und du bist verschwunden oder tot.«

Mit einem Mal kriege ich richtig Schiss. Sie hat mich am Wickel.

»Angie und Ercan sind Profis. Sie begleiten dich ins Krankenhaus und sie bringen dich wieder hierher. Dann überlegen wir gemeinsam, wie es weitergeht. Ich finde, das ist ein faires Angebot. Und noch was, Finn: Wenn wir die Leute finden wollen, die das Burak Özcan und deinem Vater angetan haben und die dir auflauern, werden wir dich brauchen. Ich bin bereit, dir zu vertrauen. Vertraust du uns auch?«

»Vertrauen muss wachsen, sagt Tom.«

Dabaschi lächelt. »Dein Vater ist mir sympathisch. Glaube mir, Finn, worin auch immer Tom Seifert verwickelt ist, ich hole ihn und dich da raus. Er braucht nicht nur dich, sondern auch jemanden wie mich.«

»Für Tom mache ich alles«, sage ich.

Das ist die Wahrheit. Doch ich mache alles zu seiner Zeit.

Auf dem Rücksitz des Streifenwagens denke ich an Tom. Als ich ihm die Aufnahme gezeigt hab, ist er blass geworden. Er sagte, *ihr geht da nicht mehr hin*. Und dann hat er sich die Pistole gekauft. *Schreckschuss*, hat er gesagt und gegrinst, *sieht aus wie echt*.

Du spinnst wirklich, hab ich gesagt.

Seitdem war ich nicht mehr bei der alten Fabrik. Und da fällt mir Gerhard ein. Seitdem hatte ich keine Gelegenheit mehr gehabt, mit ihm zu sprechen. Nun mache ich mir Sorgen um ihn. Was, wenn die Kerle da noch mal auftauchen, Gerhard in die Mangel nehmen und er ihnen sagt, dass wir sie gefilmt haben?

Plötzlich wird mir ganz heiß und ich kriege Panik. Immer wieder sehe ich durchs Heckfenster und starre auf die Autos hinter uns. In jedem könnte einer von ihnen sitzen.

Der Polizist am Steuer guckt in den Rückspiegel. »Was ist mit dir? Du bist ja ganz blass.«

Die Polizistin dreht sich zu mir um. »Sollen wir mal anhalten, bevor du in den Wagen kotzt? Ich vertrag alles, wirklich, nur keine Kotze.«

»Nein, bitte nicht anhalten.«

Sie stutzt. »Hast du was Verdächtiges gesehen?«

»Nein. Alles gut. Ich sag sofort, wenn mir was komisch vorkommt.«

»Wir bitten darum.«

»Haben Sie ein Telefon?«

»Klar.«

»Können Sie mal die Hauptkommissarin anrufen? Mir ist da gerade was eingefallen.«

Sie zieht ihr Mobiltelefon aus der Hose und wählt. »Ja, ... Angie hier, Frau Dabaschi. Finn möchte Ihnen was sagen.«

Sie reicht mir das Telefon. »Hallo? Frau Dabaschi. Sindo und Gerhard waren doch auch bei den Aufnahmen dabei. Wenn die Typen Tom und mich ausgecheckt haben, wissen sie vielleicht auch von den anderen beiden. Sie sind ja auch auf unseren Videos zu sehen, die wir ins Netz gestellt haben. Ich hab echt Schiss um sie.«

»Beruhige dich, Finn. Das Haus der Achebes wird beobachtet und Oberkommissar Peters kümmert sich gleich um Gerhard Fritsche.«

Peters. Denkt an alles. Ich gestehe mir ein, dass er mir immer sympathischer wird. Er gefällt mir. Ziemlich gut sogar. Und das wiederum gefällt mir gar nicht.

»Frau Dabaschi?«

»Ja?«

»Kann ich nach dem Krankenhausbesuch zu Sindo zurück?«

»Nein. Wir sprechen später darüber.«

»Okay. Bis dann.«

Vor Toms und Buraks Zimmern sitzen je zwei Polizisten in Uniform. Meine Bewacher bieten ihnen an, eine Pause zu machen, solange sie da sind. Sie nehmen das Angebot dankbar an. Die beiden warten vor dem Zimmer und ich frage eine Schwester, ob ich mit dem Arzt sprechen kann. Sie geht los, ihn zu suchen. Ich schließe die Tür und setze mich ans Bett.

»Hey«, sage ich leise, halte ganz vorsichtig Toms Hand und streichle sie. »Passt Shir-Khan gut auf dich auf?«

Nur die Maschinen antworten mit regelmäßigen Pieptönen.

»Hör mal, Paps!«, flüstere ich, »Sie machen jetzt auch Jagd auf mich.«

Ich bin wieder kurz davor zu heulen. Die Maschine beatmet Tom und das ruhige Auf und Ab seines Brustkorbes gibt mir Sicherheit. Als ich noch klein war und schlecht geträumt habe, durfte ich mich zu Tom ins Bett legen. Dann haben wir uns aneinander gekuschelt und ich bin mit diesen Atemzügen eingeschlafen. Als ich größer war und Tom mich auch mal allein lassen konnte, hat er gesagt, *wenn du mich was fragen willst und mich nicht erreichst, dann stell dir vor, ich säße neben dir und würde dir antworten. Wir kennen uns doch so gut und du weißt, was ich sagen würde.*

Das funktionierte immer.

»Wenn der Kunde nicht zur Tankstelle gekommen wäre«, sage ich leise, »wärst du jetzt wahrscheinlich tot. Und ich auch. Ich will noch nicht sterben und du wirst es verdammt noch mal auch nicht. Ist das klar? Wir werden denen unser Zeug nicht einfach überlassen.«

Ich weiß nicht, ob ich das hier überlebe, Finn. Die Chancen stehen schlecht.

»He! Streng dich an! Du wirst wieder unsere Läufe aufnehmen und mit Gerhard ein Bierchen trinken. Danach gehen wir zu Achebes ins Dakar und essen Thieboudienne oder gefüllte Auberginen bei Özcans.«

Sei kein Idiot, Finn. Du kannst die Zeit nicht zurückdrehen. Egal, was passiert, unser Leben wird sich verändern. Die Sache muss ans Licht. Jetzt um so mehr.

Ich schniefe. »Okay. Und wie? Ohne dich und Burak?

Wenn Burak aufwacht, wird er dir helfen.

»Keine Ahnung, wann der wieder fit ist. Warum hast du ihn da überhaupt mit hineingezogen?«

Ich hab ihn nur gebeten, ein paar Sachen für mich zu recherchieren. Es blieb nicht aus, dass ich ihm meine Karten auf den Tisch legen musste.

»Er ist dein Freund, verdammt. Mehr als das.«

Eben deswegen. Ich vertraue ihm wie dir. Aber das können sie nicht wissen.

»Ich hoffe es, Paps. Also, was mache ich jetzt?

Paps schweigt.

»Rede mit mir!«

Hör zu Finn. Du kennst die Vorgeschichte. Die ist gut dokumentiert. Aber mir ging es zuletzt um Opa. Sein plötzlicher Tod war kein Zufall. Erst er, jetzt ich und dann du. Nur ohne uns beide haben sie freie Bahn.

»Soll ich dem Bullen den Stick geben?«

Entscheide du. Deine Zukunft steht auf dem Spiel.

»Deine nicht, oder wie? Du redest Stuss, Tom! So läuft das nicht. Warum schiebst du mir die Verantwortung zu? Ich bin 17.«

Du bist klug und hast immer das Richtige getan.

Ich lege den Kopf aufs Bett und wünsche mir, Paps würde durch mein Haar streichen und sagen, *alles wird gut, mein Kater.*

So wie früher. Aber das sagt er nicht.

»Die Sache muss also ans Licht, sagst du?«

Tom kann nicht mehr antworten, denn die Tür fällt hinter mir ins Schloss und ich reiße den Kopf herum. Es ist der Stationsarzt.

Er lächelt. »Es gibt noch keine Veränderung, Finn, und damit zum Glück auch keine Verschlechterung.«

Ich setze mich auf und atme tief ein.

»Dein Vater braucht absolute Ruhe und Zeit.«

»Wird er es schaffen?«

»Ein Lungendurchschuss ist kein zwangsläufiges Todesurteil. Du musst jetzt Geduld haben. Durch das künstliche Koma liegt er ruhig und ist stabil, damit er sich nicht unglücklich bewegt und selbst schadet. Die Sauerstoffmaschine sorgt für eine gleichmäßige Beatmung. Das Wichtigste aber ist, dass seine Lungen nicht kollabieren.« Der Arzt legt mir väterlich die Hand auf die Schulter. »Wir geben unsere Bestes, das verspreche ich.« Er deutet zum Fenster. »Sieh mal. Draußen ist herrliches Wetter. Lenke dich ab und mache was Schönes.«

Ich nicke zu den Polizisten. »Personenschutz, Doc. Das wars erst mal mit *was Schönes machen.*«

»Ach ja. Das ist echt blöd. Ihr steckt in der Klemme, wie?«

Ich nicke.

»Aber hier kannst du im Moment auch nichts tun.«

»Ich kann bei Tom sein. Glauben Sie, dass er spürt, wenn ich da bin?«

»Du liebst ihn sehr, nicht wahr?«

Ich nicke.

»Weiß er das?«

»Natürlich. Wir sprechen immer über unsere Gefühle.«

»Dann spürt er es.« Er seufzt. »Ich wünschte, mein 16-jähriger Sohn würde so mit mir sprechen.«

»Das ist reine Vertrauenssache, Doc. Daran muss man arbeiten.«

Er grinst. »Du bist ein geborener Psychologe, wie?«

»Ne. Ich kenne nur Toms Wert in meinem Leben. Wie geht es Burak?«

»Er bekommt starke Schmerzmittel und schläft. Er macht mir weitaus weniger Sorgen.«

»Wann kann ich mit ihm sprechen?«

»Ich sage dir Bescheid.«

»War seine Familie schon da?«

»Sie haben einen Termin am Nachmittag. Sie dürfen ja nicht einfach herein.«

Kapitel 9 - Hanno

Ich beuge mich über Luis' Rücken und gucke auf seinen Bild-schirm. »Du meinst, einer der Männer ist Bausenator Rom-bach?«

Luis hatte einzelne Bilder von Finns Aufnahme mit einem Bildbearbeitungsprogramm vergrößert und verschärft.

Er sieht mich über die Schulter an. »Ganz sicher.« Sein Himbeerkaugummi-Atem streift mein Gesicht.

Himbeerkaugummi. Ich überlege, ob ich das kindisch oder schräg finden soll.

»Rombach ist ein Bekannter meines Vaters. Siehst du das kleine Muttermal, da, im Nacken? Ich habe es oft gesehen.«

»Könnte genau genommen auch ein Schatten sein. Meinst du nicht?«

»Isses aber nicht!«

Ich betrachte ihn. Putzig, wenn er schmollt.

»Sag mal, Luis …«

Er lächelt unsicher. »Ja?«

»Du hast nicht zufällig ne Zigarette?«

»Mann, Hanno! Rauchen ist ungesund.«

»Ach, weißt du, das Leben ist insgesamt ungesund.«

»Ich hab Gummibärchen im Schreibtisch.« Luis grinst.

Himbeerkaugummi und Gummibärchen. Ich entscheide mich für kindisch *und* schräg.

»Und die sind gesund oder was?«

»Jedenfalls sind sie vegetarisch. Also ohne Knochenmehl.« Er holt eine Tüte aus der Schublade, reißt sie auf und hält sie mir hin.

»Danke!« Ich bediene mich. »War mir irgendwie klar.«

»Was?«

»Dass du Vegetarier bist.« Ich werfe ein Gummibärchen in die Luft und fange es mit dem Mund auf.

»Was dagegen?«

»Ne. Ich mag Tiere, aber auch Currywurst. Aber zurück zum Thema, Luis. Du weißt, dass unsere Ermittlungen keinen was angehen.«

Luis streicht das Haar zurück. »Was meinst du?«

»Dein Vater kennt Rombach ...«

»Ja. Er ist Bauunternehmer.«

»Nur zur Info. Regel 1: Nur Soraya spricht außerhalb unseres Teams über den Stand der Ermittlungen. Du weißt, was das bedeutet?«

»Klar. Denkst du, ich plaudere aus dem Nähkästchen?«

»Sag du es mir. Wir kennen uns ja noch nicht lange.«

»Okay, er ist mein Vater, aber weiß Gott nicht mein bester Freund. Und ich weiß, was eine Dienstanweisung ist.«

»Auch noch nach ein paar Bierchen, so zwischen Vater und Sohn am Feierabend?«

»Ich wohne nicht bei meinen Eltern und trinke keine Bierchen mit meinem Vater.«

»Nein?«

»Nein! Ich bin 24 und er ...« Luis bricht ab. »Sorry. Ich möchte dich nicht mit meinem Scheiß langweilen.«

»Probleme?« Ich lehne mich mit dem Hintern an Luis' Schreibtisch, verschränke die Arme vor der Brust und sehe ihn erwartungsvoll an, weil ich denke, er möchte noch mehr loswerden.

Doch er schweigt, lehnt sich zurück und mustert mich eindringlich. Er faltet die Hände im Nacken, sein T-Shirt spannt sich dabei über der Brust und ich sehe die Abdrücke seiner Nippelchen. Er ist so verdammt sexy und ich bin auf Entzug. Ich verdränge das schöne Bild. »Bist du schon mit der Überprüfung von Tom Seifert vorangekommen?«

»Verena ist gerade dran.« Luis schnappt sich ein Gummibärchen und kaut nachdenklich darauf herum. »Wo wäre eine Verbindung zwischen den Drohungen an den Tankstellen-Konzern, dem Attentat auf Tom Seifert, dem toten Schützen, Bausenator Rombach und dem Drohanruf bei Finn?«

»Wenn wir den Konzern ausklammern, gibt es eine Verbindung. Wenn das Rombach auf dem Video ist, war er mit dem Schützen gemeinsam auf dem Fabrikgelände. Und zwar zu einem Zeitpunkt, als der Schütze noch kein Schütze und quicklebendig war.«

»Aber woher sollten die von den Aufnahmen wissen?«

»Finn sagt, er hat Videos ins Netz gestellt.« Ich betrachte Luis und ziehe das Handy aus der Hosentasche. »Soraya? Wir haben da was. Komm doch bitte rüber! Sofort, wenn möglich.«

Unsere Entdeckung bereitet Soraya sichtliches Unbehagen. Sie geht auf und ab, sortiert ihre Gedanken und bleibt unmittelbar vor uns stehen. »Wir lassen die Drohungen an Tank-Top erst mal außen vor. Luis, Sie sind neu hier und ich zähle auf Ihre Verschwiegenheit.«

»Ich werde meinem Vater keine Infos zuschleusen, falls Sie das meinen. Hanno hat mich schon gebrieft.«

»Gut! Dann wird Bausenator Rombach erst einmal nicht ins Protokoll aufgenommen. Nur der Schütze.«

Luis blinzelt. »Aber warum? Wir könnten Rombach doch fragen, mit wem er dort war.«

»Das könnten wir. Doch sollte das da wirklich der Bausenator sein, gibt es zwei Möglichkeiten: Erstens, er ist in etwas Kriminelles verwickelt und warnt die ganze Bande. Dann laufen wir möglicherweise ins Leere. Zweitens, es besteht die Möglichkeit, dass Rombach mit irgendwelchen Investoren auf einer harmlosen Ortsbegehung war und keine Ahnung hat, was die sonst noch treiben. Investoren einer gewissen Liga haben eben hin und wieder Bodyguards. Ist nicht verboten.«

Luis nickt.

»Meinetwegen«, sage ich. »Bleibt aber immer noch die Frage, warum schießt derselbe Bodyguard auf Tom Seifert und schwimmt später tot im Landwehrkanal?«

»Das werden wir herausfinden, Hanno. Bei einer Person wie dem Bausenator brauchen wir Fingerspitzengefühl. Eine wackelige Rückenaufnahme reicht für einen internen Verdacht, aber nicht für eine Vorladung. Fakt ist, der Schütze ist auf dem Gelände und wir beschäftigen uns zunächst mit dieser alten Fabrik. Finns Handy landet wieder in der Technik. Sie sollen alles kopieren, damit der Junge das Ding schnell zurückbekommt. Ein 17-Jähriger ohne Smartphone, das ist schlimmer als Folter. Machen Sie Druck, Luis. Ich gehe davon aus, dass sich die Kollegen dort zunächst auf das halbe Gesicht des Mannes mit dem Bauplan konzentrieren werden.«

»Der Plan stammt vermutlich vom Architekturbüro Wegemann & Böttcher.«

Soraya und ich starren Luis an. Der Kerl hat neben Gummibärchen wohl noch so manch anderes Geheimnis in seiner Schublade.

»Na ja ... ich hab ins Bild reingezoomt und oben auf dem Plan sind die ersten Buchstaben eines Logos zu erkennen. *Wegem*... War keine große Sache herauszufinden, um welches Büro es sich handelt. Ein renommiertes Büro, großer Internetauftritt, Prestigeprojekte. Und ich schwöre, es ist der Bausenator.«

Wir nicken anerkennend.

Soraya lächelt. »Sie sind verdammt gut, Luis. Also haben wir noch einen Fakt, der uns erlaubt, weiterzugraben.«

»Wirst du wenigstens Staatsanwältin Becker einweihen?«

»Nicht was den Bausenator betrifft, Hanno. Ihr beide seht euch zuerst auf dem Fabrikgelände um. Das ist Routine. Ich höre inzwischen, was die Gerichtsmedizin über den Schützen herausgefunden hat und ob die Spurensicherung in der Tankstelle und in Seiferts Wohnung irgendwas Brauchbares entdeckt hat.«

Ich fahre mit Luis vom Tempelhofer Damm nach Nordosten an die Spree. In der Kantine haben wir uns mit Sandwiches und Getränken eingedeckt.

Ich trinke eine eiskalte Cola, Luis irgend so ein Bio-Kaktusfeige-Gemisch. Die Klimaanlage bläst auf 18 Grad und ich stopfe ein schlaffes Schinken-Käse-Baguette in mich rein, während ich fahre. Am widerlichste schmeckt die rohe Gurke.

»Ist saukalt hier drinnen«, nuschelt Luis mit Tomate, Mozzarella und Basilikumblättern zwischen den Zähnen.

»Jou.«

»Schon mal was von Klimawandel gehört?«

»Jou.«

»Weißt du, wie viel CO_2 so eine Klimaanlage neben dem Verbrennungsmotor ausstößt?«

Ich werfe einen kurzen Blick nach rechts. Luis betrachtet mich mit dem vorwurfsvoll Gesichtsausdruck Greta Thunbergs.

»Nein, weiß ich nicht. Guck mal auf die Temperaturanzeige! Draußen sind es schon 30 Grad und ich hab jetzt wirklich keinen Bock auf ne nasse Arschkimme.«

»Also, *ich* möchte ja gern noch ein paar Jahre auf einem schönen Planeten leben.«

»Ich auch, Greta. Aber nicht heute.«

»Wenn keiner mal auf was verzichtet, wird das nichts mit Klimaschutz.« Luis schmollt aufs Neue und guckt aus dem Fenster.

Wie gut er das kann. Und es reizt mich, verdammt noch mal, ihn zu provozieren.

»Was hast du über die alte Fabrik herausgefunden?«

»Wenig. Die Luisenstadt wurde im Krieg besonders stark zerstört. Die Wolf'sche Konservenfabrik war fast bis Kriegsende in Betrieb und wurde dann zerbombt. Danach gehörte sie zu Ostberlin und war Mauerbereich. Die Familie Wolf wohnte in Westberlin und wurde enteignet. Wie Finn schon sagte, da ist quasi jahrzehntelang bautechnisch nichts passiert. Man hat nach der Wende die alten Eigentümer ermittelt und nach und nach werden die abbruchreifen Gebäude hier beseitigt und wohnungsbautechnisch verdichtet.«

Ich werfe einen Blick nach draußen. Da stehen neben wenigen brachen Flächen ein paar renovierte Gründerzeitfassaden, moderne Wohngebäude, Büro- und Firmengebäude und Gewerbe.

»Halt doch mal an, Hanno! Die Fabrik liegt irgendwo hier zwischen Köpenicker Straße und Spree. Aber ich sehe nichts davon.«

Ich fahre rechts ran.

Luis beugt sich ungeniert über mich und guckt aus meinem Fenster. Ich frage mich, wie viel Himbeere ich noch ertrage, bevor ich zubeiße.

»Die Fabrik muss hinter diesem baufälligen Mietshaus stehen«, vermutet er.

Ich lass das Fenster runter und bereue es sofort. Die Hitze kriecht in den Wagen wie eine Schlange. Mein Blick fällt auf das Gebäude. Es besitzt eine breite Durchfahrt, die allerdings verrammelt ist. Wie alles an dem baufälligen Haus.

»Wenn hier draußen eine Autotür zuschlägt, fällt die Bruchbude in sich zusammen«, witzle ich.

»Da braucht man wenigstens keine Abrissbirne mehr.« Der Anti-CO_2-Junkie deutet auf das ehemalige Tor. »Vermutlich war das mal die Zufahrt zur Fabrik. Doch von hier aus ist das Grundstück nicht mehr zugänglich.«

Er beugt sich noch weiter vor und verliert das Gleichgewicht. Mit einer Hand stützt er sich reflexartig auf meine Schulter. Doch die andere landet hart in meinem Schritt.

»Ah, verdammt«, fluche ich.

»Mist.«

»Setz dich doch gleich auf meinen Schoß.«

»Tut mir echt leid.« Luis errötet und schiebt sich in seinen Sitz zurück.

Ich presse die Beine zusammen. »Ah! Hoffentlich ist noch alles dran.«

»Willst du sicherheitshalber nachsehen?« Luis grinst wie ein Pferd.

»Blödmann.« Ich fahre weiter. »Irgendwo muss es ja zur Fabrik gehen.«

Luis lotst mich um einen modernen Bürokomplex herum zur Spree. »Weißt du, wie viele Vögel sich jedes Jahr an solchen bescheuerten Glasfassaden das Genick brechen?«

Ich stöhne. »Ist heute der Luis-rettet-den-blauen-Planeten-allein-Tag?«

»Ich meine ja nur. Bundesweit gehen die Zahlen der toten Vögel in die Millionen.«

»Ist klar scheiße. Aber wenn du das Leben der Tiere retten willst, bist du im LKA auf der falschen Baustelle.«

»Jeder kann einen kleinen Beitrag leisten. Ich glaube, da hinter dem Bürogebäude gehts links rein.«

»Okay.« Ich blinke, fahre langsamer und biege in einen mehr oder weniger öffentlichen Weg mit Schlaglöchern ein. Er führt uns ein Stück an der Spree zurück und endet abrupt vor einem Bauzaun aus Brettern.

»Bingo«, sagt Luis.

Ich stelle den Wagen ab. Wir trinken noch mal was und steigen aus. Die Hitze Berlins trifft mich wie ein Schlag. »Scheiß-Hitzewelle!«

»Hättste den Wagen mal nicht auf Eiswürfeltemperatur heruntergekühlt, ginge es dir jetzt besser.«

»Luis! Kannst du auch mal was Nettes zu mir sagen, damit ich mich nicht ständig wie ein Arschloch fühle?«

»Ja, schon gut.« Er guckt sich um.

Wir hören die ein- und ausfahrenden Züge des nahen Ostbahnhofs auf der gegenüberliegenden Spreeseite, ansonsten die üblichen Geräusche der Stadt.

Es ist Mittag und die Sonne brennt wie in der Wüste. Vom Fluss steigt feucht-warme Luft auf. Ich denke an Malaria, Cholera, Pest und sonstige Erreger, die sich in dieser ungesunden Hitze fröhlich vermehren.

»Sieh mal, Hanno! Am Ufer stehen Brennnesseln. Hüfthoch und voller Samen.« Luis freut sich wie ein Kind.

»Jou, und?«

»Brennnesseltee und -samen haben wahnsinnig viele Mineralien. Für Sportler optimal. Der Samen regt übrigens auch die Libido an.«

»Bio-Viagra oder was?«

Luis schmunzelt. »Ich nehme täglich zwei Esslöffel von den Samen. Hast du vielleicht zufällig ne Tüte im Auto?« Luis stapft durchs dürre Gras zur Spree, als befände er sich auf einer Exkursion im Amazonas. Fehlen nur noch Papageien und Krokodile. Doch über unseren Köpfen fliegen nur profane Krähen und irgendwas huscht ins Gebüsch, von dem ich gar nicht wissen will, was es ist.

»Hallo? Willst du jetzt Brennnesseln pflücken oder was?«

»Geht doch schnell.«

»Wir haben keine Zeit für so n Quatsch, Kommissar Sandmann. Außerdem sind Pflanzen mitten in der Stadt vielleicht nicht so ganz bio, hm? Hier stinkst nach Pisse und was weiß ich.«

Luis dreht sich um und kratzt sich am Kopf.

»Besorg dir dein Aufputschmittel lieber online.«

Luis kommt brav zu mir zurück.

Ich öffne den Kofferraum. »Wir gehen vorsichtshalber nicht ohne die kugelsicheren Westen da rein.«

»Bei der Hitze? Meinst du, das ist nötig?«

»Meine ich! Falls was schief geht, reißt uns Soraya den Arsch auf.«

»Das hat sie gut drauf, was?«

»Beschwöre es nicht. Aber du kannst auch viel von ihr lernen.«

»Warum heißt sie Dabaschi? Sie ist doch mit einem Deutschen verheiratet.«

»Erstens, mein lieber Kollege, Soraya ist Deutsche, zweitens hat sie ihren Namen behalten und drittens ist sie geschieden. Soll vorkommen.«

»Ja, natürlich. Blöde Frage.«

Mein Mobiltelefon surrt. Ich nestle es aus der Hosentasche. Es ist Soraya.

Muss Telepathie sein.

»Jou?«

»Hanno. Nur zur Info: Finn ist auf dem Weg ins Krankenhaus. Er hat Schiss um Gerhard. Ich gehe davon aus, dass der was weiß. Findet ihn.«

»Wir betreten gerade das Grundstück.«

»Gut. Ich fühle dem Architekturbüro mal auf dem Zahn. Wir sehen uns später. Und Hanno?«

»Jou?«

»Seid vorsichtig.«

»Sind wir. Viel Glück.« Ich lege auf. »Finn wird allmählich weich«, sage ich und erkläre Luis die Lage.

Wir ziehen die Westen an und gehen zum Zaun.

»Schon mal drüber nachgedacht, Luis, ob du vielleicht n bisschen zu viel von dem Brennnesselzeug schluckst?«

»Wieso?«

»Der schwülen Nächte wegen.« Ich zwinkere ihm zu.

Luis grinst wie ein notgeiler Matrose. »Bin halt noch jung.«

»Ich bin gerade 30 und du läufst Gefahr, dass ich wieder anfange, dich nicht leiden zu können.«

»Hab ich gesagt, dass du alt bist?«

Am Zaun hängen ausgebleichte Schilder.

Privatgrundstück. Betreten verboten. Achtung! Baufällige Ruinen. Betreten auf eigene Gefahr.

Wir suchen nach einer Möglichkeit, ohne große Anstrengung auf das Grundstück zu gelangen. Bausenator Rombach und die Herren vom Architekturbüro sind sicher auch nicht rübergeklettert.

Nach kurzer Zeit entdecken wir lose Latten und schlüpfen bequem durch.

Vor uns erhebt sich das ruinöse alte Fabrikgebäude aus Backstein. Es wirkt fast wie eine Kirche. Eine große Halle in der Mitte mit zwei niedrigeren Anbauten zu beiden Seiten. Unzählige Graffitis bedecken den unteren Teil der Mauern. Aus der Ruine wachsen die Birken, die ich von Finns Aufnahme kenne. Der Rest eines eingestürzten Schornsteins ragt wie ein mahnender abgebrochener Finger in die Höhe.

Überall wachsen Gras und Büsche. Lilafarbene Schmetterlingsflieder ziehen Scharen von Insekten an. Dazwischen liegt der Schutt von gefühlten Jahrhunderten.

»Wem das hier wohl inzwischen gehört?«, überlegt Luis laut.

»Keine Ahnung. Hast du das nicht herausgefunden?«

»Nicht auf die Schnelle. Kriegen wir aber noch raus.«

Wir gehen ein Stück um das Gebäude herum und befinden uns offensichtlich im ehemaligen Hof auf der Rückseite des verrammelten Mietshauses. Das Pflaster ist teilweise herausgenommen.

Luis hebt einen losen Pflasterstein auf. »In der DDR war Baumaterial knapp. Da haben sie alles verwertet, was nicht niet- und nagelfest war.«

Ich ignoriere seine historische Ausführung und sehe mich um. Hier im Hof hatte Finn einen Hindernis-Parcours aufgebaut. Aus alten Fässern, Tonnen, Balken und sonstigem Bauschutt. Links und rechts stehen alte Remisen aus verwittertem Holz. Am Fabrikgebäude befindet sich ein verblichener Schriftzug.

Wolf'sche Konservenfabrik.

Darunter ist ein stilisiertes Wolfsgesicht zu erkennen. Das alte Firmenlogo von vorm Krieg.

Aus den zerbrochenen Fenstern der Fabrik dringt mit einem Mal leises Geklapper. Wir bleiben stehen und sehen uns an.

»Der Obdachlose«, sagt Luis.

Ich lege den Zeigefinger auf die Lippen.

Wir lauschen. Da ist es wieder.

»Sehen wir nach.«

Luis schnieft unsicher. »Sollten wir nicht lieber Verstärkung rufen, bevor wir da reingehen?«

»Finn hat sich hier auch ohne SEK herumgetrieben und draußen steht kein Wagen. Wenn da nur dieser Gerhard seinen Rausch ausschläft oder Ratten Radau machen, sind wir das Gespött des gesamten LKAs.«

»Und falls doch jemand anderes da ist, Hanno? Ich meine, vielleicht gibt es noch einen Zugang zum Grundstück.«

»Okay. Sehen wir uns erst mal hier draußen um.«

Wir gehen weiter. Auf der gegenüberliegenden Seite befinden sich nur Brandmauern. Zur Spree ist das Grundstück ebenfalls mit einer massiven Bretterwand versperrt.

»Also von hier kommt keiner rein«, sage ich.

Luis nickt. »Na denn, rinn in die jute Stube.«

Ich trete mit Schmackes einen der windschiefen Flügel der Halle ganz auf. Die Scharniere quietschen.

»Gerhard?«, rufe ich.

Nichts.

Ich bedeute Luis, dass wir gleichzeitig rein gehen, und jeder seine Seite sichert.

Er versteht meine Zeichensprache.

»Gerhard?«, wiederhole ich laut und ziehe sicherheitshalber meine Waffe aus dem Halfter an der Hüfte. »Wir sind von der Polizei. Alles ist gut. Ich möchte Ihnen schöne Grüße von Finn ausrichten.«

Kein Laut.

Ich nicke Luis zu. Er zieht ebenfalls seine Pistole. Wir schleichen geduckt mit den Waffen im Anschlag ins Gebäude und springen an die Wand neben dem Tor.

Schnell scanne ich meine Seite und hoffe, Luis hat im Unterricht gut aufgepasst.

Die Halle ist komplett leer. Boden und Wände sind gefliest. Oder waren es einmal. Die alten Fliesen, ebenfalls mit Wörtern und Figuren besprüht, bröckeln ab. Rostige gusseiserne Stützpfeiler tragen das Dach. Teile davon sind eingebrochen. Der Schutt liegt auf dem Boden. Eine Galerie umrundet die zweistöckige Halle. Mehrere Eisentreppen führen nach oben. Die transparente Eisenkonstruktion macht schnell klar, dass sich hier keiner verstecken kann. Doch auf der Galerie und im Erdgeschoss gibt es mehrere Durchgänge in die Anbauten. Dahinter ist alles möglich.

»Ich hasse lost places«, flüstert Luis.

Ich auch und gehe auf Nummer sicher. »Polizei!« Mein Ruf hallt durchs Gebäude. »Zeigen Sie sich!«

Ein Geräusch von oben lässt mich zusammenzucken. Blitzschnell visiere ich die Richtung mit der Waffe an.

Zwei Krähen fliegen durchs Dach.

Ich sehe zu Luis und atme auf.

Er grinst süffisant.

»Blödmann«, sage ich.

Aus dem Anbau auf Luis‹ Seite hören wir wieder Geklapper. Es klingt, als würde ein Teller zu Boden fallen. Die folgenden Krähenrufe und das Flattern erinnern mich an Hitchcocks Vögel.

Ich hab jetzt wirklich keinen Bock auf so was.

Kapitel 10 - Soraya

Das Architekturbüro Wegemann & Böttcher liegt in einem der gesichtslosen Neubauten in der Friedrichstraße. Ich habe keine Lust auf Parkplatzsuche, klemme das Blaulicht aufs Dach und stelle den Wagen einfach ab. Ich fahre mit dem Aufzug ins oberste Geschoss und konzentriere mich auf meinen Besuch hier.

Im Obergeschoss empfangen mich Glas, Licht und Bauhaus-Klassiker in Stahl und Leder. Alles ist weiß, teuer und seelenlos. Dieser Branche fällt irgendwie auch nichts Neues ein.

Ich steuere die Blondine am Empfang an und halte ihr meinen Ausweis vor die Nase. »Hauptkommissarin Dabaschi. LKA. Ich muss die Geschäftsführer sprechen.«

»Augenblick, ich sehe nach.«

Sie konzentriert sich auf den Bildschirm und lächelt mich dann an. »Tut mir leid, die Herren befinden sich in einer Besprechung. Ich gebe Ihnen gern einen Termin. Die Herren sind ausgebucht ... Warten Sie, nächste Woche ...«

»Wollen Sie mich verarschen?«

Sie blickt mich entgeistert an.

»Ich habe gesagt, ich *muss* die Geschäftsleitung sprechen und das sicher nicht, weil ich ein Haus bauen möchte. Sie bringen mich sofort zu einem der Herren oder Sie bekommen eine Anzeige wegen der Behinderung laufender Ermittlungen.«

Die junge Frau steht eingeschüchtert auf. »Bitte folgen Sie mir.«

Sie führt mich durch gläserne, klimatisierte Büros. Die Leute sitzen konzentriert an Computern, telefonieren und nehmen keine Notiz von mir. Vor einer Holztür hält sie an und klopft. Wir werden hineingebeten. Dort sitz ein junger Mann an einem Schreibtisch. Strahlend weißes Hemd, dunkelhaarig mit perfekter Föhnwelle. Der Junge verbringt definitiv mehr Zeit vor dem Spiegel als ich.

»Lars? Diese Dame ist von der Polizei und muss jemand von der Geschäftsleitung sprechen.«

Der junge Mann steht auf. »Worum geht es denn?«

»Kriminalhauptkommissarin Dabaschi. LKA Berlin. Wer sind Sie?«

»Lars Sommer, Sekretär der Herren Wegemann und Böttcher.«

»Sind beide da?«

Sommer nickt.

»Dann bringen Sie mich zu ihnen.«

»Ich weiß nicht, ob das der richtige Augenblick ...«

Ich lasse ihn nicht ausreden und deute zur nächsten Tür. »Dort?«

Sommer nickt wieder.

Ich gehe schnurstracks auf die Tür zu.

»Moment! Sie können nicht einfach ...«

Ich drehe mich um. »Ich kann. Und ich kann noch viel mehr, wenn Sie mich daran hindern wollen.«

Dass man den Leuten immer drohen muss.

Er hastet an mir vorbei, klopft und öffnet die Tür.

»Lars, ich habe Ihnen doch gesagt, wir möchten nicht ...«

»Danke.« Ich schiebe Lars zur Seite und betrete einen gestylten Besprechungsraum mit schicker Terrasse und Blick auf den Fernsehturm. In der Mitte steht ein Architekturmodell.

»Guten Morgen, meine Herren. Hauptkommissarin Dabaschi, LKA Berlin.«

Ich fühle mich wie eine Staubsaugervertreterin und habe es satt, ständig meinen Namen zu nennen. Ich blicke in die verdatterten Gesichter der beiden 50er in Maßanzügen und muss mich beherrschen, nicht zu lachen. Einer hat eine Glatze, der andere graue Schläfen und eine dicke Designerbrille. Klischees kommen nicht von irgendwo.

»Ist gut, Lars«, sagt der mit der Glatze.

Lars Sommer geht und schließt die Tür.

»Bitte setzen Sie sich doch, Frau Dabaschi«, sagt die Glatze. »Ich bin Alex Wegemann. Das ist mein Geschäftspartner Ricky Böttcher.«

Alex und Ricky. Machen wohl auf jugendlich.

»Was können wir für Sie tun? Möchten Sie vielleicht einen Kaffee?«

»Nein, danke.« Ich nehme Platz. »Erzählen Sie mir etwas über das Bauvorhaben in der Luisenstadt, an der alten Konservenfabrik.«

Sie gucken, als spräche ich Mandarin.

»Wer möchte dort bauen und welche Investoren sind daran beteiligt?«

»Warum interessiert sich das LKA dafür?«, fragt Böttcher unsicher.

Ich sehe ihn scharf an. »Zu Ihrem Verständnis: *Sie* beantworten *meine* Fragen. Nicht ich *Ihre.*«

»Liegt denn etwas gegen uns vor?«, fragt Wegemann freundlich.

»Das Grundstück steht in Verbindung zu einem Fall, den wir bearbeiten.«

Böttcher schüttelt ungläubig den Kopf. »Ich wüsste nicht, wie wir dem LKA weiterhelfen können.«

»War einer von Ihnen beiden vor etwa zwei Monaten an der alten Fabrik?«

»Das Projekt macht Ricky«, sagt Wegemann.

»Na also.« Ich lächle Böttcher erwartungsvoll an.

»Warten Sie einen Augenblick.« Er wischt auf seinem Tablet herum. »Ja, Frau Dabaschi. Ich war dort. Eine Entwurfsvorstellung.«

»Was soll dort entstehen?«

»Der Luisenturm. Ein neues architektonisches Highlight in der Hauptstadt. Eine Mischung aus Büros, Gastronomie, Hotel, Wohnungen und Luxuswohnungen in den oberen Stockwerken. Der Senat wünscht, dass die Baulücken in der Luisenstadt geschlossen werden.«

»Wer war bei dem Treffen noch anwesend?«

»Wie gesagt, das Projekt befindet sich in der Entwurfsphase«, erklärt Böttcher. »Da gibt es noch keine festen Investoren, lediglich … Interessenten.«

»Wer sind diese Interessenten?«

»Das weiß ich leider nicht, Frau Dabaschi. Das Konzept des Projekts stammt von der Berlin Building Association. Wir haben in Berlin schon einige Konzepte zusammen verwirklicht. Sie haben den Entwurf bei uns in Auftrag gegeben und potenzielle Interessenten zu einer ersten Ortsbesichtigung eingeladen.«

»Wieso trifft man sich in der Entwurfsphase mit potenziellen Investoren? Da kann man doch noch nicht über Kosten sprechen.«

»Wir sind sehr erfahren in solchen Großprojekten«, schaltet sich Wegemann ein. »Unser Büro hat einen exzellenten Ruf. Wir entwerfen und planen, Frau Dabaschi. Wenn es dann zum Bau kommt, übernehmen wir die Bauleitung. Für die Konzeption, den Erwerb der Grundstücke und die Finanzierungsplanung ist in der Regel die Berlin Building Association zuständig.«

Böttcher nickt. »So ein Projekt stemmen nur, sagen wir … sehr zahlungskräftige Leute.«

»Ah … und die Berlin Building Association bietet ihre Filetstücke zuerst diesen *sehr zahlungskräftigen Leuten* an.«

»Stammkunden werden immer irgendwie bevorzugt, Frau Dabaschi.« Böttcher lächelt süß. »Viele dieser Leute treten kaum in der Öffentlichkeit in Erscheinung.«

»Verstehe. Sie sagten, der Senat wünscht die Verdichtung in der Luisenstadt. War Bausenator Rombach dann auch anwesend?« Ich hoffe, meine Frage klingt beiläufig.

»Ja.«

Luis hatte also recht.

»Wer ist Ihre Kontaktperson bei Berlin Building Association?«

»Der Geschäftsführer Christian Schaller.«

Ich denke kurz nach. »Herr Böttcher, wissen Sie, wem das Grundstück gehört?«

»Nein. Da müssen Sie Herrn Schaller fragen.«

»Sie entwerfen ein Gebäude für ein Grundstück, dessen Besitzer Sie nicht kennen?«

»Das ist nichts Ungewöhnliches. Darum kümmern wir uns nicht.«

»Wir gestalten Zukunft, Frau Dabaschi«, schwärmt Wegemann. »Wir gestalten Berlin. Nein, wir erschaffen das Berlin des 21. Jahrhunderts.«

»Na denn.« Ich betrachte die beiden, frage mich, ob sie vertrauenswürdig sind, und ziehe das Foto mit dem Tattoo aus meiner Handtasche. »Haben Sie diese Tätowierung schon einmal gesehen?«

Die Architekten betrachten das Foto und schütteln die Köpfe.

»Sind Sie sicher?«

»Also zumindest nicht bewusst«, sagt Böttcher.

Ich erhebe mich. »Vielen Dank.«

»Tut mir sehr leid, dass ich Ihnen nicht weiterhelfen konnte«, sagt Böttcher.

Ich ziehe eine Visitenkarte aus meiner Hosentasche und lege sie auf den Tisch. »Für den Fall, dass Ihnen noch etwas zum Grundstück einfällt, das für mich von Interesse sein könnte.«

»Und ... was sollte das sein?«

»Alles, meine Herren. Schönen Tag noch und viel Spaß beim Erschaffen des 21. Jahrhunderts.«

Kapitel 11 - Finn

Wir fahren von der Klinik am Urban zurück zum LKA. Die sanften Bewegungen und der bequeme Rücksitz des Wagens versetzen mich in einen Dämmerzustand. Ich bin komplett erschlagen. Die ganze Geschichte macht mich fertig. Warum lassen sie mich nicht in unsere Wohnung? Da kommen die Schweine doch bestimmt nicht mehr hin. Jetzt, wo ich Personenschützer am Rockzipfel habe.

Ich möchte Sindo antickern und mal Frau Özcan anrufen, aber mein Phone ist ja in der Kriminaltechnik. Also gucke ich schläfrig aus dem Fenster.

Sindo weiß nichts. Ob er immer noch zu mir hält, wenn ich ihn einweihe?

Ich denke an Burak und möchte nicht, dass Sindo und seine Familie da auch noch mit reingezogen werden. Aber vielleicht ist es dazu ja schon zu spät.

Der Arzt sagte, Toms Zustand ist unverändert. Das ist nicht toll, aber auch nicht schlecht. Das Glas ist noch halb voll.

Ich kaue an meinen Nägeln, gucke auf die Straße und denke wieder an Sindo. Ich brauche ihn, obwohl er gerade mit sich selbst genug zu tun hat. Wegen seiner Hautfarbe, weil er auf Jungs und Mädchen abfährt und weil er nicht mein Typ ist. Sondern mein bester Freund. Sindo ist anders als ich. Stiller.

Einmal, da waren wir zwölf, oder so, da haben ein paar Idioten Sindo in der Schule blöd angemacht. Ich bin dazwischen gegangen und dann war schnell Ruhe im Karton. Hab nen Verweis bekommen. Und Tom? Der war mächtig stolz auf mich.

Ich kann mir gar nicht vorstellen, wie es ohne Sindo sein soll. Er gehört zu mir wie Tom. Ich muss mit ihm reden, die Karten auf den Tisch legen.

Wir fahren den Mehringdamm runter in Richtung LKA. Kurz bevor er in den Tempelhofer Damm übergeht, etwa auf der Höhe des Viktoriaparks, fährt ein dunkelblauer Kleinwagen neben uns her. Ich beobachte ihn schläfrig.

Die Beifahrerscheibe fährt runter und ich sehe den Lauf einer Waffe und das Tattoo.

»Bremsen, Ercan!«, schreie ich sofort. »Die schießen von links.«

»Alle runter!«, brüllt Angie.

Ercan geht geduckt voll in die Eisen.

Die Bremsen quietschen, wir stehen noch nicht ganz und schon fliegen die Fetzen. Die Fenster zersplittern. Fingernagelgroße Stückchen Sicherheitsglas regnen auf uns.

Einer fährt hinten auf und schiebt uns weiter. Wir rollen auf den Seitenstreifen und rammen einen Baum. Die Airbags zischen. Ich knalle gegen die Vordersitze. Trotz des Gurts. Hinter uns kracht es noch ein paarmal.

Dann ist Ruhe.

Ein Motor heult auf und entfernt sich.

Ich liege zusammengekrümmt auf dem Rücksitz, der Gurt drückt mir den Bauch ab, doch ich wage nicht, mich zu rühren.

»Verdammte Scheiße!«, flucht Ercan.

»Jemand verletzt?«, fragt Angie.

»Mir gehts gut«, sage ich.

»Meine Nase«, stöhnt Ercan. »Sie blutet.«

»Diese Arschlöcher!« Angie schnappt sich das Funkgerät und erklärt, was passiert ist.

»... nein, kein Scherz, verdammt. Wir sind vor der Polizeibibliothek an einen Baum gefahren. Die Täter fliehen den Damm runter ... Keine Ahnung, welches Fahrzeug.«

»Dunkelblau«, sagte ich.

»Dunkelblau ... Nein, genauer geht es nicht. Bin froh, dass wir noch leben. Der hat einfach losgeballert. Wenn Finn ihn nicht rechtzeitig gesehen hätte ...«

Es dauert nicht lange, bis Verstärkung da ist und den Damm auf unserer Seite weiträumig abriegelt und sichert.

Weibliche und männliche Polizisten helfen uns aus dem zerbeulten Auto. Die Besatzungen der Rettungswagen kümmern sich um die Leute, die in den Auffahrunfall verwickelt wurden.

Ich sitze rauchend zwischen Angie und Ercan unter einem Baum auf dem Mittelstreifen der Fahrbahn. Sie haben mir das Du angeboten.

»Danke.« Ercan drückt eine Kompresse auf die Nase und klingt, als hätte er Schnupfen. »Gute Reaktion. Meine Mutter freut sich, dass ich heut Abend lebend heimkomme.«

Ich nicke. »Bin Parcoursläufer. Da brauchst du eine schnelle Auffassungsgabe.«

Angie klopft mir auf die Schulter. »Haste gut gemacht. Bist der Held des Tages.«

»Da scheiß ich drauf.«

»Hey! Du hast zwei Polizisten gerettet. Ich versichere dir, unsere Kolleginnen und Kollegen werden dich lieben und mit Applaus empfangen.«

»Muss das sein?«

Die beiden glucksen.

Ein Uniformierter kommt zu uns. »Seid ihr einigermaßen fit?«

Wir nicken.

»Dann fahr ich euch mal runter in die Direktion. Die wollen euch sehen.«

»Wieso?«, frage ich.

»Wer auf einen Bullen schießt«, näselt Ercan, »schießt auf alle Bullen.«

»Tut mir leid«, sage ich, weil ich ein schlechtes Gewissen habe. »War ja alles meinetwegen.«

»Hoffentlich kriegen wir sie«, knurrt Angie.

Mich beschleicht eine Ahnung, dass das nicht der Fall sein wird. Doch ich möchte Angies Hoffnung nicht zu Nichte machen.

Irgendwie teile ich sie ja.

Kapitel 12 - Hanno

Wir stehen reglos an der Hallenwand.

Luis sieht mich unsicher an. Ich schleiche zu ihm und wir arbeiten uns an der Wand entlang in die Richtung, aus der die Geräusche gekommen sind. Dabei lassen wir die Halle nicht aus den Augen.

Am ersten Durchgang zum Anbau bleiben wir stehen und lauschen angestrengt.

Das Krächzen beruhigt sich. Es kommt aus dem Obergeschoss.

»Etwas hat die Krähen aufgeschreckt«, flüstert Luis.

Ich zögere, weiterzugehen.

Luis tippt mir an die Schulter und deutet auf ein verblichenes Stück Stoff am Boden.

Ich verstehe nur Bahnhof.

»Warte«, flüstert er, hebt den Fetzen auf, schnappt sich eine Latte und bindet ihn daran fest.

Ich kapiere immer noch nicht, was er vorhat.

Luis schiebt das Stück Stoff in den Durchgang.

Klar! Er will herausfinden, ob da jemand steht und ballert. Kreatives Kerlchen.

Doch es passiert nichts.

Wir wagen uns in den Anbau und stehen in einem langen Flur. Mehrere Türen gehen davon ab. Am Ende des Flurs führt eine eingebrochene Holztreppe nach oben.

»Die alten Büros vermutlich«, sagt Luis leise.

Ich nicke. »Wir checken einen Raum nach dem anderen, bis wir an der Treppe sind.«

Luis arbeitet sich mit dem Dummie im Flur von Durchgang zu Durchgang. Ich sichere die einzelnen Büroräume. Sie sind komplett ausgeräumt, haben feuchte Wände, kaputte Fenster und verfaulte Dielen. Ein Wunder, dass die Bude überhaupt noch steht.

Anschließend arbeiten wir uns mit vorgehaltenen Waffen die Treppe hoch. Ich gehe vor und prüfe jede beschissene Stufe, ob sie nicht unter meinen Füßen zusammenkracht. Wir umrunden die eingebrochenen Stellen und gelangen ins Obergeschoss.

Hier herrscht dieselbe Raumaufteilung wie unten. Ein Flur, an dem sich Räume reihen. Gegenüber befinden sich türlose Durchgänge zur Galerie. Die Holzdielen sind zum Teil eingebrochen und geben den Blick in den unteren Flur frei.

Das Gekrächze wird deutlicher. Darunter mischen sich Quieken und Surren.

Wie in einer Geisterbahn.

Luis‹ Dummie ist perfekt. Wir gehen wie auf Eierschalen an der Wand entlang. Hier scheint mir die Fußbodenkonstruktion noch an sichersten.

Der erste Raum ist leer. Im zweiten hängt ein großes Wespennest an der Decke. Das Surren ist schon mal geklärt.

»Die werden auch immer weniger«, wispert Greta Thunberg.

»Komm weiter, Bienenretter. Mit denen legen wir uns nicht an. Da ist bestimmt keiner drin.« Ich schließe vorsichtshalber die Tür.

»Das sind Wespen, Hanno! Keine Bienen.«

Ich verdrehe die Augen.

Ein süßlicher Geruch steigt in meine Nase. Je weiter wir uns der Mitte des Flures nähern, desto widerlicher und vertrauter wird er. Eine Ahnung breitet sich in mir aus und mein Magen krampft sich zusammen.

An der offenen Türe bleiben wir stehen. Der Gestank ist unerträglich geworden. Wir schieben die T-Shirts hoch und bedecken unsere Nasen mit den Säumen.

Ich mache mich auf das Schlimmste gefasst und trete die Türe auf. Sie schlägt an die Wand.

Luis wedelt gleichzeitig mit dem Dummie und brüllt.

»Polizei! Hände nach oben!«

Schneller, als ich gucken kann, stürmt eine quiekende Rattenkolonie aus dem Raum, huscht über unsere Sneaker und ab in die löchrigen Dielen.

Luis wirft völlig überrumpelt den Dummie weg und vollführt Bocksprünge.

Wäre schon witzig, wenn er nicht mit den Füßen im Dielenboden einbräche.

Er schreit wie am Spieß. Seine Waffe landet auf dem Boden.

Ein aufgescheuchter Schwarm Krähen flieht mit Gekrächze durch Tür und Fenster.

»Hanno!«

An Luis' Jeans krabbelt eine Ratte nach oben. Ich schlage mit dem Pistolengriff nach ihr. Das Mistvieh ist auf Krawall gebürstet und springt mich an. Doch noch im Sprung verpasse ich ihr einen heftigen Schlag mit der Waffe. Sie fällt zu Boden, zuckt noch einmal und das wars.

Luis sackt tiefer. Schweißperlen bilden sich auf seiner Stirn.

»Hanno! Die Scheiß-Decke gibt nach.«

Ich stecke die Waffe weg, packe ihn unter den Achseln und schütze ihn vor den Krähen mit meinem Rücken. Dicht über mir spüre ich ihre Flügelschläge.

Einfach eklig, das Ganze.

So schnell, wie sie begonnen hat, ist diese tierische Invasion vorüber.

Wir keuchen wie Asthmatiker.

»Bist du okay, Luis?«

»Meine Beine hängen schon in der Luft.«

Ich ziehe ihn hoch.

Er steht wieder auf den Füßen, aber ich halte ihn immer noch fest. Umschlungen und mit klopfenden Herzen sehen wir uns an. Seine Achseln sind vor Schiss heiß und nass. Doch irgendwie stört mich das nicht.

»Danke, Hanno. Tut mir leid, dass ich die Nerven verloren habe. Und die Waffe.«

»Trenne dich nie von deinem Schwert«, sage ich und lächle. »Alte Weisheit römischer Legionäre.«

Luis lächelt zurück. »Das nächste Mal denke ich dran, okay?«

Wir lösen uns voneinander.

»Jou«, sage ich und blase die Backen auf. »Bringen wirs hinter uns.«

»Was meinst du?«

Ich nicke mit dem Kopf zu Raum. »Nachsehen.«

Luis hebt seine Waffe auf. Wir ziehen wieder die T-Shirts über die Nasen und wagen uns in den Raum.

In einer Ecke liegt eine Matratze. Daneben stehen eine Holzkiste und leere Bierflaschen. Darauf befinden sich geöffnete, umgekippte Konservendosen. Ihr Inhalt ist auf der

Kiste verteilt. Auf dem Boden liegt ein Teller. Die letzte Ratte schnappt sich noch eine Ravioli und verpisst sich.

Die hat vielleicht Nerven.

Gerhards Lager, denke ich.

Auf der Matratze liegt etwas Unförmiges.

Im Näherkommen erkenne ich Fliegen, Würmer und Käfer.

Eine halb verweste angefressene Leiche liegt vor mir.

Das Salamibaguette und die Cola kommen unverdaut zurück, ohne dass ich etwas dagegen tun kann.

Es gibt Situationen, die hast du selbst nach Jahren nicht im Griff.

Noch während ich würge, ruft Luis Soraya an. Entweder funktioniert sein Geruchssinn nicht oder er ist abgebrühter als vermutet oder ich hätte auch Tomate-Mozzarella und Kaktusfeige nehmen sollen. Vielleicht macht das immun.

»Was?«, schreit Luis plötzlich ins Mobiltelefon. »Auf den Wagen mit Finn wurde geschossen?«

Ich wische mir den Mund ab und sehe ihn an.

»Jemand verletzt?« Luis atmet auf. »Puh! Mann, Mann, Mann. Bis gleich.«

Wir hocken nebeneinander draußen im Schatten der Fabrik auf dem Boden und warten auf die Kollegen. Ich rauche.

»Worüber denkst du nach?«, fragt Luis schließlich.

»Ob ich Vegetarier oder wieder Kettenraucher werde.«

Luis schnaubt leise. »Sag mal, in welche Abteilung wechselst du eigentlich?«

»Ich wechsle nicht, sondern steige aus.«

»Was?« Luis guckt so geschockt, als hätte er gerade erfahren, dass sich Greta Thunberg ausschließlich von rohem Robbenbabyfleisch ernährt und in ihrer Freizeit Formel-1-Rennen fährt.

»Weißt du«, sage ich, »manchmal muss man sich eingestehen, dass man eine falsche Richtung eingeschlagen hat. Ist ne lange Geschichte.«

Luis nickt. »Und was machst du dann?«

»Ich übernehme Omas Frühstückspension an der dänischen Grenze. Bei Wassersleben, an der Flensburger Förde.«

»Echt jetzt?«

»Die Pension ist schon über hundert Jahre im Familienbesitz. Ist von März bis November gut ausgelastet. Oma ist zwar noch rüstig, aber sie sagt, das Haus braucht neuen Schwung. Ich möchte die Pension in der Winterruhe modernisieren, nicht zu viel, denn die Gäste mögen den nostalgischen Charme da.«

»Kennst du dich in der Branche aus?«

»Ich bin dort quasi aufgewachsen, hab in den Ferien und meinen Urlauben oft mitgeholfen. Das ist keine Dreckarbeit wie hier, das ist … Lebensqualität.«

»Verstehe. Hat dich der Polizeijob ausgelaugt?«

»Jou.«

»Alle sagen, du bist ein Musterbulle.«

»Sagen sie das?«

Luis nickt. »30 und Kriminaloberkommissar beim LKA. Trotz deiner Homosexualität.«

»Jou.«

»Ich … Ich bin …« Luis guckt weg, sammelt Steinchen und wirft sie vor sich hin. »Ich denke, das ist eine steile Karriere.«

Ich winke ab. »Sie haben keine Ahnung von mir.«

»Weil du nicht willst, dass sie eine haben?«, fragt er.

Irgendwie muss ich ein offenes Buch sein. Louis ist eine Spürnase und ein guter Ermittler. Vielleicht sogar ein besserer als ich.

Polizeisirenen nähern sich. Sie erlösen mich von einer Antwort und weiteren Fragen.

»Die Pflicht ruft«, sage ich, und wir stehen auf.

Kapitel 13 - Finn

Ich sitze mit Ercan und Angie wieder im Besprechungsraum. Auf dem Tisch stehen Kekse und kalte Getränke. Wir greifen zu und knabbern still vor uns hin.

Man hat uns ausgerichtet, Hauptkommissarin Dabaschi sei zur Fabrik gefahren, weil man dort etwas gefunden hatte. Ich platze vor Neugier.

Wir warten. Zwischendurch kommt eine Polizeipsychologin vorbei und fragt, ob wir vielleicht was loswerden wollen.

Will aber keiner. Angie, Ercan und ich sind wieder stabil.

Sie redet von posttraumatischen Belastungen und bietet uns an, dass wir jederzeit zu ihr kommen können.

Wir nicken brav und sie verschwindet wieder.

»Die hat mir gerade noch gefehlt.« Angie schnaubt. »Trägt einen Pullover bei der Hitze!«

»Macht auch nur ihren Job«, sagt Ercan.

»Gibts hier irgendwo n Eis?«, frage ich. »Melone wäre mega.«

Die beiden gucken mich an, als hätte ich nach ner Prise Koks gefragt.

»Na, dann nicht!« Mir ist warm und der Angstschweiß muffelt noch unter meinen Achseln. Peinlich! Eine Dusche käme gut. Ich verschränke die Arme fest vor der Brust und strecke die Beine aus. »Was treiben die denn so lange?«

Ercan zuckt mit den Schultern. Sein Gesicht ist leicht geschwollen. »Die Lage sondieren«, näselt er.

»Warten ist Teil unseres Jobs«, sagt Angie.

»Blöder Job«, entgegne ich.

Ercan guckt uns an. »Wie sehe ich aus?«

»Übel«, sagt Angie.

»Scheiße!«

»Mach dir nichts draus. Kannst bald wieder aufreißen gehen.«

Ich betrachte Ercan. »Sieht doch verwegen aus. Deine geschwollene Nase macht dich erst so richtig sexy.«

Angie lacht und Ercan verdreht die Augen.

»Ein Angriff auf die Polizei auf offener Straße«, sagt Angie, »und dann noch vor der eigenen Haustür. Das passiert nicht alle Tage. Die Radio- und Fernsehreporter stehen bestimmt schon unten vorm Eingang und warten auf eine Erklärung.«

Ich blase die Backen auf. Wie Peters. »Die Sache wird immer schlimmer. Am liebsten möchte ich mich in ein Loch verkriechen.«

»Kopf in den Sand stecken, hilft aber nicht«, sagt Ercan.

»Ich muss mal pinkeln.«

Ercan begleitet mich.

Als wir zurückkommen, sitzen Peters, Dabaschi und eine Frau im Kostüm am Tisch. Sie ist im selben Alter wie die Kommissarin. Ich vermisse Sandmann.

Alle drei sehen aus, als kämen sie gerade aus der Achterbahn und müssten jeden Augenblick kotzen.

»Setzt euch bitte«, sagt Peters.

Keiner fragt mich, wie es mir nach den Schüssen geht. Sehr feinfühlig, diese Truppe. Ich nehme Platz und gucke Peters an.

»Du bist nun als Zeuge hier«, sagt Dabaschi. »Und wir möchten das Gespräch aufzeichnen. Bist du einverstanden?«

»Klar.«

»Wir haben auf dem Fabrikgelände eine Leiche gefunden.«
Ich halte die Luft an.

»Es handelt sich vermutlich um den Obdachlosen Gerhard Fritsche.«

»Nein!« Ich springe auf.

»Beruhige dich, Finn.« Dabaschi deutet auf die Frau neben sich. »Das ist Staatsanwältin Jana Becker. Bei ihr laufen unsere Ermittlungen zusammen. Wir haben natürlich Fragen.«

»Hallo Finn.« Die Staatsanwältin lächelt schwach.

Ich möchte keine Fragen mehr beantworten.

Peters nickt mir zu und ich setze mich wieder. »Hat Gerhard einen kleinen silbernen Ring im rechten Ohr?«

Ich nicke stumm.

»Okay, Finn. Wir ersparen dir die Details.« Die Staatsanwältin steht auf und kommt zu mir. »Darf ich du sagen?«

Ich nicke.

»Der Mann ist schon mehrere Tage tot. Und die Hitzewelle … Wir fanden außerdem ein Prepaid-Handy. Es war im porösen Fußboden unter der Matratze versteckt. Technik und Gerichtsmedizin arbeiten auf Hochtouren.«

Ich gucke durch sie durch. »Wie … ist er …«

»Erschossen«, sagt Dabaschi. »Aber die Leiche weist nach ersten Erkenntnissen auch Spuren von Misshandlungen auf.«

Ich zucke zusammen.

»Was weißt du über Gerhard, Finn?«

»Nicht viel. Er war obdachlos und hat sich in der Fabrik eingenistet. Hat gern ein Bierchen gezischt und uns was von Stasi und so erzählt. Wir haben darüber gelacht und gesagt ›Ja, ja, Gerhard, alles klar‹.«

»Gerhard Fritsche lebte bis zur Wende in Ostberlin. Bis vor zwei Jahren arbeitete er in der Zentrale einer Immobilienfirma als Hausmeister. Malchow Group. Die Adresse auf seinem abgelaufenen Personalausweis wird ebenfalls seit zwei Jahren von jemand anderen bewohnt und Gerhard Fritsche verschwand von der Bildfläche. Das Gebäude, in dem er wohnte, gehört der Malchow Group.«

Ich staune, wie schnell sie Sachen herausfinden können. »Er war ein netter, harmloser Freak.«

»Die Fragen sind folgende«, sagt Peters. »Warum verliert sich seine Spur bei der Meldebehörde, warum wurde er obdachlos und warum musste er so sterben, wenn er ein harmloser Freak war?«

»Keine Ahnung. Ich kenne ihn nur von der alten Fabrik.«

»Wann hast du ihn zuletzt gesehen?«

»Als wir fluchtartig das Gelände verlassen haben, also, nachdem diese Typen da weg waren.«

»Hat er sich vielleicht vor jemanden dort versteckt?«

»Soweit ich weiß, hat er meist am Ostbahnhof gebettelt und sich danach in die alte Fabrik zurückgezogen. Da hatte er seine Ruhe, weil da außer uns kaum einer hinkam.«

»Sprach er mal über andere Obdachlose, die er kannte?«

»Ich glaube, er war eher so n Einzelgänger. Mehr kann ich zu Gerhard wirklich nicht sagen.«

»Und Sindo?«

»Der weiß auch nicht mehr.« Ich gucke die Staatsanwältin an. »Kann ich wieder zu den Achebes?«

»Darüber sprechen wir später«, sagt sie. »Sindo und seine Mutter sind übrigens hier.«

Ich erschrecke. »Was? Ist da auch was passiert?«

»Nein. Keine Sorge. Kommissar Sandmann befragt sie gerade. Wegen Gerhard.«

»Eine ganz andere Frage, Finn.« Dabaschi guckt mich an. »Was ist auf dem Mehringdamm passiert?«

Ich erzähle es. Ercan und Angie bestätigen meine Worte.

»Konntest du jemand erkennen?«

»Ich war fertig wegen Paps und es ging so verdammt schnell.« Ich überlege. »Dunkelblauer Wagen. Keine Ahnung was für einer. Ein Kleinwagen. Zwei Typen mit Sonnenbrillen, das bekannte Tattoo. Mehr hab ich nicht für Sie.«

»Fahndung können wir uns also schenken«, sagt Peters.

»Ein Versuch kann nicht schaden«, meint Dabaschi.

Die Staatsanwältin beugt sich zu mir. »Finn, du hast vorhin Hauptkommissarin Dabaschi angerufen, damit sie sich um Gerhard Fritsche kümmert.«

»Wegen der Aufnahmen. Wir waren doch zusammen an der Fabrik, als diese Leute kamen, und haben uns versteckt. Gerhard wusste ja, dass ich die Typen aufgenommen hab. Und er ist auch mal im Hintergrund auf unseren Videos im Netz zu sehen. Das ist mir siedend heiß eingefallen und ich hatte plötzlich Schiss.«

»Du traust den Leuten, die dich verfolgen, also einiges zu. Was weißt du über sie?«

»Mann! Die haben auf Paps geschossen und Burak niedergeknüppelt. Mich angegriffen, bedroht und den blöden Killer eliminiert. Da fragen Sie mich noch, was ich denen zutraue? Jetzt ist auch noch Gerhard tot und auf mich wurde geschossen.«

Die Staatsanwältin blickt ernst. »Inzwischen sind zwei Menschen tot, Finn. Mit dir und deinem Personenschutz wären es jetzt fünf.«

Ich kaue an meinen Fingernägeln und denke an das Gespräch mit Paps in der Klinik.

»Deiner Geistesgegenwart verdanken Angie und Ercan ihre Leben«, sagt Peters. »Das war große Klasse, Finn. Wie du siehst, verfolgen deine Feinde nicht nur dich, sondern auch deine Freunde und Beschützer. Ich frage mich, woher wussten sie, dass du in die Klinik fährst und mit welchem Wagen? Und wissen sie, dass du an der alten Fabrik gefilmt hast?«

Ich zucke mit den Schultern. »Das wissen nur Sindo, Paps, Gerhard und ich. Aber wir haben ja unsere Läufe ins Netz gestellt. Da kann man die Fabrik vielleicht erkennen.«

»Die Klinik am Urban ist das nächste Krankenhaus vom Tatort aus«, überlegt Dabaschi. »Wenn man eins und eins zusammenzählt ...«

»Aber woher sollte jemand wissen, wann wir wohin fahren?«, fragt Ercan. »Die Fuhrparkleitung hat uns den Wagen zugewiesen. Der stand doch vorher nicht fest.«

»Wir sind hier aus der Tiefgarage gefahren und an der Klinik nicht durch den Haupteingang marschiert«, rechtfertigt sich Angie und kling dabei beleidigt. »Wir machen so was nicht zum ersten Mal, Frau Dabaschi. Ercan ist in den Nebenhof gefahren. Da standen nur Lieferfahrzeuge und uns ist keiner auf die Intensivstation gefolgt.«

»Das ist keine Kritik an Ihnen persönlich«, entgegnet Dabaschi ruhig. »Es zeigt nur, wie sehr den Leuten daran liegt, Finn zu erwischen.«

Ich brauche eine Weile, bis ich kapiere, was sie da gerade reden und blicke auf mein Handgelenk.

Die rote Smartwatch.

Ich betrachte das geliebte Stück mit einem Mal wie ein giftiges Insekt. »Verdammt! Die Schweine tracken mich.« Ich gucke zu Peters.

»Jou«, sagt er und starrt mich an.

Ich öffne das Band und schmeiße die Uhr auf den Tisch.

Für einen Augenblick herrscht Stille.

»Woher hast du die Watch?«, fragt Peters.

»Von Tom. Zum Geburtstag vor vier Wochen. Zusammen mit dem neuen Smartphone.«

»Deine Aufnahmen wurden aber vorher aufgenommen.«

»Mit meinem alten Phone. Hab aber die Speicherkarte übertragen.«

»Glaubst du, dass dein Vater ...«

»Der spielt mir doch keine Spyware drauf. Wir vertrauen uns. Außerdem kann der so was gar nicht.«

»Wer dann?«

Ich kann nicht mehr, reibe mir das Gesicht und schüttle den Kopf.

»Überlässt du uns die Uhr?«, fragt Dabaschi. »Wir prüfen sie.«

Ich nicke.

Sie nimmt die Uhr an sich.

»Was sind das für Leute, die euch verfolgen?«, fragt die Staatsanwältin erneut. »Warum sollten sie dich ausspionieren? Was suchten sie in eurer Wohnung?«

Wieder starren alle auf mich.

Meine Gedanken überschlagen sich. Ich schiebe meine Hand in die Hosentasche und umklammere den Stick. Ein paar Sekunden nur, er läge auf dem Tisch und ich hätte meine Ruhe. Doch ich zögere. Ginge dann die Fragerei nicht erst richtig los? Tom sagt, es fehlen noch Beweise.

»Keine Ahnung«, sage ich und lasse den Stick, wo er ist.

»Seit wann arbeitet dein Vater an dieser Tankstelle?«, fragt Peters.

Ich denke nach. Paps will, dass die Sache ans Licht kommt. Also gebe ich den Bullen weitere Infos.

»Tom hat nicht immer dort gearbeitet. Bevor ich geboren wurde, war er mal ein Top-Buchhalter.«

»Okay.« Peters nickt. »Wo hat er gearbeitet?«

»Bei einer großen Firma. Er hat kaum darüber gesprochen. Tom war nie verheiratet und immer alleinerziehend. Die Frau, die mich geboren hat, wollte nie was mit uns zu tun haben. Ich war für sie ein blöder Unfall. Sie hat mich gleich nach der Geburt bei Tom gelassen und ist verduftet. Tom hat meinetwegen seinen Job geschmissen, damit er bei mir sein konnte. Zuerst haben wir bei den Großeltern Seifert in Charlottenburg gewohnt. Aber die Wohnung war zu klein. Außerdem wollte Tom, dass wir unser eigenes Leben haben und nicht immer seine Eltern um Hilfe bitten müssen. Er wollte es selbst schaffen, wieder auf die Beine zu kommen. Dann haben wir übers Sozialamt die Wohnung an der Kohlfurter bekommen. Ist jetzt kein Traum, aber unser Zuhause, verstehen Sie?« Ich lächle. »Und Tom hat es geschafft. In der Kita hab ich dann Sindo kennengelernt. Wir wurden Freunde wie auch unsere Eltern. Tom half Lena und Juma mit der Buchführung und hat auch manchmal dort gekellnert. War optimal, weil Sindo und ich so zusammensein konnten und immer einer auf uns aufgepasst hat. Seine Eltern haben uns auch unterstützt, wo sie konnten.«

»Wann kam er dann zur Tankstelle?«

»Später. Als ich in der Schule war. Zuerst hat er vormittags für die Özcans Obst und Gemüse ausgefahren. An Restaurants und kleine Hotels. So kamen wir zu den Özcans. An der Tankstelle arbeitet Tom erst, seit Sindo und ich ans Gymnasium gehen. Vor ein paar Jahren hat er die Nachtschicht und die Wochenenden übernommen, wegen der Zulage. Es machte mir nichts aus, allein zu Hause zu sein und an den Wochenenden war ich dann bei den Achebes.«

»Hat dein Vater noch andere Freunde?«, fragt Dabaschi.

»Nein.«

»Leute von früher?«

»Tom hat so gut wie nie über früher gesprochen. Hab ich doch schon gesagt.«

»Warum eigentlich?«

»Tom sagt, mit mir hat er erst angefangen, richtig zu leben.«

»Hat er eine Freundin?«, fragt Peters.

Ich schüttle den Kopf.

»Hat er eine Beziehung mit Burak Özcan?«

»Freundschaft ist auch eine Art Beziehung. Haben Sie keine Freunde?«

Peters knurrt. Meine Fragerei nervt ihn so, wie seine mich.

Ich spekuliere auf Mitleid. »Was wird denn jetzt aus mir? Kann ich wieder zu den Achebes?«

Peters, Dabaschi und die Staatsanwältin sehen sich an.

»Ich bin einverstanden«, sagt die Staatsanwältin. »Wenn du dich an die Abmachungen hältst, die du mit Frau Dabaschi getroffen hast und dich und unsere Leute nicht leichtsinnig in Gefahr bringst.«

»Ercan und Angie sind doch bei mir.«

»Sie können dich nicht 24 Stunden am Tag begleiten. Und selbst wenn, hält es diese Leute nicht ab, dich anzugreifen. Ich würde sagen, wir verstärken den Schutz des Restaurants und der Wohnung der Achebes. Wenn es nicht klappt, müssen wir dich aus der Stadt bringen.«

»Bitte nicht. Ich will bei Tom sein und kooperiere, Frau Staatsanwältin. Das habe ich doch bewiesen, oder?«

Sie nickt und blickt zu Dabaschi. »Dann bereiten wir uns mal auf die Presse vor.«

»Und ich?«, fragt Peters.

»Du trägst mit Luis unsere Recherchen zusammen.«

Kapitel 14 - Luis

Die Chefin und Hanno haben mir die Befragung von Sindo allein überlassen. Er wartet mit seiner Mutter in einem kleinen Verhörzimmer. Ich betrachte die beiden durch die Glastüre. Sindo ist ähnlich gekleidet wie Finn. T-Shirt, Jogg-Shorts, Sneakers. Er sieht ungewöhnlich aus. Mir gefällt das coole Tuch, das er als Stirnband trägt. Sindo wirkt sportlich und sympathisch. Lena Achebe ist eine gepflegte blonde Frau mit unauffälligem Gesicht, doch ihr Kleid mit bunten afrikanischen Mustern verleiht ihr einem Hauch von Exotik.

Ich denke an das, was Hanno von ihnen erzählte und schweife ab.

Hanno ... Seit heute Morgen ist er wie ausgewechselt.

Schon bei unserer ersten Begegnung hat er mich umgehauen. Okay, Hannos herbe Ausstrahlung, seine Attraktivität machen es einem leicht, für ihn zu schwärmen. Doch da ist mehr.

Ich bin Hanno und ich bin schwul. Wenn du ein Problem damit hast, kannst du gleich mal anfangen, dran zu arbeiten.

Das waren seine ersten Worte und ich fragte mich, kann er in mich hineinsehen? Ich fühlte mich sofort klein und schäbig. Ich bin auch schwul und habe nicht die Kraft, mich zu outen. Die einzige Ausnahme ist Tante Isabell. Sie lebt mit einer Frau zusammen und arbeitet als Moderatorin bei einem Fernsehsender. Sie sagt, ein schwuler Polizist hat dasselbe Problem wie ein schwuler Fußballer. Du bist ein Einhorn unter Orks. Nur wenn du Bestleistungen bringst und nicht im rosa Tutu auftrittst, dann akzeptieren sie dich *vielleicht.*

Aber hinter deinem Rücken machen sie doch Witze und wollen nicht mit dir duschen.

Ich glaube, das war meine größte Motivation, Polizist zu werden. Es allen zu zeigen. Aber damit war schon beim ersten Schwulenwitz in der Polizeischule Schluss. Ich hätte gleich etwas sagen sollen. Aber ich hab mitgelacht.

Hanno hätte nicht gelacht, sondern den Spieß umgedreht und ihnen ebenso blöde Heten-Witze vor den Latz geknallt.

Da steht so ein Bild von Mann vor dir, breitbeinig mit verschränkten Armen und knallt dir diesen wundervollen Satz an den Kopf.

Ich bin Hanno und ich bin schwul. Wenn du ein Problem damit hast, kannst du gleich mal anfangen, dran zu arbeiten.

Das ganze LKA weiß, dass er schwul ist und es kümmert ihn einen Scheißdreck. Ich stelle mir vor, dass bei Hanno die Jungs Schlange stehen und er muss nur mit den Fingern schnippen, wenn er Sex haben möchte.

Hanno mit seinen stechend blauen Augen, die durch dich durchschauen, als wärst du aus Glas. Wenn er abwesend in der Gegend umherschaut, dann liegt in ihnen eine fast zarte Melancholie, die mir das Herz schwer werden lässt. Was beschäftigt ihn dann? Worüber brütet er? Jeder Mensch hat doch seinen wunden Punkt.

Ich sehe zu den Achebes und seufze. Meine Devise ist: nie mit einem Kollegen. Und Hanno interessiert sich nicht für mich. Vorhin, als wir vor der Fabrik saßen, da war so ein kurzer Moment von Vertrautheit. Beinahe hätte ich mich Hanno geöffnet, doch dann hat mich der Mut wieder verlassen. Er ist noch vier Wochen dabei und dann geht er weg. An die Ostsee. Da lohnt sich kein großer Einsatz mehr.

Ich verscheuche diese Gedanken, gehe zu den Achebes. Sie lächeln mich freundlich an, ich stelle mich vor und beginne mit der Befragung.

»Ich weiß nichts über Leute, die auf Finn schießen und ihn bedrohen«, sagt Sindo ruhig.

Er ist kein auffahrender Nervtöter wie Finn.

Ich glaube ihm und zeige Sindo Finns Aufnahmen auf einem Tablet. »Erinnerst du dich an diesen Tag?«

»Ja, klar. Ist ne Weile her und wir hatten Schiss. Es war nicht okay, dass wir auf dem Grundstück waren. Stehen ja überall Verbotsschilder. Aber Tom hat gesagt, da kommt keiner hin und wir können in Ruhe trainieren. Er war ja manchmal selbst dabei. Und Gerhard. Ab und zu tauchten auch mal Sprayer auf, echt coole Leute. Aber an der Fabrik war schon alles vollgesprüht. Das war für die dann nicht mehr so interessant.« Sindo deutet aufs Tablet. »Dann sind diese Männer mit der Frau aufgetaucht.«

Ich stutze. »Welche Frau? Finn hat sie nicht erwähnt. Sie ist auch nirgends zu sehen.«

»Wir konnten sie von unserem Versteck aus nicht sehen. Stand abseits. Erst als die Leute gegangen sind, haben wir gesehen, wie einer der Männer ihr durch den Lattenzaun half.«

»Wie sah die Frau aus?«

»Wir haben sie nur kurz von hinten gesehen. Sie war sehr schick, Kostüm und hohe Schuhe. Dunkle Haare und schlank. Solche Frauen gibts eher am Ku'damm, im Lafayette, oder so.«

»Ihr habt Tom den Film gezeigt. Wie hat er reagiert?«

»Wir haben ihm alles erzählt und er war verstört.«

»Warum?«

»Er hat gesagt, mit solchen Typen gibt es nur Ärger und er hat uns verboten, noch mal dorthin zu gehen.«

»Habt ihr euch daran gehalten?«

»Natürlich. Finn tut nie etwas ohne Toms Einwilligung.«

»Kannte Tom diese Leute?«

Sindo schüttelt den Kopf. »Glaube ich nicht. Sonst hätte er doch was gesagt.«

Frau Achebe lächelt. »Finn ist ein guter Junge, Herr Sandmann. Er und Tom sind unzertrennlich. Finn ist ja ohne Mutter aufgewachsen, da mussten sie sich aufeinander verlassen können. Das schweißt zusammen.«

»Wir kennen uns seit der Kita.« Sindo lächelt ebenfalls.

Er besitzt die gleichen Grübchen wie seine Mutter.

»Gleich am ersten Tag hat Finn gesagt ›ich will auch so eine braune Haut‹.«

Lena Achebe lacht. »Durch die Jungs lernte ich schnell Tom kennen. Er war alleinerziehend und fand keine Arbeit in seinem alten Beruf als Buchhalter. Wir hatten gerade unser Restaurant eröffnet. Tom half uns mit der Buchführung und hat auch gekellnert. Wir wohnen ja über dem Lokal. Das war ideal. Die Jungs waren unter Aufsicht und wir konnten arbeiten.«

»Hat das Tom gereicht, Finn und sich durchzubringen?«

»Gerade so. Stütze, Kindergeld und Toms Eltern haben auch immer was dazugelegt. Sein Vater ist im Frühjahr gestorben. Ansonsten hat er für die Özcans Obst und Gemüse an Restaurants ausgefahren, und so was.

Als Finn älter war, haben sie ihn in der Tankstelle genommen. Zuerst hat er vormittags ein paar Stunden dort gearbeitet, wenn Finn in der Schule war. Abends waren sie dann bei uns. Seit ein paar Jahren macht Tom die Nachtschicht als Vollzeitjob. Er verdient besser, weil er auch für die Warendisposition verantwortlich ist und wegen der Nachtzulage. Mir hilft er nebenbei immer noch mit den Abrechnungen.«

»Hat er jemals angedeutet, dass er bedroht wird?«

»Nein. Das haben wir doch schon Ihrem Kollegen gesagt. Wer soll ihm denn etwas antun? Er ist durch und durch gut. Das Ganze kann nur eine fürchterliche Verwechslung sein.«

»Nein, Frau Achebe. Tom und Finn Seifert sind jeweils knapp einem Anschlag entkommen. Ihre Wohnung wurde durchwühlt und Finn hat einen Drohanruf bekommen. Außerdem haben wir den Obdachlosen Gerhard Fritsche in der Fabrik gefunden. Ermordet.«

Sindo starrt mich an. »Gerhard ist ... tot?«

Ich nicke. »Tut mir leid, Sindo. Weißt du Näheres über ihn?«

»Nicht viel. War n Freak. Ich hatte den Eindruck, dass Tom sich gut mit ihm verstand. Wenn wir trainierten, haben sie oft die Köpfe zusammengesteckt. Tom hat immer gesagt, wenn ihr zur Fabrik geht, bringt Gerhard was mit.«

»Was meinte er?«, frage ich.

»Essen und Trinken. Vielleicht hat Gerhard Tom mehr von sich erzählt.« Sindo reibt sich das Gesicht. »Wann kann ich Finn endlich sehen? Gehts ihm gut?«

»Es geht ihm gut.« Ich betrachte die beiden. »Wie seid ihr eigentlich auf das Grundstück gekommen?«

»Durch den Lattenzaun. War ganz easy.«

»Nein. Ich meine, wer hat es als Parcoursgelände ent-deckt?«

»Ach so.« Sindo lächelt. Er hat schneeweise Zähne. »Tom und Finn sagten eines Tages, sie hätten ein ideales Gelände entdeckt.«

»Es liegt nicht gerade in nächster Nähe eures Viertels. Wie sind sie draufgekommen?«

Sindo zuckt mit den Schultern. »Wir halten immer Aus-schau nach einem Gelände, wo man einen Parcours laufen kann. Aber so weit ist es gar nicht. Vom Kottbusser Tor ists nur ne Viertelstunde zu Fuß. Mit dem Auto auch, weil man einen Umweg fahren muss.«

»Mit welchem Auto?«

»Na, Toms alter Polo.«

»Wozu braucht Tom ein Auto? Ich meine, von seiner Wohnung zur Tankstelle und zu eurem Restaurant sind es nur ein paar Minuten zu Fuß.«

»Den hat er von Opa Seifert geerbt, als der gestorben ist.«

»Okay. Und wo steht das Auto?«

»In der Tiefgarage vom Wohnblock.«

»Kennst du die Platznummer?«

»Warten Sie … Zweite Ebene. Nummer … 50 oder so.«

»Farbe?«

»Grau.«

»Kennzeichen?«

»B-FI. Für Finn. Ist noch vom Opa. Die Nummer weiß ich jetzt aber nicht mehr.«

Ich überlege. »Hör mal, Sindo! Der Bodyguard auf dem Film war vermutlich der Mann, der auch auf Tom Seifert ge-schossen hat. Inzwischen wurde er selbst ermordet.«

Sindo und seine Mutter sehen sich entsetzt an.

»Diese Leute sind eiskalt, Sindo. Bist du sicher, dass euch bei der Fabrik keiner bemerkt hat?«

»Natürlich bin ich nicht sicher. Aber hätten sie uns dann nicht gleich verjagt?«

Es klopft an der Glastür. Draußen stehen Hanno und Finn. Sindo springt auf.

Ich nicke Hanno zu.

Er öffnet die Tür und tritt mit Finn ein. Die beiden Jungs sehen sich stumm an. Fragend. Erwartungsvoll. Zärtlich. Der Blick berührt mich. Sind sie verliebt? Keiner hat mich je so angeschaut.

Frau Achebe steht ebenfalls auf. »Finn«, sagt sie und umarmt ihn. »Das ist ja alles nicht zu fassen! Was auch immer geschieht, wir sind für dich da. Du kommst natürlich wieder mit zu uns.«

»Die Polizei stellt mich unter Bewachung.«

»Personenschutz«, verbessert Hanno.

Sindo schüttelt den Kopf. »Was läuft da, Finn?«

»Gute Frage.« Finn schnieft, reibt sich die Nase und schweigt.

»In Anbetracht der aktuellen Ereignisse hat die zuständige Staatsanwältin verschärften Schutz angeordnet«, erklärt Hanno. »Finn und Sindo hängen viel zusammen. Finn wurde vermutlich über Mobiltelefon und Smartwatch getrackt. Das untersuchen wir gerade.«

Ich sehe Hanno verwundert an. Sindo und Frau Achebe sind ebenso sprachlos.

»Frau Achebe«, sagt Hanno. »Sie müssen sich über den Ernst der Lage im Klaren sein, in der sich Finn und vielleicht auch Sindo befinden. Keiner aus Ihrer Familie sollte in nächster Zeit allein irgendwohin gehen. Unsere Kollegen unterstützen Sie so unauffällig es geht.«

»Und was ist mit Joggen?«, fragt Sindo.

»Würde ich an deiner Stelle mal ein paar Tage aussetzen«, sagt Finn. »Wenn was schiefgeht, bringen sie mich aus der Stadt.«

»Falls im Restaurant oder am Haus irgendetwas auffällig ist, müssen es die Kollegen vor Ort sofort wissen«, sage ich.

Frau Achebe starrt abwechselnd von mir zu Hanno, der zustimmend nickt.

»Ich lasse Sie nach Hause fahren.« Hanno öffnet die Tür. Draußen warten Angie und Ercan. »Bringt ihr Finn und die Achebes bitte zum Restaurant? Vor Ort übernehmen dann die Kollegen.«

Finn und Sindo verlassen das Büro. Frau Achebe folgt ihnen.

Da fällt mir noch etwas ein. »Frau Achebe?«

Sie bleibt stehen und dreht sich um.

»Das wollte ich Sie vorhin schon fragen. Wissen Sie zufällig, wo Tom Seifert gearbeitet hat, bevor Finn geboren wurde?«

»In der Immobilienbranche, Herr Sandmann. Die Firma weiß ich aber nicht mehr. Als Finn dann zur Schule ging, hat Tom versucht, in der Branche wieder Fuß zu fassen. Er war sehr qualifiziert und hätte sofort voll arbeiten können. Aber er wollte nur Teilzeit und da haben die Firmen nicht mitgemacht. Tom denkt immer zuerst an Finn. So ist er.«

Ich lächle. »Danke. Wir melden uns.«

Frau Achebe geht.

»Kaffee?«, fragt Hanno.

Ich setze mich an den Schreibtisch, sehe die Akte durch, soweit sie Verena schon eingegeben hat.

Hanno kommt mit den Kaffeebechern zurück. »Viel Hafermilch und ohne Zucker, richtig?«

Ich lächele. »Dafür, dass du mich bis gestern nicht leiden konntest, bist du heute aber sehr aufmerksam.«

»So ist eben ein Neustart. Bist du mit Sindo weitergekommen?« Hanno setzt sich an seinen Schreibtisch, legt flegelhaft die Füße auf Tischplatte und schlürft an seinem Kaffee.

Ich seufze. »Sindo wusste nicht viel. Die Seiferts haben ein Auto in der Tiefgarage und bei dem Treffen auf dem Fabrikgelände war auch eine Frau dabei.«

Hanno verschluckt sich, hustet und schüttet sich den halben Kaffee übers T-Shirt.

»Ah! Verdammt.« Er setzt sich aufrecht hin, stellt den restlichen Kaffee ab und kramt in seiner Schublade. »Wo sind denn jetzt …

»Hey!«, rufe ich und werfe ihm eine Packung Papiertaschentücher zu.

Er fängt sie auf, zieht eines heraus und tupft hilflos auf den Flecken herum. »Was für eine Frau?«

»Dunkelhaarig und auffallend schick.«

»Warum hat Finn sie nicht erwähnt?«

»Er hat gefilmt. Sindo sagt, sie stand abseits und sie haben sie nur kurz von hinten gesehen, als alle das Gelände verließen. Vielleicht die Gattin einer der Herren.«

»Gattinnen von *Herren* mit Bodyguards stehen doch nicht auf abgefuckten Grundstücken herum.«

»So was in der Richtung hat Sindo auch gesagt.« Ich sehe Hanno zu. »Hör mal, das mit den Kaffeeflecken kannste vergessen. Die gehen nicht vom Tupfen raus.«

»Weiß ich selber«, faucht er mich an.

Ich verdrehe die Augen. »Gerade noch so charmant wie ein Kavalier und jetzt schon wieder miesepetrig.«

»Tut mir leid, Luis. Ich hasse versiffte Klamotten.«

»Haste kein Ersatz-Shirt mit?«

»Was?«

Ich seufze, ziehe die Schublade meines Schreibtisches auf und hole meins heraus. »Hier! Fang auf!«

Hanno schnappt sich das weiße T-Shirt, guckt auf das Motiv und verzieht das Gesicht. »Nicht dein Ernst, oder?« Er dreht die Vorderseite zu mir. Darauf sind zwei sich küssende Gummibärchen abgebildet, in Gelb und Orange.

»Ist doch putzig.« Ich zucke mit den Schultern.

»Putzig.« Hanno steht auf und zieht sich um. Ich betrachte seinen leicht definierten Oberkörper und erinnere mich daran, wie er mich in der alten Fabrik gerettet hat. Ein Kribbeln entsteht in meinen Lenden, steigt bis zur Kopfhaut und saust zurück in meine kleinen Zehen. Ich ignoriere es und erzähle von der Vernehmung der Achebes.

»Tom und Gerhard haben also die Köpfe zusammengesteckt …«, meinte Hanno und zupft am T-Shirt herum. Es sitzt knapp und betont seine Brustmuskulatur. »Ein Obdachloser und ein ehemaliger Top-Buchhalter, der nun in einer Tankstelle arbeitet?«

»Ist schon seltsam«, sage ich. »Verena ist an beiden dran.«

»Okay, Luis.« Hanno kommt zu mir, setzt sich auf meinen Schreibtisch und guckt mich direkt an.

Seine Augen, die viel zu nahen Oberschenkel, die kräftigen Arme. Ich bekomme Herzklopfen und atme tief ein.

»Mich beschäftigt Finns Smartwatch.«

»Wir wissen noch nicht, ob da eine Spyware drauf ist.«

»Da wette ich drauf. Sie konnten Finn nur mit einem GPS-Tracker aufspüren. So, wie ich das Verhältnis von Tom Seifert zu Finn inzwischen einschätze, war er kein Helikoptervater. Er kauft für Finn eine schicke Uhr samt Handy zum Geburtstag. Nicht billig, die Geräte sind Top-Ware. Nagelneu. Aber sein Sohn ist es ihm wert. Wenn *er* so eine Software nicht installiert hat, muss es *jemand* anderer gewesen sein.«

Ich überlege. »Klingt abenteuerlich, denn dann muss auch jemand anderer gewusst haben, dass Finn ein neues Smartphone zum Geburtstag bekommt.«

»Warten wir ab, was die Kriminaltechnik herausfindet. Ich frage Finn, wo sie die Geräte gekauft haben.«

Kapitel 15 - Hanno

Verena kommt durch die offene Tür und grinst. »Ach, nee? Haben sich da etwa zwei vertragen?«

»Wir heiraten nächste Woche«, sage ich.

Luis läuft knallrot an. Einfach süß.

Verena nickt anerkennend. »Glückwunsch. Das ging ja flott. Übrigens, sexy Shirt, Hanno.«

»Danke. Gehört Luis. Hab meins vollgekleckert.«

»Wenn ihr schon die Wäsche tauscht, dann stimmt das wohl mit der Hochzeit. Habt ihr schon einen Geschenktisch?«

»Jou.«

»Kannste im KADEWE angucken«, sagt Luis völlig unerwartet und wir lachen alle drei.

Zum ersten Mal.

»Spaß beiseite, Jungs. Was wollt ihr zuerst?«

Luis und ich sehen sie gespannt an.

»Egal«, sagt Luis. »Leg los!«

»Also. Die Kugel im Kopf von unserem Schützen ist eine 6,35 mm.«

»Eine ältere Taschenpistole«, vermute ich. »Ist nicht mehr so häufig in Gebrauch.«

Verena nickt. »Der Schütze heißt Steffen Ruppert, 28 Jahre und arbeitete in einer Sicherheitsfirma. Wurde mal wegen Körperverletzung angezeigt. Er ballerte mit einer 9 mm in der Tankstelle herum. Die Patronen im angegriffenen Wagen sind ebenfalls 9 mm.«

»Was hast du zu Tom und Gerhard herausgefunden?«, fragt Luis.

»Tom Seifert war bis zu Finns Geburt bei der Firma Malchow Group angestellt.«

»Malchow?« Ich springe vom Schreibtisch. »Da hat auch Gerhard gearbeitet.«

»Das ist eine der größten Immobilienfirmen Berlins mit verschiedenen Abteilungen«, erklärt Verena weiter. »Immobilienberatung, Finanzierung und Verkauf sowie einer Hausverwaltung. Zum Unternehmen gehören auch eine Reihe kleinere, branchenfremde Unternehmen.«

»Vom Buchhalter zum Sozialempfänger?«, wundere ich mich. »Was war da los?«

»Frau Achebe hat erwähnt, Tom wollte nur Teilzeit arbeiten und die Firmen haben das nicht mitgemacht«, sagt Luis.

»Toms Bankkonten sind jedenfalls alle in Ordnung«, fährt Verena fort. »Er hat von seinem Vater Wertpapiere und ein paar Anlagen geerbt, als der im Frühjahr verstorben ist. Kein großes Vermögen, aber ne schöne Finanzspritze.«

»Wem gehört die Firma?«, erkundige ich mich.

»Erich Malchow, 68, arbeitete zu DDR-Zeiten im Ministerium für Aufbau und Bauwesen, hat seine Firma gleich nach der Wende gegründet und stieg schnell auf.«

»Ministerium für Aufbau und Bauwesen ...«, sinniert Luis. »Die hatten die Kontrolle über das ganze Bauwesen und die Städteplanungen. Nachtigall, ick hör dir trapsen.«

»Die DDR wurde ausverkauft«, sagt Verena. »Wer einen Riecher hatte und die richtigen Leute kannte ...«

»Gerhard kam auch aus Ostberlin«, erinnere ich mich. »Aber wir wissen nicht, was er damals getrieben hat.«

»Gerhard war nach der Wende arbeitslos und fing dann Mitte der 90er bei Malchow an«, sagt Verena. »Vor zwei Jahren hat er seine Konten abgeräumt und aufgelöst.«

»Warum arbeitet er so lange bei einer Firma und verschwindet dann hoppla hopp?«, überlege ich.

»Dazu müsste man bei seinem Arbeitgeber nachfragen«, sagt Verena. »Erich Malchow ist der millionenschwere Herrscher eines Immobilienimperiums, pflegt beste Verbindungen zu Politik und Finanzbranche und ist ein bekannter Name in der Berliner Charity-Szene. Unterstütz soziale Projekte.«

»Zum Beispiel?«, erkundige ich mich.

»Obdachlose.«

Luis und mir klappen die Kinnladen herunter.

»Malchow wird von verschiedenen Seiten hofiert.«

»Ist seine Firma sauber?«, fragt Luis.

Verena guckt mich an. »Du kommst aus der Wirtschaft. Frag doch mal deine früheren Kollegen. Die kennen alle schwarzen Schafe oder zumindest die, die sie dafür halten.«

»Ich kümmere mich darum.« Luis macht eifrig eine Notiz.

»Sehr gut.« Ich lächle. »Verena, du bist ein Schatz.«

»Ach ja? Ich erinnere dich dran, wenn du mal wieder untersexualisiert hier herummeckerst.«

Nun werde ich rot und Luis prustet.

Verena lächelt schön. »Ich mach dann mal Feierabend.«

»Wie? Jetzt schon? Unser Fall nimmt gerade Fahrt auf.«

»Es ist fünf, Hanno, und ich hab im Gegensatz zu dir ein erfülltes Privatleben. Schön‹ Abend, Jungs.« Sie hebt mahnend den Zeigefinger. »Und vergesst die Kondome nicht. Ciao.« Verena geht.

Ich gucke zu Luis, der grinst wie ein Affe.

»Was?«

»Untersexualisiert?«

»Geht dich das was an?«

Er greift schmunzelnd zum Telefon und wählt. »Ja, Kriminalkommissar Luis Sandmann. Ist Hauptkommissar Reschke noch da? … Danke, ich warte … Herr Reschke? Luis Sandmann, hier … ja, das Sandmännchen …«

Ich pruste und halte mir die Hand vor den Mund.

Luis wirft mir einen bösen Blick zu. »Sagt Ihnen die Firma Malchow Immobilien was? … Echt jetzt? … Sie ist bei unseren Ermittlungen in einem Mordfall aufgetaucht und wir fragen uns, ob es da schon mal Ungereimtheiten gab … ja, ich warte.« Luis guckt mich an. »Da gab's mal was«, flüstert er. »Mein Ex-Chef guckt nach.«

Ich nicke.

»Ja … Was? … Verdacht auf Geldwäsche …«

Ich spitze die Ohren. Wir sehen uns an.

»Ach, das wär wirklich sehr freundlich, Herr Reschke … Danke … Ja, ich habe mich gut eingearbeitet. Die Kollegen sind auch ganz nett. Wir lernen uns gerade besser kennen … Klar. Hauptkommissarin Dabaschi hält Sie gern auf dem Laufenden, sofern es Ihre Abteilung betrifft. Vielen Dank, Ihnen auch nen schönen Abend.« Luis legt auf.

Ich grinse immer noch. »Haben sie dich wirklich Sandmännchen genannt?«

»Wenn du morgen mit deinen Eiern aufwachen willst, dann sag das nie wieder.«

Ich hebe die Schwurhand. »Versprochen! Hoch und heilig.«

»Die Firma Malchow ist vor fünf Jahren mal ins Visier der Wirtschaftsfahndung geraten. Reschke war sich sicher, dass da was stinkt, aber die Überprüfung ergab nichts. War alles so sauber wie ein frisch desinfizierter OP. Die Sache ist inzwischen allerdings verjährt. Reschke schickt uns mal die Akte.«

Soraya kommt zu uns und fällt auf meinen Schreibtischsessel. »Diese Medienfuzzis!«

»Wars schlimm?«, erkundige ich mich.

»Ging so. Jana Becker hat das gemanagt und mit dem Vermerk auf laufende Ermittlungen so gut wie nichts herausgegeben. Wie läuft es bei euch?«

Wir erklären ihr unsere und Verenas Recherchen.

»Okay«, sagt sie, »Luis, Sie kümmern sich morgen früh gleich um den Handyladen. Ich hab in der Technik Druck gemacht und sie fanden auf Finns Geräten tatsächlich eine Spyware. Eine handelsübliche Software, die Eltern einen Vollzugriff auf die Daten ihrer Kinder erlaubt.«

Luis nickt. »Heißt, alles von E-Mails bis Chats und Fotos. Sie wussten also von Finns Aufnahme, wo er sich aufhielt und so weiter.«

»Krass«, sage ich.

»Exakt«, sagt Soraya. »Meine Tochter würde mich glatt ermorden, wenn ich das täte.«

Luis schüttelt den Kopf. »Moment! Ich versteh da was nicht. Wussten diese Leute, dass Finn ein neues Handy bekommt und wie haben sie die Spyware draufgekriegt?«

»Das übernehmen Sie, Luis.«

»Wie ist dein Plan?«, frage ich.

»Du knöpfst dir die Firma Malchow vor, Hanno.«

»Okay. Ich beginne am besten in der Personalabteilung. Da wir nur mit Vermutungen herumhantieren, gibts wohl auch keinen richterlichen Durchsuchungsbeschluss.«

Soraya mustert mich. »Zieh dir bitte was Vernünftiges an und sei freundlich. Das ist die Crème de la Crème. Am besten, du lässt deinen Charme spielen.

»Welchen Charme?«, frotzelt Luis.

Ich grinse matt. »Super. Da muss ich mich ja gar nicht verstellen.«

Soraya verdreht die Augen.

»Wenn jemand vom LKA kommt, ahnen die doch gleich, dass es kein gewöhnlicher Mord ist.«

Soraya überlegt lange. »Heikle Sache. Entscheide selbst, was du rausgibst, Hanno. Wenn sie dir die Einsicht in die Personalakte verweigern, behindern sie Ermittlungen. Drohen kannst du immer.«

»Kann ich besonders gut.«

»Bis ich von eurem Leichenfund heute Mittag erfuhr, hab ich mir die Berlin-Building-Group angesehen, mit der diese Schicki-Micki-Architekten zusammenarbeiten. Das Unternehmen möchte nach deren Angaben auf dem Tatort bauen. Die Firma ist hauptsächlich mit osteuropäischen Unternehmen verbunden, die alle auf international machen und etwas wie Immobilen, Real Estate, Realtor, Contractors, Consultors und was weiß ich im Namen haben. Eine Ansammlung von Maklern und Bauunternehmen. Malchow gehört auch dazu.«

Ich ziehe eine Augenbraue hoch.

Soraya nickt. »Verena soll da morgen mal ein bisschen graben. Diese Berlin Building Association präsentiert auf ihrer

Webseite ausgeführte Projekte. Meist Top-Adressen. Unter den Linden, Friedrichstraße, Potsdamer Platz, Europacity und so weiter ... Ach, noch was. Der Geschäftsführer von Berlin Building Association ist übrigens Christian Schaller, der Schwager von Bausenator Rombach.«

»Ta ta ta taa!«, rufe ich und vollführe dabei einen Ausfallschritt wie ein Artist im Zirkus.

Luis pfeift flegelhaft. »Also hatte ich doch recht.«

Soraya streicht sich das Haar zurück. »Vielleicht. Wir dürfen weder voreilige Schlüsse ziehen, noch schlafende Hunde wecken, Luis. Den Bausenator behandeln wir weiterhin als Joker.«

»Wenn die alle miteinander kuscheln, Soraya, dann fühlen sie sich hundertprozentig sicher. Reschke von der Wirtschaft war schon mal an Malchow dran. Ohne Erfolg. Die zu knacken, wird eine polizeiliche Meisterleistung.«

»Dann strengt euch an. Morgen Mittag treffen wir uns hier und tragen erst mal alles zusammen.« Soraya blickt auf ihre Uhr. »Feierabend. Ich muss meine reizende Tochter vom Flughafen abholen. Sie war mit ihrem noch reizenderen Vater übers Wochenende in London.«

»Mein aufrichtiges Beileid«, sage ich ernst und plötzlich lacht Soraya.

Ich frage mich, wann sie das das letzte Mal getan hat.

»Schön‹ Abend allerseits.«

»Danke, gleichfalls«, sagen wir im Chor.

Soraya erhebt sich und guckt uns komisch an. »Schön, dass ihr entdeckt habt, dass ihr Kollegen seid. Wir knacken diese Nuss.« Sie hebt einen Daumen, geht bis zur Tür und dreht sich noch einmal um. »Hätte ich fast vergessen. Heute war eine Lehrerin von der Gehörlosenschule in der Technik. Sie war zum Glück nicht verreist. Sind ja Ferien. Die Kollegen haben ihr die Aufzeichnung aus der Tankstelle gezeigt und sie ist sich sicher, dass sowohl Tom Seifert als auch der Schütze das Wort *Dokumente* aussprachen.«

Luis und ich sehen sie an.

»Dokumente«, wiederhole ich.

Soraya nickt. »Tom Seifert weiß offensichtlich etwas über jemanden, der absolut keinen Spaß versteht.« Mit diesen Worten verschwindet sie.

»Tom und Finn haben nach allem, was wir wissen, ein verdammt enges Verhältnis, Luis. Der Junge weiß was. Das gebe ich dir schriftlich.«

»Und jetzt?«, Luis fährt seinen PC runter und steht auf.

Ich betrachte ihn. »Magst du Eis?«

»Mit dem Eis ist das so eine Sache, Hanno. Weißt du, die Kühe werden einfach dauernd geschwängert, damit sie viel Milch geben und …«

Ich packe mit einer Hand seinen Nacken und halte ihm mit der anderen einfach Mund und Nase zu, sodass er keine Luft mehr kriegt und herumzappelt.

»Hmpf …«

»Magst … du … Eis?«, wiederhole ich mit zusammenge-kniffenen Augen. »Ich lade dich ein, verdammt noch mal.«

Er nickt heftig. Ich lasse ihn los.

Luis schnappt nach Luft und grinst. »Ist das deine Masche?«

»Was?«

»Jemandem so lange drohen, bis er dich datet?«

Ich lächle. »Bis jetzt war das noch nicht nötig.«

»Weil du keine Dates hattest?«, spöttelte Luis.

»Kann sein. Komm! Ich weiß, wo es das beste vegane Eis Berlins gibt.«

»Ach nee?«

»Ach ja.«

»Und wo?«

»In Schöneberg. Motzstraße. Da gibts auch n hübsches Café mit Kronleuchtern, schnuckeligen Antiquitäten, super Kuchen und leckeren Kleinigkeiten.«

»So?«

»Da geh ich immer hin, wenn ich Heimweh nach Omas Pension hab.«

»Das Café kenne ich«, sagt Luis.

»Ach nee?«

»Ach ja.«

Wir lächeln uns an.

»Ich warne dich. Das ist mindestens so schwul wie ich.«

»Dann lass uns dorthin gehen und was essen.«

»Schön.«

Wir laden Luis' High-End-Material in meinen Wagen, fahren rüber nach Schöneberg und finden einen Parkplatz in der Nähe des Cafés. Wir ergattern einen kleinen Tisch draußen und bestellen Rührei von glücklichen Hühnern mit einem kleinen Salat und hausgemachter Zitronen-Minze-Limo. Unter dem Tisch stoßen unsere Knie aneinander.

»Hier hängst du also deinem Heimweh nach?«

»Jou.«

Plötzlich ist eine Sendepause zwischen uns. Luis streicht verlegen über den Tisch und beobachtet die Passanten auf dem Gehweg. Ich zünde eine Zigarette an. Er sagt nicht, dass Rauchen schädlich ist und ich bin froh. Weiß es ja selbst.

»Wo wohnst du eigentlich?«, frage ich.

»In Neu Tempelhof. Ich brauche etwa zehn Minuten mit dem Rad zum LKA. Ist optimal. Und du?«

»Hier ganz in der Nähe. Am Viktoria-Luise-Platz.«

»Wohnst du allein?«

»Nein. Bei meinem besten Freund.«

»Deinem Partner?«

»Nein. Bin Single. Und du?«

»Ich auch.« Luis schlägt sich mit der Hand an die Stirn. »Mensch Hanno, du wolltest doch noch Finn anrufen.«

Ich ziehe mein Handy aus der Hosentasche und wähle die Nummer des Dakars. »Hallo, Frau Achebe. Hanno Peters noch mal. Ist Finn zu sprechen?«

»Ja. Er baut gerade mit Sindo das Buffet auf. Wir haben heute eine geschlossene Gesellschaft mit afrikanischen Musikern. Ich hole ihn.«

Ich warte und lächle Luis zu.

»Ja?«

»Finn. Peters hier.«

»Sehnsucht nach mir?«

»Ich halts kaum aus. Auf deinen Geräten ist tatsächlich eine Spyware. Vollversion. Jemand hatte Zugriff auf alle deinen Dateien.«

»Fuck! Ich kotze gleich.«

»Entspann dich. Die Kollegen entferne sie. Dann ist Ruhe.«

»Bisschen spät, oder?«

Ich gehe nicht auf seine Frage ein. »Mich interessiert brennend, wer das gemacht hat und warum.«

»Mich auch.«

»Wo hat dein Vater das Smartphone und die Watch gekauft?«

»In einem Laden an der Skalitzer Straße. Ich war selbst mit dabei und habe die Geräte ausgesucht. Rot. Meine Lieblingsfarbe. Sie haben alles eingerichtet und Paps hat das Zeug dann abgeholt.« Finn nennt den Namen des Geschäfts.

»Ich überlege mir, wie dir jemand die Spyware unbemerkt aufgespielt haben könnte. Hattet ihr mal jemanden in der Wohnung? Ein Techniker vielleicht, der euer W-LAN oder die Telefonleitung prüfen wollte und nach deinen Geräten fragte?«

»Ne. Da lief immer alles astrein.«

»Sicher habt ihr die Quittung aufgehoben.«

»Klar. Wegen der Garantie.«

»Mein Kollege wird morgen zum Geschäft fahren und die Leute vernehmen. Es wäre toll, wenn er die Rechnung hätte. Darf er in eure Wohnung?«

»Sie machen doch ohnehin, was Sie wollen und Paps‹ Schlüssel haben Sie ja auch.«

Ich blase die Backen auf. »Wollte nur höflich sein. Wo finden wir die Rechnung?«

»Normalerweise in der Regalwand im Wohnzimmer. Da ist ein Schubkastenelement.«

»Was heißt normalerweise?«

»Schon vergessen, dass jemand die Wohnung auf den Kopf gestellt hat und ich nicht aufräumen darf?«

»Ach ja.«

»Rechnungen hebt Paps in einer blauen Mappe auf.«

»Vielen Dank, Finn. Wir werden die Mappe finden. Noch was: Wir wissen inzwischen, dass der Schütze Dokumente von deinem Vater einforderte.«

Stille.

»Was für Dokumente?«, fragt Finn.

»Sag du es mir.«

»Keine Ahnung. Sie wiederholen sich und nerven mich.«

»Dann passen wir ja gut zusammen.«

Ich glaube Finn nicht. Er weiß mehr, als er sagt, und ich habe keine Idee, wie ich ihn knacken kann.

»Fragen Sie mich doch mal was Neues.«

»Zum Beispiel?«

»Wies mir geht.«

»Wie gehts dir?«

»Beschissen. Wars das? Ich werde hier gebraucht.«

»Ja, das wars. Wir hören uns.«

Finn legt auf und lässt mich mal wieder wortlos im Regen stehen.

»Reizender Junge«, sage ich zu Luis und erkläre ihm, wo er die Rechnung findet. »Der Schlüssel liegt im Wagen. Gebe ich dir nachher.

»Gut.« Luis überlegt. »Darf ich dich mal was Persönliches fragen?«

»Klar.«

»Hast du gekündigt, weil du … schwul bist?«

»Ne, Luis. Ich habe aus meiner Sexualität nie einen Hehl gemacht, und wenn einer ein Problem damit hatte, war es sein Problem. Nicht meines. Ich habe mit Heteros und

Machos in der Regel auch kein Problem, solange sie sich anständig benehmen.«

»Haben sich deine Kollegen nie über dich lustig gemacht?«

»Bestimmt, aber nie, wenn ich dabei war. Die, mit denen ich eng zusammengearbeitet habe, sind meist ganz locker damit umgegangen. Wenn man die Katze gleich aus dem Sack lässt, kann einem kaum einer was. Das sagt Oma.«

»Das kannste wohl gut.«

»Was?«

»Die Katze aus dem Sack lassen.«

»Mit wem man schläft, hat schließlich nichts mit der Arbeit zu tun.«

»Das sehen nicht alle so.«

»Leider. Und du?«

»Ich … ich … na ja … ich bin auch schwul.«

»Dachte ich mir schon.«

Luis erschrickt. »Sieht man mir das an?«

»Deine Blicke«, sage ich. »Aber ich denke, schwul ist etwas, was man ist, und nicht etwas, wonach man aussieht.«

Luis guckt mich an. »Bin nicht so selbstbewusst wie du.«

»Dann schaff dir schnell ein dickes Fell an. Das brauchst du bei dem Verein.«

»Ich weiß. Ist aber nicht so einfach.«

Ich grinse. »Hey! Wir sind beide schwule Singles. Dann ist das hier ja wirklich n Date.«

Luis lächelt schüchtern. »Vielleicht.« Er räuspert sich. »Warum hast du dann gekündigt?«

»Weil ich nicht überall ein dickes Fell habe und im Grunde meines Herzens immer ein Schleswiger Landei geblieben bin.«

Luis guckt mich aufmerksam an und ich erzähle ihm meine Beweggründe. Und von Phil. Keine Ahnung, warum ich das tue. Aber ich gehe in vier Wochen und irgendwie habe ich das Gefühl, dass ich Luis vertrauen kann. Schließlich vertraut er mir auch. Was soll in vier Wochen schon schiefgehen?

»Das mit deinem Bruder tut mir echt leid, Hanno. Aber er hat dich ausgetrickst. Warum gibst du dir die Schuld?«

»Rational kann man das so sehen und sich immer wieder vorsagen. Doch psychisch funktioniert das nicht so gut. Natürlich sage ich mir, Finn ist nicht Phil. Klappt aber nicht immer. Und da gibt es noch meine Eltern, die seit dem Vorfall kaum mehr mit mir sprechen. Phil war ihr Liebling. Nur Oma stand und steht zu mir. Sie ist der großartigste Mensch in meinem bisherigen Leben.« Ich sehe Luis an. »Hast du einen jüngeren Bruder?«

»Ne. Bin das behütete Einzelkind, dem keiner was zugetraut hat.«

Wir lächeln wieder.

Luis überlegt. »Glaubst du, es ist gut, an den Ort deines Albtraums zurückzukehren?«

»Meine Psychologin sagt, ich sollte mich der Geschichte stellen. Bis Finn aufgetaucht ist, war ich auf einem sehr guten Weg. Außerdem möchte ich wirklich Omas Pension übernehmen.«

»Als Schwuler mitten auf dem Land?«

»Erstens, Schwule gibt es überall und zweitens bin ich dort aufgewachsen. Ist schön da. Außerdem gibts das Internet auch auf dem Land. Ich meine, wenn man mal daten möchte.«

»Du hättest dich doch wegen Befangenheit aus dem Fall ausklinken können«, sagt Luis. »Wenn Finn dich so sehr an deinen Bruder erinnert.«

»Wollte ich zuerst auch. Aber jetzt …«

Luis betrachtet mich neugierig.

»Jetzt möchte ich den Fall mit dir lösen.«

»Den mit deinem Bruder oder den mit Finn?«

»Am besten … beide.«

»Ich glaube, ich brauche selbst einen Psychologen, Hanno.«

»Du? Ne. Du brauchst nur n bisschen mehr Selbstvertrauen. Jeder schwule Bulle, der sich outet, hilft denen, die sich nicht trauen. Dann wird man feststellen, dass es vielleicht gar nicht so wenige gibt und die Hetero-Kollegen müssen leider erkennen, dass wir ihnen nicht alle an die Eier wollen. So hot sind die meisten auch nicht.«

Luis lächelt.

Der Kellner bringt unsere Bestellung. Wir essen und verquatschen uns mit so schönen belanglosen Dingen wie Musik, Sport, Büchern und Filmen. Es gefällt mir, Luis Vorlieben und Abneigungen kennenzulernen und so verschieden wir auch sind, irgendwie sitze ich mit Luis in einer schillernden Seifenblase, die uns von der Welt abschottet. Es scheint nur noch uns beide zu geben, unsere Blicke und die angenehme Nähe des anderen. Keiner sieht auf die Uhr, keiner hat Lust aufzustehen, weil es sich im Inneren dieser Bubble einfach toll anfühlt und wir wohl beide befürchten, dass sie viel zu früh platzen und sich in Nichts auflösen könnte.

Als ich Luis gegen neun Uhr nach Neu-Tempelhof fahre, fährt die Blase mit. Vor einer Großbausiedlung aus den 60ern laden wir das Bike aus und stehen uns verlegen gegenüber.

»Tja ...«, sagt Luis und spielt mit seinen Fingern an der Klingel am Lenkrad. »Danke für die Einladung.«

»He! Ich hab *dich* eingeladen, nicht dein Cannondale.«

Luis guckt mich an und lächelt so bezaubernd, dass ich vergesse zu atmen und ihn anstarre.

»Ist spät geworden, was?«, sagt Luis leise.

»Hattest du heute was anderes vor?«

»Eine kleine Radtour vielleicht ...«

Wir sehen uns in die Augen. Keiner senkt den Blick. Irgendwie hat es zwischen Luis und mir ordentlich gefunkt. Kein Zweifel.

Mein Unterleib kribbelt vor Erregung und ich möchte Luis packen und küssen. Doch diese Seifenblase ist einfach zu schön. Ich möchte sie nicht mit voreiligem Sex zum Platzen bringen. Ich möchte sie mit nach Hause nehmen und darin schwelgen wie ein verliebter Teenager.

»Wir haben morgen volles Programm, Luis.«

Er nickt. »War ein sehr schöner Abend. Ich hab tatsächlich für ein paar Stunden nicht an unseren Fall gedacht.«

»Ich auch nicht. Verzeihst du mir die Nötigung zum Date?«

»Du hast doch gesagt, ich brauche mehr Selbstvertrauen. Da ist so eine Nötigung vielleicht ganz konstruktiv.« Er zwinkert.

Ich grinse. »Gute Nacht, Luis. Träum was Schönes.«

»Du auch. Gute Nacht, Hanno.«

»*Mister Sandman, bring me a dream* ...«, singe ich leise.

Luis schüttelt amüsiert den Kopf. Er geht zur Haustüre, schließt auf, dreht sich noch mal um und winkt mir zu.

Mein Herz zieht sich zusammen und ich schnappe nach Luft, weil Luis im Abendlicht mit einem Mal so unglaublich schön ist. Innen und außen. Mir scheint, das Licht strahlt aus ihm heraus. Ich winke zurück.

Luis verschwindet und die Tür fällt zu.

Mit Schmetterlingen im Bauch fahre ich los. In meinem Kopf der Ohrwurm aus den 50er-Jahren und ich stelle fest, dass die Blase immer noch da ist. Sie erweist sich als erstaunlich stabil.

… Mister Sandman, bring me a dream, make him the cutest that I've ever seen. Give him two lips like roses and clover. Then tell him that his lonesome nights are over …

Kapitel 16 - Klinikum am Urban, Berlin Kreuzberg

Er wartet mit seiner Sporttasche an der Grünanlage des Klinikums auf den Bus der Linie M41, sieht auf seine Uhr und wird ungeduldig. 20:30 Uhr.

Wir haben uns wirklich dämlich angestellt, denkt er. *Steffen verliert die Nerven und vergisst die Videoaufzeichnung. Ich lass mich von diesem kleinen Wichser aufs Kreuz legen, fotografieren und in die Eier treten. Kevin wird von ihm abgehängt. Das hier ist meine letzte Chance.*

Gestern hatte er die Intensivstation observiert, auf der Tom Seifert liegt. Die Tür zur Station ist gesichert und vor Tom Seiferts Zimmer sitzen zwei Bullen. Das Schloss funktioniert über Fingerabdruck. Da war ihm die kleine Intensivschwester Larissa aufgefallen, ein harmloses Mauerblümchen. Ihr Name stand auf einem Schildchen am Kragen. Er hat bis nach der Schicht auf sie gewartet. Sie stieg in den 41er. Er verfolgte sie zu ihrer Wohnung. Also würde sie auch heute mit dem 41er kommen.

Der Bus fährt endlich vor. Larissa steigt aus und geht ein Stück zurück zur Fußgängerampel an der Urbanstraße. Er versteckt sich im Gebüsch und beobachtet sie nun.

Es wird grün und Larissa eilt über die Straße.

Sie ist spät daran, denkt er und sieht sich um. Sie sind allein in der Grünanlage. Larissa erreicht seine Höhe.

Es geht schnell. Mit der Pistole schlägt er ihr auf den Hinterkopf und fängt sie auf, zerrt sie ins Gebüsch und schneidet ihr den rechten Daumen ab. Der Finger landet in einer kleinen Plastiktüte. Aus ihrer Tasche nimmt er den Transponder für den Personaleingang und kümmert sich nicht weiter um sie.

Ein kurzer Blick. Keiner da. Er verlässt das Gebüsch und schlendert zur Klinik.

In einer Besuchertoilette zieht er die mitgebrachte Pfleger-Kleidung an, entsichert die Waffe und steckt sie in den hinten in den Hosenbund. Er klebt sich den Bart an und setzt eine Brille auf. Anschließend versteckt er seine Tasche hinter einem großen Blumenkübel. Auf dem Weg zur Station zieht er zwei Kaffee aus dem Automaten und gießt K.O.-Tropfen dazu. Er geht zur Tür und stellt die Becher ab. Es ist still. Um diese Zeit ist kaum jemand unterwegs. Mit Larissas Daumen öffnet er den Zugang zur Station, nimmt die Becher und geht den Flur entlang. An einem Mülleimer bleibt er stehen, wirft den Daumen samt Plastiktütchen hinein und reinigt die Hände an einem Desinfektionsspender.

Vor dem Patientenzimmer sehen ihn die Polizisten aufmerksam an.

Er lächelt und hält ihnen die Becher vor die Nase. »Guten Abend. Mit besten Grüßen von Staatsanwältin Becker.«

Den Namen hatten sie ihm durchgegeben.

»Das ist doch mal Mitarbeitermotivation«, sagt einer der beiden.

Sie nehmen die Kaffees dankbar entgegen und schlürfen genüsslich.

»Frau Becker hat sich gerade erkundigt, ob alles in Ordnung ist.«

»Ist es«, sagt einer der Polizisten.

»Ich hab Sie hier noch nie gesehen«, sagt der andere.

»Ich vertrete Larissa. Sie ist leider … krank.«

Die Polizisten nicken.

Er bemerkt, wie die beiden die Kontrolle über sich verlieren. Sie blinzeln, ihre Augen kreisen, sie japsen nach Luft, die Kaffeebecher fallen zu Boden und ... weg sind sie.

Er dreht sich um. Alles ist ruhig. Perfekt. Er öffnet die Tür und tritt ein, ohne sie zu schließen, damit er schnell wieder rauskommt.

Da liegt Seifert, ein Resthaufen Mensch, angeschlossen an Maschinen. Er betrachtet ihn.

Der macht es eh nicht mehr lange, denkt er. *Den ganzen Aufwand hätten sie sich doch sparen können.*

Er tritt ans Bett.

»Die Polizisten!«, ruft eine schrille Frauenstimme im Flur. Er zuckt zusammen.

»Hilfe! Doktor, schnell ...«

Hektisch greift er nach seiner Pistole, bekommt den Griff nicht richtig zu fassen und sie rutscht über den Arsch ins weite Hosenbein.

»Verdammt!« Was jetzt?

Panisch reißt er die Schläuche aus Tom Seiferts Kanülen und rennt auf den Flur. Zwei Schwestern und ein Arzt hasten ihm entgegen.

»Was ist da los?«, ruft der Arzt. Dann stutzt er.

Er verpasst dem Doktor eine Faust in die Fresse. Der Arzt fällt um. Die Schwestern weichen zurück.

Er rennt aus der Station. Die Tasche kann er vergessen. Sein Smartphone auch. Wenigstens hat er seinen Schlüsselbund eingesteckt. Die Pistole baumelt in seinem Hosenbein und behindert ihn. Als er das Treppenhaus erreicht, hört er ein leises *Plopp*.

»Ah!«, schreit er. Seine rechte Ferse explodiert und ein heißer Schmerz zerreißt ihn fast.

Die entsicherte Waffe.

Für einen Augenblick wird ihm schlecht. Vor Schmerz und seiner eigenen Dummheit. Er taumelt, hält sich am Geländer fest und keucht. Sein weißer Sneaker färbt sich rot.

Er zieht die Luft scharf durch die Zähne, nimmt seine ganze Kraft zusammen, fischt die Waffe aus dem Hosenbein und arbeitet sich weiter die Treppe hinunter. Er muss es bis zum Wagen schaffen. Egal wie. Ein Gedanke begleitet ihn. Hoffentlich krepiert Tom Seifert. Sonst war alles umsonst.

Kapitel 17 - Finn

Nachdem das Essen durch ist, räume ich mit Sindo die Tische und das Buffet ab. Die letzten Gäste haben sich wegen der stickigen Luft in den Hof verzogen, wo eine frische Prise weht und die senegalesischen Musiker mit ihrer Sängerin noch leise grooven. Um zehn muss ja Schluss sein.

Als wir fertig sind, schickt uns Lena nach oben. Feierabend. Wir duschen und fläzen auf Sindos Bett.

Er packt mein Gesicht, hält es mit den Händen fest und sieht mich an. »Also?«

Seit wir aus dem LKA zurück sind, hatten wir keine Zeit, in Ruhe zu reden und ich war froh darüber. Sindo erwartet Antworten. Er hat Angst um mich und alles in mir sträubt sich, ihn da mit reinzuziehen, weil ich genauso Angst um ihn habe.

»Je weniger du weißt, desto besser ist es für dich.«

»Red keinen Scheiß, du Pfeife.« Sindo lächelt. »Wie lange kennen wir uns?«

»Du bist nicht böse?«

»Wir sind Freunde, Finn. Oder was auch immer.«

»Ich hatte Tom versprochen, niemandem etwas zu sagen. Und dann hatte ich Schiss, dass du mir nicht mehr vertraust oder in mir einen Verräter siehst.«

»Was immer du mit dir herumschleppst, Finn, ich bin für dich da, okay?«

Ich schmelze wie Wachs, fange an zu flennen und erzähle alles von Anfang an.

»Versprich mir, dass du keinem was sagst.«

Sindo schüttelt ungläubig den Kopf. »Bist du jetzt komplett durchgeknallt? Diese Leute wollen euch umnieten.«

»Genau deswegen, Sindo. Bitte, überlass das mir. Ich weiß, was ich tue. Ich muss das vorsichtig angehen, um Paps zu schützen. Vertrau mir.«

Ich stehe auf und ziehe den Stick aus meiner Hosentasche. »Hier ist alles drauf.« Mit dem Stick tappe ich wieder zu Sindo und lasse mich neben ihn fallen.

»Du musst ihn der Polizei geben.«

»Er belastet auch Paps. Als Mitwisser. Vielleicht als Mittäter. Außerdem fehlen ihm wirkliche Beweise.«

»Die Polizei hat wohl mehr Erfahrung mit solchen Kriminellen als du. Superhero.«

»Ich weiß genau, was sie vorhaben, Sindo.«

»Dann sag es der Polizei, verdammt. Gemeinsam seid ihr doch stärker. Du musst das nicht allein machen. Toms Absichten sind doch voll okay. Er will sie überführen und die Polizei auch. Wo ist das Problem? Wie lange sollen wir denn mit den Bewachern da draußen leben? Du willst unser altes Leben doch genauso zurück wie ich.«

Ich nicke. »Solange Tom lebt, bin ich sicher. Der Anschlag auf mich war nur eine letzte Warnung, damit ich die Sachen rausgebe. Aber sie werden mich trotzdem killen. Da bin ich mir sicher. Tom muss leben, Sindo, verstehst du?«

»Ich möchte, dass ihr beide lebt. Kapiert?«

»Gut. Aber ich bestimme, wann ich was rauslasse.«

»Ich möchte, dass ihr beide lebt«, wiederholt Sindo und starrt mich an. »Du gibst den Stick der Polizei oder ich tu's.«

»Ich verspreche es.«

Sindo blickt mir tief in die Augen.

»Hast du n Problem?«, frage ich.

Er grinst schief. »Wolln wir mal wieder?«

»Was?«

»Sex?«

»Ich denke, du stehst jetzt auf Mädchen.«

Sindos weiße Zähne strahlen und ich sehe diese schönen, aufgeworfenen Lippen, mit denen er so geil küssen kann. Doch dann taucht Peters mit seinen magischen Augen auf. Und diesem knackigen Gummibären-T-Shirt. So was Abgefahrenes hätte ich ihm nicht zugetraut.

»Ne, lass mal stecken«, sage ich.

»Echt jetzt?« Sindo ist enttäuscht.

»Mir geht zu viel im Kopf herum. Da komme ich nicht in Fahrt.«

»Ist schon okay.« Sindo legt sich neben mich.

Ich möchte, dass er mich in den Arm nimmt, traue mich aber nicht, es zu sagen. Ich will ihm keine neue Hoffnung machen, weil wir mit dem Thema Sex ja eigentlich durch waren.

Kapitel 18 - Luis

Ich trage das Bike in den ersten Stock und könnte mich voll in den Arsch beißen. Vor lauter Aufregung habe ich nicht gewagt, Hanno zu fragen, ob er noch mit raufkommen möchte. Dass wir aufeinander stehen, ist ja offensichtlich, aber ich bin kein Meister im Spontansex. Wenn ich zu aufgeregt bin, läuft nichts.

Ich schließe die Wohnungstür auf, schalte das Licht im Flur an, trete die Tür hinter mir zu, lehne das Bike an die Wand und schwebe förmlich ins kleine Wohnzimmer.

Hanno ... Mister Sandman ... Wow ...

Ich falle aufs Sofa, drücke ein Kissen an mich, knutsche es und seufze. Noch immer spüre ich Hannos Knie an meinem, seine Hand auf meinem Mund (sie roch ein bisschen milchig und salzig) und atme nur einen Namen wie frische Luft.

HANNO ein, HANNO aus.

Hanno war so mega-charming. Ja. Hanno! Vier Stunden plätscherte seine schöne Stimme wie ein Sommerregen, blickten seine Augen in mein Herz und er lächelte mich an, als gäbe es keinen interessanteren Kerl als mich. Und ehrlich, dass Hanno sich unten vor der Tür nicht selbst aufgedrängt hat, spricht doch auch für ihn. Ausgerechnet der Kerl, von dem ich glaubte, er bräuchte nur mit den Fingern zu schnippen und alle Kerle wedeln mit den Schwänzen. Und wie er *Mister Sandmann* sang ... wie so ein verrückter, verliebter Trottel.

O mein Gott, alles ist wie in einem dieser kitschigen Filme. Ich dachte immer, ne, also echt, so n Scheiß. Und dann passiert es mir selbst. Mir!

Ich erkenne Hanno nicht wieder und mich auch nicht. Hanno, dieser sexy Muffkopf.

Doch was erhoffe ich mir? In vier Wochen ist er weg und das wars dann. Plötzlich bildet sich ein Loch in meinem Bauch, als hätte einer den Stöpsel aus einem Waschbecken gezogen und der ganze schöne Abend verschwindet gurgelnd im Siphon.

Mein Smartphone klingelt. Ich nestle es aus der Hosentasche.

Hanno!

Mein Herz klopft schon wieder wie verrückt. Ich kann nichts dagegen tun und nehme das Gespräch an.

»Hey«, hauche ich. »Was vergessen, Erpresser?«

»Luis! Komm sofort runter. Es gab einen Anschlag auf Tom Seifert.«

Ich springe auf. Der alte Hanno ist zurück. Der alte Luis auch.

»Verdammt noch mal! Bin schon auf dem Weg.« Ich schnappe den Wohnungsschlüssel, knalle die Tür zu und stürze auf die Straße.

Hanno kommt mir mit Blaulicht entgegen, hält an und reißt die Beifahrertür auf. Ich springe rein und er rast los, erreicht mit quietschend Reifen den Tempelhofer Damm und fährt von dort nach Norden. Ich kralle mich an dem Griff an der Tür fest. Mein Herz klopft, nicht nur wegen Hanno.

»Ich möchte gern lebend am Klinikum ankommen, Hanno.«

»Ansonsten sterben wir wie Thelma und Louise. War das nicht einer deiner Lieblingsfilme?«

»Sehr witzig, Hanno.«

Er guckt mich kurz an. »Das wars dann wohl mit süßen Träumen für heute, was?«

»Die Nacht fängt erst an«, flöte ich und weiß nicht, woher der Quatsch kommt, den ich da loslasse.

Hanno grinst jedenfalls. »Spaß beiseite. Ich war noch keine 200 Meter weit, da rief Soraya an. Ein Mann in Pflegerkleidung hat sich Zutritt zur Intensivstation verschafft und unseren Männern offensichtlich K.O.-Tropfen verpasst.«

»Das gibts doch nicht. Was ist mit Tom Seifert?«

»Er lebt, weil er sich in den zwei Tagen erstaunlich stabilisiert hatte. Im Augenblick versorgen sie ihn. Das Krankenhaus rief sofort bei Soraya an.«

»Weiß Finn schon davon?«

Hanno schüttelt den Kopf. »Dafür ist morgen noch Zeit. Er hängt so schon drin. Soraya hat bereits die Verstärkung angefordert und ist ebenfalls unterwegs zur Klinik.«

Wir erreichen den Landwehrkanal. Hanno biegt in die Urbanstraße ab. Vor der Grünanlage des Krankenhauses sehen wir Polizeiautos. Ein Rettungswagen fährt gerade los. Hanno hält an, wir springen raus und zeigen den Kollegen unsere Ausweise.

»Was gibts?«, fragt Hanno.

»Ein Überfall auf eine Frau, Oberkommissar Peters.«

Da kommt schon Regina um die Ecke. »N Abend Jungs. Langsam ha ick echt keen Bock mehr uff diese Scheiße.«

Wir sehen sie fragend an.

»Ham ne Frau niederjeschlagen und ihr den rechten Daumen abjeschnitten. Mann, Mann, Mann.«

»Wer ist sie?«

»Eine Intensivschwester. Larissa Gebhard. Ein Pfleger hat se nach der Schicht auf dem Weg zum Bus jefunden und erkannt. Hat sofort Polizei und Rettungswagen alarmiert. Wird jerade in die Klinik transportiert, die Kleene. Jehirnerschütterung und Blutverlust. Hab de Chefin schon informiert. Dett Janze hängt womöglich mit dem Anschlach oben zusammn.«

»Da verwette ich meinen Arsch drauf«, sagt Hanno derb.

»Verdammt hoher Einsatz, bad cop.« Regina zwinkert. »Ick komm ooch sofort ruff.«

Hanno lächelt süß. »Dann sehen wir uns, Sweety.«

Wir hasten im Laufschritt zum Eingang. Dort blinken ebenfalls die Blaulichter mehrerer Streifenfahrzeuge.

Wir begeben uns zur Intensivstation. Kollegen und Kolleginnen sichern die Flure.

Wir zeigen wieder unsere Ausweise.

»Habt ihr einen Verdächtigen aufgelesen?«, erkundige ich mich und ernte nur Kopfschütteln.

»Kollegen sichern alle Ausgänge und durchkämmen das Klinikum.«

»Na, das kann dauern«, sage ich.

»Am besten, du koordinierst die Suche auf den Fluren, Luis. Sucht nach allem, was da nicht hingehört. Ich kümmere mich um die da.« Hanno deutet zu zwei Schwestern und einem Arzt, der sich eine Kompresse ans Gesicht drückt. Die drei hocken auf einer Bank wie die berühmten drei Äffchen.

»Geht klar.« Ich ziehe mir Gummihandschuhe über und checke mit den uniformierten Kollegen den Flur.

In einem Abfalleimer finden wir den Daumen. Ich sichere das Tütchen und lasse den Finger sofort zur Notaufnahme bringen. Vielleicht können sie ihn wieder annähen. Mit zwei weiteren Kollegen durchkämmen wir den Flur vor der Station, die anderen schicke ich ins Treppenhaus.

»Kommissar Sandmann!«, ruft einer. »Ich hab da was!«

Ich gehe zu ihm. Hinter einer Kübelpflanze in einer Sitzecke steht eine offene rote Sporttasche.

»Vielleicht ist da ne Bombe drin«, sagt der Kollege mit schreckensweiten Augen.

»Na denn geh mal in Deckung.« Ich sehe mich um. An der Wand lehnt eine vergessene Krücke.

Mit dem Ding schlage ich die Klappe der Tasche zurück und taste vorsichtig darin herum. Nichts Hartes. Ich gehe in die Hocke und leere sie aus. Jeans, T-Shirt, eine Geldbörse mit Ausweis und ein Smartphone.

Regina erscheint mit ihrer Entourage von der KTU im Schlepptau.

»Hier«, sage ich, reiche Regina die Geldbörse und deute zur Tasche. »Kannste schon mal mit weitermachen. Den Ausweis kriegste später.«

»Na, denn ran an die Buletten.« Regina und ihre Leute machen sich an die Arbeit.

Ich gehe mit dem Ausweis zu Hanno. »Hanno? Ich hab was.«

Er nickt. »Ruhen Sie sich aus«, sagt er zum verstörten Personal.

In diesem Augenblick kommt die Chefin dazu.

Hanno berichtet, was sich abgespielt hat.

»Die sind so kackdreist, dass dir nichts mehr einfällt.«

»Kann man den Daumen wieder annähen?«, fragt Dabaschi.

»Sie versuchen es«, sage ich.

»Wie gehts den Kollegen?«

»Ausgeknockt. Mit Kaffee.« Hanno zuckt mit den Schultern. »Die werden schon wieder.«

Ein uniformierter Kollege kommt zu uns. »Das sind Blutspuren im Treppenhaus, Kommissar Sandmann.«

»Danke. Wir sehen sie uns gleich an.«

Hanno guckt zu mir. »Was hast du gefunden, Luis?«

»Eine versteckte Tasche.« Ich wedle mit dem Ausweis. »Der Besitzer ist ein gewisser Lukas Förster.«

Der Chefin entgleiten die Gesichtszüge und sie blickt zu Hanno, der wissend nickt.

»Weiht ihr mich freundlicherweise ein?«

»Förster ist ein Ex-Kollege aus dem SEK«, sagt die Chefin. »Er wurde vor zwei Jahren wegen aggressiver Übergriffigkeit, Körperverletzung, Homophobie und rassistischer Äußerungen im Dienst entlassen.«

»Wow. Volles Programm.«

»Weigerte sich, mit Schwuchteln wie mir zu arbeiten«, sagt Hanno.

»Das ist einer dieser Idioten, die die ganze Polizei in Verruf bringen«, knurrt die Chefin.

»Die Schwestern sagten gerade aus, der Mann, der bei Tom Seifert die Stecker gezogen hat, trägt ein Tattoo. Drei Ringe.«

Ich bin sprachlos.

»Förster schnappen wir uns, Luis. Mit dem hab ich noch ne Rechnung offen ...«

Die Chefin fixiert Hanno. »Vergiss es! Ihr unternehmt nichts ohne SEK, hörst du? Förster weiß, wie so was abläuft. Fahrt zu seiner Wohnung und wartet auf das SEK. Das ist eine Dienstanweisung. Ich fordere die Mannschaft sofort an.«

»Jou.«

»Versprich es, Hanno! Sonst reiß ich dir …«

»Ich verspreche es, Soraya. Beruhige dich. Ich werde Luis nicht in Gefahr bringen. Komm, Kollege *Sandman*!«

Hanno grinst mal wieder und ich möchte ihn küssen.

Dabaschi telefoniert und wir wechseln ins Treppenhaus. Die Blutspuren führen nach unten zum Personaleingang.

»Was bedeutet das, Hanno?«

»Vermutlich hat sich der Täter verletzt.« Hanno ruft die Chefin an und gibt Bescheid.

Wir fahren rüber nach Wilmersdorf, zu einem Wohnblock südlich des Volksparks.

»Wie blöd ist der, seinen Ausweis zurückzulassen?«, frage ich. »Und wo kommt das Blut her?«

»Irgendwas ist wohl schiefgegangen, Luis.« Hanno scannt die Hausnummern. »Hier ist es.«

Wir halten an.

»Nimm doch bitte Schutzhandschuhe aus dem Fach in der Tür mit«, sagt Hanno.

Ich krame sie heraus und stecke sie in meine Hosentasche.

Wir steigen aus und gehen zum Eingang des Wohnblocks. Förster wohnt ganz oben. Im Penthouse.

»Nicht schlecht«, sagt Hanno.

Wir warten in der einbrechenden Dämmerung.

Kurz darauf kommen der kleine Mannschaftsbus des SEK und das Einsatzfahrzeug. Wir begeben uns zum Einsatzleiter.

»Ich kenne ihn«, flüstert Hanno. »Sebastian Klose. Försters Ex-Vorgesetzter. Einer, bei dem du nachts automatisch die Straßenseite wechselst, wenn er dir entgegenkommt.«

Ich gluckse.

Kloses Gesicht sieht tatsächlich aus wie das einer Spaßbremse übelster Sorte. Vielleicht hat die lange Narbe an seiner Backe was damit zu tun. Ohne Worte reicht er uns kugelsichere Westen.

»Die Zielperson bewohnt das Penthouse«, sagt Hanno und deutet nach oben. »Sie kennen ihn. Es ist Förster.

»Es brennt Licht«, sagt Klose ungerührt. »Also ist wer da.«

»Wir sollten die Seiten wechseln, Klose«, spottet Hanno. »Da springt wenigstens ein Penthouse raus.«

Klose guckt Hanno blöd an. Na ja, zum SEK kommen nur die ganz Harten oder vielleicht die Verhärteten.

Hanno erklärt sachlich die Lage und endet mit »*... denn man tou, Klosee.*«

Sein norddeutscher Slang gefällt mir immer besser.

Klose geht zu seinen Jungs, gibt Anweisungen und die Mannschaft formiert sich in ihren Sicherheitsanzügen, Helmen, Gesichtsmasken, Nachtsichtgeräten und Funkgeräten am Eingang des Wohnblocks. Die armen Schweine. Volle Montur bei der Hitze. Aber gut. Ist ihr Job. Vielleicht stehen sie drauf. Nicht mein Ding.

Einer der Kerle öffnet die Tür mit einem Dietrich. Klose und seine Mannschaft gehen vor. Zwei bleiben am Aufzug, einer am Eingang. Übers Treppenhaus arbeiten wir uns möglichst still in den sechsten Stock vor. Vor der Tür zum Penthouse platzieren wir uns.

»Sie bleiben hier, bis ich Sie rufe«, zischt Klose.

Klar, jetzt ist er der Boss und wir nicken brav.

Er klingelt. Leise Geräusche von drinnen.

»Worauf zum Teufel wartet ihr«, faucht Hanno.

Klose verdreht die Augen und nickt den Männern mit dem Rammbock zu. »Zugriff!«

Ein Schlag und die Tür springt auf. Mit den Waffen im Anschlag entern die Polizisten die Wohnung wie Piraten. Ein eingespieltes Team. Da funkt man nicht dazwischen.

Ich spähe in die Wohnung. Sie ist dunkel. Eben brannte noch Licht.

»Polizei!«

Die Jungs sind Profis, Gefahr ihr Job.

»Polizei!«

»Gesichert!«, tönt es dann mehrmals hintereinander.

»Gesichert!«

»Terrassentür offen …

»Draußen liegt einer … Liegen bleiben … Hände hinter den Kopf … Mist, der scheint tot zu sein …«

»Verdammt, einer steigt aufs Dach.«

»Polizei! Bleiben Sie stehen … Verstärkung zu mir. Er steigt aufs Dach …«

»Terrasse gesichert!«

Jemand schaltet Lichter an.

»Objekt innen gesichert!«

Klose nickt uns zu.

Luis und ich betreten die Wohnung. Großzügiger offener Wohn-Ess-Raum mit Küchentresen. Schiebetüren zur Terrasse. Eine ist offen.

Drei Männer sichern die Terrasse. Auf den Steinfliesen liegt ein Mann. Aus seinem Hinterkopf rinnt Blut.

Klose und der Rest seiner Männer wuseln wie die Ameisen über eine Feuerleiter aufs Flachdach des Penthouses.

»Stehen bleiben, Förster! Polizei ...«

»Leckt mich!«

»Bleiben Sie stehen!«

»Zielperson hat Schusswaffe.«

Wir sehen uns an und klettern rauf.

»Deckung! Er schießt!«

Die Jungs gehen in Deckung. Wir legen uns auf den Bauch und hören mehrere Plopps.

Ein lauter Schuss fällt.

»Ah!«

Gepolter. Irgendwas fällt irgendwohin.

»Werfen Sie die Waffe weg, Förster!«, ruft Klose.

Ein weiterer Schuss hallt.

»Ah!«

»Zielperson entwaffnet!« Der Scharfschütze des SEKs hat getroffen und hält sein Ziel im Visier. Die Mannschaft klettert am anderen Ende vom Dach des Penthouses.

»Sicher!«, ruft einer nach dem anderen.

Wir erheben uns und gehen ebenfalls zum Ende des Dachs. Auf der Terrasse des angrenzenden Penthouses wälzt sich ein Mann in Pfleger-Kleidung, hält sich den rechten Arm und stöhnt vor Schmerz. Neben ihm liegt ein Aktenkoffer.

»Wir haben ihn«, sage ich und lächle.

Hanno legt eine Hand auf meinen Rücken und lässt sie etwas länger dort, als es sein müsste. »Unser erster gemeinsamer Erfolg. Gratuliere.«

Ich bekomme Gänsehaut vor Glück und Erregung.

Der Kerl vom SEK geht nicht zimperlich mit dem Angeschossenen um, als er sich auf ihn kniet, ihm die Handschellen anlegt und seine Hosentaschen durchsucht. Wer auf Polizisten schießt, kann von ihnen keine Empathie erwarten. Der Polizist findet ein Handy.

Klose nickt uns abermals zu und wir klettern die Feuerleiter runter.

Hanno geht zum Verletzten und vergleicht das Ausweisfoto im Schein der Taschenlampenfunktion seines Smartphones mit dem Gesicht des Mannes und starrt ihn an.

»Lukas Förster, ich verhafte Sie wegen schwerer Körperverletzung an Larissa Gebhard, wegen des Mordverdachts an einem Unbekannten, wegen versuchten Mordes an Tom Seifert und bewaffnetem Widerstand gegen die Staatsgewalt.«

»Peters ...«, ächzt Förster und zeigt Hanno den Mittelfinger. »Lass dich ficken, Schwuchtel ...«

Ich befürchte, Hanno rastet gleich aus und tut etwas Unkontrolliertes.

Doch er grinst wie ein hungriger Wolf vor seiner wehrlosen Beute. »So, wies aussieht, bist *du* gerade gefickt worden, Förster. Halt mal lieber die Fresse. Ich hab genug Gründe, dir in die Eier zu treten. Kein Kollege hier würde mich aufhalten und später würden alle schwören, dass ich es nicht getan habe. Aber weißt du, ich trete lieber in ein Stück Hundescheiße. Die wird man irgendwann wieder los.«

Förster spuckt Hanno vor die Füße.

»Wegen Blödheit kann ich dich leider nicht verknacken, Förster, obwohl du es echt verdient hättest. Wer ist der Tote da drüben und warum ist er tot?«

»Leck mich.«

Hanno wendet sich gelassen an die Jungs. »Abführen, Kollegen! Hervorragende Arbeit.«

Ich ziehe Handschuhe an und nehme Försters Waffe und das Handy an mich. Hanno ruft Regina an und fordert ein weiteres Team der Spurensicherung an. Danach spricht er mit der Chefin.

Ich öffne den Koffer. Er ist voller gebündelter Geldscheine. Ich pfeife.

»Wohin sollen wir ihn bringen?«, fragt mich Klose.

»Haftkrankenhaus Plötzensee.« Klose nickt und spricht in sein Funkgerät, fordert einen Rettungswagen an und Ausrüstung zur Bergung Försters.

Kapitel 19 - Hanno

Wir klettern mit den Beweisstücken zurück zu Försters Terrasse, gehen in die Hocke und sehen uns den Toten an. Es ist ein Kerl wie die anderen, trainiert, keine 30. Er trägt, wie alle dieses Tattoo. In seinen Jeans am Rücken steckt eine halbautomatische Maschinenpistole.

»Wir haben es mit schweren Jungs zu tun, Luis.«

»Bringen sich diese Scheißkerle nun gegenseitig um?«

»Kann uns nur recht sein«, antworte ich.

»Was haben die alle mit einem netten Musterpaps wie Tom Seifert zu schaffen?«

»Vielleicht ist er nicht so nett, wie alle glauben, Luis. Außerdem sind das hier nur kleine Fische, die die Dreckarbeit machen.«

»Fisch …«, sinniert Luis. »Da sind wir auch noch nicht weitergekommen.«

»Das kriegen wir noch raus. Dreamteam, Mister Sandman.«

Luis grinst. »Meinst du, Förster wird reden?«

Ich schüttle den Kopf. »Den werden sie erst mal verarzten und dann sagt er nichts ohne seinen Anwalt. Ob wir Förster morgen schon vernehmen können, wage ich zu bezweifeln.«

»Jedenfalls läuft er uns so schnell nicht davon.«

»Hoffentlich. Lass uns mal die Wohnung ansehen, Luis.«

Wir durchstreifen die Räume. Sie sind so seelenlos wie dürftig dekorierte Kojen in einem Möbelhaus. Schick, aber nichts Persönliches, Heimeliges.

»Siehts bei dir auch so aufgeräumt aus?« Luis lehnt sich aufreizend an den Küchentresen.

»So einmal im Monat, vielleicht, wenn meine Klamotten in der Wäsche sind.«

»Und dein … Freund?«

»Wir haben eine Putzfrau. Ich hab ihr allerdings verboten, mein Zimmer zu betreten.«

»Und warum?«

»Damit sie meine Sexheftchen nicht entdeckt und darüber das Putzen vernachlässigt.«

Luis kichert. »Sexheftchen? Wie süß. Schon mal was von Internet und Live-Cam gehört?«

»Klar. Aber ich bin da eher so der Klassiker. Heimlich mit nem Heftchen unter der Bettdecke. Ist stilvoller.« Ich strahle Luis an.

Er schüttelt wieder einmal amüsiert den Kopf.

Klose kommt über die Terrasse in den Raum.

»Wir tragen jetzt Förster runter. Er hat übrigens eine Kugel in der Ferse. Die stammt aber nicht von uns.«

Hanno nickt. »Alles klar. Wir warten noch auf die Spurensicherung. Bis zum nächsten Mal, Klose.«

Er stutzt. »Ich denke, Sie haben gekündigt.«

»Hab ich auch.«

»Schade. Die Jungs und ich haben immer gern mit Ihnen gearbeitet. Die verehren Sie richtig, trotz der Sache mit Förster … Ach, egal.«

»Eben, Klose. Egal. Aber danke für die Blumen und grüßen Sie die Jungs. Wir sind da einer größeren Sache auf der Spur und ich befürchte, wir sehen uns schneller wieder, als ich meinen Abschied feiern werde.«

»Na dann, bis bald. Schönen Feierabend, die Herren Kommissare.«

»Gleichfalls«, sagen wir im Chor.

Klose geht, die Jungs tragen Förster hinterher und nicken uns zu.

»Ist Klose jetzt in dich verknallt?«, fragt Luis.

»Das hab ich mich auch gerade gefragt. Ich kenne ihn seit fünf Jahren und das eben war ein emotionales Feuerwerk.«

Wir schmunzeln.

Nach dem Eintreffen der Spurensicherung telefoniere ich noch mal mit Soraya. Sie sagt, dass sich Tom Seifert immer noch im grünen Bereich befindet und dass Luis morgen Finn Bescheid geben soll, da er ohnehin in seiner Nähe ist. Die Personenschützer können ihn zur Klinik bringen, wenn er das möchte. Und wir sollen Feierabend machen.

Also fahre ich Luis wieder nach Neu Tempelhof.

Vor seiner Wohnung sitzen wir still im Auto. Die Blase hat uns wieder. Ich spüre, dass Luis nicht aussteigen möchte und bin froh darüber.

»Bist du nicht müde?«, frage ich.

»Ein bisschen. Und du?«

»Ein bisschen.« Ich drehe mich zu ihm und betrachte sein Profil im Schein der Straßenlaterne.

Es ist ausgewogen. Die gerade Nase, das gelockte Haar, die sinnlichen Lippen, der ausrasierte Nacken.

»Hanno?«

»Jou?«

Luis dreht mir sein Gesicht zu. Seine Augen funkeln. »Ich möchte …« Er bricht ab.

»Was denn?«

»Ich möchte … dir eine gute Nacht wünschen.«

»Dann tu's.« Es ist offensichtlich, dass Luis etwas ganz anderes sagen wollte.

»Gute Nacht, dann.«

»Gute Nacht.«

Luis steigt aus und schließt die Tür. Ich fahre los und fühle mich mit einem Mal allein in dieser Riesenstadt.

Milan und Lea sitzen an einem Laptop auf der Terrasse und winken mir zu. Lea war früher mal Leo und als Kerl Milans Star. Nun ist *er* eine Transfrau mit Potenzial zum Model und Milans engste Mitarbeiterin. Sie kennt das Geschäft so gut wie er.

»Kaltes Bierchen?«, frage ich.

Sie nicken.

Ich hole drei Flaschen Bier mit Tequila Aroma aus dem Kühlschrank, öffne sie und gehe zu ihnen. Die Luft steht im Hinterhof.

»Hey!« Ich küsse Lea auf die Wange und setze mich an den Tisch.

»Hey, Bulle. Süßes T-Shirt.« Lea zwinkert.

»Das gehört Luis. Meinem Kollegen. Ich hab meines heute mit Kaffee versaut.«

Die beiden sehen mich an.

»Luis?«, fragt Lea.

Milan zieht eine Augenbraue hoch. »Dein eifriger Nachfolger?«

Ich nicke und wir stoßen an. Das kalte Bier tut unendlich gut, nach diesem langen Tag.

»Ihr arbeitet noch?«, frage ich.

»Sagt der Richtige.« Milan grinst. »Lea hat eine mega Location für unseren History-Film aufgetan. Schau mal!« Er dreht mir den Bildschirm zu.

»Ein verwunschenes Schlösschen an einem See in Bayern«, schwärmt Lea. »Ich kenne den Besitzer.«

Ich betrachte das alte Gebäude. »Hübsch. Aber wie kommt euer verklemmter Regency-Lord nach Bayern?«

Die beiden glucksen.

»Unseren Fans sind geografische Begebenheiten ziemlich egal, Herr Kommissar«, sagt Lea.

Sie erinnert mich dabei an Soraya und ich schnaube amüsiert.

»Mit den richtigen Kameraeinstellungen findet keiner raus, wo das ist«, versichert Milan.

»Außerdem ist der Besitzer tatsächliche ein englischer Lord«, sagt Lea.

»Ach, der. Klar!« Ich erinnere mich an ihren neuen Lover. »Wirst du bald Lady Lea?«

»Für einen Bullen hast du ganz schön viel Fantasie.«

Wir lachen und stoßen an.

Für einen Augenblick werde ich wehmütig. Meine illustre, selbst gewählte Berliner Familie aus dem Porno-Business. Ob ich ohne sie an der dänischen Grenze eingehen werde? Und was ist das mit Luis?

»Ward ihr schon mal so richtig verliebt?«, frage ich in die Runde.

Milan stutzt. »Soll ich einen Rettungswagen rufen?«

»Ne. Im Ernst jetzt. Kennt ihr das Gefühl, in einer Seifenblase zu sein und darin haben nur zwei Platz? Die Seifenblase ist dünn und droht jeden Augenblick zu platzen, aber sie tut es nicht, weil die zwei da drinnen irgendwie … zusammengehören.«

»Wer ist es, Hanno?«, fragt Lea ernst.

»Luis«, hauche ich und grinse wie besoffen.

»Ach du Scheiße.« Milan legt mir eine Hand auf den Arm. »Wie war das? Nie mit einem Kollegen?«

»Luis ist schwul und alles, was heute zwischen uns passiert ist, spricht dafür, dass er so empfindet wie ich.«

»Hattet ihr … Sex?«

»Nein, Milan. Weil sich das Seifenblasen-Gefühl von Geilheit unterscheidet und ich es auskosten will. Außerdem, Luis ist so verdammt sexy schüchtern. Ich glaube, er ist … unerfahren.«

»Hanno!« Lea klingt wieder wie Soraya und meine Mutter in einer Person.

Muss irgendwie ein archaisches, weibliches Sprach-Gen sein, oder so.

»Du hast die Schnauze voll von Berlin und gehst in vier Wochen weg.«

»Jou.« Ich sehe die beiden an und lächle matt. »Witzig, hm?«

»Genau das ist das Problem mit der Liebe«, sagt Milan. »Sie grätscht gern dann dazwischen, wenn du sie nicht gebrauchen kannst.« Er seufzt. »Ich weiß, warum ich Pornos mache und keine Liebesfilme. Die sind immer so furchtbar kompliziert.«

Wir lachen alle und stoßen wieder an.

»Erzähl doch mal von deinem Lord«, sage ich zu Lea. »Liebst du ihn?«

Sie lächelt schön und dreht eine Haarsträhne um den Finger. »Liebe … was immer das ist, Hanno, wird meiner Meinung nach überbewertet. Wir passen eigentlich gut zusammen.«

»Eigentlich?«

»Na ja, er mag mich, weil ich bin, was ich bin und kennt meine Vergangenheit. Er ist nicht mehr ganz jung, aber sportlich und verständnisvoll. Also genau mein Typ. Er ist unaufdringlich, hat mit meiner Arbeit kein Problem und wir machen eben beide unser Ding.«

Ich grinse. »Der Jackpot. Wow.«

»Ja. Wenn wir Zeit füreinander haben, dann ist es immer aufregend. Ich kenne also deine Seifenblase.«

»Wohnt er im Schlösschen?«

»Nein. Er ist Architekt und hat ein Haus mit Büro in Dahlem. Exklusive alte Immobilien sind sein Job und seine Leidenschaft. Er kauft, lässt sie stilgerecht renovieren und verkauft sie wieder. Das Schlösschen ist seine neueste Entdeckung und wir würden gern dort drehen, bevor er renoviert.«

Ich denke an unseren Fall und sehe Lea argwöhnisch an.

Sie lacht. »Hey, Bulle! Nicht jeder in der Baubranche ist kriminell.«

»Warum heiratet ihr nicht?«

»Warum sollten wir? Dieses spießige Alles-oder-Nichts ist nicht unser Ding. Weißt du, jeder hat sein Leben und darin gibt es Überschneidungen. Vertrauen und Respekt zum Beispiel.«

Milan überlegt. »Ich befürchte, Hanno ist eher der Alles-oder-Nichts-Typ.« Er betrachtet mich abschätzend. »Nein.

Er ist der Nichts-Typ. Weil *alles* könnte ja in die Hose gehen.«

»Es geht doch nichts über ein offenes Gespräch unter
Freunden«, spotte ich.

Lea lächelt charmant. »Du hast mit dem Thema angefangen.«

Ich trinke mein Bier aus. »Sorry, Leute. Muss ins Bett. Hab
morgen einen schwierigen Termin. Soraya hat Auftritt im
Anzug befohlen.«

Dienstag

Kapitel 20 - Luis

Mit dem Rad fahre ich wie üblich zum LKA. Es ist bedeckt und schwül. Nicht mal der Fahrtwind erfrischt mich. Ich schwitze und hoffe, dass es ein Gewitter gibt, damit die Stadt endlich mal wieder aufatmen kann.

Im Büro ziehe ich ein frisches T-Shirt an und richte meine Haare. Nach einem kurzen Gespräch mit Verena lasse ich mir ein Dienstfahrzeug zuteilen und mache mich auf den Weg zu Finns Wohnung. Hanno fehlt mir und ich denke: *So wird es sein, wenn er nicht mehr da ist.*

Ich bin mit dem Gedanken an ihn eingeschlafen und aufgewacht. Beinahe hätte ich ihm gestern gesagt, wie sehr ich ihn mag, doch dann kam ich mir albern vor. Ein Tag mit dem verwandelten Hanno, schon spielen meine Hormone verrückt und ich rede mir ein, es könnte was werden mit ihm. Irgendwie.

Er wird in vier Wochen gehen, Luis. Punkt.

Immer wieder bete ich mir dieses Mantra vor, aber es nutzt nichts. Der Gedanke macht mich traurig. Ich verscheuche ihn.

In Seiferts Wohnung herrscht Chaos, so wie Hanno es beschrieben hatte. Ich wühle im Durcheinander und finde die blaue Mappe samt Rechnung, Kaufvertrag und Garantieschein für das Smartphone und die Uhr. Bevor ich gehe, sehe ich mich um. Wäre die Wohnung aufgeräumt, könnte sie ganz gemütlich aussehen. Die Einrichtung ist ein bisschen

Ikea, ein bisschen retro. Die Küche ist tipptop sauber, abgesehen von den ausgeräumten Schubladen. Finns Zimmer ist staubfrei, also untypisch für einen Jugendlichen. Die Unordnung kommt nur daher, dass jemand herumgewühlt hat. Ein paar Freerunning-Plakate und Fotos von Finn und Sindo, Finn und Tom oder beiden mit den Achebes hängen an der Wand. Wie sie sich anlächeln, Grimassen schneiden, über etwas springen oder sich umarmen. Aus den Aufnahmen spricht Zuneigung, Ausgelassenheit und das Glück, Freunde zu haben. Ich hatte nie solche Freunde und meine Familie ist so konservativ wie ein Gartenzwerg. Tom Seifert muss ein Bombenvater sein und Finn über alles lieben. Nach allem, was ich weiß und hier sehe. Umso mehr gerät Finn in den Verdacht, etwas zu verschweigen.

Plötzlich erwacht in mir der Wunsch Toms und Finns Gesichter wieder strahlen zu sehen, denn was sie besitzen, ist wertvoller als alles Geld der Welt. Ein offensichtlich neueres Foto von den beiden nehme ich von der Wand.

Etwas später betrete ich den Handyladen. Er liegt nicht weit von Seiferts Wohnung an der Skalitzer. Hinter dem Tresen steht ein junger Mann.

»Kommissar Sandmann, LKA.« Ich zeige meinen Ausweis.

Er stutzt. »LKA?«

»Wie ist Ihr Name?«

»Murat Duman.«

»Ist das Ihr Geschäft?«

Er nickt. »Hab ich was falsch gemacht?«

»Mal sehen.« Ich lächle, erkläre Duman, warum ich hier bin und lege dabei den Kassenbon samt Kaufvertrag und das Foto auf den Tresen.

»Ich erinnere mich gut an die beiden«, sagt Duman.

»Warum?«, frage ich.

»Na ja, der Junge sieht eher aus wie ein Mädchen und die beiden waren ein Herz und eine Seele, wie man so sagt. Der Junge wollte zum Geburtstag unbedingt ein Handy und eine Smartwatch in Rot haben. Jungs stehen ja eher auf Silber oder Schwarz. Er und sein Vater hatten die Geräte im Netz schon ausgecheckt und ich musste sie bestellen, weil die Farbe nicht auf Lager war. Ich habe gesagt, wir richten alles ein, damit die Geräte auch einwandfrei miteinander kommunizieren. Sie haben eine Anzahlung gemacht und sind gegangen.«

»Auf den Geräten war eine Spyware«, sage ich.

»Ja. Die haben wir installiert.«

Ich beuge mich interessiert über den Tresen. »Hat der Vater das verlangt? Der Junge wusste nichts davon.«

»Nein. Der war ganz entspannt.«

»Wer dann?«

»Das war so: Vielleicht eine Viertelstunde nachdem die beiden die Geräte bestellt hatten und gegangen waren, erschien eine Frau. Sie sagte, ihr Mann und ihr Sohn waren gerade hier. Sie nannte die Namen und dass es ein Geburtstagsgeschenk ist. Sie wollte, dass wir die Geräte mit einer Spyware versehen, weil sie Angst um ihren Sohn hatte, der oft abends noch joggt oder mit dem Bike unterwegs ist. Sie hat fast geweint. Ihr Mann sei viel zu arglos und hielt sie für hysterisch. Dann hat sie 1.000 Euro auf den Tisch geblättert. Sie wollte

206

das Beste, was es gibt und hat gefleht, dass die beiden es nicht erfahren dürfen.« Duman guckt mich an. »Sie wollte nur wissen, wo sich ihr Sohn aufhält.«

»Wissen, wo sich einer aufhält und Zugriff auf alle Dateien?« Ich sehe ihn fragend an. »Das sind zwei Paar Schuhe. Ist Ihnen das nicht komisch vorgekommen?«

»Haben Sie ne Ahnung, was für *komische* Leute hier jeden Tag hereinkommen! Diese Vollversion ist echt das Beste auf dem Markt und man muss ja nicht alle Tools anwenden. Was die Lady dann im Einzelnen gecheckt hat, weiß ich nicht. Der Kunde ist König, Herr Kommissar. Und ehrlich, solche Eltern sind keine Seltenheit. Einige gut betuchte Kreuzberger wollen ihre Kids im Blick haben. Ich sagte zu ihr, 1.000 Euro sind viel zu viel, aber sie lächelte. *Der Rest ist für die Kaffeekasse*, sagte sie, *und keiner erfährt davon.*«

»Sie mussten doch auch die Verknüpfung mit dem Gerät der Frau herstellen.«

»Sie hat eine Nummer dagelassen. Als die Geräte fertig waren, hab ich sie angerufen. Dann ist sie noch mal vorbeigekommen und wir haben das erledigt.«

»Haben Sie die Nummer noch?«

»Warten Sie. Ich habe alle Rechnungen ordnungsgemäß gespeichert.« Duman geht an einen Computer und sieht nach. »Ja. Ich habe sie auf die Rechnung notiert. Sie nannte sich Ina Seifert.«

»Können Sie mir das ausdrucken?«

»Klar.«

Während der Drucker surrt, frage ich weiter. »Als die Frau dann gegangen ist, haben Sie gesehen, in welchen Wagen sie stieg?«

Murat Duman schüttelt den Kopf und wirkt schuldbewusst. »Hab ich mich jetzt strafbar gemacht? Ich meine, wegen der Kaffeekasse ...«

»Ihre Kaffeekasse interessiert mich nicht«, sage ich. »Tom Seifert ist und war nie verheiratet. Er und sein Sohn haben seit Finns Geburt keinen Kontakt zur leiblichen Mutter. Eine Ina Seifert gibt es nicht. Das war also ein Fake.«

»Ach du Scheiße! Aber ... Wer war die Frau dann?«

»Gute Frage. Haben sie eine Überwachungskamera?«

»Klar.«

»Kann ich die Aufzeichnungen sehen?«

»Leider nicht mehr. Wir löschen sie wöchentlich.«

»Mist! Wie sah die Frau denn aus?«

»Blonde lange Haare und schlank. Hatte eine Jeans an, eine weiße Bluse drüber und weiße Sneaker. Also eigentlich ganz unauffällig.«

»Alter?«

»Schwer zu schätzen«, sagt Duman. »Sehr gepflegt. Geschminkt. Irgendwas um die 40, vielleicht. Als die Frau weg war, hat meine Schwester gesagt, ihre Handtasche wäre von Hermès. Keine Ahnung. Frauen kennen sich mit so was aus.«

»Wie sah sie denn aus?«

»Braun mit zwei Henkel. Also, wie ne Handtasche halt aussieht.«

»Hört sich nicht gerade markant an. Ihre Schwester hat sich da nicht getäuscht?«

»Glaube ich nicht. Sie hat die Marke angeblich am Verschluss erkannt und meinte, das war Krokodilleder. Auf so eine Tasche muss man ewig warten und sie kostet ein Vermögen.«

»Heißt?«

»Meine Schwester sagte was von 30.000 aufwärts.«

Ich starre ihn an. »Im Ernst jetzt?«

Duman schüttelt den Kopf. »Ich hab zu ihr gesagt, ›du spinnst‹.«

Ich sehe aus dem Schaufenster. »Ist hier nicht so die Gegend für Luxusartikel«, sage ich.

»Herr Kommissar. Kreuzberg ist schick geworden. Na ja, und der Vater sah in seinem Holzfällerhemd und der Frisur wie so n in die Jahre gekommener Hipster aus. Hat auch nicht nach dem Preis der Geräte gefragt. So gesehen, war das für uns nicht auffallend.«

Ich gebe ihm meine Karte. »Sie und ihre Schwester müssen bei uns ein Phantombild der Frau erstellen und die Tasche im Detail beschreiben. Am besten heute noch.«

»Meine Schwester kommt in einer Stunde. Aber wir machen mittags zwei Stunden zu.«

»Das dürfte reichen. Rufen Sie mich an, wenn es Ihnen passt. Ich bin voraussichtlichen ab Mittag den ganzen Tag am Tempelhofer Damm zu erreichen. Bis später.« Ich gehe zur Tür.

»Moment, Herr Kommissar. Da ist noch was.«

Ich drehe mich um.

»Die Frau hatte so eine große Sonnenbrille auf. Also, wegen dem Gesicht …«

»Verdammt. Wir versuchen es trotzdem, Herr Duman.«

»Okay. Und das mit der Kaffeekasse?«

»Welche Kaffeekasse?« Ich grinse.

Er grinst.

Beim Verlassen des Ladens fällt mir plötzlich Tom Seiferts Wagen ein und ich beschließe, ihn mir anzusehen, bevor ich ins Büro zurückfahre.

Noch einmal stelle ich meinen Wagen am Wohnblock ab und gehe über das Treppenhaus in die Tiefgarage.

Zweite Ebene, hat Sindo gesagt. Platznummer ... irgendwas mit 50.

In der Garage schalte ich das Licht an, schlendere an den geparkten Autos entlang. Am Ende der Garage entdecke ich einen grauen Wagen. Den Platznummern an den Wänden nach könnte er es sein.

Plötzlich geht das Licht aus und es ist stockfinster. Eine Zeitschaltung, denke ich. Als ich meine Taschenlampenfunktion einschalten möchte, schlägt irgendwo eine Tür. Ich höre Schritte und sehe den Schein einer anderen Taschenlampe.

Würde nicht jeder Mieter, der in die Tiefgarage muss, das Licht einschalten? So wie ich? Die Sache gefällt mir nicht und ich ducke mich hinter einen geparkten Wagen.

»Da ist die Karre«, sagt einer. »Grauer Polo. B-FI.«

Schritte und Lichtkegel nähern sich. Mein Herz schlägt bis zum Hals. Langsam und ohne Geräusche zu verursachen, ziehe ich mich hinter das Auto zurück.

»Wenn die Kiste eine Alarmanlage hat, können wir gleich wieder verschwinden«, sagt ein anderer.

»Das Auto ist zu alt, das hat keine.«

Die beiden gehen an mir vorbei. Ich halte den Atem an.

»Wonach suchen wir?«

»Sie hat gesagt Papiere, USB-Stick, … alles, was dort nicht hingehört.«

Sie!

Ich höre mehrere Plopps. Ein Schalldämpfer. Glas zersplittert. Die Autotür wird aufgerissen. Ich nutze die Gelegenheit und ziehe meine Pistole aus dem Halfter.

»Scheiße, Mann! Da war schon einer vor uns da. Die Rückbank ist hochgeklappt und die Filzverkleidung abgelöst.«

»Und jetzt?«

»Durchsuchen!«

»Was soll das bringen? Wer da war, hat alles mitgenommen. Wir sollten verschwinden.«

»Okay. Wir sagen einfach, da war nichts. Ist ja so.«

Ich höre, wie einer der Kerle auf einem Handy wählt. »Ja, Kowalski hier. Im Auto ist nichts … Ganz sicher … Gut, wir ziehen ab.«

Ich atme innerlich auf.

Da geht das Licht auf der gesamten Ebene an und eine Tür wird geöffnet. Ausgelassene Stimmen vermischen sich mit Rollkoffern.

»Verdammt«, zischt einer der Männer.

»Hoffentlich haben wir keinen Stau auf der Autobahn«, sagt ein Kind.

Ich schließe die Augen. Bitte nicht!

»Dann sind wir am Nachmittag in Aarhus«, sagt eine Frau.

»Wird schon klappen«, sagt ein Mann.

Für einen Augenblick herrscht Stille.

Wenn die jetzt die Familie abknallen …

»Tach«, grüßt einer der Männer freundlich.

»Wir sehen hier nach dem Rechten«, erklärt der andere.

»Ich wusste gar nicht, dass wir einen Sicherheitsdienst haben«, sagt der Vater.

»Hat die Hausverwaltung neu engagiert. Sehen Sie, da drüben wurde ein Wagen aufgebrochen. Sie wissen nicht zufällig, wem der gehört?«

»Nein«, sagt die Frau.

»Dann werden wir mal der Polizei Bescheid geben. »Schön‹ Tach noch.«

Ich höre, wie sich die Männer entfernen und die Familie ihre Koffer einlädt. Langsam gehe ich aus der Deckung und sondiere die Lage.

Die Männer gehen zum Treppenhaus. Sie tragen schwarze Kleidung. *High Security* steht auf den Rücken ihrer T-Shirts. Darunter als Logo ein zwinkernder Hai.

»Bingo«, flüstere ich.

Der Fisch. Soll wohl witzig sein. Ich kann nicht lachen und nehme die Kerle mit dem Handy auf. Die Familie verstaut ihre Koffer in einen roten Opel und steigt ein. Ich bleibe unbemerkt und warte, bis der Wagen aus dem Parkplatz rollt und um die Kurve zur höheren Ebene fährt.

Dann renne ich ihm nach. Auf der nächsten Ebene hält er an und das Rolltor fährt hoch. Der Opel verlässt die Auffahrt. Ich husche kurz nach ihm hinaus und renne die Auffahrt rauf. Ein dunkelblauer Kleinwagen fährt die Straße entlang. *High Security* steht auf der Karosserie und der Hai zwinkert mir wieder zu. Ich fotografiere das Nummernschild.

Lächelnd wähle ich Reginas Nummer.

»Luis, hier, schönen guten Morgen. Ich brauche dich.«

»Ach ne«, mault sie. »Könnt ihr uns nicht mal Zeit lassen, unser Spuren auszuwerten?«

»Sorry.« Ich erkläre ihr die Situation.

»Jut. Ick schick dir n paar Leute vorbei.«

»Danke.« Ich lege auf und fordere einen Streifenwagen an.

Die Kollegen sind ein paar Minuten später da. Ich bitte sie, Seiferts Wagen zu sichern und lasse sie ins Haus.

Zur Wohnung der Achebes gehe ich zu Fuß.

Frau Achebe öffnet mir und ich gehe in den ersten Stock.

»Tag, Herr Sandmann.«

»Tag. Ist Finn da?«

»Wo soll er sonst sein.« Sie grinst.

»Sorry. Blöde Frage.«

»Gehen Sie nur durch. Die Jungs sind in Sindos Zimmer.«

»Danke.« Ich gehe durch den Flur. Aus einem Zimmer dringen elektronische Geräusche. Die Tür ist angelehnt. Ich klopfe.

»Ja?«

Ich trete ein. Das Zimmer ist chaotischer als Finns Zimmer. Die Jungs liegen mit angewinkelten Beinen bäuchlings auf einem breiten Bett, starren in einen Bildschirm und zocken.

»Hey!«

Sie nicken nur kurz und beachten mich nicht weiter.

»Ich muss dich mal kurz sprechen, Finn. Ist wichtig.«

Sie sehen auf.

»Ich dachte, Peters ist mein Aufpasser.«

»Musst jetzt halt mal mit mir klarkommen.

»Okay. Was gibts?«

»Jemand hat heute Nacht wieder versucht, deinen Vater zu töten.«

Finn springt auf und starrt mich an.

»Es geht ihm gut. Mach dir keine Sorgen.«

»Wie … ich meine, da sind doch Polizisten …«

»Setzt dich erst mal.« Ich rolle mir einen Schreibtischstuhl ans Bett. Finn fällt kraftlos auf die Matratze. Sindo legt einen Arm um ihn.

Ich erzähle, was sich abgespielt hat, dass wir den Täter geschnappt haben und dass Toms Wagen aufgebrochen wurde.

Zunächst herrscht Stille.

»Finn, kennst du einen Mann namens Kowalski und die Firma High Security? Die hat einen zwinkernden Hai als Firmenlogo auf ihren Autos.«

Er schüttelt den Kopf.

»Was haben sie gesucht?«

Finn schnieft und reibt sich die Nase.

»Sag es ihm«, fordert Sindo.

»Was?«, frage ich.

»Sag es endlich oder ich tu's!«

Finn zieht einen Stick aus der Hosentasche. »Das.«

Ich starre fassungslos auf den Stick. »Was ist da drauf, Finn?«

»Belastendes Material. Hat Paps gesammelt.« Er sieht mich traurig an. »Ich möchte zu ihm, bitte.«

»Moment. Du trägst das die ganze Zeit bei dir und hast uns nicht gesagt?«

Finn schweigt mal wieder.

»Hast du sie noch alle?«, fahre ich ihn an. »Du riskierst vielleicht weitere Leben, verdammter Idiot!«

Finn beginnt zu schluchzen und schmiegt sich an Sindo.

»Tut mir leid«, entschuldige ich mich.

»Tom hat über Jahre Material gesammelt«, beginnt Sindo.

»Worüber?«

»Geldwäsche, Korruption und wahrscheinlich Mord.«

Ich schnappe nach Worten. »Hallo? Mensch … das … das sind doch keine Kavaliersdelikte von Kleinkriminellen, die man mal eben so *sammelt*.«

Sindo nickt. »Bitte, Herr Sandmann. Tom ist der beste Mensch der Welt. Sie dürfen ihn nicht anklagen. Er wollte zur Polizei gehen, sobald er richtige Beweise hat und weil diese Leute ganz große Nummern sind.«

»Richtige Beweise und große Nummern, ja? Genau dafür gibt es Leute wie uns, zum Teufel noch mal.«

»Außerdem traut er sich noch nicht, weil er befürchtet, selbst belastet zu werden.«

»Und du hast das alles auch gewusst, Sindo?«

»Nein. Finn hat es mir erst gestern Nacht gestanden und ich habe gesagt, dass er Ihnen den Stick geben muss. Ich habe keinen Bock auf diese ewige Überwachungsscheiße da draußen.«

»Na wenigstens einer, der mitdenkt.«

»Finn konnte den Stick am Sonntagabend aus dem Polo retten, als die zwei Kerle hinter ihm her waren.«

»Ich fass es nicht!« Würde ich rauchen, jetzt bräuchte ich eine.

Finn richtet sich auf, schnieft und wischt sich den Rotz aus dem Gesicht. »Ich bin bereit, auszusagen, wenn Sindo dabei sein kann. Aber erst möchte ich Tom sehen.«

»Ich komme mit ins Krankenhaus«, sagt Sindo. »Bevor ich hier noch Schimmel ansetze.«

Ich nicke. »Gut. Ich spreche erst einmal mit Frau Dabaschi. Ihr bleibt hier.«

Ich verlasse das Zimmer, rufe die Chefin an und erkläre kurz, was ich erfahren habe.

»Sehr gut, Luis. Ich schicke Angie und Ercan rüber. Warten Sie solange und kommen Sie dann ins Büro zurück. Finn soll sich erst einmal beruhigen und dann gehen wir die Sache an.«

»Gut. Bis gleich.«

Ich kehre zu den Jungs zurück.

»Deine Personenschützer kommen gleich, Finn.«

»Was wird jetzt aus Paps?«

»Ich glaube nicht, dass er Schwierigkeiten bekommt. Vor allem, wenn wir mit seiner Hilfe wirklich ein kriminelles Nest ausheben können. Das wäre der Jackpot. Aber davon sind wir noch weit entfernt. Alles Weitere werden Frau Dabaschi und die Staatsanwältin entscheiden. Nach eurem Besuch in der Klinik werden Angie und Ercan euch ins LKA bringen. Es wird jede Menge Fragen geben.«

Die beiden nicken.

»Kommissar Sandmann?«, fragt Finn.

»Ja?«

»Glauben Sie, Peters ist enttäuscht von mir?«

»Bestimmt sogar und ich befürchte, er wird dich verprügeln.«

»Das darf er gar nicht.«

Ich grinse. »Er ist kein Unmensch und ich pass auf dich auf.«

Finn lächelt kaum merklich.

»Es ist an der Zeit, dass du uns vertraust, Finn.«

»Euch vertrauen? Ihr könnt ja nicht mal richtig auf Paps aufpassen.«

Eben noch dachte ich, Finn geknackt zu haben, doch sein altes Misstrauen ist zurück.

»Je mehr wir wissen, desto besser können wir euch doch schützen.«

Finn schweigt und guckt mich an.

Ich erzähle ihm von meinen Ermittlungen im Handyladen. Er ist fassungslos.

»Ist dir schon mal so eine blonde Frau mit langen Haaren und einer teuren braunen Handtasche aufgefallen?«

Finn lacht. »Im Ernst jetzt?«

Erst jetzt bemerke ich, wie blöd meine Frage war. »Ist nicht besonders markant, ich weiß. Aber hätte ja sein können.«

»Ich gucke keinen Frauen nach. Steh auf Männer. Was dagegen?«

»Ne.« Ich grinse und schnaube leise. Noch so einer wie Hanno.

»Ich frage mich, Finn, woher wusste diese Frau, dass du Geburtstag hast und die Geräte bekommst?«

»Gruslig«, sagt Sindo.

»Die müssen Tom und mich irgendwie beobachtet oder belauscht haben.«

»Aber wie?«

»Mann, die haben es geschafft, mich zu tracken, Herr Sandmann. Das sind keine Klappspaten. Jemanden unauffällig zu verfolgen und zu belauschen ist jetzt wirklich keine Meisterleistung.«

»Na, du kennst dich ja aus.«

Finn rollt mit den Augen. »Ich hatte mich nicht versteckt, sondern überall mit Sindo über die neuen Geräte gesprochen, weil wir beide schon aufgeregt waren und uns drauf gefreut haben. In einem Café oder vielleicht sogar hier im Restaurant. Was weiß ich. Das war doch kein Geheimnis.«

Sindo nickt.

Kapitel 21 - Hanno

Der Sitz der Malchow Group befindet sich in einem Büro-
haus am Alexanderplatz. Einen Parkplatz zu finden, ist wie
Lotto spielen. Also fahre ich vor den Eingang und klemme
das Blaulicht aufs Dach. Fertig.

Ich greife nach dem Diktiergerät und steige aus dem Wagen. Die Schwüle nervt. Noch keinen Schritt gegangen,
schon sammelt sich der Schweiß unter den Achseln und ich
verfluche diesen körperbetonten Anzug.

Milan hatte ihn mir aufgeschwatzt, als wir mal zusammen
shoppen waren. Ich habe gesagt, *der ist zu eng.*

Darin siehst du supersexy aus, hatte Milan geflötet. *Das trägt
man jetzt so.*

Ich weiß ehrlich gesagt nicht, ob ich überhaupt supersexy
aussehen will, aber wenn ein Trendsetter wie Milan dir sagt,
dies oder jenes sieht supersexy aus, dann willst du es eben.
Also kaufte ich dieses Korsett. Leider habe ich beim Kauf
nicht an meine Leidenschaft für Currywürste, anhaltende
Hitzewellen und meinen übereifrigen Stoffwechsel gedacht.
Ich schwitze schnell und viel. Beim Sport tropfe ich regelrecht. Deswegen schneide ich mir im Sommer die Haare
auch rappelkurz, weil ich keinen Bock auf *Frisuren* und *Styling*
habe. Rasieren am Morgen ist lästig genug.

Das mit den Currywürsten kann man in den Griff bekommen, wenn man weniger isst, das andere nicht. Sei's drum.
Ich richte die Krawatte, ziehe das Jackett gerade und lese die
verschiedenen Firmenschilder am Eingang. Die Malchow
Group residiert mit den Zentralen ihren Unterfirmen in den
oberen zwei Stockwerken. Ich nehme den Fahrstuhl.

Die Anmeldung ist ganz oben. Dort empfängt mich ein Sicherheitsmann in der gediegenen, klimatisierten Klub-Atmosphäre eines Nobelhotels. Holzvertäfelung, dunkelgrüne Ledersessel und frische Blumen. Ich denke an Luis und bekomme sofort ein schlechtes Gewissen, weil ich die Klimaanlage als Segen empfinde. Alles hier atmet konservative Exklusivität und ich bin nun doch froh, einen Anzug zu tragen. Ich zeige dem Mann meinen Ausweis und er lässt mich passieren.

Hinter dem Empfangstisch arbeitet eine junge Frau im Kostüm.

Ich setze ein Lächeln auf und gehe zu ihr. »Guten Tag.«

»Guten Tag. Wie kann ich Ihnen helfen?«

»Ich muss die Leitung der Personalabteilung sprechen.«

»Ein Bewerbungsgespräch?«

»Wie man's nimmt.« Ich zeige ihr meinen Ausweis. »Oberkommissar Peters, LKA Berlin. Ihr Name?«

»Jessica Meyer.« Sie betrachtet den Ausweis. »LKA?«

»Ich ermittle in einem Mordfall.«

Sie erschrickt. »Einen Augenblick, bitte.« Sie greift zum Telefon. »Meyer vom Empfang. Entschuldigen Sie bitte, Frau Hartwig, aber da ist ein Herr vom LKA wegen eines Mordfalls und möchte zur Personalabteilung ... Ja ... Ist gut. Danke.« Sie legt auf und guckt mich an. »Die Assistentin der Geschäftsleitung holt Sie gleich ab.«

»Dankeschön. Die Assistentin der Personalabteilung hätte es auch getan.«

»Wenn es um außergewöhnliche Angelegenheiten geht, sind wir angewiesen, die Geschäftsleitung zu informieren.«

Ich beuge mich indiskret über den Tresen. »Gibt es denn öfter *außergewöhnliche* Angelegenheiten?«

Sie schenkt mir ein gelangweiltes Lächeln und konzentriert sich wieder auf ihre Arbeit.

Na ja, Frauen bezirzen, ist nicht so meine Stärke. Ich meine naturbedingt.

Also warte ich und betrachte einen großen Wandteppich, der aus einem Schloss stammen könnte. Er scheint alt zu sein. Nennt man so etwas nicht Gobelin? Darauf sind Fabeltiere. Irgendwie muss ich an Goblins, Orks, Hobbits und *Herr der Ringe* denken. Luis ... Er mag Fantasy-Romane. Immer wieder Luis.

Mister Sandmann ...

»Ein außergewöhnliches Stück, nicht wahr?«

Ich drehe mich um. Vor mir steht eine dunkelhaarige Frau, schätzungsweise Mitte 40, in schwarzer Marlene-Dietrich-Hose und weißer Bluse mit Schalkragen. Sie sieht ein bisschen zu lackiert aus und die Kleidung ist zu trendy. Oma würde sie Chanel-Tussi nennen und meint damit Frauen, für die jedes Fältchen eine persönliche Beleidigung darstellt.

»Französische Renaissance«, erklärt sie.

»Wandteppiche fallen nicht in mein Sachgebiet.«

Sie lacht und mustert mich ungeniert von oben bis unten. »Eva Hartwig.«

Ich fühle mich ausgezogen und unterdrücke den Drang, meine Hände vor den Hosenlatz zu halten wie ein Fußballer beim Elfmeter. »Oberkommissar Peters, LKA.«

Sie reicht mir ihre Hand, an dessen Gelenk ein Armband glitzert, für das ich geschätzt mindestens zwei Jahresgehälter investieren müsste.

»So jung und schon Oberkommissar?« Sie lacht geziert.

Hahaha ha. Sehr witzig. Netter Versuch, aber ich hasse solche Sprüche und verstehe Finn mit einem Mal besser, als er jemals vermuten würde.

Mein nordischer Muffkopf erwacht und ich ignoriere ihre Hand. »So alt und immer noch Assistentin?«

Das war so ziemlich das Letzte, was ein Charmeur vom Stapel lassen sollte.

Ihr Interesse an mir als Penisträger erlischt schlagartig. Sie streckt ihren Rücken und betrachtete mich wie einen ungebetenen Gast.

Ich habe verkackt und lächle matt. Luis und Finn haben recht. Aufgesetzte Freundlichkeit halte ich nicht lange durch. Bin eben kein guter Schauspieler.

»Gehen wir in mein Büro, Herr *Oberkommissar*.«

»Bitte. Nach Ihnen.«

Eva Hartwigs Büro ist großzügig und genauso spießig wie alles andere hier. Das einzig Spannende ist der Blick auf den Alex und den Fernsehturm.

Sie geht hinter ihren Schreibtisch. »Bitte, nehmen Sie doch Platz.«

»Danke.« Ich setze mich ihr gegenüber. Die enge Hose verbietet es mir, die Beine übereinanderzuschlagen.

»Das ist eine offizielle Befragung und ich möchte unser Gespräch aufzeichnen.«

»Bitte.«

Ich schalte das Diktiergerät ein, gebe das Datum durch und die beteiligten Gesprächspartner.

»Mich wundert, dass die Empfangsdame die Geschäftsleitung alarmiert, obwohl ich nur eine kleine Information aus der Personalabteilung brauche.«

Eva Hartwig lächelt wieder. »Sie hat mich nicht alarmiert, sondern benachrichtigt. Sehen Sie, Herr Peters: Unsere Firma besitzt einen erstklassigen Ruf. Alles, was unser Ansehen auch nur im Geringsten schaden könnte, geht über meinen Schreibtisch und ein Mord ist nun wirklich nichts, womit die Malchow Group in Verbindung gebracht werden möchte.«

»Verstehe.«

»Unsere internationalen Kunden schätzen Diskretion und Zuverlässigkeit. Wenn die Öffentlichkeit davon erfährt …«

Eva Hartwig kommt mir vor wie die Sprachausgabe der Malchow Group Webseite.

»Zu Ihrer Information: Ich bin nicht die Öffentlichkeit und laufende Ermittlungen stehen unter Verschluss.«

»Ich weiß. Aber Sie kennen die Medien. Eine einzige voreilige Schlagzeile genügt, um aufgebautes Kundenvertrauen ins Wanken zu bringen.«

»Wer sagt denn, dass Ihre Firma etwas mit dem Mord zu tun hat?«

»Niemand, Herr Peters. Aber Sie sind vom LKA und das hat uns vor ein paar Jahren schon einmal fälschlicherweise verdächtigt und zahlungskräftige Kunden vergrault. Ich hatte alle Mühe, das wieder hinzubiegen und möchte eine Wiederholung unter allen Umständen vermeiden.«

Ich tue blöd. »Gab es schon einmal einen Mord im Zusammenhang mit der Firma?«

Sie stutzt. »Natürlich nicht. Man verdächtigte damals die Malchow Group der Geldwäsche. Absurd war das. Wir machen gute Gewinne und zahlen ebenso gute Steuern. Nichts weiter. Jemand wollte uns offensichtlich in Verruf bringen.«

»Jemand, wie wer?«

»Erfolgreiche Unternehmen haben immer Neider, wie Sie sich vorstellen können. Ich arbeite seit über 20 Jahren hier und das Unternehmen wuchs stetig.« Sie lächelt überheblich. »Ich habe maßgeblich dazu beigetragen, dass das Unternehmen heute das ist, was es ist.«

Ich nicke anerkennend. »Ich ermittle im Mordfall Gerhard Fritsche. Er arbeitete bis vor zwei Jahren als Hausmeister in dieser Firma.«

Sie starrt mich an. »Herr Fritsche wurde ermordet und das LKA ermittelt?«

Ich gehe nicht auf ihre Frage ein. »Sie kannten ihn?«

»Aber sicher. Er war sehr lange hier.«

»Warum hat er die Firma verlassen?«

»Soweit ich mich erinnere, ist er eines Tages nicht mehr erschienen. Warten Sie, ich hole die Akte.« Sie tippt auf der Tastatur herum. »Da ist sie … Wie ich sagte, er kam nicht mehr zur Arbeit. Nachdem keine Krankmeldung einging, haben wir versucht, ihn zu erreichen. Erfolglos. Wir haben ihn abgemahnt, doch die Einschreiben kamen mit dem Vermerk *nicht zustellbar* zurück. Unsere Rechtsabteilung hat sich dann um die Sache gekümmert. Ist alles hier dokumentiert.«

»Soweit wir wissen, bewohnte er eine Wohnung, die Ihrem Unternehmen gehört.«

»Ja. Herr Malchow ist ein sehr sozialer Mensch. Verdiente und langjährige Mitarbeiterinnen und Mitarbeiter erhalten

Boni und Vergünstigungen. Auch in Form von günstigem Wohnraum. Wir sitzen ja an der Quelle.« Sie lächelt.

»Womit hat sich Gerhard Fritsche das verdient gemacht?«

»Betriebstreue. Zuverlässigkeit, all das.«

Eva Hartwigs aufgesetztes Dauerlächeln geht mir genauso auf den Sack wie Finns *Keine Ahnung*.

»Und dann kommt Gerhard Fritsche eines Tages einfach nicht mehr zur Arbeit?«

»Man kann nicht in Menschen hineinsehen, Herr Oberkommissar.«

»Wie ich hörte, unterstützt Herr Malchow auch Obdachlose.«

»Und viele andere soziale Projekte. Jugendarbeit, Sport, Integration, bedürftige Senioren ...«

»Gerhard Fritsche war Obdachloser«, falle ich ihr ins Wort.

»Das ist jetzt ein Scherz, oder?«

»Leider nicht. Sein Pass lief etwa zur selben Zeit ab, als er Ihre Firma verließ. Seitdem ist er behördlich nicht mehr erfasst.«

»Was nach seinem Weggang mit ihm geschah, entzieht sich meiner Kenntnis. Wenn Sie wünschen, sende ich Ihnen gern die gesamte Akte.«

Ich lege meine Visitenkarte auf den Tisch. »Das wäre sehr freundlich. Sagen Sie, hatte Gerhard Fritsche engeren Kontakt zu anderen Angestellten hier?«

»Ich hatte privat nichts mit ihm zu tun und kenne ihn nur als zuverlässigen Hausmeister und hilfsbereiten Menschen.«

»Das ist keine Antwort auf meine Frage.«

Eva Hartwig schnappt nach Luft. »Ich kann nur für mich sprechen, Herr Peters. Mich interessiert auch nicht, was die

Leute hier untereinander verbindet. Für das Unternehmen zählt Arbeitsleistung und Loyalität, nicht der Tratsch in den Kaffeepausen.«

»Also sind Sie kein so sozialer Mensch wie Herr Malchow?«

»Soziale Leistungen, Herr Peters, muss man sich leisten können. Wir können es, aufgrund unserer Marktposition, die wir wiederum nur durch Leistung erreicht haben.«

Ihre belehrende Art nervt noch mehr als ihr Lächeln. Ich sehe sie an und denke kurz nach. Meine Strategie ist, Tom Seifert und das Grundstück erst mal außen vor zu lassen. Tom und Gerhard haben hier eine Weile zusammengearbeitet. Das ist unsere Spur. Doch Tom ist seit 17 Jahren weg, Gerhard seit zwei. Ob Gerhards Tod und der Anschlag auf Tom Seifert zusammenhängen, ist unklar. Wenn ja, dann könnte ein Ereignis aus der Vergangenheit dahinterstecken. Möglicherweise gibt es ja noch Mitarbeiter, die beide kannten.

»Frau Hartwig. Gerhard Fritsche hat an die 20 Jahre hier in der Zentrale gearbeitet. Ich möchte mit allen Leuten sprechen, die ebenso lange hier arbeiten wie Gerhard Fritsche und Sie.«

»Warum?«

»Weil ich es für erforderlich halte.«

»Wie stellen Sie sich das vor?«

»Allzu viele werden es ja nicht sein. Lassen Sie sie bitte an den Empfang kommen.«

»Jetzt?«, fragt sie entrüstet. »Das sind in der Regel Führungskräfte ...«

Ich lächle. »Ich bin mir sicher, dass die Malchow Group keine polizeilichen Ermittlungen behindern wird, die es erfordern, ehemalige Kollegen eines Mordopfers zu befragen, zumal dessen Ausscheiden aus dem Unternehmen äußerst undurchsichtig verlaufen ist.«

»Gut. Wie Sie wünschen. Ich veranlasse eine Rundmail an die betreffenden Mitarbeiter. Das kann ein bisschen dauern.«

»Ich habe Zeit und warte gern draußen.«

»Frau Meyer serviert Ihnen einen Kaffee. Ich gebe ihr Bescheid.«

»Das ist sehr reizend. Vielen Dank.« Ich schalte die Aufzeichnung aus, stehe auf und verlasse das Büro.

Draußen setze ich mich aufs Sofa vor den Fantasy-Wandteppich und Frau Meyer bringt einen Kaffee.

»Bitte, Herr Oberkommissar.«

»Haben Sie einen Augenblick Zeit?«

»Ja.«

»Ich möchte Ihnen ein paar Fragen stellen und das Gespräch aufzeichnen.«

»Gut.«

»Danke.« Wieder gebe ich die Gesprächspartner an.

»Sagen Sie, Frau Meyer, wie lange arbeiten Sie hier?«

»Fünf Jahre.«

»Dann kannten Sie den Hausmeister Gerhard Fritsche?«

»Aber ja. Ein sehr netter Mann. Leider ist er von heute auf morgen verschwunden. Zwei Jahre etwa ist das nun her.«

»Er war obdachlos und wurde vor mehreren Tagen ermordet.«

»Was?« Sie schlägt eine Hand vor den Mund. »Das ist ja schrecklich!«

»Haben Sie eine Erklärung, warum er die Firma damals verließ?«

»Nein. Ich kannte ihn nur flüchtig. Privat hatten wir nichts miteinander zu tun. Wie die meisten hier.« Frau Meyer blickt vorsichtig zum Sicherheitsmann, der gelangweilt am Eingang steht. »Private Kontakte werden hier nicht gern gesehen«, sagt sie leise. »Jeder arbeitet für sich.«

»Ich denke, Herr Malchow ist so … *sozial?*«

»Herr Malchow ist das, was gut fürs Geschäft und die Reputation ist.« Sie überlegt. »Da Sie gerade so fragen, mir schien, Herr Malchow kannte Gerhard Fritsche irgendwie näher.«

»Ausgerechnet Herr Malchow?«

»Ja. Die beiden standen manchmal auf dem Flur und haben getuschelt.«

Ich sehe sie erwartungsvoll an.

»Ich meine, Herr Malchow ist immer korrekt und höflich, aber distanziert. Mit Herrn Fritsche jedoch wirkte er … vertraulicher. Ja, das trifft es. Vielleicht, weil er so lange hier gearbeitet hat.«

»Und Frau Hartwig?«

Die Meyer blickt sich wieder um. »Die ist Geschäftsfrau durch und durch. Sie und der Chef sind übrigens ein Paar.«

Ich ziehe eine Augenbraue hoch. »Interessant. Die sind doch geschätzt 20 Jahre auseinander. Sind sie verheiratet?«

»Davon weiß ich nichts.« Sie beugt sich zu mir und räuspert sich. »Ich glaube, sie haben eine offene Beziehung.«

»Wie kommen Sie darauf?«

Sie grinst wissend. »Am Empfang laufen viele Drähte zusammen. Ich sage nur Escort-Service.«

Ich grinse zurück. »Wie lange geht das schon?«

»Zumindest solange ich hier bin. Was vorher war, weiß ich nicht. Darüber spricht hier schließlich keiner.«

Ich lächle verschwörerisch. »Frau Hartwig hat hier alles im Griff, wie?«

Sie nickt.

»Ist Herr Malchow auch im Haus?«

»Nein. Er ist auf Geschäftsreise in Bukarest.«

»Hatte Herr Fritsche engere Kontakte zu Mitarbeitern hier?«

»Kaum vorstellbar. Aber er hat mir mal von einer Frau erzählt. Sie gehört zu den Reinigungskräften.«

»Erinnern Sie sich noch an den Namen?«

»Carmen. Das ist meine Lieblingsoper. Deswegen erinnere ich mich.« Sie lächelt lieb. »Kennen Sie bestimmt.«

»Oper ist nicht so mein Ding.«

»Schade. Sie sollten sich Carmen einmal ansehen. Mord aus Leidenschaft.«

»Mord ist mein Beruf, Frau Meyer. Privat stehe ich da nicht so drauf. Hat diese Carmen auch einen Nachnamen?«

»Bestimmt. Ich könnte ihn herausbekommen. Wissen Sie, zur Malchow Group gehört auch eine Gebäudedienstleistungsfirma.« Sie grinst. »Malchow Facility Services. Die Leute kommen erst abends nach Büroschluss.«

Ich lächle. »Das wäre sehr freundlich. Aber eins, Frau Meyer, das behalten wir vorerst für uns.« Ich zwinkere, schalte das Gerät aus und ziehe meine Visitenkarte aus dem Jackett. »Rufen Sie mich an.«

Sie stibitzt keck die Karte. »Mal sehen, was ich für Sie tun kann.«

Eva Hartwig kommt, bleibt stehen und stutzt.

»Ist der Kaffee so recht, Herr Oberkommissar?«

Frau Meyer hat das Schauspielern besser drauf als ich.

»Ausgezeichnet, vielen Dank.«

Frau Meyer verschwindet hinter ihrem Empfangstresen.

»Die Leute werden gleich hier sein«, sagt Eva Hartwig.

»Wie viele sind es?«

»Zehn.«

»Haben Sie einen Raum, in dem ich sie ungestört vernehmen kann?«

»Einzeln?«

»Auch die Polizei schätzt Diskretion, Frau Hartwig.«

Sie kneift die Augen zusammen und schweigt. Die ganze Sache passt ihr nicht. Sie hat gern die Kontrolle über ihr Reich. Ich verstehe sie da sehr gut.

Kapitel 22 - Soraya

Gegen elf treffe ich mich mit Luis, Hanno, Verena und der Staatsanwältin im Besprechungsraum, um unsere Ermittlungen zusammenzufassen.

Verena und ich haben an einer Magnetwand Fotos von Finn und seinem Vater, von Gerhard, dem toten Schützen, dem toten Mann auf Försters Terrasse und Lukas Förster aufgehängt.

Ich beginne mit dem, was Verena und ich zusammengetragen haben. Ein Diktiergerät zeichnet auf.

»Bei einem Test stellten wir fest, dass Tom Seifert immer wieder Gerhard Fritsche auf dessen Prepaid Handy angerufen hat. Also kannten sie sich nicht nur von dieser alten Fabrik, wie Finn uns weismachen wollte.« Ich zeichne einen dicken Pfeil zwischen Tom und Gerhard.

»Sonst fand die Technik nichts auf Seiferts Mobiltelefon, das für uns von Bedeutung wäre«, ergänzt Verena. »Er stand in regem Kontakt mit Finn und die Chats mit Burak Özcan lassen auf eine Liebesbeziehung schließen.«

»Er hat wohl alles Relevante auf diesem Stick gespeichert.« Luis legt den Datenträger auf den Tisch und berichtet, wie er dazu gekommen ist. »Ich hatte noch keine Gelegenheit, mir die Sachen anzusehen.«

»Finn ist ein Aas«, knurrt Hanno.

Ich nicke. »Um den Stick kümmern wir uns später. Zu Förster: Er ist Leiter der Berliner Filiale der Sicherheitsfirma High Security, die zum Konglomerat der Malchow Group gehört.«

Alle nicken. Irgendwie wundert das keinen.

»In Försters Tasche fanden wir einen Transponder für das Fitnessstudio *Gym-Twenty4You*. Dort kann man Tag und Nacht trainieren. Des Weiteren gibt es auf Försters Smartphones Anrufe, die nicht zurückzuverfolgen sind. Einer gestern Nacht und einer heute Morgen. Auf dem Gerät befindet sich nichts weiter. Keine Kontakte, keine Fotos, keine Chats und so weiter. Ich gehe davon aus, dass er irgendwo noch ein Mobiltelefon besitzt.«

»High Security hat einen Hai im Logo«, sagt Luis. »Das ist unser gesuchter Fisch. Zwei Männer dieser Firma haben heute Morgen Tom Seiferts Wagen aufgebrochen. Einer hieß Kowalski. Er telefonierte offensichtlich mit einer Frau, die ihnen den Auftrag gab, den Wagen zu durchsuchen. Aber Finn war schon dort gewesen. Und ein Fahrzeug dieser Sicherheitsfirma hatte den Schützen ja nach dem Attentat in der Tankstelle aufgelesen.«

Verena zeichnet eine Strichmännchen-Frau und pinnt das Blatt an die Wand. Sie hängt ein Schild mit der Sicherheitsfirma dazu.

»Der Häuserblock mit Försters Penthouse gehört ebenfalls Malchow Immobilien«, spreche ich weiter. »In der Wohnung befanden sich nur Fingerabdrücke von Förster und dem Toten. Förster war Polizist und weiß sehr gut, wie man Spuren vermeidet oder beseitigt.

Der Tote auf der Terrasse heißt Kevin Wegner, war 26, arbeitete ebenfalls bei dieser Sicherheitsfirma und ist bislang nicht auffällig gewesen. Die Kugel in seinem Kopf, Kaliber 6,35, stammt nicht aus Försters Waffe, sondern von einer älteren Taschenpistole wie bei Steffen Ruppert, der ebenfalls bei der Sicherheitsfirma arbeitete. Gerhard Fritsche wurde mit demselben Kaliber erschossen. Die Ballistik konnte feststellen, dass es sich in allen drei Fällen um dieselbe Waffe handelt.« Ich schreibe über die betreffenden Fotos *6,35 Millimeter* und verbinde die drei Fotos mit der Sicherheitsfirma und der Frau. »Ruppert und Wegner wohnten zusammen in einer Wohnung in Friedrichshain. Das Gebäude gehört Malchow Immobilien. Die Wohnung wird gerade durchsucht.«

Alle sehen sich an.

»Irgendwer spielt hier also Scharfrichter oder Scharfrichterin«, sage ich. »Zeugen haben gestern Abend in Försters Wohnblock eine Blondine mit großer Sonnenbrille im Aufzug gesehen, die den Knopf für den obersten Stock gedrückt hat.«

»Schon wieder eine Blondine«, sagt Luis. »Ich habe mit Försters Handy die Nummer angerufen, die der Telefonverkäufer mir gab. Es meldete sich eine Frauenstimme mit *Wo sind Sie, Förster.* Ich habe aufgelegt.

»Wer ist diese Frau?«, grübelt Hanno. »Bei Malchow hat eine Frau das Ruder in der Hand. Eva Hartwig. Aber sie ist schwarzhaarig und geschätzt Mitte 40. Das passt nicht zur Frau im Handyladen. Schwer vorstellbar, dass sie ohne Begleitschutz mit Hermès-Täschchen und Cartier-Armband über die Skalitzer spaziert.«

»Die Beschreibung der Hartwig könnte zumindest zur Frau von der Grundstücksbegehung passen, die Sindo erwähnte«, sagt Luis.

Ich male ein rotes Handy zur Frau, schreibe Eva Hartwig an die Wand und fasse zusammen. »Förster wollte in der vergangenen Nacht Tom Seifert töten. Männer von High

Security brechen Seiferts Wagen auf und telefonieren mit einer Frau. Diese Leute jagen also Tom und Finn. Was steckt dahinter? Und welchen Bezug hat Gerhard zu dem Ganzen?«

»Wir sollten den Stick auswerten, bevor wir weitermachen«, schlägt Luis vor.

»Ich möchte erst noch die Sache mit Förster und High Security im Sack haben, Luis. Da besteht womöglich Vertuschungsgefahr.

»Ist Förster schon vernehmungsfähig?«, fragt Hanno.

Ich schüttle den Kopf. »Sie haben ihm die Kugeln rausoperiert. Wenn er die Narkose-Nachwehen überstanden hat, können wir zu ihm.« Ich denke kurz nach. »Wir haben noch immer keine Verbindung von all dem zum Tatort *alte Fabrik*.« Ich schreibe *Tatort*, *Architekten* und *Building Association* an die Wand. »Nur, dass diese Association, zu der auch die Firma Malchow gehört, dort ein Nobel-Projekt plant und das der Geschäftsführer der Building Association, der Schwager vom Bausenator ist.«

»Wem gehört nun das Grundstück?«, fragt Hanno.

»Beim betreffenden Grundbuchamt sind zwei Personen in den Ferien, die dritte krank und der Azubi darf nicht ran.« Verena zuckt mit den Schultern.

»Mein Termin beim Bausenator ist im Anschluss an diese Besprechung«, sage ich. »Da er bei der Besichtigung an der alten Fabrik dabei war, wird er es mir wohl sagen können.«

Hanno nickt. »Eva Hartwig ist eine langjährige Mitarbeiterin und die Lebensgefährtin vom Immobilienkönig Malchow. Sie hat im Unternehmen alles unter Kontrolle. Keiner von den langjährigen Mitarbeitern wollte etwas mit Gerhard

Fritsche näher zu tun gehabt haben. Ich werde den Eindruck nicht los, dass die mauern oder mauern müssen. Gerhards Personalakte ist jedenfalls astrein. Alles, wie es sein muss. Aus seiner Zeit vor Malchow geht allerdings nichts hervor. Nur die Empfangsdame, Frau Meyer, vertraute mir an, dass Gerhard mehrmals eine Frau des Reinigungsservice erwähnte, die ihm wohl gefallen hat. Sie ruft mich zurück und gibt mir die Daten.«

»Sehr gut, Hanno.« Ich sehe zur Staatsanwältin. »Dein Part, Jana.«

»Alle Spuren führen im Augenblick zur Sicherheitsfirma. Ob weitere Firmen der Malchow Group verwickelt sind, ist zum jetzigen Zeitpunkt nicht erkennbar, aber möglich. Ich habe die alte Akte Malchow aus der Wirtschaft angesehen, die Verena mir geschickt hat. Damals ging ein anonymer Hinweis im LKA ein, der mit angeblichem Detailwissen das Unternehmen belastete. Aber die Kollegen haben nichts gefunden.«

Ich denke nach. »Firmenspionage. Oder vielleicht hat Seifert schon einmal versucht, sein Wissen an den Mann zu bringen und ist gescheitert.«

»Finn sagte, seinem Vater würden Beweise fehlen«, erinnert sich Luis.

Ich sehe ihn an. »Versuchen Sie, mehr über diesen anonymen Hinweisgeber herauszufinden und nehmen Sie sich mit Verena den Stick vor.«

»Sehr gern, Frau Dabaschi. Ich bekomme sowieso noch Besuch wegen des Phantombildes und der Tasche.«

»Gut. Hanno, du siehst dich in dieser Security Firma um.«

»Okay. Und wie genau?«

»Ganz genau, Herr Peters«, sagt Jana. »Den Durchsuchungsbeschluss habe ich schon so gut wie durch. Ich schlage vor, Sie arbeiten mit Hauptkommissar Reschke und seinem Team von der Wirtschaft zusammen. Die sollen die Firma durchleuchten und Sie fragen nach den toten Mitarbeitern.«

Hanno reibt sich die Hände und erhebt sich. »Wann vernehmen wir Finn wegen des Sticks?«

»Am Nachmittag«, antworte ich. »Dann haben Luis und Verena schon einen ersten Überblick. Ich sage den Personenschützern Bescheid.«

»Ich ahnte von Anfang an, dass Finn uns was verheimlicht. Dem werde ich mal gewaltig …«

»Du wirst dich schön zurückhalten, Hanno. Der Junge hat Angst um seinen Vater und ist ein wichtiger Zeuge. Wenn er wieder dichtmacht, verzögert das nur unsere Arbeit.«

»Schon gut.«

Ich sehe auf die Uhr. »Ich muss los. Wir treffen uns 16 Uhr wieder hier.«

Ich erreiche das Gebäude der Senatsverwaltung für Stadtentwicklung am Preußenpark in Wilmersdorf und stelle meinen Wagen auf dem Parkplatz ab.

Wenig später sitze ich im Büro des Bausenators und er lässt uns von seiner Vorzimmerdame Espresso servieren. Ich betrachte den Mann in meinem Alter. Er erinnert mich an einen harmlosen Maulwurf. Man sagt, deren Fell habe keine Strichrichtung, sodass sie sich in ihren engen Gängen problemlos vor und zurückbewegen können. Eine Eigenschaft, die in meinen Augen zu Politikern passt. Mal so, mal so. Wir werden sehen, ob Rombach ein Maulwurf im kriminellen Sinn ist. Für wen auch immer. Ich bin auf alles vorbereitet.

»Sie interessieren sich also für die Luisenstadt?«, fragt er wohlwollend und nippt an seinem Espresso. »Nach der Wende wurde sie zunächst vernachlässigt. Viele Investoren stürzten sich auf Renovierungen im ehemaligen Ostberlin. Da lag ja einiges im Argen. Die Wohnungen, zum Teil ein sanitärer Albtraum. Aber noch herrliche Stuckfassaden und gut erhaltene Innenräume. Prenzlauer Berg und Friedrichshain waren bald schicker als Charlottenburg. Denken Sie nur, was aus dem Prenzlauer Berg geworden ist.«

»Ein Szeneviertel, das man sich als Normalbürger kaum noch leisten kann, Herr Rombach.«

»So können Sie das jetzt nicht sagen. Sie als Hauptkommissarin nagen sicher nicht am Hungertuch.« Er wedelt mit dem Zeigefinger und grinst.

Ich sehe ihn ernst an und sage nichts.

»Nun«, fährt er fort, »eine Hauptstadt zieht eben auch gut betuchtes Klientel an, Frau Dabaschi.

»Und das vertreibt mit seinem Geld ein anderes, das dort vorher lebte.«

»In London wohnen gut bezahlte Ingenieure in WGs.«

»Das muss ich ja nicht gut finden, Herr Rombach.«

»Wir müssen in der Städteplanung alle sozialen Schichten berücksichtigen.« Er legt den Kopf schief. »Sind Sie gekommen, um mit mir über Gentrifizierung zu diskutieren?«

»Nein, Herr Rombach.« Ich lächle. »Im Zuge einer Ermittlung interessiert mich ein besonderes Grundstück.«

»Ermittlung?« Er stutzt.

»Ja, und deswegen möchte ich unser Gespräch mit Ihrem Einverständnis aufzeichnen.«

»Natürlich, Frau Hauptkommissarin.«

Ich lege ein Diktiergerät auf den Schreibtisch und nenne wie üblich die beteiligten Personen.

»Herr Rombach, wir haben auf dem besagten Grundstück eine Leiche gefunden, die Folterspuren aufweist.«

Die Augen des Senators weiten sich vor Schreck.

»Wir versuchen herauszufinden, ob die Leiche zufällig dort lag oder ob es einen Zusammenhang mit dem Grundstück gibt.«

»Um Himmels willen. Um welches Grundstück handelt es sich?«

»Die ehemalige Konservenfabrik Wolf.« Ich beobachte seine Reaktion.

Rombach kneift die Augen zusammen. Das kann vieles bedeuten.

»Die Architekten Wegemann und Böttcher sagten aus, die Berlin Building Association habe ihr Architekturbüro mit einem Entwurf für das besagte Grundstück beauftragt und es gab vor etwa zwei Monaten einen Besichtigungstermin mit möglichen Investoren, bei dem auch Sie anwesend waren.«

»Ja, ich erinnere mich.« Er wendet sich seinem Computer zu. »Einen Augenblick, bitte. Ich sehe nach.«

Er tippte auf der Tastatur herum. Da ist sein Schwager Geschäftsführer dieser Building Association und er muss im Computer nachsehen? Na ja, Familie bedeutet nicht zwangsläufig Klüngel. Der Espresso ist exquisit und ich kann Rombach nicht kompromittieren, für den Fall, dass er doch tiefer in die Sache verwickelt ist oder am Ende gar nicht.

»… in der Tat, Frau Dabaschi. Für die alte Konservenfabrik Wolf liegt ein spannendes Konzept vor, das gerade geprüft wird.« Er sieht mich an.

»Im Ernst, Herr Rombach. Sie finden ein Konzept für Büros, Gastronomie, Hotel und Luxuswohnungen … spannend?«

Er räuspert sich. »Wieso fragen Sie mich, wenn Sie schon Bescheid wissen?«

Ich lächle. »Berlin braucht jede Menge bezahlbaren Wohnraum und Ihre Behörde beschäftigt sich mit … Luxusappartements?«

Rombach tut jovial. »Berlin ist eine Weltstadt und Bauen ein hartes Geschäft, Frau Dabaschi. Wie gesagt, wir müssen alle bedienen. Investoren wollen Geld anlegen, damit es vermehrt wieder zurückkommt. Dafür bedarf es Prestigeobjekte. Sozialer Wohnungsbau ist für viele dieser Investoren unattraktiv. Die Stadt hat knapp 62 Milliarden Schulden und braucht jeden Investor.«

Ich äußere meine Meinung dazu nicht.

»Welche Personen waren beim Besichtigungstermin anwesend, Herr Rombach?«

»Ich kannte die Herrschaften nicht.«

»Ich bitte Sie! Es handelte sich zum Teil um Immobilien-Prominenz. Zunächst war da Herr Böttcher vom Architekturbüro, vermutlich Ihr Schwager Christian Schaller, Geschäftsführer der Berlin Building Association und Frau Hartwig von der Malchow Group. Sie selbst waren anwesend und ein Bodyguard namens Steffen Ruppert.« Ich fixiere den Bausenator.

Er rutscht unruhig auf seinem Stuhl herum.

»Ja, natürlich!« Er schlägt sich an die Stirn. »Ich erinnere mich. Jetzt, da Sie die Namen nennen … Aber dieser Ruppert sagt mir nichts.«

»Wer war noch dabei?«

»Erich Malchow und zwei ihm bekannte Großunternehmer aus Rumänien, soweit ich weiß. Die Namen habe ich wirklich vergessen.«

»Zu wem gehörte der Bodyguard?«

»Zu Malchow. Er geht selten ohne Personenschutz in die Öffentlichkeit. Da waren noch zwei weitere Sicherheitsleute, die das Grundstück im Auge behielten.«

»Steffen Ruppert wurde ebenfalls tot aufgefunden. Genickschuss.«

Rombach zuckt zusammen. »Was?«

Ich nicke. »Noch etwas. Ruppert schoss in der Nacht von Samstag auf Sonntag einen Mann an und verletzte ihn lebensgefährlich.«

Rombach fehlten die Worte und er ringt um Fassung. Vermutlich wird ihm gerade klar, mit wem er sich eingelassen hat.

»Unseren Ermittlungen nach befindet sich das Bauvorhaben um die alte Konservenfabrik noch im Entwurfsprozess. Wie ist der aktuelle Stand?«

Er guckt wieder auf den Bildschirm und scrollt. »Die Sache ist noch nicht weiter gediehen.«

»Woran lieg es?«

»Nun, die Berlin Building Association möchte das Grundstück erwerben, doch der Besitzer weigert sich, zu verkaufen.«

Ich werde hellhörig. »Warum?«

»Über seine Beweggründe ist mir nichts bekannt. Da müssen Sie ihn selbst fragen.«

»Wie hoch ist der Wert des Grundstücks?«

»Eine genaue Zahl kann ich Ihnen aus dem Stegreif nicht nennen. Das ist neben den gängigen Quadratmeterpreisen natürlich auch eine individuelle Verhandlungssache zwischen Käufer und Verkäufer. Aber Lage und Größe ...« Er schätzt mit wiegendem Kopf: »... sechs, sieben Millionen, vielleicht mehr.«

Man mordet für weitaus weniger, denke ich.

»Wer ist der Eigentümer?«

»Moment ... Hier ... Herbert Seifert.«

Seifert.

Ich war doch nicht auf alles vorbereitet.

»Er verstarb allerdings im Frühjahr und nun gehört das Grundstück einem gewissen Thomas Seifert.«

Ich atme tief durch und versuche mir meine Irritation nicht anmerken zu lassen. Tom Seifert soll mehrere Millionen schwer sein? Er lebt mit seinem Sohn in einer Zweizimmerwohnung an der Skalitzer in der Nähe des verrufenen Kottbusser Tors, arbeitet in einer Tankstelle, hilft nebenbei einer Restaurantbesitzerin bei der Buchführung, hat einen etwa zwölf Jahre alten Polo in der Garage stehen und will nicht verkaufen? Ich schwanke in meinem Urteil zwischen Respekt und Idiotie. Warum macht er sich mit Finn nicht einfach ein schönes Leben?

»Tom Seifert«, wiederhole ich erstaunt.

Rombach mustert mich interessiert. »Sie wirken, als kennen Sie den Mann.«

»Tom Seifert wurde in der Nacht zum Sonntag von eben jenem Steffen Ruppert angeschossen und schwebt zurzeit noch in Lebensgefahr.«

Rombach wird kreidebleich. Ich gehe davon aus, dass er nichts davon wusste.

»Was bedeutet das, Frau Dabaschi?«

»Für das LKA sieht das verdächtig nach Nachhilfe aus.«

»Sie meinen ... Drohung?«

Ich nicke. »Einflussnahme. Nennen Sie es, wie Sie wollen. Alles scheint zuzutreffen.«

»Das ist ja unglaublich. Sie konfrontieren mich da mit unerhörten Verdächtigungen ...«

»Fakten, Herr Rombach. Alles, was ich Ihnen gesagt habe, sind Fakten.« Ich betrachte ihn und beschließe, ihm ein bisschen Angst zu machen. »Sie sind Bausenator. Wenn Ihre Behörde in einem Atemzug mit diesem Verbrechen genannt wird ...«

»Das darf unter keinen Umständen geschehen, Frau Dabaschi. Ich wusste von all dem nichts.«

»Laufende Ermittlungen und Verdächtigungen gelangen nicht an die Öffentlichkeit, Herr Rombach. In unserem und Ihrem Interesse. Als Polizistin sehe ich aber mögliche Verstrickungen, die Ihnen schaden könnten.«

»Ich habe mit all diesen Leuten nur von Amts wegen zu tun und bin kein Hellseher, Frau Hauptkommissarin.«

»Immerhin leitet Ihr Schwager eine der Firmen, die bei den Ermittlungen in unser Visier gerückt sind. Das könnte die Öffentlichkeit ... irritieren.«

»Die Berlin Building Association ist solide und wichtig für die Stadt, Frau Dabaschi. Und das war sie schon vor meiner Ernennung zum Bausenator.«

»Ich weiß. Wenn Sie meinen Rat hören wollen, Herr Rombach, halten Sie diese Sache zurück, bis wir alle Verstrickungen geklärt haben.« Ich lege meine Visitenkarte auf den Tisch und erhebe mich. »Bitte lassen Sie mir die gesamte Akte heute noch zukommen.«

»Selbstverständlich, Frau Dabaschi. Ich veranlasse die sofortige Übermittlung an Sie und melde mich, falls mir zu diesem Fall noch etwas einfällt.«

»Vielen Dank, Herr Senator. Einen schönen Tag noch.« Ich verlasse das Büro und weiß nicht, ob ich schlafende Hunde geweckt habe.

Kapitel 23 - Hanno

Nach einer kurzen Besprechung mit Hauptkommissar Reschke begleiten mich mehrere Streifenwagen und Reschkes Team in Kleinbussen zur Europacity.

Das neu erbaute Viertel zwischen Humboldt- und Nordhafen besitzt nichts Attraktives, wirkt leblos und ungemütlich. Offensichtlich gestalteten auch hier Architekten wie Wegemann und Böttcher das 21. Jahrhundert, wie Soraya sagte, für viel Geld und mit wenig Fantasie. Jedenfalls wirkt auf mich alles hier schnell hingerotzt. Ich vermisse Grünanlagen sowie städtisches Leben und denke wieder an Luis, den Weltenretter.

Siehst knackig aus, in deinem Anzug, hat er mir zugeraunt und gezwinkert. *Aber in meinem Gummibären-Shirt gefällst du mir besser.*

Milan hat also nicht immer recht, was modische Outfits betrifft.

High Security befindet sich in einem gesichtslosen Neubau. Wir versperren die Tiefgarage mit unseren Fahrzeugen und steigen aus. Die Schwüle drückt auf die Stadt. Bleigraue Wolken ziehen wie eine Drohung über Berlin. In der Ferne donnert es bereits.

Uniformierte Kollegen sichern den Nebeneingang und ich betrete mit Reschke und seinen Leuten den Empfangsbereich.

Hinter dem Tresen sitzt eine Frau und starrt uns entgeistert an.

Da Reschke der Ranghöhere ist, überlasse ich ihm das Feld.

»Hauptkommissar Reschke, LKA Berlin. Wir haben einen richterlichen Durchsuchungsbeschluss und interessieren uns für alle Firmenrechner.«

»Bitte? Das geht doch nicht. Der Filialleiter ist nicht im Haus.«

»Er befindet sich in Untersuchungshaft«, sage ich. »Gibt es eine Stellvertretung?«

»Nein. Aber Frau Rentin ist seine rechte Hand.«

»Wo ist sie?«, fragt Reschke.

»Dort drüben. Zweite Tür rechts.«

»Danke.«

Er dreht sich um, nickt mir zu und gibt seinen Leuten ein Zeichen. »Los gehts.«

Sie schwärmen aus.

Frau Rentin, eine sportliche Blondine erhebt sich, als wir eintreten. »Was hat das zu bedeuten?«

Reschke zeigt den Beschluss erneut vor und klärt sie auf. »Wo ist das Büro von Herrn Förster?«

Sie deutet zu einer Tür.

»Hat er Zugang zu allen Rechnern?«

»Ja.«

»Kennen Sie das Passwort zu seinem PC?«

Sie schweigt.

»Herr Förster wurde wegen mehrerer schweren Vergehen verhaftet«, sage ich. »Wenn Sie uns nicht helfen, behindern Sie polizeiliche Ermittlungen.«

Sie nennt das Passwort und zwei von Reschkes Mitarbeiter gehen in Försters Büro.

»Wer leitet die hier Buchführung?«, fragt Reschke weiter.

»Herr Gebhard.«

»Ist er im Haus?«

»Ja.«

Reschke nickt mir zu und geht.

Ich ziehe das Diktiergerät aus der Anzugjacke, kläre Frau Rentin auf und beginne mit der Vernehmung.

»Wie viele Leute arbeiten hier?«

»Knapp 100 für die Berliner Filiale.«

»Und insgesamt?«

»1.000 in ganz Deutschland.«

»Jahresumsatz?«

»Etwa 30 Millionen, soweit ich weiß.«

Ich nicke anerkennend.

»Wir gehören zur Malchow Group und arbeiten in allen Sparten des Bewachungsgewerbes. Vom Personen- und Gebäudeschutz bist zur Sicherung von Veranstaltungen.«

»Wer ist für die Einsatzpläne in Berlin verantwortlich?«

»Ich. Herr Förster ist kein großer Organisator.«

»Sondern?«

»Ein Macher, der delegiert.«

»Würden Sie bitte nachsehen, wer von Ihren Mitarbeitern vor etwa zwei Monaten zu einer Grundstücksbesichtigung in die Luisenstadt eingeteilt war?«

»Gern.« Frau Rentin setzt sich und sucht im PC. »Das waren Herr Förster selbst, Herr Ruppert und Herr Wegner.«

»Kennen Sie die beiden Herren näher?«

»Flüchtig.«

»2 von 100?«

»Nun, sie sind enger mit Herrn Förster befreundet und sie arbeiten oft zusammen.«

»Förster war als Filialleiter noch selbst im Einsatz?«

»Bei besonderen Aufträgen.«

»Zum Beispiel?«

»Personen- und Objektschutz. Wir haben einige prominente Stammkunden. Wenn sie sich in Berlin aufhalten, sichern wir ihre Unterkünfte und begleiten sie zu Veranstaltungen und Ausflügen.«

»Wen begleiteten die drei bei jener Besichtigung?«

»Herrn Malchow und Frau Hartwig. Er ist Eigentümer der Malchow Group und sie seine Assistentin. Außerdem waren zwei Großunternehmer aus Bulgarien dabei.«

»Wer hat die drei angefordert?«

»So, wie ich das sehe, hat Förster das selbst eingetragen.«

»Also war es kein üblicher Einsatz mit Auftrag und Bestätigung.«

»Förster hat Malchow und Hartwig in der Regel selbst begleitet.«

»Hatten sie engeren Kontakt miteinander?«

»Das weiß ich nicht. Der Auftrag könnte auch über unsere Zentrale an Förster gegangen sein.«

»Zu Ihrer Information, Frau Rentin. Die Herren Ruppert und Wegner wurden leider ermordet.«

»Bitte?«

»Herrn Wegner fanden wir auf der Terrasse von Försters Wohnung.«

»Was?«

»Die beiden Toten und Förster tragen drei tätowierte Armringe. Gibt es hier noch weitere Angestellte mit diesem Tattoo?«

»Ich kann mich nicht erinnern, könnte aber durchaus sein. Einige Angestellte arbeiten ja Teilzeit und werden per Mail oder Chat benachrichtigt. Alle Mitarbeiter und Mitarbeiterinnen kommen zur Arbeit über den Personaleingang, melden sich an und werden von den Teamleitern und Teamleiterinnen auf ihre Einsätze vorbereitet. Die meisten sehe ich nicht mal.«

»Gibt es einen Mitarbeiter namens Kowalski?«

»Kowalski ist in Polen das, was bei uns Meyer oder Schmitt ist, Herr Oberkommissar. Augenblick.« Frau Rentin wendet sich erneut ihrem Computer zu. »Wir haben zwei Kowalskis. Beide Frauen, allerdings. Schwestern.«

»Ein Mann namens Kowalski war heute Morgen in Firmenuniform und mit Firmenwagen an der Skalitzer oder Kohlfurter im Einsatz. Mein Kollege hat ihn gesehen und telefonieren hören.«

»Moment ... Das kann nicht sein, Herr Oberkommissar. Es gab heute keinen Einsatz in der Nähe des Kottbusser Tores.

Ich zeige ihr Luis› Fotos.

»Die Nummer des Fahrzeugs gehört nicht zum Fuhrpark.« Frau Rentin sieht mich an. »Werden Sie die Firma nun schließen?«

»Das kommt darauf an, was Hauptkommissar Reschke hier findet. Er untersucht Wirtschaftskriminalität, ich Organisierte Kriminalität.«

»Ach du meine Güte! Wir sind voller Aufträge, müssen Verträge einhalten und brauchen unsere Jobs, Herr Peters.«

»Dazu kann ich jetzt wirklich nichts sagen, Frau Rentin.«

»Kommt Herr Förster denn wieder?«

»In ein paar Jahren vielleicht.«

»Hat er …«

»Ich bin nicht berechtigt, detaillierte Auskunft zu geben. Laufende Ermittlungen, Sie verstehen.«

»Dann muss ich wohl der Firmenzentrale Bescheid geben.«

»Das übernehme ich, Frau Rentin. Sagen Sie, wer sind Ihre Kontaktpersonen nach oben?«

»Die Kommunikation mit der Firmenzentrale liegt … lag in Herrn Försters Verantwortung. Die Zentrale wiederum berichtet an den Konzern.«

»Sind Sie Eva Hartwig und Erich Malchow je persönlich begegnet?«

Sie schüttelt den Kopf. »Ich bin nur eine kleine Angestellte in der Filiale einer Unterfirma des großen Konzerns. Mit *denen da oben* haben wir doch nichts zu tun.«

»Hat heute irgendjemand nach Förster gefragt?«

»Nein. Zumindest nicht über mein Büro.«

»Ist das üblich?«

»Die Zentrale am Empfang stellt alle Gespräche erst zu mir. Nur Anrufe auf Herrn Försters Direktwahl gehen an uns vorbei.«

»Wie stehen Sie zu Lukas Förster?«

»Er ist mein Chef. Oder … war es dann wohl.«

»Pflegen Sie irgendwelche private oder intime Verbindungen?«

»Nein. Ich bin glücklich verheiratet und habe zwei Kinder. Keines ist von Förster.« Sie lächelt matt.

Ich grinse. »Förster werden schwere Vergehen vorgeworfen, Frau Rentin und ich rate Ihnen, mir alles zu sagen, was Sie über ihn wissen.«

»Das ist nicht viel, Herr Oberkommissar. Er war ein angenehmer Chef, aber eher so der Einzelgänger.«

»Woraus schließen Sie das?«

»Nun, ich weiß, dass er Junggeselle ist. Das hat er selbst einmal erwähnt. Und dass er Pizza Speciale mag. Die habe ich manchmal für ihn bestellt. Sonst hat er nicht über Privates gesprochen. Es gab auch keine privaten Anrufe für ihn und keine Besuche. Er hat viel gearbeitet.«

»Kam Ihnen das nicht merkwürdig vor?«

Sie lacht. »Ich lebe seit meiner Geburt in Berlin und weiß nicht, wie vielen *merkwürdigen* Menschen ich hier schon begegnet bin. Wir haben jedenfalls gut zusammengearbeitet.«

»Sie waren seine rechte Hand. Wissen Sie, ob er mehrere Smartphones besitzt?«

»Keine Ahnung.«

»Würden Sie freundlicherweise die Nummer wählen, die Sie für gewöhnlich benutzen, wenn Sie ihn dringend erreichen müssen?«

»Gern.« Frau Rentin nimmt ihr Mobiltelefon. Kurz darauf klingelt es dumpf in Försters Büro.

Ich gehe nach nebenan. Reschkes Kollege öffnet eine Schreibtischschublade und hält ein Handy hoch.

»Das ist für mich«, sage ich, nehme es an mich und gehe zu Frau Rentin zurück. »Lukas Förster war Polizist und wurde wegen verschiedener dienstlicher Vergehen entlassen. Rassismus, Homophobie, Körperverletzung und so weiter.«

»Das wusste ich nicht, Herr Peters. So wie Sie ihn beschreiben, kenne ich ihn überhaupt nicht.«

»Wer stellt die Mitarbeiterinnen und Mitarbeiter in der Berliner Filiale ein?«

»Wir geben Anzeigen auf, wenn wir jemanden suchen und ich treffe bei den Bewerbungen eine Vorauswahl. Herr Förster entscheidet dann, mit wem er sprechen möchte und wen er einstellen wird.«

»Allein?«

»In der Regel. Wenn er unsicher ist, fragt er mich. Nur seine beiden Freunde hatten sich nicht auf offiziellem Weg beworben. Er hat sie eines Tages einfach vorgestellt.«

»War das für Sie nicht ungewöhnlich?«

»Doch, aber Herr Förster hat ja alle Befugnisse, was die Filiale betrifft. Ich rede ihm da nicht rein.«

»Woher kannten sich die drei?«

»Vom Sport, hat Herr Förster gesagt.«

»Welchem Sport?«

»Ein Fitnessstudio.«

»Name?«

Sie überlegt. »Irgendwas mit Twenty. Das habe ich zufällig bei einer Unterhaltung aufgeschnappt.«

»Haben Sie auch *zufällig* mal den Namen Tom oder Finn Seifert gehört?«

Sie überlegt und schüttelt den Kopf.

Ich mustere sie. »Besitzen Sie eine Hermès-Tasche?«

»Wie bitte?«

»Jou. Hermès. Die Nobelmarke. Kennen Sie bestimmt.«

Sie lächelt. »Ist nicht meine Preisklasse, Herr Oberkommissar.«

»Man kann so etwas doch sicher auch Secondhand kaufen.«

»Nur zu Ihrer Info: Hermès-Taschen werden mitunter als Investition betrachtet und ältere Modelle verlieren ihren Wert nicht zwangsläufig wie getragene Schuhe. Im Gegenteil, wenn sie tipptop sind oder es sich um Sondermodelle handelt, werden sie meistbietend versteigert.«

»Sie kennen sich aus.«

»Männer wissen, was Ferrari ist. Frauen, was Hermès ist.«

»Ich habs nicht so mit Klischees, Frau Rentin.«

Mein Smartphone klingelt. Ich ziehe es aus der Hosentasche. Es ist Soraya.

Ich verlasse das Büro und nehme das Gespräch im Flur an. »Jou?«

»Halt dich fest, Hanno. Das Grundstück mit der alten Fabrik ist mehrere Millionen wert und gehört Tom Seifert.«

Ich kriege erst mal kein Wort heraus.

»Hanno? … Bist du noch da?«

»Jou. Nimmst du mich auf den Arm?«

»Nein. Der Bausenator hat es mir gerade gesagt.«

»Finn verscheißert uns also die ganze Zeit.«

»Hanno, für mich sieht es seit ein paar Minuten danach aus, als versuche man, Tom Seifert mit allen Mitteln zum Verkauf zu zwingen.«

»Nur wer, Soraya?«

»Malchow, vermutlich. Der Name taucht ein bisschen zu oft auf.«

»Auch hier.«

»Ich hoffe, dass ich die Bombe nicht zu früh gelegt habe, Hanno. Ich meine, falls Rombach auch damit zu tun hat.«

»Glaubst du es?«

»Eher nicht. Er war schockiert und sofort zur Mitarbeit bereit.«

»Das heißt erst mal nichts.«

»Wir dürfen jedenfalls keine Zeit verlieren und irgendwelchen Leuten die Möglichkeit geben, Beweise verschwinden zu lassen. Hoffentlich ist Tom Seiferts Stick ein richtig guter Joker. Wir pokern ganz schön hoch.«

»Wird schon. Ich bin hier so weit durch. Den Wirtschaftsteil hat Reschke im Griff. Ich fahre gleich noch mal zu Hartwig. Ruppert, Wegner und Förster trainierten im selben Fitnessstudio und waren zusammen an der alten Fabrik. Im Studio würde ich mich auch gern mal umhören.«

»Mach das. Aber sei bitte vorsichtig, Hanno.«

»Du sagst bitte? Wow!«

»Das war eine Dienstanweisung, Oberkommissar Peters. Ciao.«

»Schon klar. Ciao!«

Ich lege auf, da klingelt mein Handy schon wieder. Unbekannte Nummer. Ich nehme an.

»Peters.«

»Herr Oberkommissar?«

»Jou?«

»Jessica Meyer hier.«

»Trifft sich gut, Frau Meyer. Ich bin auf dem Weg zu Ihnen. Ist Frau Hartwig noch im Haus?«

»Ja. In einer Besprechung. Aber nicht mehr lange.«

»Gut. Halten Sie sie notfalls bitte auf. Ich beeile mich. Haben Sie Carmen gefunden?«

»Sie heißt Carmen Hernandez und wohnt im Wedding. Allerdings arbeitet sie nicht mehr für Malchow Facility Services. Ist in Rente.«

»Danke. Schicken Sie mir bitte alles per Mail. Wir sehen uns gleich.«

»Ich habe da noch was, Herr Peters. Falls es Sie interessiert, Herr Malchow kommt morgen aus Bukarest zurück. Wenn Sie wollen, gebe ich Ihnen die Flugnummer.«

»Sie sind eine Granate in Firmenspionage, Frau Meyer.« Da fällt mir etwas ein. »Sagen Sie, könnten Sie mir zufälligerweise mit der Adresse von Frau Hernandez auch die privaten Mobilnummern von Frau Hartwig und Herrn Malchow schicken?«

»Jetzt werden Sie aber gierig, Herr Peters.«

»Ich *bin* gierig, wenn es darum geht, Verbrechen aufzudecken.«

»Haben Sie eine Berechtigung?«

»Nun ...«

»Diese Nummern werden gehütet wie ein Staatsgeheimnis.«

»So wie ich Sie inzwischen einschätze, kann Sie das doch nicht aufhalten, Frau Meyer. Ich meine, undercover für das LKA?«

»Wir werden sehen, Herr *Oberkommissar*. Bis gleich.«

Ich lege auf und grinse. So übel ist mein Charme doch gar nicht. Was haben nur alle gegen nordische Sprödheit?

Ich verabschiede mich von Frau Rentin, sage Reschke Bescheid und gehe zum Wagen. Auf dem Weg zeigt mein

Handy eine eingehende Nachricht an. Frau Meyer hat die Telefonnummern geschickt. Ich hoffe, sie will dafür nicht mit mir schlafen. Bevor ich losfahre, schicke ich die Nummern an die Technik und rufe einen Kollegen dort an.

»Oberkommissar Peters. Ich habe Ihnen zwei Mobilnummern geschickt. Können Sie mir die Bewegungsprofile des letzten halben Jahres erstellen? … Beschluss? Ne, habe ich noch nicht. Ich benachrichtige gleich Staatsanwältin Becker. Sie wird ihn schnellstmöglich besorgen.«

Frau Meyer winkt mir verschwörerisch zu, als seien wir alte Komplizen.

Ich beginne sie zu mögen und lächle. »Ist Frau Hartwig noch da?«

Sie nickt. »In ihrem Büro. Gehen Sie nur. Ich melde Sie an.«

Vor Eva Hartwigs Büro klopfe ich an und trete ein.

Sie sitzt am Schreibtisch und sieht nicht auf.

»Sie überstrapazieren meine Zeit, Herr Oberkommissar. Ich habe alles zu Gerhard Fritsche gesagt, was ich weiß.«

»Es sind neue Fragen aufgetaucht. Sie erlauben, dass ich unser Gespräch aufzeichne?«

Nun blickt sie doch von ihrer Arbeit auf. »Wenn es sein muss.« Sie deutet auf den Besuchersessel ihr gegenüber.

Ich nehme Platz und schalte das Diktiergerät ein. »Wir haben noch nicht über Lukas Förster gesprochen, Frau Hartwig.«

»Über wen?«

»Den Berliner Filialleiter der Sicherheitsfirma High Security. Er wurde gestern wegen versuchten Mordes und schwerer Körperverletzung verhaftet. Die Filiale in der Europacity wird gerade von uns auf Herz und Nieren geprüft.«

Sie starrt mich an wie Omas Kater Fiete, wenn man den Staubsauger anschleppt.

»Außerdem wurden zwei Mitarbeiter von High Security erschossen. Steffen Ruppert und Kevin Wegner. Freunde von Förster. Sie wohnten, wie Förster und Gerhard Fritsche in einer Immobilie Ihres Unternehmens.«

»Für Mietverträge sind unsere Makler an der Basis zuständig, Herr Peters. Ich kenne diese Leute nicht.«

»Nein? Dann helfe ich gern nach, Frau Hartwig.« Ich fixiere sie. »Diese drei Männer dienten als Ihr Begleitschutz, während Sie gemeinsam mit Herrn Malchow und verschiedenen anderen Herren ein heruntergekommenes Grundstück in der Luisenstadt besichtigten, ausgerechnet jenes Grundstück, auf dem wir die Leiche von Gerhard Fritsche fanden.«

Eva Hartwig steht auf, zündet sich eine Zigarette an, geht zum Fenster und blickt hinaus. »High Security gehört zu unserem Konzern und wenn wir Begleitschutz brauchen, fordern wir ihn natürlich dort an. Wer dann als Begleitschutz geschickt wird, wissen wir nicht.«

»Frau Hartwig, Sie erzählen Unsinn. In der Security-Firma erfuhren wir, dass diese drei Männer in letzter Zeit immer Ihren Begleitschutz übernahmen, und Begleitschutz ist eine Sache des Vertrauens.«

Sie dreht sich zu mir um und lächelt müde. »Ich wusste schon heute Morgen, dass Sie Schwierigkeiten ins Haus bringen.«

Ich lächle zurück. »Wenn ich irgendwo auftauche, sind die Schwierigkeiten in der Regel schon da.«

»Ich fürchte um den Ruf des Unternehmens, aber ich wiederhole mich.«

»Gibt es einen Grund für diese Befürchtung?«

»Wirtschaftsunternehmen sind keine Sozialstationen und Konkurrenten freuen sich über jede noch so kleine Schwäche der anderen.«

»Ich gehe davon aus, dass Malchow Group da keinesfalls anders ist.«

»Wenn Malchow Group in einem Atemzug mit solchen furchtbaren Verbrechen genannt wird, hat das Auswirkungen auf das Vertrauen unserer Klientinnen und Klienten …«

»Kauen Sie mir kein Ohr ab, Frau Hartwig. Kennen Sie diese drei Männer oder nicht?«

»Nur von ihren Einsätzen.« Eva Hartwig bläst den Rauch aus und setzt diesen Armer-Kater-Blick auf, der mir nur allzu bekannt ist.

Phil … Finn …

»Bitte entschuldigen Sie, Herr Peters, dass ich das nicht gleich zugegeben habe, aber Sie haben mich mit Ihren Aussagen von Mordversuchen und Erschießungen regelrecht überfallen. Ich war verunsichert.«

Ich schweige und sehe sie an.

»Es ist so«, fährt sie fort. »Malchow Group besteht aus unterschiedlichen Firmen mit Filialen in ganz Deutschland und mehreren Tausend Angestellten. Die Firmen arbeiten selbstständig. Was dort im Einzelnen vor sich geht, entzieht sich unserer Kenntnis. Herr Malchow und ich treffen die Geschäftsführer und Geschäftsführerinnen der Firmen monatlich zu einem Austausch. Uns interessieren Zahlen, Entwicklungen und neue Ideen. Wir beschäftigen uns nicht mit einzelnen Mitarbeiterinnen und Mitarbeiter.«

»Damit ich Sie richtig verstehe, Frau Hartwig. Sie hatten keinen näheren Kontakt zu diesen drei Männern, der über Begleitschutz hinausgeht?«

»Nein. Wenn wir die Dienstleistungen von High Security in Anspruch nehmen wollen oder müssen, ruft Frau Meyer dort an, nicht ich.«

Frau Rentin hat das anders dargestellt, denke ich.

»Was können Sie mir über das besagte Grundstück in der Luisenstadt sagen?«

»Dort soll der Luisenturm entstehen. Im Augenblick ist es nur ein Entwurf. Die Berlin Building Association, der auch wir angehören, möchte in dem eher unspektakulären Stadtviertel ein architektonisches Zeichen setzen. Leider gibt es ein Problem mit dem Erwerb des Grundstücks.«

Ich nicke. »Das ist uns bekannt. Der Besitzer Tom Seifert verkauft nicht.«

Sie erstarrt. »Woher wissen Sie das?«

»Ich bin nicht hier, um Ihre Fragen zu beantworten, Frau Hartwig, sondern um welche zu stellen. Wer führte die Verkaufsverhandlungen mit Tom Seifert?«

»Die Berlin Building Association hat dafür eine eigene Abteilung.

»Warum verkauft Tom Seifert nicht?«

»Keine Ahnung.«

Keine Ahnung.

Wieder springen Phil und Finn wie die Kasper aus der Kiste. Ich kann diesen Satz nicht mehr hören, spüre, wie mein Blutdruck steigt und meine Halsschlagader anschwillt.

Doch ich atme ruhig und sehe die Hartwig direkt an. »Kennen Sie Tom Seifert persönlich?«

»Nein.«

»Frau Hartwig. Tom Seifert arbeitete bei Malchow Group. Er verließ das Unternehmen vor 17 Jahren. Da waren Sie auch schon hier.«

»17 Jahre?« Sie lacht. »Ich kann mich beim besten Willen nicht an jeden erinnern, der hier mal gearbeitet hat, Herr Oberkommissar. Erinnern Sie sich an alle Menschen, mit denen Sie vor 17 Jahren zu tun hatten?«

Immer diese Gegenfragerei. Ich gehe nicht darauf ein.

»Tom Seifert war hier nach Zeugenaussagen der Chef-Buchhalter. Auf ihn wurden seit Sonntag im Abstand von zwei Tagen zwei Mordanschläge verübt. Er schwebt in Lebensgefahr. Beide Täter stammen nachweislich aus Ihrer Sicherheitsfirma.«

»Hören Sie mir nicht zu, Herr Peters? Es ist nicht *meine* Firma.

Ich grinse.

Eva Hartwig schürzt die Lippen und nickt. »Gut, Herr Peters. Damit ist unser Gespräch an dieser Stelle beendet. Alle weiteren Unterredungen mit der Polizei werden nur in Gegenwart eines Anwalts stattfinden.«

Ich erhebe mich. »Schönen Tag noch.«

Mit der beklemmenden Ahnung, dass Eva Hartwig nicht nur einen Anwalt, sondern ein ganzes Rudel der besten Berlins auffahren wird, verlasse ich ihr Büro.

Das Fitnessstudio liegt in einem alten Fabrikgebäude im Ortsteil Gesundbrunnen. Auch so eine Problemgegend.

Berlin ist in meinen Augen eine einzige Problemgegend.

Ich steige aus dem Wagen und sehne mich mehr denn je nach Omas Pension und Kater Fiete. Doch plötzlich taucht Luis vor meinem inneren Auge auf. Luis, der Berliner. Wie schön es war, mit ihm in Schöneberg an der Straße zu sitzen und die Welt zu vergessen, weil seine Nähe und sein Berliner Timbre mir irgendwie ein Gefühl von Zuhause vermittelt haben. Wie Oma. Wie Milan.

Das Innere des großen Studios ist im Factory-Stil ausgestattet. Holzfußboden-Imitat, rohe Ziegelwände, sichtbare Rohrleitungen und Lüftungsanlagen. In der Lounge gibt es eine Theke. Ein junger Kerl mit engem Tanktop und sexy Bizeps verkauft Drinks. Ich stelle mich vor, zeige ihm Fotos von Förster, Ruppert und Wegner.

Er schüttelt den Kopf. »Wissen Sie, wir viele Leute hier rund um die Uhr trainieren? Die Theke ist von 9 bis 21 Uhr besetzt. Wenn die danach trainieren, bekommt sie keiner zu Gesicht. Fragen Sie am besten mal in der Anmeldung.«

Das tue ich und erfahre von der Frau dort Alter, Wohnung, Mobilnummer und E-Mails.

Da fällt mir etwas ein. »Können Sie feststellen, wie die drei ihren Mitgliedsbeitrag bezahlt haben?«

Die Frau sucht in ihrem System. »Vielleicht hilft Ihnen das weiter. Die Beiträge wurden monatlich von derselben Kontonummer überwiesen.«

»Wer ist der Kontoinhaber?«

»Die Stiftung für Integration und Gesundheit.«

Integration? Eva Hartwig hatte dieses Wort genannt. Ich werde hellhörig. »Hat diese Stiftung noch andere Mitglieder hier bezahlt?«

»Warten Sie ... Hier sind noch zwei. Vincent Kowalski und Igor Beluskin. Wohnen ebenfalls zusammen, wie die anderen.«

Ich lasse mir die Daten ausdrucken. »Können Sie mich anrufen, wenn sich die beiden hier einloggen?«

»Ich gebe gern meinen Kollegen und Kolleginnen Bescheid. Aber zwischen 21 Uhr und ...«

»Ist mir bekannt. Vielen Dank.« Ich verlasse das Studio und rufe noch einmal Frau Rentin an. Kowalski und Beluskin sind ganz sicher keine Mitarbeiter von High Security und eine Stiftung für Integration und Gesundheit sagt ihr nichts.

Kapitel 24 - Finn

Ich halte Paps‹ Hand. Sie ist warm und weich. Manchmal zuckt sie. *Die Nerven*, sagt der nette Stationsarzt, aber ich weiß es besser. Paps spürt, dass ich da bin. Für ihn da bin und seine Sache in die Hand nehme.

Die Maschinen piepen tröstlich, versorgen ihn mit Luft, sorgen dafür, dass sein Herz arbeiten kann und die Lunge nicht zusammenfällt.

»Er ist erstaunlich stabil«, sagt der Arzt hinter mir. »Trotz des Zwischenfalls in der vergangenen Nacht.«

Ich sehe ihn an. »Ich bin erleichtert, dass es ihm nicht geschadet hat.«

»Wir konnten schnell einschreiten und sein Körper ist insgesamt fit und gesund. Das hilft ihm. Sobald die Lunge stabil ist, holen wir ihn langsam aus dem künstlichen Koma zurück, Finn.«

»Wann?«

»Wenn er sich weiter so hält, Anfang nächster Woche.«

»Das ist ja toll.«

»Nicht vorschnell freuen, Finn.«

»Wird er dann wieder so wie früher? Ich meine, er ist erst 45.«

Der Arzt lächelt. »Ich denke, die eine oder andere Einbuße wird er hinnehmen müssen. Vielleicht kann er keinen Marathon mehr laufen. Aber wer weiß? Der britische General Montgomery erholte sich im Ersten Weltkrieg von einem Lungenschuss und lebte danach noch über 60 Jahre. Währenddessen hat er sich im Zweiten Weltkrieg Lorbeeren dazuverdient.«

»Es heißt, Montgomery sei nicht besonders kühn gewesen«, sage ich ein bisschen abfällig.

Der Arzt grinst. »Du kennst dich aus, was?«

»Geschichte Leistungskurs.«

Der Doc nickt anerkennend. »Als Arzt finde ich jedenfalls, erst mal nachdenken und auf geringe Verluste hinarbeiten, das hat was für sich.«

»Vielleicht haben Sie recht.« Ich lächle.

»Ist dein Vater kühn?«

»Klar. Was denken Sie denn? Er hat einen 20 Jahre jüngeren Lover! Burak.«

Der Arzt nickt anerkennend.

Ich betrachte ihn. »Wie läufts mit Ihrem Sohn? Machen Sie Fortschritte?«

Der Arzt verdreht die Augen.

»Vertrauen braucht Zeit, Doc.«

»Ich würde ihn sofort gegen dich eintauschen. Wollen wir?«

Wir lachen.

»Sie sind doch ganz okay, Doc.«

»Ich schon.«

Wir grinsen. Ich mag ihn, mag es, auf Augenhöhe behandelt zu werden.

»Was macht Ihr Sohn denn gern?«

»Er zockt.«

»Dann zocken Sie einfach mal mit.«

»Großer Gott, ich kann so was nicht.«

»Also, ich hab Paps das Zocken beigebracht. Er hat sich zuerst dumm angestellt, aber wissen Sie was? Inzwischen ist er richtig heiß drauf und besser als ich.«

»Okay. Ich versuchs.«

»Versprochen?«

»Versprochen.« Er hebt eine Schwurhand und lächelt.

»Wie geht es Burak?«

»Er ist wach, aber hält noch nicht so lange durch. Das wird aber auch zusehend besser.«

»Können wir zu ihm?«

»Kurz. Aber bitte, überfordert ihn nicht.«

Ich drücke Paps einen Kuss auf die Stirn und platziere Shir Khan wieder neben seinem Kopf. »Hau bloß rein. Sonst werd ich sauer und du weißt, wenn ich sauer bin, versteh ich 0,0 Spaß.«

Paps Augenlider flattern.

»Haben Sie's gesehen, Doc? Er hört mich.«

Der Arzt lächelt. »Deine Drohung geht einem ja auch durch Mark und Bein. Komm!«

Wir verlassen das Zimmer.

Draußen wartet Sindo. Er durfte nicht mit zu Paps, aber zu Burak lassen sie uns gemeinsam.

»Hey, Mumie«, begrüße ich ihn.

Burak ist mit seinem albernen Kopfverband kaum zu erkennen.

»Siehst scheiße aus.«

Burak hebt kraftlos die Hand und lächelt schwach.

Wir setzen uns zu ihm ans Bett.

Sindo nickt ihm zu. »Wie läufts?«

»Bin zugedröhnt. Mann, das waren vielleicht Kopfschmerzen! Aber es wird besser und sie geben mir schon weniger. Außerdem hab ich nen kleinen Filmriss.«

Ich erzähle in aller Kürze, was sich abgespielt hat.

Burak reißt entsetzt die Augen auf. »Aber ... Tom ... Er wird doch wieder?«

Ich nehme seine Hand. »Sie wollten ihn umbringen. Danach wäre ich dran. Weißte doch.«

Burak sinniert eine Weile. »Du musst der Polizei wirklich alles auf den Tisch legen, Finn.«

»Siehste«, sagt Sindo.

»Mit persönlicher Rache oder Selbstjustiz kommst du nicht weit und machst euch noch mehr Ärger«, sagt Burak.

»Mal sehen.«

Burak drückt meine Hand. »Versprich es mir, Finn. Auf die Hand. Für Tom. Ich will nicht, dass euch was zustößt.«

»Ist es schon.«

»Sei kein Affe. Wir können zwar nicht alles beweisen, was wir wissen, aber die Polizei hat doch viel bessere Möglichkeiten, diese Schweine zu überführen. Tom hätte es gleich tun sollen.« Burak atmet schwer.

»Hab ich auch gesagt, aber du kennst ihn ja.«

»Also?«

»Versprochen!« Ich weiß, dass ich mich daran halten muss. Einen Wortbruch würde mir Burak nie verzeihen. Er liebt Tom und mich wie seine eigene Familie. Das weiß ich. Für die Familie nimmt es ein Özcan mit dem Teufel auf, wenn er nicht gerade hinterrücks einen Schlag auf den Kopf bekommt.

Burak entspannt sich und gibt meine Hand frei. »Bin müde wie ein Hund und mein Kopf ist gefühlt dreimal so groß wie sonst.«

»Dann ruh dich aus«, sagt Sindo. »Der Stick ist schon bei der Polizei. Finn macht gleich die große Aussage.«

Burak nickt zufrieden und guckt uns an. »Was ist denn jetzt mit euch zwei? Wieder zusammen, oder was?«

»Wir sind immer zusammen, auch wenn wir nicht zusammen sind«, sagt Sindo.

Ich sehe ihn an. »Hast du das gerade wirklich gesagt?«

Burak lächelt. »Bei euch blickt echt keiner durch. Nicht mal ihr.«

»Wie stehts mit dir und Paps?«, frage ich.

»Wir wollen uns outen. Aber ist gerade wohl ein schlechter Zeitpunkt.«

Ich grinse. »Dann hab ich ja Chancen, dass du mein zweiter Paps wirst.«

»Nicht so laut, Finn. Meine Leute wissen von nichts. Das gibt noch n Drama.«

»Soll ich es für dich erledigen? Ich bin da gleich fertig.«

»Das glaub ich dir aufs Wort. Vergiss es, Finn. Ist meine Sache. Misch dich da bitte nicht ein.«

»Schon gut.« Ich gucke die beiden an. »Wisst ihr eigentlich, wie mega es ist, einen schwulen Vater zu haben, der Eindruck auf junge Kerle macht?«

»Muss immer alles einen Namen haben?«, fragt Sindo. »Hauptsache, man ist glücklich und die um einen herum auch.«

»Wie ist denn Paps so im Bett?«, frage ich.

»Das geht dich einen verdammten Scheißdreck an.«

Wir kichern alle drei.

»Wie weit ist denn der Vertrag mit der Konkurrenz von Malchow?«, frage ich Burak.

»Der ist Bombe! Tom hat ihn schon unterschrieben. Ich habe ihn am Samstag noch zur Post gebracht.«

»Dann können sie ihren Scheiß-Luisenturm knicken.« Ich lächle zufrieden und beuge mich an Buraks Ohr. »Wenn du nur wegen der Kohle auf Paps scharf bist, schneide ich dir die Eier ab. Kapiert?«

»Lass den Quatsch, Finn«, sagt Sindo.

Burak lächelt. »Finn meint es ernst. Du kennst ihn. Und er hat ja recht. Aber ich war schon mit 14 scharf auf Tom, als er noch für uns Gemüse ausgefahren hat und ich gar nichts von den Millionen wusste. Ich will ihn und sonst keinen. Basta.«

»Das wollte ich hören. Aber du weißt, dass du damit auch mich an der Backe hast.«

»Ein Haken ist an jeder Sache.«

Ich schnaube verächtlich und die beiden kichern.

Draußen wütet ein Gewitter und es schüttet wie aus Eimern.

Ercan und Angie bringen Sindo und mich in den Besprechungsraum. Alle warten schon auf uns. Große Runde. Sindo setzt sich neben mich. Ich werfe einen vorsichtigen Blick zu Peters. Er trägt einen schweinegeilen Anzug, sein Blick aber zeigt mir, dass er mich am liebsten aus dem Fenster werfen möchte. Zu Recht.

Dabaschi spricht von Vernehmung und schaltet ein Diktiergerät ein.

Sandmann legt ein Foto von Paps und mir vor mich. »Hab ich mir heute Morgen aus deinem Zimmer geborgt. Danke.«

»Wie geht es deinem Vater?«, fragt die Staatsanwältin.

Ich betrachte das Foto. »Der Arzt meint, Paps stabilisiert sich. Herz und Kreislauf sind safe. Er ist zuversichtlich, dass sie ihn nächste Woche aus dem Koma holen können.«

»Burak geht es auch besser«, sagt Sindo. »Wir konnten kurz mit ihm sprechen.«

Peters räuspert sich so heftig, als schlucke er eine fette Kröte runter und deutet auf eine Magnetwand. »Wir haben eine Menge neuer Erkenntnisse.«

»Gratuliere«, sage ich.

Peters ballt die Fäuste und ich beschließe, lieber brav zu sein und ihn nicht mehr mit blöden Sprüchen anzumachen.

»Wer von den drei Männern da hat dich verfolgt?«, fragt Sandmann und deutet auf die Magnetwand.

»Den Ersten hab ich flachgelegt und dem Zweiten, da hab ich ne Ladung Sand in die Augen gestreut. Wie ein Sandmännchen.« Ich zwinkere Sandmann zu.

»Sehr witzig«, sagt er und guckt so kalt wie ein Eisgletscher.

»Du hast Förster umgenietet?«, fragt Peters ungläubig.

»Wenn der so heißt, dann ja.«

Peters grinst plötzlich. »Hey, danke! Hast was gut bei mir. Ich darf ihn ja nicht anfassen.«

So gefällt er mir schon viel besser.

»Der andere heißt Kevin Wegner.« Peters berichtet, was sie herausgefunden haben, und was passiert ist.

Es ist an der Zeit, weitere Lücken zu schließen.

»Kann ich eine rauchen?«, sage ich.

Dabaschi nickt. »Dann erzähl mal, was es mit den Dokumenten auf dem Stick auf sich hat. Wir verstehen da noch nicht alles.

Ich zünde eine an. »Die Firma Malchow wäscht Geld.«

»Das konnte bis jetzt leider keiner nachweisen«, sagt die Staatsanwältin.«

»Gerhard und diese Typen da sind garantiert nicht die ersten Toten auf ihrem Konto. Wahrscheinlich haben sie auch Opa auf dem Gewissen.«

»Lass mal deine Vermutungen stecken und erzähle schön der Reihe nach«, sagt Sandmann.

»Okay. Paps kopierte bei Malchow Dokumente und hörte Besprechungen ab. Also heimlich.«

»Welchen Grund hatte er?«, fragt Dabaschi.

»Da muss ich ausholen. Paps arbeitete vor meiner Geburt als Buchhalter bei Malchow. Das Unternehmen beriet früher Kunden beim Kauf von Grundstücken, Gewerbeobjekten, Luxusimmobilien und Häusern.«

»Das ist nichts Strafbares«, entgegnet die Staatsanwältin.

»Damit fängt die Geschichte ja erst an.« Ich ziehe an der Zigarette, blase den Rauch aus und beuge mich über den Tisch. »Eva Hartwig war die Assistentin vom alten Malchow und vermutlich auch seine Geliebte.«

»Sie ist seine Lebensgefährtin«, sagt Peters.

»Sie ist die Frau, die mich geboren hat.«

Im Raum ist es plötzlich so still wie auf dem Mond und alle starren mich an.

»Nur zum Mitschreiben«, sagt Peters. »Eva Hartwig ist deine leibliche Mutter?«

»Mutter ist wohl das falsche Wort. Ich dachte, das hätten Sie schon längst rausgefunden.«

Alle sehen zur jungen Frau, die sie Verena nennen.

»Dieser Punkt ist uns irgendwie durch die Lappen gegangen«, gesteht sie.

Dabaschi verdreht die Augen.

»Hast du noch mehr Geheimnisse in deinen Schubladen?«, fragt Sandmann.

»Wenn ich hier mal ausreden darf, dann kommt alles auf den Tisch.«

»Nur zu«, sagt die Staatsanwältin.

»Also, die Hartwig hat Paps angebaggert. Paps steht ja eigentlich auf Männer, aber die Hartwig hat ihn irgendwie rumgekriegt. Paps war mit seiner neuen Bi-Variante happy, verliebt wie ein Hund und hat sich auf die Hartwig eingelassen. Zunächst mit Erfolg, denn er wurde mit Ende 20 zum Chefbuchhalter befördert und erhielt Einblick in alle Geldbewegungen. Malchow verlangte im Gegenzug, dass er Bilanzen frisiert. Paps war schon vorher aufgefallen, dass auf Hartwigs Namen immer wieder Beratungen mit Kunden abgerechnet wurden, die es nicht geben konnte.«

»Woher wusste er das?«, fragt die Staatsanwältin.

»Weil ihre Büros nebeneinanderlagen und sie keinen beraten und gleichzeitig Paps auf dem Klo einen blasen kann. Das schafft nicht mal die Hartwig.«

Die Staatsanwältin läuft knallrot an, Peters, Sandmann und Verena kicherten. Dabaschi bleibt ungerührt.

»Die Hartwig vermittelte für das *Beratungshonorar* unterbewertete Immobilien an diese Kunden. Sie wurden nach kurzer Zeit renoviert und mit viel Gewinn wieder verkauft oder für Scheinfirmen verwendet, die Waren verschoben, Drogen oder was weiß ich.«

»Klassische Geldwäsche«, sagt Sandmann.

»Ja. Der Hammer aber ist, dass Malchow noch eine Wohltätigkeitsstiftung ins Leben gerufen hat und sich öffentlich als Charity-Held darstellt. Da kann man doch nur kotzen.«

»Warum hat sich dein Vater nicht gleich ans LKA gewendet?«, fragt die Staatsanwältin. »Geldwäsche verjährt sehr schnell.«

»Er war verliebt in diese Tussi und hat ja mitgemacht. Als er die Hartwig darauf ansprach, sagte sie, er verdiene ja nicht umsonst so gut. Da war ihm klar, dass sie ihn nur benutzt hat. Paps war sauer und wollte mehr herausbekommen. Er machte auf Komplize und Lover.« Ich gucke die Leute der Reihe nach an. »Ich meine, wie geht das, wenn man eigentlich auf Kerle steht?«

Alle gucken verlegen.

Nur Peters grinst. »Die Welt ist eben nicht nur schwarz-weiß, sondern verdammt bunt.«

»Endlich mal ein Kalenderspruch, der mir gefällt.«

»Komm bitte zum Thema zurück«, sagt Dabaschi.

»Ja, klar. Also, das Geld für die hohen Beratungshonorare kam von ausländischen No-Name-Banken. Ich verstehe ja nichts von dem Kram, aber Paps hat gesagt, er konnte nichts über die Konteninhaber herausfinden.«

»Das ist bewusst so eingerichtet«, sagt die Staatsanwältin.

»Jedenfalls kam es zum Streit mit der Hartwig, denn sie war gerade mit mir schwanger geworden und wollte abtreiben. Paps aber freute sich auf ein Kind und sah seine Chance, aus dem Schlamassel herauszukommen. Er setzte Hartwig und Malchow das Messer an die Brust. Ich werde geboren oder er lässt alles auffliegen. Genug Material hatte er gesammelt.«

»Das Material ist aufgrund der Verjährungsfristen heute nichts mehr wert, Finn.«

»Ich weiß. Aber lassen Sie mich weitererzählen. Malchow ließ sich auf den Deal ein, unter der Bedingung, dass Paps schweigt und die Firma verlässt. Andernfalls würde er ihm was ans Bein binden, was ihn in den Knast bringt und mich ins Heim. Sie hatten sich gegenseitig in der Hand. Ich wurde also zu Paps› Abfindung. Keinen Cent hat er bekommen. Er traute dem Frieden nicht und sagte, er geht nur mit dem alleinigen Sorgerecht für mich und die Hartwig zahlt Unterhalt. Sie waren einverstanden.«

»Inzwischen ist Eva Hartwig neben Malchow die Macherin im Konzern«, sagt Peters. »Sie muss so viel verdienen, dass du und dein Vater allein vom Unterhalt hättet gut leben können.«

»Denkste«, sage ich. »Die Hartwig und der Malchow haben das alles genau ausgecheckt. Sie bezieht ein dürftiges Sekretärinnengehalt. Villa im Grunewald, Ferienhäuser, Autos und was weiß ich, sind irgendwie Firmenbesitz und den Rest schiebt ihr der alte Malchow hinten und vorne unter der Hand rein. Keine Ahnung, wie sie das machen.«

»Da gibts verschiedene Möglichkeiten«, sagt Sandmann.

»Jedenfalls war alles so ausgefuchst, dass sie kaum Unterhalt abdrücken musste. Am Anfang ist Paps mit mir erst mal zu seinen Eltern nach Charlottenburg gezogen. Sie haben uns unterstützt. Aber Paps wollte eine eigene Wohnung. Das hab ich schon gesagt. Über das Sozialamt haben wir dann die Wohnung an der Skalitzer bekommen, weil Paps alleinerziehend und ohne Job war.«

»Eva Hartwig hat sich nie bei dir gemeldet?«, fragt die Staatsanwältin.

»Ne. War auch besser für sie. Ich hätte ihr die Augen ausgekratzt.«

»Hatte dein Vater noch Kontakt zu Eva Hartwig oder zur Firma?«

»Da Malchow überall Beziehungen hat, befürchtete Paps, dass der Alte mich ihm eines Tages doch noch wegnehmen könnte. Paps kannte die Zugangscodes für die Computer. Die Hartwig ist so geschäftsgeil, dass sie nicht mal daran gedacht hat, die Codes zu ändern. Um an die Computer zu kommen, musste Paps also nur ins Büro gelangen.«

»Und dabei half ihm Gerhard«, sagt Sandmann.

»Genau. Es gab da wohl eine alte Geschichte zwischen Gerhard und Malchow aus DDR-Zeiten und Gerhard hatte Malchow mit irgendwas in der Hand. Paps verstand sich jedenfalls gut mit Gerhard und hat ihm versprochen, wenn das Familiengrundstück mal verkauft wird, kriegt er ordentlich was ab.

Gerhard ließ Paps abends heimlich in die Firma oder er installierte Abhörgeräte vor Besprechungen. Das hatte er bei der Stasi ja gelernt.« Ich grinse.

»Also ist das mit der Stasi kein dummes Gerede«, sagt Peters. »Was für eine alte Geschichte war das mit Malchow?«

»Genau weiß ich es nicht. Jemand ist erschossen worden und das wurde irgendwie vertuscht. Paps hat gesagt, das ist Gerhards Angelegenheit. Nach der Wende ist Malchow jedenfalls gleich aufgestiegen, von wegen sozialistische Persönlichkeit. Ein raffgieriger Kapitalist ist er. Gerhard aber kam mit seiner Stasivergangenheit nicht gut an. Er hat dem

Malchow ein bisschen auf die Füße getreten, ihn an ihre alte Sache erinnert und wurde eingestellt, damit Malchows Ruf keinen Knacks kriegt.«

»Malchows Biografie ist sauber«, sagt Verena. »Wurde noch vor der Wende geschieden von Ilse Malchow. Von Gerhard gibt es gar nichts, was auf sein Leben vor der Wende hindeutet.«

»Paps sagt, Gerhard hat im Wende-Chaos seine Unterlagen und die von Malchow verschwinden lassen. Vor zwei Jahren ist Gerhards Spionage bei Malchow leider aufgeflogen und er musste untertauchen. Malchow wusste aber nicht, für wen Gerhard arbeitete. Paps kam an keine aktuellen Infos mehr. Im Sommer war Gerhard immer bei der Fabrik. Paps hat ihn unterstützt, so gut er konnte, mit Lebensmitteln und nem bisschen Geld. Wir hatten ja selbst nicht so viel. Aber Gerhard hatte Paps ja auch immer geholfen.«

»Nicht viel?«, fragt Dabaschi. »Euer Grundstück ist mehrere Millionen wert.«

»Das gehörte ja bis Anfang des Jahres noch Opa.« Ich drücke die Zigarette aus, betrachte das Foto mit Paps und wünschte, er säße neben mir. Aber Sindo ist da und mit ihm seine stille Kraft.

»Wie kam dein Großvater an das Grundstück?«, fragt Dabaschi.

»Von Oma. Sie war eine geborene Wolf. Die letzte Nachfahrin der Unternehmerfamilie. Nach der Wende wurde das Grundstück an sie zurückgegeben, weil es enteignet worden war. Zuerst hat sich keiner für die Gegend interessiert, aber dann stiegen die Preise. Oma hat gesagt, wir warten. Sie brauchten das Geld ja nicht unbedingt. Opa hat bis zur Rente auf dem Bezirksamt Charlottenburg gearbeitet. Standesamt. Vor ein paar Jahren ging es dann los mit der Luisenstadt. Als Oma vor zwei Jahren gestorben ist, hat Opa das Grundstück von ihr geerbt. Irgendwann kamen dann Anfragen von dieser Berlin-Assi Firma.«

»Du meinst die Berlin Building Association?«, fragt die Staatsanwältin.

»Genau die. Paps wusste aus den Abhöraktionen, dass die mit Malchow zusammenarbeiten und dass Malchow nicht verkaufswillige Leute einschüchtert.«

»Wie?«

»Mit Typen aus dieser Security-Firma.«

»Weiß die Berlin Building Association davon?«, fragt Dabaschi.

»Das kann ich Ihnen nicht sagen. Opa hat dann natürlich nicht an die verkauft. Da hat die Hartwig erst erfahren, dass das Grundstück uns gehört. Hat sicher dumm aus der Wäsche geguckt. Aber dann ist Opa über Nacht gestorben. Paps traute der Sache nicht und hat eine gerichtsmedizinische Untersuchung verlangt. Dabei kam heraus, dass Opa sich angeblich eine Überdosis Insulin gespritzt hatte. Aber Opa war nicht verwirrt und mit dem Insulinpen ist eine Überdosierung kaum möglich. Paps hat die Nachbarn befragt und einer will am Abend des Todes gesehen haben, dass Opa Besuch hatte.«

»Was für Besuch?«, fragt Sandmann.

»Von einer blonden Frau und einem Typen. Paps ist zwei Tage später zu dem Nachbarn gefahren, aber der war inzwischen auch verstorben. Überdosis Insulin. Noch Fragen?«

»Eine abenteuerliche Geschichte«, sagt Peters. »Und nach allem, was du hier mit uns abgezogen hast, sollen wir dir diesmal glauben?«

»Ist doch alles auf dem Stick da.«

»Wer weiß noch von der Sache?«, fragt Sandmann.

»Sindo seit gestern und Burak. Er ist schon seit ein paar Jahren Paps› Lover und hat ihm juristisch geholfen. Zum Beispiel, dass er als Mitwisser belangt werden könnte, wegen Hausfriedensbruch, wegen Bereicherung, was weiß ich. Aber das mit Burak kann wirklich keiner wissen.

Das an der Tankstelle war einfach nur Scheißpech. Konnte doch keiner ahnen, dass da ein Killer wartet. Wenn Paps nicht verkauft und stirbt, bin ich der einzige Erbe, und wenn ich tot bin, kriegt die Hartwig das Grundstück, weil sie meine leibliche Mutter ist. Egal ob Sorgerecht oder verheiratet. Erbrecht. So siehts aus.«

Die Staatsanwältin nickt. »Wir müssen die Dokumente auswerten. Du erhebst jede Menge Anschuldigungen, die es zu beweisen gilt.«

»Paps will, dass Hartwig und Malchow auffliegen, dass alle erfahren, wie sie für ihre Scheißfirma über Leichen gehen.«

»Das wird nicht einfach, Finn.«

»Die Hartwig hat Opa auf dem Gewissen und will nun Paps und mich ausschalten. Wegen der Kohle. Mann, die ist doch krank!«

»Das müssen wir erst einmal nachweisen«, sagt Peters.

»Paps fehlten ja auch noch Beweise. Aber wenn Sie noch lange warten, zieht die Hartwig ihren Plan durch.«

»Die alten Geldwäsche-Delikte sind verjährt«, fährt die Staatsanwältin fort. »Außer sie laufen weiter und haben tatsächlich mit Mord zu tun. Es ist zudem fraglich, ob ein Richter die Unterlagen deines Vaters als Beweismaterial anerkennt, weil sie illegal zustande kommen sind.«

»Sie müssen mir versprechen, dass Paps nicht angezeigt wird.«

Die Staatsanwältin lächelt. »So, wie es aussieht, wollte er sich ja früher oder später an die Behörden wenden und sich nicht weiter bereichern. Das spricht schon mal für ihn.«

Dabaschi trommelt nervös auf den Tisch. »Wir müssen Beweise finden, Finn. Die Sache mit der Spyware zum Beispiel und dieser blonden Frau. Wer ist sie?«

»Die Hartwig natürlich. Wer sonst? Sie wusste, wo Opa wohnt, sie wusste, wann mein Geburtstag ist, sie weiß, dass das Grundstück uns gehört. Und sie hat Gerhard misshandeln lassen, damit er sagt, für wen er arbeitet. Scheiße. Nur wegen uns. Der Arme.«

Peters lächelt tröstlich. »Vermutlich war da noch die Sache aus der Vergangenheit im Spiel, Finn.«

Ich schniefe. »Trotzdem.«

»Wir haben ein Phantombild erstellen lassen«, sagt Sandmann. »Aber das ist nicht aussagekräftig genug. Die Frau trug eine Sonnenbrille und eine teure Handtasche. Wie sollen wir beweisen, dass die Hartwig selbst im Handyladen war oder bei deinem Opa? Kann ja auch sein, dass sie jemanden dafür bezahlt hat.«

»Sie ist eine Teufelin. Paps wusste durch Gerhard, dass in Malchows Security-Firma drei Männer arbeiten, die alle dieses Tattoo am Arm haben.«

»Die Ringe«, sagt Sandmann.

Ich nicke. »Das sind ihre Kerle fürs Grobe. Deswegen durften wir nicht mehr aufs Grundstück. Sie räumen für die Hartwig Probleme aus dem Weg. Von einer weiteren Frau wissen wir nichts.«

Peters überlegt. »Nun sind aber diese drei Kerle nicht mehr einsatzfähig. Zwei schweigen für immer und Förster zu einem umfangreichen Geständnis zu bewegen, das wird eine sehr harte Nuss. Er war selbst mal Polizist.«

»Dann muss die Hartwig ihre Dreckarbeit jetzt wohl selbst erledigen. Und wir müssen sie dabei erwischen.«

»Wir?« Dabaschi schüttelt den Kopf. »Vergiss es, Finn. *Du* bist da raus.«

»Ich bin doch *der* perfekte Lockvogel.« Ich gucke zu Peters.

Er betrachtet mich nachdenklich. »Hast du den Namen Carmen Hernandez schon mal gehört? Sie arbeitete in einer Reinigungsfirma, die auch zur Malchow Group gehört, und hat dort in der Zentrale geputzt. Gerhard mochte sie offensichtlich.«

Ich denke angestrengt nach. »Der Name sagt mir nichts … Warten Sie … Paps hat mal erwähnt, dass Gerhard ein paar Sachen aus seiner Wohnung zu einer Bekannten gebracht hat, als er untergetaucht ist.«

Peters beugt sich über den Tisch. »Was genau?«

»Das weiß ich nicht.«

»Wollen wir eine Pause machen?«, fragt die Staatsanwältin. Alle sind einverstanden.

Kapitel 25 - Luis

Verena hat für alle Kaffee besorgt und wir sitzen wieder zusammen.

»Das LKA hat vor fünf Jahren schon mal gegen Malchow wegen Geldwäsche ermittelt«, sage ich zu Finn. »Erfolglos allerdings. Es gab einen anonymen Hinweis. Wir haben da nichts herausbekommen. War das dein Paps?«

»Ne. Das hätte er mir gesagt. Vielleicht hat Gerhard da was eingefädelt? Burak meint jedenfalls, Immobilienfirmen sind futterneidisch wie nur was und spionieren sich gegenseitig aus. Was sie natürlich nie zugeben werden. Burak ist verdammt ehrgeizig.« Ich lächle stolz. »Er spezialisiert sich auf Vertragsrecht und hat bei einer Konkurrenzfirma von Malchow Praktikum in der Rechtsabteilung gemacht. Er kennt sich da schon ganz gut aus. An diese Firma will Paps jetzt auch verkaufen. Burak hat den Vertrag geprüft, Paps hat unterschrieben und er dürfte schon bei der Firma sein. Paps hat Malchow ausgespielt und die boten einen Superpreis.«

»Wie heißt diese Firma?«

»Löwenthal Immobilien.«

Hanno steht auf und geht auf und ab. Ich spüre, dass er trotz der vielen Infos, die Finn uns gegeben hat, unzufrieden ist.

»Diese Dokumente vom Stick auszuwerten und zu verifizieren … das dauert ewig«, sagt er. »Ebenso die Nachrecherche zu Herbert Seiferts Tod, diese obskure Blondine und Försters Verwicklung in das alles. Das verschafft Leuten wie Malchow und Hartwig genug Zeit, um sich eine reine Weste zurechtzulegen.« Er bleibt stehen und sieht uns an. »Nicht mal Tom Seifert hat es geschafft, Beweise zu bekommen, obwohl er viel näher am Thema war als wir. Die arbeiten mit aller Vorsicht und wir können sie meiner Meinung nach nur mit einer List überführen. Deshalb sollten wir Finns Angebot mit dem Lockvogel überdenken.«

»Was?«, ruft Sindo, der die ganze Zeit still dagesessen hat wie ein bedächtiger Anwalt.

Finn grinst so schief wie ein Mafioso. Er will die Hartwig fallen sehen.

Verena schnaubt.

»Du spinnst, Hanno«, sagt die Chefin. »Ich bin dafür, die Infos auf dem Stick abzuarbeiten und die Mitschnitte der Besprechungen zu analysieren.«

»Und wenn der Richter sie nicht akzeptiert?«, sagt die Staatsanwältin. »Dann war die Arbeit umsonst.«

»Dann wissen wir jedenfalls mehr und können gezielter in die Offensive gehen.«

Ich schaue zu Hanno. Er sieht zu verführerisch aus. Das Hemd mit den hochgekrempelten Ärmeln und diese gelockerte Krawatte. Seine Augen leuchten. Auf der Stirn glänzen kleine Schweißtröpfchen, weil es so warm im Raum ist.

Doch abgesehen von alldem ahne ich, worauf er hinauswill.

»Ich stimme Hanno zu. Reschke ist eine Koryphäe in Wirtschaftskriminalität und nicht mal der hat es geschafft, der Malchow Group etwas Kriminelles nachzuweisen. Deren Karten liegen nicht einfach auf dem Tisch. Können wir die Hartwig und Malchow nicht auf irgendeine Weise provozieren, dass sie zwangsläufig Fehler begehen müssen?«

Hanno erwidert meinen Blick. »Hast du eine konkrete Idee, Luis?«

»Es spricht doch nichts dagegen, zweigleisig zu fahren. Eine SOKO kann doch im Hintergrund den Stick auswerten. Wir aber geben Entwarnung an die Malchow Group, entschuldigen uns für die bisherigen Verdächtigungen und verkünden, dass Tom Seifert tot ist.«

Alle reden mit einem Mal wild durcheinander. Nur Finn applaudiert mir.

»He, he, he!«, ruft Hanno. »Lasst ihn doch mal ausreden.«
Ich warte, bis es wieder ruhig ist.

»Finn ist dann offiziell der Millionenerbe und Malchow Group fühlt sich sicher. Der Hartwig werden die Finger jucken. Sie will den Luisenturm bauen und braucht das Grundstück. Vielleicht auch eigenes Geld, denn sie hat letztendlich nichts und ist komplett von Malchow abhängig.«

»Interessanter Aspekt«, sagt die Chefin.

»Die Hartwig kann sich an einem Finger abzählen, dass Finn auch nicht an *sie* verkaufen wird«, fahre ich fort. »Wir haben doch die privaten Mobilnummern von Hartwig und Malchow. Der kommt morgen nach Berlin zurück. Die beiden werden sich besprechen und einen Plan schmieden. Wir setzen Finn als Lockvogel ein, behalten ihn Tag und Nacht im Auge und tracken seine Feinde. Wenn sie zuschlagen wollen, sind wir schon da.«

»Die Hartwig lässt sich nicht so leicht aufs Glatteis führen«, sagt Finn. »Da muss alles richtig echt aussehen.«

»Wir sollten erst abwarten, was Reschke in der Sicherheitsfirma findet«, überlegt die Chefin. »Vielleicht erübrigt sich ein so riskanter Schritt.«

»Wenn er überhaupt etwas findet, das in unserem Fall weiterhilft«, entgegnet Hanno. »Wie Luis denke ich, dass sie ihre dunklen Absprachen so getroffen haben, dass man sie nicht nachweisen kann. Prepaid-Handys et cetera. Ich vermute, die Tattoos sind so was wie Erkennungszeichen. Vertrauenszeichen.«

»Angenommen, wir lassen uns auf Finns Idee ein«, sagt die Staatsanwältin, »dann muss seine Sicherheit rund um die Uhr gewährleistet sein. Wie kriegen wir das hin? Ich meine, um das Ganze echt aussehen zu lassen, damit sich Finns Widersacher darauf einlassen und unseren gefakten Informationen vertrauen, müssen wir alle offensichtlichen Personenschützer abziehen.«

»Jana!«, mahnt die Chefin. »Willst du dich wirklich auf so ein Risiko einlassen? Wenn das schiefgeht …«

»Wir setzen verdeckte Personenschützer ein und schleusen sie dorthin, wo wir sie brauchen«, schlägt Hanno vor. »Wozu haben wir Klose und sein eingespieltes SEK? Zeugenschutz kriegen Sie aufgrund unserer Ermittlungen und den Verdächtigungen allemal beim Richter durch, Frau Staatsanwältin. Gerade bei einem Jugendlichen.«

Sie nickt.

»Das Beste wäre doch eine gefakte Beisetzung für Paps«, sagt Finn unvermittelt. »Das wird alle überzeugen.«

»Was geht n jetzt bei dir ab, Mann?« Sindo schüttelt entsetzt den Kopf.

»Finn hat recht«, sagt Hanno.

Die Staatsanwältin guckt von Hanno zu Finn und zu mir. »Und wer versichert uns, dass der ganze Aufwand und die Gefahren, denen wir Finn damit aussetzen, sich lohnen?«

»Ich«, sagt Finn. »Die Hartwig hat uns einmal zu viel ans Bein gepinkelt. Wenn ihr sie nicht kriegt, ich krieg sie auf jeden Fall früher oder später und dann wird sie sich wünschen, bei euch im Knast zu sein.«

Wir sehen ihn an. Keiner zweifelt an seinen Worten und dem Hass, den er empfindet.

»Finn, der große Rächer«, Sindo klingt so spöttisch wie verärgert. »Das ist doch alles Wahnsinn.«

»Hör mal«, sagt Finn. »Was würdest du tun, wenn deine Mutter versucht, dich umzubringen, he?«

Sindo schweigt.

»Finn, können wir sicher sein, dass es keine weiteren Männer gibt, die auf dich Jagd machen?«, fragt die Chefin. »Da waren immerhin noch die beiden Kerle, die euren Wagen aufgebrochen haben. An die denkt keiner mehr.«

Ich schlage mir an den Kopf. »Klar, dieser Kowalski und sein Kollege.«

»Igor Beluskin«, sagt Hanno. »Hast du schon was über die zwei, Verena?«

»War noch keine Zeit.«

Finn wirkt resigniert. Ich denke mir, er hätte gern eine große Show abgezogen und die Hartwig mal eben mit großem Tamtam in die Pfanne gehauen. Doch seine Euphorie wird durch zwei neue Kerle gedämpft, die mit Waffen herumstreunen.

»Wenn wir nach außen den großen Rückzug signalisieren, muss Finn erst mal weg von den Achebes«, fährt die Chefin fort. »Hartwig und ihre Leute sollen wissen, dass Sindos Familie und das Restaurant keine lohnenden Ziele mehr für sie sind. Natürlich werden wir die Achebes weiter verdeckt schützen.«

»Damit machen wir Finn zur Zielscheibe«, sagt die Staatsanwältin. »Er darf keine Sekunde ohne Schutz sein.«

»He, ich bin kein Baby«, protestiert Finn.

»Er kommt heute Nacht bei mir unter«, sagt Hanno. »Da hab ich ihn im Blick. Ercan und Angie übernehmen morgen, während ich ermittle. Am Abend bin ich wieder bei Finn.«

»Na vielen Dank auch«, mault Finn.

»Die Alternative bis dahin wäre ein als Ferienhaus getarntes Anwesen bei Schmöckwitz am Langen See«, meint die Staatsanwältin. »Da ist alles gesichert.«

»Finn muss als Lockvogel in der Stadt bleiben«, entgegnet Hanno.

Ich erkenne, dass sich so langsam alle auf Finns Idee einschießen.

»Schmöckwitz am Arsch der Welt?« Finn zeigt uns einen Vogel. »Echt nicht. Ich weiß nicht, wovor mir mehr graut. Schmöckwitz am Arsch der Welt, bei einem Oberkommissar abzuhängen oder von meiner Gebärerin gejagt zu werden.«

»Es war dein Vorschlag, Lockvogel zu spielen und ich finde ihn nach wie vor gut«, sagt Hanno.

Finn guckt von einem zum anderen.

»Ist dein Schweigen eine Zustimmung?«, fragt die Staatsanwältin.

»Wir müssen uns hundertprozentig auf dich verlassen können, Finn«, sagt die Chefin.

»Versprochen.« Finn hebt die Schwurhand.

»Gut.« Die Chefin steht auf. »Ich benachrichtige Klose vom SEK. Er soll zur Besprechung dazukommen.«

Später stehen Hanno und ich dicht nebeneinander am gekippten Fenster unseres Büros und sehen dem nachlassenden Regen zu. Schwül-feuchte Luft zieht in den Raum. Sie vermischt sich mit Hannos Duft aus Waschmittel und Hanno eben.

»Glaubst du, es funktioniert?«, frage ich ihn und lege meine Hände aufs Fensterbrett.

»Tut es.«

»Was macht dich so sicher?«

»Weil wir es zusammen durchziehen, *Mister Sandman*.« Plötzlich liegt seine Hand auf meiner. Heiß und ein bisschen feucht. Seine Finger schieben sich zwischen meine.

Mein Bauch kribbelt. »Wie warst du eigentlich als Kind?«

»Bezaubernd.«

Wir kichern und sehen uns in die Augen.

»Glaub ich dir nicht.«

»Wenn ich es sage.«

»Zeigst du mir mal Fotos?«

»Hm.«

Ich habe den Eindruck, Hanno driftet ab. Tief in mich hinein.

»Ich weiß nicht, was das hier wird, Hanno.«

»Ich auch nicht. Aber ich weiß, dass es da ist.«

»Was?«

»Das Schöne, das du da seit gestern in mein Leben bringst.«

Aus dem Nichts taucht eine Deadline vor mir auf. »Was ist in vier Wochen Hanno? Weiter nach vorne gibt es wohl nicht.«

»Was macht dich da so sicher?«

»Aber du gehst …«

Weiter komme ich nicht. Hanno küsst mich. Erst sanft und dann mit aller Leidenschaft. Wir drängen uns aneinander, bekommen kaum noch Luft und atmen durch die Nasen. Hannos Kuss schmeckt herb. Nach schwarzem Kaffee. Zum Schluss beißt er mir sanft in die Unterlippe.

Wir stehen am Fenster und unsere Finger sind fest miteinander verflochten.

Ich möchte etwas sagen, doch Hanno küsst mich aufs Neue, küsst die unausgesprochenen Worte einfach weg.

»Nicht reden, Luis. Nehmen wir es, wie es ist, und sehen, was passiert.«

Ich bebe vor Erregung. »Kommst du nachher mit zu mir?«

»Geht nicht. Hab doch Finn an der Backe.«

»Ach ja. Verdammt!«

»Verzögerung erhöht die Leidenschaft, Luis.«

»Was hältst du von Cam-Sex? Ich meine, wenn das Kind schläft.«

Hanno grinst schief. »Wie bist n du drauf?«

»Ist doch legitim.«

»Hab das noch nie gemacht. Du etwa?«

»Ja.«

»Ne, oder? Was, wenn dich jemand aufgezeichnet hat und im Netz herumreicht? Das wars dann mit der Bullen-Karriere. Die werden dich hier ausnehmen wie eine Weihnachtsgans und Witze über dich reißen, bis du von selbst gehst.«

»Keine Angst. Es ist ein junger Polizist aus München. Dem gehts ja genauso. Ich hab ihn mal bei einem Austauschprogramm während meiner Ausbildung kennengelernt.«

Hanno gluckst. »Eine cyber-sexuelle Fernbeziehung?«

»Hat sich inzwischen abgekühlt.«

»Du bist echt einer.«

»Echt und mit dir wäre mir lieber, Hanno.«

Wir reiben uns aneinander.

Jemand räuspert sich. Verena steht in der Tür. Wir haben sie nicht bemerkt.

Wir lassen sofort voneinander ab.

Verena grinst. Mein Gesicht glüht.

»Warst du schon im KADEWE am Hochzeitstisch?«, fragt Hanno lässig.

»Ne. Aber nachdem ich euch in flagranti erwische, muss ich ihn mir wohl anschauen.«

Ich seufze. »Kannst du's für dich behalten?«

»Sehe ich aus wie eine Tratschtante?«

»Ich bin noch nicht so weit wie Hanno.«

»Ihr seid jedenfalls ein süßes Paar.«

»Süß und reichlich kompliziert«, sagt Hanno.

»Welche Beziehung ist das nicht«, entgegnet Verena. »Aber ich bin nicht gekommen, um euch beim Vorspiel zuzusehen.«

»Sondern?«, erkundigt sich Hanno.

»Kowalski und Beluskin sind beide 24. Sie saßen drei Jahre wegen Körperverletzung und unerlaubten Waffenbesitzes sowie Drogenbesitzes in der Jugendstrafanstalt Plötzensee. Seit einem halben Jahr sind sie frei und werden von der Stiftung Integration und Gesundheit finanziell unterstützt. Wohnen zusammen.«

»Wie Försters Komplizen«, fällt mir auf.

»Lass mich raten, wer bei der Stiftung seine Finger im Spiel hat«, sagt Hanno. »Malchow?«

Verena nickt. »Hundert Punkte. Er ist einer der größten Geldgeber. Eva Hartwig sitzt im Stiftungsrat. Ich bekam eben einen Anruf von der Technik. Sie haben erste Ergebnisse von Eva Hartwigs Bewegungsprofil. Sie oder zumindest jemand war mit ihrem Gerät gestern Abend an Försters Adresse.«

»Diese Schlange«, knurrt Hanno.

»Sie beginnt, Fehler zu machen«, sage ich. »Sonst hätte sie ihr Phone abgeschaltet oder zu Hause gelassen.«

»Vielleicht hat sie's nicht so mit Technik«, meint Hanno.

Verena nickt. »Wir beobachten sie.«

»Okay«, sagt Hanno. »Wo ist Finn?«

»Er wartet in der Kantine auf dich.«

Hanno nickt. »Dann machen wir mal Feierabend für heute.«

»Bis morgen«, sagt Verena. »Und viel Spaß beim Zeckenhüten.«

»Ich hab dich auch ganz dolle lieb, Verena.« Hanno lächelt matt. »Bis morgen.«

Ich nicke ihr zu.

Verena geht.

»Soll ich dich nach Hause fahren?«, fragt Hanno.

»Ne, danke. Der Regen lässt schon nach. Ist nur Wasser. Kümmere dich lieber um Finn.«

»Auf den hab ich jetzt ganz viel Bock.« Hanno betrachtet mich, lächelt und streicht mit dem Daumen über meine Lippen. »Was machst du heute Abend Schönes ohne mich?«

»Autosex.« Ich schnappe nach dem Daumen und halte ihn mit den Zähnen fest.

Hanno lacht. »Soll ich dir ein Nacktfoto schicken?«

Ich nicke mit seinem Daumen zwischen den Zähnen und habe große Lust, sein Hemd aufzureißen. Jetzt. Mitten im Büro.

Kapitel 26 - Hanno

Auf dem Weg in die Kantine telefoniere ich mit Milan.

»Hey! Ich brauche dich.«

»Hanno? Ich erkenne dich nicht wieder. Du brauchst doch sonst nur dich.«

»Lass den Quatsch. Bist du noch im Studio?«

»Klar. Willst du doch den verklemmten Lord spielen?«

»Nein. Ich wollte dich vorwarnen.«

»Okay. Und vor wem oder was?«

»Wir haben heute Nacht Besuch. Ein 17-Jähriger.«

»Ach, hast du jetzt einen Zahnspangen-Fetisch?«

Ich grinse. »Personenschutz. Der Kleine wird verfolgt. Wir verstecken ihn erst mal bei mir. Außerdem hat er keine Zahnspange.«

»Warte, warte, warte! Bei *dir* heißt bei *uns*. Ist dir das klar? Schon mal darüber nachgedacht, dass irgendwelche Muskelpakete meine Wohnung stürmen könnten und alles zusammenschlagen? So was Ähnliches hatte ich schon mal …«

»Keine Sorge. Es ist erst mal nur für heute. Lass mich jetzt bitte nicht hängen, Milan. Wenn du willst, schlafe ich bei dir und pass auf dich auf.«

»Ich dachte, Sex mit dem besten Freund ist nicht dein Stil.«

»Ich sagte *bei* und nicht *mit* dir.«

Wir lachen.

»Also geht das klar mit dem Übernachtungsgast?«

»Hab ich eine Wahl?«

»Nein.«

»Arschgeige.«

»Love you, Milan. Dafür kümmere ich mich ums Abendessen.«

»Oh … Was gibts denn Feines?«

»Ich besorge Currywürste und Pommes am Kiosk. Haben wir noch Cola?«

»Du bist ein verdammter Proll, Hanno.«

»Aber ein verliebter.«

»Ist Luis auch verliebt?«

»Jou. Sag mal, du kennst dich doch mit Cam-Sex aus …«

Milan lacht lauthals los.

»Bis später, du Idiot.«

»Bis später, Proll.«

Wir legen auf.

In der Kantine sitzt Finn bei Angie und Ercan. Sie unterhalten sich entspannt. Es ist gut, dass sie sich verstehen. Der Anschlag hat sie irgendwie zusammengeschweißt. Sindo wurde bereits von Kollegen nach Hause gefahren.

»Hey«, sage ich.

Sie begrüßen mich.

»Ihr könnt dann Feierabend machen. Ich übernehme Finn erst mal bis morgen.«

Die drei stehen auf und verabschieden sich.

Finn und ich fahren mit dem Aufzug in die Tiefgarage.

»Und jetzt?«, sagt Finn.

»Jetzt besorgen wir die besten Currywürste Berlins, machen uns einen schönen Abend und streamen ein paar Filme.« Ich strahle, weil ich denke, das hört sich auch für einen 17-Jährigen super an.

»Ich falle Ihnen gleich vor Freude um den Hals«, pampt er.

»Du musst auch nichts essen und kannst sofort ins Bett.«

Der Aufzug öffnet sich.

»Mein Wagen steht da hinten.« Ich deute zum Ende der Garage.

»Hab keinen Bock auf Aufpasser und blöde Filme.« Finn spaziert los.

Ich finde, dass ich mehr Respekt verdient habe, und folge ihm. »Hör mal! Warum kannst du nicht mal ein bisschen dankbar sein?«

»Dankbar? Dass Sie mich wie einen Windelpisser behandeln?«

»He! Nur zur Erinnerung. *Ich* bin auf deinen Vorschlag eingegangen. Ich kann nichts für eure Lage. Da habt ihr euch ganz allein hineinmanövriert. Ich soll jetzt eure Ärsche retten und du behandelst mich wie Napfsülze.«

»Vielen Dank. Ausrufezeichen!« Finn stapft unbeirrt weiter.

»Okay«, rufe ich ihm nach. »Ich bemühe mich, so gut ich kann, ja? Aber wenn dir das nicht passt, dann geh doch einfach! Geh nach Hause und mach, was du willst. Ich kann mir wirklich was Schöneres vorstellen, als Aufpasser und Kanonenfutter zu spielen. Deinetwegen ist nämlich mein Date heute geplatzt. So sieht es aus. Wenn hier also einer sauer sein darf, dann ich.«

Finn bleibt stehen und dreht sich um.

»Und noch was, Finn. Mein Tag war mindestens genauso anstrengend wie deiner. Also schalte mal einen Gang runter.«

Finn schweigt.

Ich hole ihn ein. Trotz gegen Trotz führt zu nichts.

»Tut mir leid, Finn. Ich bin übrigens Hanno.« Ich gehe zum BMW und drücke den Transponder. Der Wagen blinkt und piept.

»Machen Sie jetzt einen auf Kumpel, oder was?«

Ich drehe mich um und grinse. »Bitte nicht so förmlich. Wer mit mir in einem Bett schläft, muss mich nicht siezen.«

Finn klappt die Kinnlade herunter. Endlich mal kein Kommentar. Und keine Anstalten mitzukommen.

Ich steige ein, starte und fahre langsam los. Im Rückspiegel sehe ich, dass Finn mir nachrennt.

Ich halte an und mache ihm die Tür auf. Er lässt sich auf den Sitz fallen.

Wir sehen uns an. Er sagt nichts. Perfekt.

»Im Handschuhfach sind eine Basecap und eine Sonnenbrille. Am besten duckst du dich erst mal, bis ich Entwarnung gebe.«

Auf dem Weg zur Ausfahrt holt er die Sachen aus dem Fach. Er bindet seine Haare zusammen, steckt sie unter die Kappe, setzt sie verkehrt herum auf und betrachtet sich im Spiegel der Sonnenblende. Mit der Sonnenbrille sieht er aus wie ein Teenie-Star. Die dunklen Gläser betonen seinen schönen Mund.

Ich schmunzle innerlich. Meine Standpauke hat offensichtlich gewirkt.

»So erkennt mich todsicher kein Mensch.«

Ich habe keinen Bock, auf seinen neuen Spott einzugehen. »Bis zu mir wird es gehen.«

»Aber die Ray Ban ist richtig cool.«

»Von meinem Vater. Original. Anfang der Achtziger.«

»Wow! Ist dein Vater ein lässiger Typ?«

»Ne. Ein Stockfisch. Er ist Kapitän eines Frachtschiffes.«
Ich überlege. »Wenn du mir versprichst, bis zu meiner Wohnung die Klappe zu halten, schenk ich dir die Brille.«

»Echt?« Er guckt mich an und grinst.

Ich weiß, er wird es nicht durchhalten.

»Runter mit dir«, sage ich, und wir verlassen die Tiefgarage.

Ich fahre den Mehringdamm hoch und dann nach Westen Richtung Schöneberg. Ich behalte den Verkehr hinter mir im Auge und kann keinen Verfolger ausmachen.

»Kannst dich normal hinsetzen.«

Finn folgt meiner Anweisung wie ein Hündchen und macht keinen Mucks. Er ist scharf auf die Ray Ban.

Unterwegs halte ich an meinem Lieblingsschnellimbiss und bestelle mal prophylaktisch sechs Portionen Currywurst mit Pommes. Keine Ahnung, was Finn so wegputzt. Der Verkäufer kennt mich gut, wir quatschen, er legt noch was drauf und steckt die Alu-Schälchen in eine Plastiktüte. Ich denke an Luis und habe mal wieder ein schlechtes Umweltgewissen.

Als ich die Tüte Finn durchs Fenster reiche, pfeift er. »So viel? Schmeißt du eine Willkommensparty für mich?«

»Nee. Ist gleich fürs Frühstück mit.«

Finn schnaubt leise. »Du hast n Humor wie ne Kettensäge.«

»Das wars dann übrigens mit der Ray Ban.«

»Scheiße!«

Wir fahren zum Viktoria-Luise-Platz. Im Wagen duftet es nach Currywurst und Pommesfett. Mein Magen knurrt. Direkt am Haus ist ein freier Parkplatz und ich stelle den Wagen dort ab. »Hier wohne ich.«

»Nobel.« Finn guckt an der Fassade hoch und will schon aussteigen.

»Warte«, sage ich. »Ich gehe zuerst raus. Wenn ich dir zunicke, steigst du aus und huscht in den Eingang.«

»Ich denke, hier bin ich safe?«

»Davon gehe ich aus. Aber man weiß nie.«

Ich verlasse den Wagen und mein Blick scannt den friedlichen Platz. In der Mitte schießt die Fontäne des Springbrunnens in die Höhe wie aus einer aufgeschüttelten Sektflasche. Es regnet nicht mehr. Die Außensitzplätze der Restaurants sind sonst gut belegt, doch der Regen hat die Gäste vertrieben. In der Grünanlage flaniert auch keiner. Alles ist so wie immer. Im Grunde kannst du hier entspannt wohnen. Wenn du keine Killer und einen wie Finn an der Backe hast.

Ich gehe zum Eingang und drücke den Türcode. Als die Tür aufgeht, ziehe ich meine Pistole aus dem Halfter, ein letzter Blick und ich nicke Finn zu.

Er steigt aus, knallt die Wagentür zu, überquert schnell den Bürgersteig und schlüpft an mir vorbei. Er ist drin.

Ich atme auf, verschließe den Wagen per Knopfdruck, lasse die Haustür zufallen und stecke die Waffe zurück.

Finn schiebt die Sonnenbrille auf die Nasenspitze und betrachtet das renovierte Jugendstil-Vestibül. »Wow. Als Bulle kann man sich was leisten, wie?«

»Geht so. Ich lebe unter dem Dach mit meinem besten Freund.«

»Wenns als Bulle nur zu ner WG in einer Dachwohnung reicht, dann ist der Job doch nix für mich.«

»Du hast bald ein paar Millionen, kannst dir mehrere Wohnungen kaufen und musst außer Onlinebanking eigentlich gar nichts machen.«

»Glaubst du, das ist mein Ding?«

»Keine Ahnung.« Endlich kann ich das auch mal sagen.

Wir fahren mit dem Aufzug in den vierten Stock und nehmen von dort die Treppe zum Dachgeschoss. Finn trägt das Essen. Ich schließe die Tür auf und lasse ihm den Vortritt.

Erst jetzt nimmt Finn die Ray Ban ab und blickt sich um. »Boah! Ist das geil hier.«

Ich lächle. »Die Wohnung gehört Milan. Ich bin nur Untermieter.«

»Der hat ordentlich Knete, was?«

»Kann sein«, murmle ich.

Finn verdreht die Augen. »Was macht er?«

»Jou …« Was sage ich? Zum Glück hat Milan in der Wohnung nichts herumliegen, was auf seine Goldgrube hinweist. Hier ist sein Rückzugsort.

»… er war mal Model und macht jetzt irgendwas mit Film.« Mehr braucht Finn nicht zu wissen.

»Model? Wie sieht er aus? Was für Filme?«

War ja klar, dass sich Finn nicht so einfach abspeisen lässt und weiterbohren muss.

»Ach … Alles Mögliche … Keine Ahnung, woran er gerade arbeitet. Frag ihn selber. Er kommt gleich.« Damit war ich raus.

An der langen Wand rechts gehen drei Türen ab.

»Die erste Tür da ist das Gästezimmer, also deins. Die zweite ist meins, das dritte gehört Milan.«

»Ich muss nicht bei dir schlafen?«

»Ne. Enttäuscht?«

Finn mustert mich. »Ich dachte, du lässt mich keine Sekunde mehr aus den Augen.«

»Du weißt genau, dass das unmöglich ist. Ich versuche, dir zu vertrauen. Okay? Wenn du abhaust, hast *du* ein Problem. Nicht ich. Sieh mal, hinter der Wand in der Küche befinden sich zwei Bäder. Nimm bitte das rechte. Es ist meins. Milan ist da eigen.«

»Muss ich auch im Sitzen pinkeln?«

»Nein. Es gibt ein Pissoir.«

»Cool. Findest du, dass Männer eigentlich nicht zum Sitzpinkeln geeignet sind? Also, Herodot schreibt, im Alten Ägypten haben die Frauen im Stehen und die Männer im Sitzen ...«

Ich halte ihm den Mund zu. »Klappe! Okay?«

Er nickt.

Wir gehen zum Küchenbereich, stellen das Essen ab und ich zeige Finn das Zimmer. Die Schlafräume gehen alle zum Platz raus, haben Doppelfenstertüren in einer Gaube und einen kleinen Austritt.

Finn lässt sich aufs breite Bett fallen und verschränkt die Arme hinter dem Kopf. »Gefällt mir.«

»Handtücher sind im Schrank.«

»Verdammt«, sagt Finn und setzt sich auf. »Ich hab gar keine Ersatzklamotten dabei.«

»Komm mit!«

Kapitel 27 - Finn

Ich kenne niemanden, der so schön wohnt. Jedes Ding hat seinen Platz. Nur ich passe irgendwie nicht her. Ich denke an Tom und was er alles getan hat, damit wir es schön und gemütlich haben. Ich vermisse ihn und unsere kleine Wohnung.

Wir gehen in Hannos Zimmer. Es ist ungelüftet, riecht irgendwie herb nach Mann und so ein bisschen nach Masturbation. Jeder Kerl kennt diesen Duft. Das Bett ist zerwühlt, überall liegen Klamotten herum und auf dem Schreibtisch verschwindet ein Laptop unter irgendwelchen Papieren. An der Wand steht ein Bücherregal.

Schnell schnappt sich Hanno eine Zeitschrift vom Kopfkissen, versteckt sie unter der Bettdecke und zwinkert. »Zeit, mal wieder aufzuräumen und den Papierkram zu erledigen.«

Ich grinse. »Ich machs bestimmt nicht.«

»Warum nicht? Ich meine als Gegenleistung. Wäre doch n feiner Zug.«

»Träum weiter.«

Hanno grinst zurück und geht zum Schrank.

»Hast du ne Freundin?«, frage ich.

»Geht dich das was an?«

»Ne.«

Währenddessen entdecke ich eine gerahmte Fotografie auf dem Schreibtisch. Ein Junge in meinem Alter vielleicht. Ich stutze. Er sieht mir verblüffend ähnlich.

»Einen Lover?«

»Warum musst du immerzu quatschen und fragen?«

»Deswegen.« Ich deute auf das Bild.

Hanno dreht sich um. »Das ist mein Bruder Phillip. Er starb bei einem Unfall, als er 16 war.«

Ich erstarre.

»Das ist jetzt genau zehn Jahre her.« Hanno kramt weiter im Schrank.

Bisher war mir nie in den Sinn gekommen, dass ein Bulle wie Hanno auch Familie und Gefühle haben könnte, oder ein Privatleben. Ich betrachte den Jungen und erinnere mich, dass Hanno mich am Anfang ein paarmal Phil genannt hat. Phillip.

»Was ... ist passiert?«

Hanno kommt mit T-Shirt, Socken, Boxershorts und Jogg-Shorts zu mir. Er guckt traurig. »Ein Unfall mit dem Segelboot. Er ist ertrunken.«

Ich schlucke. »Das ... tut mir echt leid.«

»Es war Sturm gemeldet und ich verbot ihm rauszufahren. Aber er hielt sich für einen Weltklasse-Segler und hat mich ausgetrickst. Als wir sein Verschwinden bemerkt haben, war es schon zu spät.« Hanno guckt mich ganz komisch an. »Auch Weltklasse-Segler können kentern. Ich möchte nicht, dass es mir mit dir genauso geht. Ein toter Jugendlicher in meinem Leben ist einer zu viel.«

Seine Offenheit beschämt mich, weil ich ihm in den letzten Tagen viele Dinge verheimlicht habe. Er dagegen hebt den Vorhang zu seinem Inneren ein Stück und zeigt mir Schuldgefühl und Sorge. Ich verschränke die Arme fest vor der Brust und nicke.

Hanno lächelt wieder. »Hier! Die Sachen sind vielleicht eine Nummer zu groß, aber besser als nichts.

»Klar. Danke. Bin nicht so wählerisch.« Ich nehme die Klamotten entgegen.

Wir hören die Wohnungstür.

»Hallöchen! Jemand zu Hause?«

»Wir sind hier!«, ruft Hanno.

Ein Kerl erscheint in der Tür. Schön, gebräunt, Sonnenbrille in den Locken, Shorts und T-Shirt. Er trägt eine Laptop-Tasche. »Hey! Ich bin Milan.«

Ich bemerke einen leichten osteuropäischen Akzent.

»Hi! Finn.«

Wir schütteln uns die Hände.

»Du bist also Hannos Schützling.«

»Vorübergehend.«

»Scheiße, oder?« Milan lächelt genauso schön, wie er aussieht. »Mit Hanno als Aufpasser wird es nicht lustig.«

Ich mag Milan sofort. An ihm ist nichts Verstelltes.

»Spar dir die Luft, Milan«, sagt Hanno. »Wie wärs erst mal mit Essen? Die Pommes werden nicht besser.«

Etwas später sitzen wir am Tisch.

Hanno hat Pommes und Currywurst in der Mikrowelle aufgewärmt. Die Wurst schmeckt gigantisch, die Pommes sind schlaff, aber wenigstens heiß. Dazu gibt's Cola mit Eiswürfeln.

Wir putzen alles weg.

Die beiden Männer unterhalten sich über irgendwelche Leute. Zuerst höre ich nicht zu und denke an Tom.

»Schmeckt's dir?«, fragt Milan und verwickelt mich so in ein Gespräch. Er ist unterhaltsam und angenehm, nicht so eine defekte Handgranate wie Hanno, bei der man nicht weiß, ob und wann sie explodiert.

Nach dem Essen spendiere ich eine Runde Zigaretten und zum Nachtisch serviert Milan dann Meloneneis mit frischen Melonenstücken.

»Mein Lieblingseis.« Ich strahle.

»Meins auch.« Milan kichert.

»Hanno sagt, du machst Filme?«

»Ja. Klar. Gay-Pornos, weißt du.«

Er sagt es so selbstverständlich, wie *ich handle mit Wertpapieren.*

»O-kay ...«

»Milan! Er ist 17.«

»Glaubst du, er weiß nicht, was Pornos sind?«, fragt Milan unschuldig, und ich kaufe es ihm tatsächlich ab.

»Milan ... Na ja ...« Hanno druckst herum. »Er schreibt seine Drehbücher selbst. Es sind ... keine schnöden Rammelstreifen, sondern ... sinnliche Geschichten, eher so künstlerisch ...«

»Hanno«, sage ich. »In Pornos gehts ums Vögeln. Das ist romantisch oder Hardcore, so oder so reiner Fake. Wie Werbung.«

Hanno lächelt gequält.

Milan ist tiefenentspannt und hält einen Daumen hoch. »Schlauer Bursche, Finn. Ich schenke den gestressten Kerlen da draußen süße Träume und verdiene genug damit, dass ich auch meine Leute gut bezahlen kann. Bei mir muss keiner etwas tun, was er nicht will. Wir haben also alle unseren Spaß dabei und ich zahle pünktlich meine Steuern.«

»Er ist so was wie ein Heiliger«, spottet Hanno.

»Klingt doch gut.« Ich gucke ihn an. »Seid ihr ein Paar?«

Hanno windet sich. »Weiß du …«

»Jetzt sei nicht so verklemmt und sag es einfach«, fordere ich. »Ich lebe seit 17 Jahren in Berlin und nicht Saudi Arabien oder Russland.«

»Ja, wir sind schwul und nein, wir sind kein Paar, sondern beste Freunde.«

»Hanno hat manchmal seltsame Grundsätze«, verrät Milan.

»Zum Beispiel?«, frage ich neugierig.

»Kein Sex mit dem besten Freund. Wir haben es mal probiert, aber …«

»Milan!«, protestiert Hanno. »Er ist mein Schutzbefohlener. Kannst du das bitte respektieren?«

Ich schmunzle. »Ein schwuler Bulle und ein schwuler Porno-Macher. Da hab ich ja den Volltreffer gelandet. Wie habt ihr euch kennengelernt?«

»Also, ich war nicht immer so ein braver Junge …« Milan beugt sich über den Tisch. »Ich komme aus Prag, weißt du. Mit 18 war ich auf mich allein gestellt und hatte keine Ahnung, wie ich an Geld kommen kann. Ich lungerte ein bisschen auf dem Strich herum und suchte mir die Kerle selbst aus. Da hat mich ein Fotograf entdeckt. Er war ganz nett und sagte, ›du bist richtig hübsch. Männer in der ganzen Welt stehen auf tschechische Jungs‹. Okay, dachte ich und machte mit ihm zuerst Nacktfotos für Magazine und fürs Netz. Die liefen ganz gut. So wurde die Porno-Szene auf mich aufmerksam. Die Produzenten aber waren zwielichtige Leute, machten auch mit Drogen rum und so und haben mich ausgenutzt. Ich wurde ein Zugpferd, sie sahnten ab und ich bekam fast nichts. Ich war nicht dumm und dachte, mach doch dein eigenes Ding auf einer Internet-Plattform, die pornografische Inhalte erlaubt und für die man bezahlen muss. Dazu brauchst du erst mal kein teures Equipment. Das lief richtig gut und ich wurde professioneller. Meinen früheren Produzenten hat das nicht gefallen und sie bedrohten mich. Ich musste also aus Prag verschwinden. So kam ich nach Berlin. Mein Profil lief super. Nebenbei verdiente ich als Escort reicher Herren richtig Kohle. Meine früheren Produzenten aber haben mich hier aufgestöbert. Ich war gerade in einem Gay-Club und flirtete mit Hanno, der neu in Berlin war. Die Typen tauchten auf und wollten mein schönes Gesicht filetieren.« Milan grinst. »Hanno hat sich freundlicherweise um die Typen gekümmert und seitdem ist er mein Traummann. Aber er will mich nicht heiraten.«

Ich lache.

Es piept und Hanno zieht sein Phone aus der Hosentasche. Er lächelt selig und daddelt.

»Den kannst du erst mal vergessen«, sagt Milan.

»Warum?«

Milan verdreht schmachtend die Augen und tut so, als spiele er eine Geige.

Hanno wirft ihm einen grimmigen Blick zu.

»Meinetwegen fällt sein Date flach«, gestehe ich Milan leise.

»Ich denke, er verkraftet es.«

»Okay. Dann gehe ich mal duschen.«

»Bedien dich einfach«, sagt Hanno, ohne aufzusehen. »Ist alles im Bad. Brauchst du noch was?«

»Eine Zahnbürste, vielleicht.«

»Im Spiegelschrank ist noch ne neue.« Hanno daddelt unbeirrt weiter.

»Danke.« Ich stehe auf. »Hanno?«

»Hm?« Er sieht mich nun doch an.

»Also: *danke* für *alles*.«

Hanno lächelt so schön, dass ich Herzklopfen bekomme.

Im Bad ist auch alles schick und sauber. Ich verwende Hannos Duschgel. Riecht ein bisschen stark, aber gut. Während das Wasser auf mich herabrieselt und den Seifenschaum abwäscht, denke ich an Hanno. Ich fühle mich in seiner Nähe wohler, als mir lieb ist. So, wie es aussieht, hat er einen Lover. Warum beschäftigt mich das?

Ich stelle das Wasser ab, trockne mich ab, föhne die Haare und steige in Hannos Klamotten. Irgendwie *hunky*, seine Unterhose zu tragen. Ich betrachte mich im Spiegel.

Die Sachen sind tatsächlich ein bisschen zu groß, aber das stört mich nicht.

Ich wische die Duschwand ab, weil ich Siff nicht leiden kann, und tapse barfuß durch die Küche. Die beiden Kerle sitzen immer noch am Tisch und reden. Lachen. Ich frage mich, ob ich mit Sindo auch irgendwann einmal so zusammensitzen werde und ob Tom dann noch da ist. Das zieht mich plötzlich völlig runter.

»Ich lege mich mal hin«, sage ich knapp. »Bin alle.«

Die beiden nicken und wünschen mir eine gute Nacht.

Im Zimmer lege ich meine eigenen Klamotten ordentlich über den Stuhl, lasse die Jalousien herunter, damit es dunkel wird, und werfe mich nur in Boxershorts aufs Bett. Der Tag stürzt in tausend Bildern auf mich ein. Noch ehe ich eines davon auffangen kann, fallen mir die Augen zu.

Ich stehe in Toms Krankenzimmer. Das Intensivbett ist leer. Nur Shir Khan sitzt auf dem Kopfkissen. Die Geräte sind stumm. Alles ist still.

»Paps?«, rufe ich. »Wo bist du?«

Niemand antwortet.

Panik überfällt mich. »Wo haben sie ihn hingebracht?«, schreie ich Shir Khan an.

Der Tiger schweigt.

Ich renne aus dem Zimmer und suche eine Schwester. Kein Mensch ist auf den Gängen. Ich reiße jede Tür auf. Alle Zimmer, alle Betten sind leer. Meine Panik steigt.

»Tom?« Meine Stimme hallt über den Flur.

Ich bin allein im Krankenhaus. Dann geht das Licht aus. Undurchdringliche Dunkelheit umfängt mich.

Plötzlich rattert eine Maschinenpistole. Glas zerspringt.

»Da vorne ist er!«, ruft jemand.

»Mäh ihn nieder«, sagt eine weibliche Stimme. »Er nutzt mir nur tot.«

»Tom!«, schreie ich vor Verzweiflung und renne ins Nichts. Nur weg von den Stimmen.

»Tom! Hilf mir!« Meine Schreie gehen in Schluchzen über. »Tom!«

Ich renne ins Leere und falle ins Endlose. »Tom!«

»Finn?«

»Verschwinde!«, brülle ich. »Du bist nicht Tom!«

»Finn!«

Jemand packt mich und schüttelt mich.

»He! Finn!«

Ich schlage wild um mich. »Verpiss dich!«

Jemand hält mich fest. Ich reiße die Augen auf, sehe aber nichts. Bin geblendet. Doch es riecht irgendwie gut. Nicht künstlich nach Parfüm, sondern tröstlich nach Mensch und Mann.

Ich keuche und schwitze wie nach einem Hürdenlauf.

»Ist ja gut, Finn.«

Allmählich komme ich zu mir. In der Tür erkenne ich Milan.

Hanno kniet auf dem Bett und hält mich fest. »He! Du hast schlecht geträumt.«

»Tom war weg und im ganzen verfickten Krankenhaus war kein Mensch mehr. Sie haben ihn im Stich gelassen. Dann hat jemand auf mich geschossen und …« Meine Stimme versagt, und ich fange an zu heulen.

Hanno wiegt mich. »Scht! Ist ja gut. Heul nur. Lass es mal raus.«

Ich klammere mich fester an Hanno, schluchze und zittere wie ein kleines Kind. Meine Tränen fließen über Hannos Hals. Er streichelt mir den Kopf. »Scht! Ich bin da. Milan ist da und sonst keiner. Dein Vater ist sicher im Krankenhaus. Hörst du? Alles ist gut.«

Alles ist gut, mein Kater.

Ich nicke und schniefe, atme ruhiger.

Hanno gibt mich frei.

Ich rutsche ein Stück von ihm ab. Erst jetzt sehe ich, dass er ebenfalls nur Boxershorts trägt. Seine Brust ist nass und versifft von meinem Rotz.

»Milan hat dich schreien hören und mich aus dem Bad geholt.«

»Es tut mir leid.« Ich packe die dünne Bettdecke und wische die Sauerei von Hannos Brust. »Tut mir leid. Wirklich …«

»Lass gut sein, Finn. Ich wollte sowieso gerade duschen.«
Er lächelt.

Schön. Sanft. Beruhigend. Verwirrend.

Milan kommt zu uns. »Hey. Ich würde dir jetzt einen Joint empfehlen, aber dann bringt mich Hanno wahrscheinlich um.«

Ich muss plötzlich lachen und entspanne mich dabei.

Nach und nach wird mir die ganze Situation bewusst und mein Gesicht beginnt zu glühen.

»Können wir dich wieder allein lassen?«, fragt Hanno.

Ich nicke. »Aber macht die Tür nicht ganz zu, okay?«

Die beiden grinsen, gehen und lehnen die Tür nur an.

Ich fühle mich fast noch einsamer als im Traum. Ich lege mich wieder hin und blicke eine Weile an die Decke. Ich höre, wie die beiden leise reden und sich dann eine gute Nacht wünschen. Es wird still in der Wohnung. Ich schließe die Augen und der Traum steht wieder ganz real vor mir.

Tom ist tot und ich auf der Flucht.

Ich kann beim besten Willen nicht allein sein, packe die Decke und schleiche nach nebenan zu Hanno. Er ist noch unter der Dusche. Neben dem Bett leuchtet eine kleine Lampe. Ich schlinge die Decke um mich und setze mich auf die Matratze.

Hanno kommt in Boxershorts zurück und sieht mich verwundert an.

»Kann ich vielleicht hierbleiben?«, frage ich kleinlaut.

Er zögert und atmet tief ein. »Im Ernst?«

Ich nicke. »Will nicht allein sein.«

»Na, meinetwegen.«

Ich lächle. »Du musst auch keine Angst von mir haben.«

»Ach ja? Bin ja nicht dein Typ, oder wie war das?«

Ich schniefe.

»Jetzt leg dich schon hin.« Er lässt sich aufs Bett fallen, ohne sich zuzudecken und schaltet das Licht aus. »Mit deiner Decke, da wirst du die Nacht nicht überleben. Wenn ich das Fenster aufmache, wird es auch nicht angenehmer.«

Erst jetzt wird mir die Wärme im Zimmer bewusst. Ich lasse die Decke fallen und lege mich neben ihn. Das Bett ist breit genug, sodass etwas Abstand zwischen uns bleibt. Ich bin froh drum.

»Scheiß-Dachwohnung«, sagt Hanno.

»Hat eben alles zwei Seiten«, sage ich.

Er schnaubt leise.

»Was ist?«, frage ich.

»Wer lässt jetzt die Kalendersprüche los?«

»Hab ich von dir gelernt.«

»Musst mich nicht als Vorbild nehmen.«

»Nein?«

»Nein. Gute Nacht, Finn.«

»Schlaf gut.« Ich drehe mich zur Seite, weg von Hanno. Die heruntergelassenen Jalousien werfen harte Licht- und Schattenstreifen in den Raum. Ich lausche Hannos regelmäßigen Atemzügen. Sie verraten, dass er schlagartig eingeschlafen ist. Ich entspanne mich in Hannos Gegenwart und schließe die Augen. In der Dunkelheit war nichts anders als Geborgenheit und der erregende Duft von Hannos Bett.

Mittwoch

Kapitel 28 - Hanno

Grillenzirpen weckt mich. Ich schlage die Augen auf, schäle mich aus dem dünnen Laken, taste nach dem Handy auf dem Beistelltischchen am Bett und schalte den nervigen Ton ab. 7 Uhr. Ich setze mich auf, gähne und reibe mir das Gesicht. So langsam kommt mein Gehirn in Fahrt und damit die Erinnerung an die vergangene Nacht. Ich sehe neben mich, doch der Platz ist leer.

Mit einem Mal bin ich hellwach, springe aus dem Bett und gehe ins Gästezimmer. Da ist Finn auch nicht. Vielleicht duscht er.

Nein. Alles ist still. Auch auf der Terrasse ist niemand. Ich klopfe bei Milan. Er rührt sich nicht.

Ich öffne leise die Tür zu seinem Zimmer. »He!«

Milan schläft wie ein Stein.

Ich gehe zu ihm und rüttle ihn wach. »Milan!«

»Was?«

»Finn ist verschwunden.«

»Wer?« Milan setzt sich auf und streicht sich das Haar aus der Stirn. Endlich sieht er auch mal zerknittert aus.

»Na, Finn! Hast du was mitbekommen?«

Er guckt mich an und kapiert was los. »*Hovno*«, flucht er auf Tschechisch.

Das bedeutet so viel wie *Scheiße*.

»Allerdings.« Ich gehe in mein Zimmer zurück und greife nach meinem Handy, um Soraya anzurufen.

Da höre ich die Wohnungstür und renne ins Wohnzimmer.

Finn schließt die Tür und starrt mich an. Die Haare unter meine Basecap geschoben, die Ray Ban auf der Nase. Er sieht putzig aus in meinen Klamotten, abgesehen vom aufgeschürften Kinn und den Knien. In den Händen hält er zwei Tüten vom Bäcker unten am Platz.

»Morgen, Schwestern«, sagt Finn gut gelaunt, grinst und hebt die Tüten hoch. »Hab uns was fürs Frühstück besorgt.«

Ich bin nahe dran, ihm eine neue Standpauke zu halten, doch ich lasse es. »Du hast mir vielleicht einen Schrecken eingejagt.«

»Ich war draußen echt vorsichtig.«

Hinter mir rührt sich etwas. Ich drehe mich um. Milan steht da züchtig im Morgenmantel und gähnt. »Entwarnung, Hanno. Ich schalte mal die Kaffeemaschine ein. Komm mit Finn. Was gibts denn?«

»Schrippen, Laugenbrezeln und Croissants.«

»Ich liebe Croissants. Auch wenn sie dick machen.«

Die beiden gehen schäkernd zum Küchenbereich.

Ich sehe ihnen nach.

»Was hast du heute vor, Finn?«

»Hab ein Date mit dem Stockfisch da hinten, befürchte ich.« Finn deutet über die Schulter auf mich.

»Schade«, sagt Milan. »Wir könnten shoppen gehen und dir erst mal ein paar coolere Klamotten besorgen.«

»Sind meine«, knurre ich.

»Eben.« Milan verdreht die Augen.

»Neue Klamotten?«, fragt Finn. »Aber mit deiner Kreditkarte.«

»Klar. Ich gehe davon aus, dass du deine vergessen hast.«

Finn dreht sich zu mir um. »Bitte sag ja, Hanno! So ein Mega-Angebot kriege ich nie wieder.«

Ich gehe kopfschüttelnd ins Bad.

Als ich geduscht in mein Zimmer gehe, deckt Finn den Tisch auf der Terrasse und pfeift fröhlich. So habe ich ihn noch nie erlebt.

»Ich mag ihn«, sagt Milan leise. »Finn bringt Schwung in unsere eingefahrene Beziehung.«

»Finn bringt nichts als Chaos in mein Leben.« Ich zeige Milan einen Vogel und gehe in mein Zimmer. Am Kleiderschrank entscheide ich mich für einen grauen Anzug mit T-Shirt und Sneaker. Alles sitzt bequemer als das Outfit von gestern.

Ich schicke Luis eine Nachricht.

*Moin, Mister Sandman. Guten Autosex gehabt? 😊 *

Er antwortet, als hätte er nur auf mich gewartet.

*Jep. Nachdem du kein Nacktfoto geschickt hast, musste meine Fantasie herhalten. 🥵 *

*Sorry. War mit Finn beschäftigt. Muss jetzt wohl deine Fantasie in Echtzeit übertreffen 🥴 *

*Musst du. War ziemlich hot. Streng dich an 😌 *

*Ich gebe alles 😁 *

*Davon gehe ich aus. Wir sehen uns gleich 🥰 *

*Jou. Kanns kaum erwarten 🤗 *

* 🤩 *

* 😘 *

Finn und Milan sitzen am gedeckten Frühstückstisch. Es ist ein perfekter Sommermorgen. Das Gewitter hat die Schwüle vertrieben und die Luft abgekühlt. Finn trägt immer noch meine Cap und die Ray Ban.

»Hallo, aber auch!« Finn nickt anerkennend. »Siehst du schick aus. Für unser Date?«

»Ne, für Hartwig.« Ich setze mich zu den beiden.

»Ach, für die machst du dich schick?«

»Du durftest in meinem Bett schlafen. Also beschwere dich nicht.«

Finn grinst süffisant.

»Wann wirst du 18, Finn?«, fragt Milan und schlürft seinen Kaffee.

»Nächstes Jahr. Willst du mich casten?« Finn bestreicht ein Brötchen mit Butter und grinst Milan frech an.

»Warum nicht?«

Ich sehe, dass die beiden schon Freundschaft geschlossen haben. Über Nacht. Einfach so. Mir gelingt so was nie.

»Was zahlst n so?« Auf die Butter haut Finn noch eine kräftige Portion Nutella.

»Kommt drauf an, wie weit du gehen möchtest.«

»Ne, danke, Milan, Sex auf Abruf und mit Zuschauern ist nicht mein Ding.«

Sie lachen.

»Lasst den Scheiß«, sage ich und schnappe ein Croissant. Ich bin auf Milans Talent eifersüchtig, Leute selbst mit heiklen Themen in Gespräche zu verwickeln und zum Small Talk herunterzuspielen. Jeder verfällt seinem Charme.

»Hat eine Spaßbremse wie du irgendwann auch mal gute Laune?« Finn beißt in das Brötchen, dessen Belag im Grunde nur aus Fett besteht.

Ich frage mich, wo er das alles hin isst.

»Er ist Bulle und kann da nicht raus«, sagt Milan.

»Das ist kein Spaß, Leute«, verteidige ich mich. »Jemand ist hinter Finn her und ich hatte vorhin echt Schiss um ihn.«

Finn nimmt die Sonnenbrille ab. »Okay, Hanno. Gestern hast du gesagt, du gibst dir Mühe mit mir und versuchst mir zu vertrauen. Ich vertraue dir. Also lächle wenigstens mal. Dann fühle ich mich ein bisschen besser.«

Ich sehe zu Milan. Er nickt.

Ich gebe mich geschlagen und lächle.

»Na also«, sagt Finn und stopft sich den Rest des Brötchens in den Mund.

Ich betrachte seine Nutellaschnute und kaufe ihm die bedingungslose Kapitulation nicht so richtig ab. Trotz seines Zusammenbruchs in der Nacht.

Ich wachte irgendwann auf. Finn hatte einen Arm um meine Taille geschlungen und sich an meinen Rücken gekuschelt. Wir schwitzten leicht wegen der Hitze im Zimmer.

Ich musste mir eingestehen, dass es sich fantastisch anfühlte. Ein warmer Körper, der sich vertrauensvoll an mich schmiegt. Finn seufzte leise und sein heißer Atem kitzelte mein Ohr.

Mann, Mann, Mann!

Männer können nun mal keine sexuelle Erregung vortäuschen. Entweder werden sie hart oder nicht. Punkt. Entweder wollen sie oder nicht. Punkt. Finn und ich hatten beide Ständer. Punkt.

Rein biologische Reaktion, versuchte ich mir einzureden.

Brauchte ich am Ende selbst einen Aufpasser?

Nein, ich brauchte Luis. Nie hatte ich mir eingestanden, dass ich jemanden brauchte. Dass mir jemand guttat. Dass mich jemand in eine rosa Bubble entführte. Dass ich mich nach jemandem sehnte ... Luis ...

Doch ich war ausgehungert. Nur eine klitzekleine Bewegung und ich würde über Finn herfallen. Oder er über mich. Ich traute uns beiden alles zu.

Er ist 17 und kann entscheiden, mit wem er schlafen möchte. Ich auch, aber nicht mit ihm. Er ist mein Schutzbefohlener. Und minderjährig. Scheiße noch mal! Ich war nie scharf auf Finn, aber er ist verdammt noch mal auch ein sexy Kerl. Ich dachte, *Luis, hilf mir! Du solltest jetzt so neben mir liegen.*

Und die Magie des Verliebtseins half tatsächlich. Mein Herzklopfen beruhigte sich. Finn murmelte etwas Unverständliches im Schlaf und drehte mir den Rücken zu.

Ich hoffte zumindest, dass er schlief.

»He«, sagt Milan sanft, »dein Kaffee wird kalt.«

»Jou!« Ich nippe daran.

»Was machen wir heute?«, fragt Finn.

»Was?«

Finn wedelt mit einer Hand vor meinem Gesicht. »Jemand zu Hause?«

»Entschuldige. War in Gedanken. Was hast du gesagt?«

»Was … machen … wir … heute?«, wiederholt er abgehackt.

Ich überlege. »Erst mal ins LKA und dann sehen wir weiter. Wir müssen deine Lockvogel-Rolle noch mal genau durchsprechen.«

»Klingt nach einem aufregenden Tag.«

Auf der 15-minütigen Fahrt ins LKA trägt Finn wieder Basecap und Ray Ban. Und meine Klamotten. Offensichtlich fühlt er sich wohl damit. Er sitzt auf dem Beifahrersitz und guckt mich an. Ich sehe seine Augen nicht und das irritiert mich.

»Was ist?«, frage ich.

»Wegen letzter Nacht …«, beginnt er vorsichtig.

Ich halte den Atem an und konzentriere mich auf die Straße. Hatte er das nächtliche Knistern doch bemerkt?

»Na ja …«, fährt er fort. »Tut mir leid, Hanno.«

»Was?«

»Dass ich dir so auf die Pelle gerückt bin. Aber ich war voll durch den Wind. Der Traum und alles. Danke, dass du mich nicht allein gelassen hast. Hab mich richtig sicher gefühlt bei dir.«

»Schon gut. Ich bin ja nicht dein Typ und du nicht meiner. Oder wie war das?«

Finn guckt mich weiter an, ohne etwas zu sagen.

Ich konzentriere mich wieder auf den Verkehr. »Ist Sindo dein Typ?«

»Früher haben wir öfters miteinander rumgemacht und alles Mögliche ausprobiert. Du weißt schon.«

»Ich weiß genau, was du meinst.«

»Wir waren hormongesteuerte Pubertiere.«

»Ihr wart?«

»Blödmann. Uns verbindet inzwischen was Stärkeres. Er versucht gerade, Mädchen zu daten. Vielleicht ist er ja bi.«

»Und? Klappts?«

»Er ist da ein bisschen unbeholfen. Aber er meint, er muss es unbedingt mal probieren.«

»Er hat ja dich.«

Finn hebt abwehrend die Hände. »Ich halte mich da raus.«

»Vernünftige Einstellung. Bist du nicht eifersüchtig?«

»Ne. Ich bin zwar der Meinung, dass Sindo so schwul ist wie Weihnachtsdeko, aber unsere lange Freundschaft ist mehr wert als Sex.«

»Verstehe. Wie bei mir und Milan.«

»Vielleicht.«

»Ist Milan dein Typ?«, frage ich.

»Er ist locker und hat gute Vibes.« Finn zuckt mit den Schultern. »Aber mein Typ ist er auch nicht so.«

»Wer ist denn dein Typ?«

Finn grinst mich breit an. »Du weißt doch inzwischen, dass ich nicht immer alles sage, was ich weiß.«

»Ich war mir nicht sicher, ob du auf Kerle stehst.«

»Jetzt weißt du's und das ist völlig okay für mich.«

»Für mich auch«, sage ich.

»Auch wenn ich dich als schwuler Teenie vielleicht doch hot finde?«, fragt Finn.

»Ich meinte, dass du eine klare Vorstellung von dir hast, ist von Vorteil. Das erleichtert so manches im Leben.«

»Hast du keine von dir?«

Es gefällt mir, plötzlich so offen mit Finn zu reden. Er hat seine Mauer eingerissen und gibt eine neue Seite preis. Den Finn, den alle mögen. Das erleichtert es mir, auch offen zu sein.

»Weißt du, bis vor ein paar Tagen hatte ich eine sehr klare Vorstellung«, antworte ich.

»Und jetzt nicht mehr?«

»Nein. Ich hab mich unerwartet in einen Kerl verliebt und es ist … verdammt kompliziert.«

»Warum?«

»Weil ich meinen Job gekündigt habe und Berlin in einem Monat verlassen werde.«

Finn schiebt die Sonnenbrille auf die Nasenspitze und starrt mich an. »Echt jetzt?«

Ich nicke und erzähle, was ich vorhabe.

»Ans Meer …«, sagt Finn nachdenklich. »Cool, da war ich noch nie. Paps hat mir versprochen, dass wir bald da Urlaub machen. Wenn wir das Geld haben. Übrigens schade, dass du gehst.«

Warum?«

»Weil du auf dem besten Weg bist, nicht nur hot zu sein, sondern auch noch mein Typ zu werden.«

»Wow.« Ich lächle ihm zu. »Im Ernst?«

Er nickt. »Heute Nacht, als ich Schiss hatte und mich an dich gekuschelt hab, dachte ich, mit uns könnte mal was laufen. Weil du eigentlich ganz cool bist und so gut riechst. Aber ich weiß, dass du viel zu korrekt bist, weil ich dein …« Finn deutet Anführungszeichen an. »… ›dein Schützling bin und minderjährig und ja gar nicht dein Typ‹.«

»Vielleicht sage ich ja auch nicht immer alles, was ich weiß.«

Wir lächeln uns zu.

Ich runzle die Stirn. »Du bist jetzt aber nicht in mich verknallt, Finn?

»Ne.«

»Das ist gut. Ich bin nämlich verliebt wie ein Hund, aber leider nicht in dich.«

»Wenigstens hast du *leider* gesagt.«

»Offen gestanden, Finn, ich finde dich *leider* auch hot. Also rein neuronal gesehen.«

Wir sehen uns an, prusten und lachen zum ersten Mal. Offen und herzlich.

»Davon abgesehen, erinnerst du mich an Phil«, sage ich, als wir uns beruhigt haben. »Das weckt meinen Beschützerinstinkt.«

»Ich bin aber nicht Phil.«

»Nein. Du siehst ihm nur sehr ähnlich und hast auch einige seiner Marotten. Das hat mich ein bisschen aus der Bahn geworfen.«

»Das wollte ich nicht.«

»Du konntest es ja nicht wissen. Aber du bist doch auch ganz anders als mein Bruder.«

»Wie denn?«

»Phil war einfach trotzig und begehrte gegen alles auf. Egal was. Du bist eher zielgerichtet. Mich beeindruckt sehr, was du für Tom alles auf dich genommen hast. Das hätte Phil für unseren Vater nicht getan. Ich übrigens auch nicht.«

»Tom bedeutet mir alles, Hanno, und deinen Beschützerinstinkt nehme ich gern mit.« Finn grinst. »Was ist denn jetzt mit deinem Lover?«

»Noch sind wir keine«, gestehe ich. »Das ist echt kompliziert. Weißt du, wir haben uns gerade erst verliebt, ich bin voll auf Wolke sieben und gehe in vier Wochen weg.«

»Mensch, Hanno, du ziehst doch nicht auf einen anderen Planeten. Wie weit ist es von Berlin nach Flensburg? Viereinhalb Stunden?«

»So in etwa. Aber wenn man verliebt ist, möchte man doch immer zusammensein.«

»Vielleicht ist das nur ein Märchen«, meint Finn lapidar. »So eine programmierte Geschichte in deinem Kopf. Ich hab mal gelesen, dass es in Fernbeziehungen weniger Stress und Gewohnheit und besseren Sex gibt.«

»Weil weniger Zeit zum Zoffen bleibt?«

»Zum Beispiel. Da will man es schön, romantisch und sexy haben und nicht fragen, wer jetzt die Wäsche macht, den Teppich saugt oder das Klo putzt. Wichtig ist doch, dass man zusammengehört, oder?«

Ich betrachte Finn und spüre plötzlich eine ganz neue Zuneigung. Er ist nicht nur zielgerichtet, sondern auch lösungsorientiert. Ein Begriff, den ich in der Ausbildung so oft gehört habe, dass ich fast gekotzt hätte.

»Meinst du, Finn, wir können Freunde werden, obwohl wir uns irgendwie hot finden?«

»Klar. Sindo ist auch mein bester Freund und wir hatten Sex. Einen Kerl hot finden und verliebt zu sein, sind zwei Paar Schuhe, Hanno. Manchmal kommt es zusammen. Wie bei bei Paps und Burak.«

»Das ist wohl was Ernstes?«

»Sehr ernst. Burak und Paps sind schon ein paar Jahre zusammen. Heimlich. Jetzt wollen sie sich outen und heiraten.

Diese Scheißsache kam leider dazwischen. Buraks Familie weiß allerdings noch nichts davon.«

»Wie ist das für dich, wenn den Vater einen Freund hat, der gerade ein paar Jahre älter ist als du?«

»Sie lieben sich und ich mag Burak sehr. Die beiden sind so süß miteinander und passen echt gut zusammen. Wenn sie glücklich sind, bin ich es auch.« Finn guckt mich an. »Hey, Freunde kann man immer brauchen. Egal wie.«

Ich reiche ihm meine Hand. »Freunde?«

»Bin dabei.« Finn drückt meine Hand und lächelt.

Schön und richtig lieb.

»Irgendwann bin ich ja mal nicht mehr dein Schützling und auch nicht mehr minderjährig.« Er nimmt die Brille ab und zwinkert.

Ich schüttle amüsiert den Kopf. »Du bist unverbesserlich.«

»Ne. Zielgerichtet.«

Luis begegnet uns vor dem Besprechungsraum. Er trägt Jeans und T-Shirt und balanciert ein Tablett mit Kaffeebechern. Unterm Arm klemmt eine Mappe.

Unsere Blicke begegnen sich und bleiben aneinander haften. Wir versinken ineinander. Sein Lächeln verursacht mir Herzklopfen und pumpt alle verfügbaren Blutreserven in meine Körpermitte. Einen Ständer kann ich jetzt wirklich nicht schon wieder gebrauchen.

»Hey, Luis.«

»Morgen, ihr zwei.«

Wir können unsere Augen nicht voneinander trennen.

Finn räuspert sich übertrieben und grinst wie ein Pferd.

»Sind schon alle da«, sagt Luis hastig und geht vor.

Finn deutet auf Luis. »Er, richtig?«

»Ja. Und wenn du auch nur die kleinste Andeutung machst«, flüstere ich in sein Ohr, »kannst du einen Teil deiner blöden Millionen für n verdammt guten plastischen Chirurgen ausgeben.«

Finn tut, als verschließe er seinen Mund mit einem unsichtbaren Schlüssel.

Diesmal lasse ich *ihn* stehen und folge Luis. Finn verpasst mir einen schnellen Klaps auf den Po und kichert.

»Das war mein voller Ernst«, zische ich über die Schulter.

Nach der Besprechung, in der wir unseren Fahrplan noch einmal durchgegangen sind, lasse ich Finn in der Obhut von Angie und Ercan zurück. Sie fahren ihn zu seiner Wohnung. Dort ist schon ein kleines Team vom SEK. Undercover. Hat so weit alles gesichert. Finn will aufräumen. Gute Idee. Damit ist er ne Weile beschäftigt, ich kann mich auf mein Treffen mit Eva Hartwig vorbereiten.

Diesmal bin ich angekündigt.

Frau Meyer lächelt. »Frau Hartwig erwartet Sie.«

Ich gehe durch, klopfe an und werde hineingebeten.

»Guten Morgen«, sage ich freundlich.

Eva Hartwig wirkt wie frisch aus dem Kosmetikstudio. Wie lange sie morgens dafür wohl braucht?

An Ihrem Schreibtisch sitzt ein Mann, etwa 60, im noblen Dreiteiler. Ich rieche schon beim Eintreten, dass er ein Jurist ist, der die Rechte seiner Mandanten besser kennt als sich selbst.

Er erhebt sich. »Nikolaus De Haag. Rechtsanwalt.«

Der weiße frisch gestutzte Bart passt irgendwie zu Nikolaus.

»Oberkommissar Peters, LKA. Sehr erfreut.« Ich sehe zu Hartwig. »Ihr Rechtsbeistand wäre nicht nötig gewesen. Ich bin gekommen, um Ihnen zu sagen, dass sich im Verlauf des gestrigen Tages neue Spuren ergeben haben, die die Malchow Group entlasten und einen anderen Konzern in den Fokus unserer Ermittlungen rücken.«

»Tatsächlich?«

»An dem Fall arbeiten wir schon länger. Ein Tankstellen-Konzern wurde bedroht. Das ging vor mehreren Wochen durch die Presse.«

»Ah ... Sie meinen Tank Top?«

Ich nicke. »Nach Försters Aussage haben seine beiden toten Mitarbeiter und er selbst im Auftrag eines Tank-Top-Konkurrenten Angestellte in den Tank-Top-Filialen bedroht. Über die Hinterleute schweigt Förster beharrlich und die Konzernleitung weiß natürlich von nichts. Es kam wohl zum Streit unter den Dreien wegen der Vergütung. Förster wurde mit einem Koffer voller Bargeld festgenommen, dessen Herkunft im Dunkeln liegt. Er beschwört allerdings, die beiden nicht getötet zu haben.«

»Was hat das mit High Security zu tun?«

»Wir haben alle Rechner kopiert. Die Firma kann heute wieder arbeiten. Ein Zusammenhang mit der Zentrale der Sicherheitsfirma High Security und den Morden konnte von unserer Seite noch nicht hergestellt werden. Da kann ich Sie beruhigen. Förster hat offensichtlich krumme Dinger auf eigene Rechnung gedreht.«

»Sieh einer an. Dieser Mistkerl.« Die Hartwig atmet auf. »Was ist mit dem Mord an Gerhard Fritsche?«

»Der Bezug zur Malchow Group besteht nach wie vor, Frau Hartwig. Wegen des Bauvorhabens am Tatort und weil er hier gearbeitet hat. Wir schwimmen da noch.«

»Ich habe Ihnen alles geschickt, was wir zu Gerhard Fritsche haben, Herr Peters.«

»Vielen Dank noch mal. Das, Frau Hartwig, waren die Dinge, die Sie und Ihr Unternehmen betreffen. Mehr kann ich im Zuge der laufenden Ermittlungen nicht weitergeben.«

»Natürlich.«

»Ich hoffe, Sie verzeihen meine gestrige Aufdringlichkeit, aber wir müssen in alle Richtungen ermitteln.«

»Sicher.«

»Dennoch, Frau Hartwig. Eine Ermittlung ist ja keine Beschuldigung, sondern ein Verfolgen von Verdachtsmomenten. Doch ganz so einfach kommen Sie mir nicht davon.«

Sie kneift die Augen zusammen.

Ich spüre, sie ist hellwach, weiß aber nicht, ob sie mir alles abkauft, was ich da auftische. Es darf nicht zu blöd herüberkommen.

»Ich erwähnte gestern Tom Seifert, der auch hier gearbeitet hat. Er arbeitete in einer Tank-Top-Filiale und wurde von Steffen Ruppert angeschossen. Förster hat ebenfalls versucht, ihn in der Klinik zu töten. Heute Nacht ist er leider verstorben.«

»Wie furchtbar.« Sie wirkt betroffen.

Ich seufze. »Eine tragische Geschichte, Frau Hartwig.«

»Warum erzählen Sie mir das?«

»Er hinterlässt einen Sohn. Finn.«

Die Hartwig zeigt keine Regung.

»Warum haben Sie nicht sofort gestanden, dass Sie Tom Seifert kennen und Finn Ihr leiblicher Sohn ist?«

Eva Hartwig zündet sich eine Zigarette an und setzt einen Unschuldsblick auf, den ich ihr nicht abkaufe. »Ich wusste, dass Sie darauf stoßen werden, Herr Peters. Bitte, verzeihen Sie mein Schweigen. Sehen Sie, das war eine unverzeihliche Jugendsünde. Ein Fehler, den ich wohl nicht wieder gutmachen kann. Ich denke nicht gern daran zurück.«

»Erklären Sie mir, warum?«

Sie blickt zu ihrem Anwalt.

»Hat das etwas mit Ihrer Mordermittlung an Gerhard Fritsche zu tun?«, fragt der.

»Nein. Ich hatte in den letzten Tagen sehr viel mit Finn zu tun. Es interessiert mich einfach persönlich.«

Der Anwalt nickt.

»Ich habe mich damals von Tom Seifert hinreißen und überreden lassen, das Kind zu bekommen«, sagt Eva Hartwig. »Ich wollte es nie. Mir fehlt jegliches Mutter-Gen.«

»Kommt vor.« Ich lächle.

»Tom hat mir versichert, dass ich mit Finn nichts zu tun haben werde. Er wollte das Kind unbedingt. Dafür gab er sogar seine Stelle hier auf, damit er für das Kind da sein konnte. Wir wollten uns nie wiedersehen. Ich verzichtete auf das Sorgerecht ...« Sie unterbricht sich selbst und scheint nachzudenken. »Wie ... Wie geht es Finn? Ich meine ... Sein Vater ist tot.«

»Er bedeutete ihm sehr viel. Er ist natürlich geschockt.«

»Das tut mir alles sehr leid. Ich weiß, ich bin die Letzte, der Sie das jetzt vielleicht glauben, aber ich habe in all den Jahren oft an Finn gedacht.« Sie sieht mich an. »Hat er … über mich gesprochen?«

»Nein. Er kennt nur Ihren Namen. Tom Seifert hat ihm wohl sonst nichts über Sie erzählt. Finn ist insgesamt nicht sehr redselig. Ein Jugendlicher, der in seiner Bubble lebt. Schule, Sport, Freunde. Er weiß nicht einmal, dass sein Vater hier gearbeitet hat.« Ich tue, als dächte ich nach. »Försters Leute haben auch auf Finn und zwei Polizisten geschossen, als sie ihn zu seinem Vater fuhren.«

»Warum stand er überhaupt unter Polizeischutz?«

Sie wird neugierig, denke ich.

»Er wurde bedroht. Telefonisch und körperlich.«

»Wie bitte?«

Sie tut entrüstet, doch ich unterstelle ihr insgeheim, dass sie das längst weiß.

»Zum Glück kam bei dem Angriff außer dem Wagen und Finns Mobiltelefon niemand zu Schaden.«

»Dann ist er nicht erreichbar?«

»Zurzeit nicht.«

»Wer macht so etwas?«

»Möglicherweise hängt das mit der Bedrohung von Tom Seifert in der Tankstellenfiliale zusammen. Seine Rolle dabei ist allerdings noch unklar. Aber nun ist er tot und Förster schweigt darüber.«

»Glauben Sie, dass ich mit Finn sprechen könnte?«

»Ich weiß nicht, ob er das möchte.«

»Würden Sie ihn fragen?«

»Gern. Er steht unter meinem Schutz und ich sehe ihn heute Abend.«

»Wo ist er?«

»Er hielt sich die letzten Tage bei einer befreundeten Familie auf. Aber nach der Todesnachricht wollte er für sich sein. Da wir aufgrund des Anschlags noch um seine Sicherheit fürchten, darf ich seinen Aufenthaltsort nicht nennen.«

»Nicht mal der leiblichen Mutter?«

»Mit Verlaub, Frau Hartwig, Sie haben sich 17 Jahre nicht um ihn gekümmert.«

»Ich weiß. Vielleicht kann ich ihm ja jetzt etwas Gutes tun. Für eine Annäherung ist es nie zu spät. Meinen Sie nicht?«

»Ich bin Polizist und kein Psychologe.«

»Gibt es schon Informationen über Tom Seiferts Beisetzung?«

»Nein. Die mit Finn befreundete Familie kümmert sich um die Sache. Wenn Sie möchten, informiere ich Sie, sobald ich Genaueres weiß.«

»Ich würde mich freuen, Herr Peters.« Ihr Lächeln erinnert mich irgendwie an Finn und ich kaufe ihr die Reue fast ab. Fast.

»Gut. Sie haben meine Nummer. Rufen Sie mich doch heute Abend an. Wenn Finn mit Ihnen sprechen möchte, reiche ich Sie weiter.«

Eva Hartwig nickt.

Ich sehe auf meine Uhr. »Oh, ich muss los. Mein Wagen steht unten direkt vor dem Eingang. Einen schönen Tag noch.« Ich nicke den beiden zu, verlasse den Raum und könnte kotzen.

Unten am Wagen rauche ich eine Zigarette und telefoniere mit Soraya.

»… schwer zu sagen, ob die Hartwig den Köder geschluckt hat. Jedenfalls macht sie gerade auf Super-Mum. Sie weiß, dass ich Finn heute Abend besuche. Vielleicht lässt sie mich verfolgen.«

»Gut gemacht, Hanno. Malchow Group ist für sie erst mal raus. Ist sie trotzdem nervös?«

»Davon habe ich nichts bemerkt, Soraya. Sie ist eloquent. Finn sagte ja, sie lässt sich nicht so leicht über den Tisch ziehen.«

»Hör mal, Hanno. Beluskin und Kowalski waren über Nacht nicht in ihrer Wohnung. Offensichtlich sind sie gewarnt worden.«

»Oder sie sind schon an Finn dran.«

»Wir fahnden jedenfalls nach ihnen.«

»Hast du Nachricht von Luis?«

»Nein. Er ist gerade mit zwei Leuten unterwegs zur Wohnung von Carmen Hernandez. Am Flughafen stehen unsere Leute ebenfalls bereit und behalten Malchow im Auge, sobald er landet. Malchow und Hartwig haben in den letzten Tagen sehr oft miteinander telefoniert.«

»Das kann ich mir gut vorstellen. Was macht Klose?«

»Hat ein Pärchen als Bedienungen ins Dakar geschleust und schickt Leute als Gäste ins Restaurant. Die sichtbaren Personenschützer sind abgezogen. Klose selbst steht irgendwo bei Finns Wohnung in Bereitschaft. Keiner kommt ungesehen ins Gebäude oder heraus. Alle Kollegen haben Fotos von Beluskin, Kowalski, Hartwig und Malchow.«

»Klingt gut«, sage ich. »Soll ich Luis unterstützen?«

»Ja. Verena und ich arbeiten hier im Hintergrund weiter. Wir warten noch auf Reschkes Bericht über die Sicherheitsfirma und ich wollte noch mit Schaller von dieser Berlin Association sprechen. Übrigens. Förster ist vernehmungsfähig.«

»Möchtest du ihn dir vorknöpfen?«, frage ich.

»Ich bin nicht wirklich scharf darauf, mir chauvinistische Sprüche von diesem Arschloch anzuhören, Hanno.«

»Ich auch nicht, aber ich möchte doch zu gern sehen, wie er sich windet, wenn ihn ausgerechnet eine verdammte Schwuchtel wie ich ins Kreuzverhör nimmt.«

»Sei brav, Hanno und tu ihm nicht weh, ja?« Soraya lacht.

»Mal sehen.«

»Nimm Luis mit. Dann hab ich ein besseres Gefühl und er kann lernen, wie man Arschlöcher zu einer Aussage bewegt.«

»Glaubst du ernsthaft, dass Förster mit mir reden wird?«

»Wir haben genug, um ihn ein paar Jahre ins Gefängnis zu bringen. Aber mach ihm ruhig ein bisschen Feuer unter dem Hintern. Du weißt schon.«

Ich grinse. »Du bist ein verdammtes Aas, Soraya. Ich möchte dich nicht zur Feindin haben.«

»Hör mal, Hanno, wir sind in drei Tagen sehr gut vorangekommen und nah dran. Ich möchte diesen Fall lösen. Mit dir. Mit euch. Ihr seid wirklich ein tolles Team.«

Sorayas uneingeschränktes Lob macht mich stutzig. Da ist was im Busch.

»Was ist los?«

»Ich weiß, ich bin oft eine Zicke und ich versuche, mich zu bessern.«

»Du bist die Beste, Soraya. Immerhin hast du bisher alle deine Fälle gelöst.«

Stille.

»Soraya?«

»Hanno ...«

Allein, wie sie meinen Namen sagt und die folgende Pause weckt noch größeren Argwohn in mir.

»Jou? ...«

»Ich werde die Leitung der gesamten Abteilung Organisierte Kriminalität und Banden am LKA Berlin übernehmen. Und du warst als Nachfolger auf meinem jetzigen Platz vorgesehen. Als Hauptkommissar. Ciao.«

Sie legt auf. Ich starre auf mein Mobiltelefon. Typisch Soraya. Knallt dir einen vor den Latz, verdrückt sich und du hast keine Ahnung, was du mit der Info anfangen sollst, die vor dir liegt wie ein überfahrenes Tier.

Kapitel 29 - Luis

Carmen Hernadez‹ Adresse liegt in einem etwas heruntergekommenen Wohnblock aus den Sechzigern an der Kameruner Straße im Wedding. Ich stelle den Wagen ab. Die uniformierten Kollegen halten hinter mir und begleiten mich.

Ich suche nach dem Namen. Erdgeschoss. Ich klingle mehrmals, doch nichts tut sich.

Eine junge Frau mit Kinderwagen kommt aus der Eingangstür. Wir halten ihr die Tür auf und gelangen so ungehindert ins Treppenhaus.

Ich klingle erneut bei Carmen Hernandez. »Frau Hernandez? Kriminalkommissar Sandmann hier.«

Keine Reaktion.

Ein Kollege lauscht an der Tür. »Da sind Stimmen.« Er klopft. »Hallo? Frau Hernandez? Sind Sie da? Hier ist die Polizei.«

Nichts.

»Geben Sie mir Ihr Funkgerät«, bitte ich einen Kollegen. »Sie warten hier. Ich sehe im Hof nach.«

Der Kollege gibt mir sein Gerät und gehe in den Hof hinaus. Er ist nicht komplett umbaut. Ein Teil öffnet sich zu einer Grünanlage, die auch von der Guineastraße aus zugänglich ist. Ein perfekter Fluchtweg. Die Balkontür von Carmen Hernandez‹ Wohnung steht offen.

Ich stecke das Funkgerät in die Hosentasche und ziehe mich langsam am Balkongeländer hoch. Mein Blick fällt durch die aufgebrochene Balkontür ins Wohnzimmer. Chaos überall.

Ein vermummter Kerl erscheint an der Tür zum Flur, stutzt und zielt auf mich.

Ich lasse mich sofort zurückfallen. Mehrere Geschosse bohren sich in die Müllcontainer hinter mir. Ich ziehe das Funkgerät heraus. »Hören Sie. Die Wohnung wurde durchwühlt. Mindestens eine Person hält sich dort auf. Darunter ein bewaffneter Mann. Er hat auf mich geschossen. Ich kann nicht sagen, ob sich Frau Hernandez auch in der Wohnung aufhält, aber wir müssen davon ausgehen. Sichern Sie die Wohnungstür, verscheuchen Sie die Mitbewohner und lassen sie keinen aus der Wohnung. Aber seien Sie vorsichtig. Ich rufe Verstärkung und bewache den Balkon.«

»Verstanden, Herr Kommissar.«

Während ich mit der Zentrale telefoniere und ein SEK zur Stürmung einer Wohnung mit möglicher Geiselbefreiung anfordere, höre ich wieder verräterische Plopps. Schalldämpfer.

»Beeilt euch, verdammt!«, rufe ich. »Die ballern hier herum.« Ich lege auf.

Mein Funkgerät knackt. »Die schießen auf die Tür, Kommissar.«

»Droht ihnen aber geht kein Risiko ein. Verstärkung kommt gleich. Es ist zu riskant, zu dritt in die Wohnung einzudringen. Wenn die Kollegen kommen, sollen sie mir eine schusssichere Weste rausbringen. Ich bin völlig schutzlos.«

Ich gehe hinter zwei Müllcontainern in Deckung und beobachte den Balkon durch den Schlitz zwischen den beiden Containern.

Der vermummte Mann erscheint abermals an der Balkontür und sieht sich um.

»Polizei!«, rufe ich aus der Deckung. »Sie haben keine Chance. Ergeben Sie sich!«

Der Kerl zielt und antwortet prompt mit Schüssen. Ich werde stinksauer und schieße zurück. Meine Schüsse hallen im Hinterhof.

»Ah!« Ein Geschoss trifft den Kerl in die Hand, seine Pistole fällt auf den Balkon. Er verschwindet in die Wohnung.

Mein Herz klopft bis zum Hals. Was sind das nur für Kerle, die einfach drauf losballern? Die Stille ist unheimlich. Ich versuche ruhig zu atmen, fest entschlossen, keinen aus der Wohnung zu lassen. Doch dann fällt mir Carmen ein. Wie zum Teufel sollen wir sie heil da rauskriegen?

Endlich höre ich die Martinshörner. Kurz darauf schleichen zwei SEKler in voller Montur in den Hof.

»Hier!«, rufe ich. »Kriminalkommissar Sandmann. Ich brauche die Weste. Sie werfen mir eine zu und ich ziehe sie über. Danach haste ich zu ihnen und erkläre die Situation.

»Gut. Bleiben Sie zurück, Kommissar Sandmann«, sagt der Gruppenleiter. »Wir übernehmen.« Er gibt Anweisungen in sein Headset.

Ich stelle mich ins Treppenhaus. Das SEK stürmt die Wohnung. Ich höre Rufe. Dann Schüsse. Plötzlich taumelt ein Vermummter aus der Wohnungstür.

»Stehenbleiben!«, ruft ein Polizist von innen.

Der Vermummte springt zur Seite. Er hat keine verwundete Hand. Es waren also zwei. Er starrt mich an und richtet seine Maschinenpistole mit Schalldämpfer auf mich. Mir bleibt keine Zeit mehr, meine Waffe zu ziehen. Ich hebe meine Hände.

Er zögert.

Ein lauter Schuss hallt im Treppenhaus und kurz danach ein leises *Plopp*. Ein Geschoss bohrt sich neben meinem Kopf in die Treppenwand. Mir wird schlecht und schwarz vor Augen. Meine Beine versagen mir den Dienst und ich sacke auf die Treppe.

Das wars, denke ich.

Doch ich höre, wie jemand vor Schmerz aufschreit und etwas zu Boden fällt.

Ich reiße die Augen auf und sehe den Mann, der auf mich geschossen hat, am Boden liegen. Ein SEKler stürzt aus der Wohnung, verpasst der Waffe einen Fußtritt und kniet sich auf den Kerl. »Geflohene Person gesichert«, ruft er aufgeregt und guckt mich an. »Sie? Wo kommen Sie jetzt her?«

»Luis!«, ruft jemand vom Eingang. »Luis!« Es ist Hanno. Er klingt verzweifelt. Ich würde die Stimme unter Tausenden erkennen.

Ich sehe zur Eingangstür. Dort steht er mit seiner Pistole. Er hatte dem Kerl in den Arm geschossen.

Ein zweiter SEK-Kollege springt aus der Wohnung und richtet seine Waffe auf Hanno. »Pistole runter und Hände hinter den Kopf!«

Hanno legt brav seine Pistole auf den Boden und hebt die Hände. Er weiß, dass das SEK nicht lange fackelt.

»Ich bin Oberkommissar Peters, LKA.«

Der Kollege guckt schnell zu mir.

Ich nicke. »Ist einer von uns.«

Die Kollegen führen zwei verletzte Männer ab. Sie haben ihnen die Masken abgenommen. Ich erkenne Kowalski und Beluskin.

»Gehts wieder?«, fragt Hanno.

»Mir ist noch ein bisschen flau.«

»Kein Wunder«, sagt Hanno und lächelt. »Das war knapp. Carmen Hernandez war zum Glück nicht in der Wohnung.«

Ich sitze neben ihm auf der Treppe, den Kopf an seine Schulter gelehnt. Mit einem Arm drückt er mich fest an sich, raucht und ich kapiere so langsam, dass er mir gerade das Leben gerettet hat.

Unterdessen zieht Hanno sein Telefon aus dem Jackett und wählt. »Regina? Sorry, dass ich deine Frühstückspause störe, aber wir brauchen dich.« Er erklärt die Situation, gibt die Adresse an und drückt das Gespräch weg. »Sie kommen.«

Ich räuspere mich. »Wer zum Teufel wusste, dass wir auf Carmen Hernandez gestoßen sind?«

»Nur Jessica Meyer«, sagt Hanno, »die Empfangsdame bei Malchow. Aber sie scheint mir vertrauenswürdig. Immerhin gab sie uns auch die privaten Nummern von Hartwig und Malchow.«

Mein Gehirn kommt nach dem Schrecken allmählich wieder in Fahrt. »Vielleicht hat ihre Recherche schlafende Hunde geweckt.«

»Warte, Luis. Die Hartwig hat gesehen, dass Frau Meyer mit mir getuschelt und meine Visitenkarte eingesteckt hat.«

»Ist keine Kunst, ein Firmennetz so aufzubauen, dass man sehen kann, wer welche Dateien öffnet oder welche Webseiten aufruft«, überlege ich. »Vielleicht trackt die Hartwig auch die Angestellten.«

»Verdammt!« Hanno schlägt sich an die Stirn und wählt eine Nummer. »Frau Meyer? Oberkommissar Peters hier. Ich mache mir Sorgen um Sie … Nein, das ist keine blöde Anmache. Jemand war vor uns bei Carmens Adresse. Das kann kein Zufall sein. Bitte geben Sie auf sich acht und rufen Sie mich sofort an, falls Ihnen etwas seltsam vorkommt. Egal wann … Ciao.« Hanno legt auf und guckt mich an. »Sicher ist sicher.«

Ich lächle. »Jedenfalls haben wir schon mal die beiden Kerle erwischt. Hoffentlich arbeiten nicht noch mehr von diesen Typen für Malchow.«

Eine ältere Frau südländischen Typs kommt mit einer Sporttasche durch die Eingangstür ins Treppenhaus und guckt den SEKlern beim Abzug nach. Dann wendet sie sich zu Carmen Hernandez‹ zerschossener Wohnungstür, starrt verstört auf die beiden uniformierten Kollegen links und rechts davon. Es sind die zwei, die mit mir gekommen waren.

»Was ist denn hier los?« Der spanische Akzent ist nicht zu überhören.

»Frau Carmen Hernandez?«, fragt Hanno.

Sie guckt wie ferngesteuert zu uns und nickt.

Hanno erhebt sich. »Oberkommissar Peters, LKA Berlin. Ich denke, wir sollten miteinander reden.«

Sie guckt uns an. »In meiner Wohnung?«

Hanno schüttelt den Kopf. »Nein, Ihre Wohnung wurde aufgebrochen und durchwühlt. Die Spurensicherung kommt gleich. Sie hatten verdammtes Glück, dass Sie nicht zu Hause waren.«

»Ich gehe am Mittwochvormittag immer zur Physiothera-pie. Der Rücken, wissen Sie.«

Hanno lächelt. »Können wir irgendwo ungestört reden, Frau Hernandez?«

»Vielleicht drüben bei Richard.«

»Richard?«

»Richard Wannecke, mein Nachbar. Wir kennen uns schon so lange ich hier wohne.«

»Gehört das Haus der Firma Malchow?«

»Nein. Gott bewahre. Es gibt auch noch etwas, was denen nicht gehört.«

Kurz darauf sitzen wir in einem peinlich sauberen Eiche-bru-tal-Wohnzimmer in schilfgrünen Sesseln mit beigen Fransen. Es ist fast ein bisschen gruslig. Herr Wannecke, ein aufmerk-samer Rentner um die 70 serviert frisch aufgebrühten Kaffee und Kekse, während sein Chihuahua um ihn herum hechelt und immer wieder Hanno anknurrt. Der Kaffee weckt meine Lebensgeister. Ich spüre, dass Hanno keine Hunde leiden kann und Hunde ihn wohl auch nicht.

»Aus, Bubi.« Wannecke lächelt. »Der tut nichts, Herr Oberkommissar.«

Bubi ist kleiner als ein Steak, gibt sich aber so bissig wie eine Kobra und Hanno hält einen Fuß trittbereit.

»Sehr freundlich, Herr Wannecke«, sagt Hanno. »Würde Sie uns dann bitte allein lassen.«

»Aber sicher, Herr Oberkommissar. Komm, Bubi. Wir wollen nicht stören.«

»Danke, Richard.« Carmen lächelt gütig.

Die beiden verschwinden. Hanno schaltet sein Diktiergerät ein.

»Richard ist sehr nett«, sagt Carmen. »Seine Mutter lebte auch hier. Sie ist vor einem Jahr gestorben. Mit 90. Ich habe mich manchmal um sie gekümmert, wenn Richard etwas unternehmen wollte. Er ist alleinstehend wie ich.«

»Sie kannten Gerhard Fritsche?«, fragt Hanno.

Carmen nickt und zupft nervös an einem bestickten Kissen, das sie wie zum Schutz auf ihren Schoß gelegt hat. »Was heißt kannte, Herr Oberkommissar?«

»Es tut mir leid, Ihnen sagen zu müssen, dass er ermordet wurde, Frau Hernandez.«

Carmen schlägt fassungslos die Hände vor dem Mund zusammen. »Oh nein!«

»In welchem Verhältnis standen sie zueinander?«

»Wir … waren Freunde, kannten uns von der Arbeit. Sind hin und wieder zusammen ausgegangen bis …« Tränen kullern über ihre Wangen. »Entschuldigen Sie bitte.« Sie zieht ein Taschentuch aus ihrer Hose und schnäuzt sich.

»Bis er untertauchen musste?«, ergänzt Hanno.

Sie nickt.

»Erzählen Sie uns doch bitte, was Sie über Gerhard wissen.«

»In meinen Augen war er ein guter Mensch. Er sagte, viele mochten ihn nicht, wegen seiner Vergangenheit bei der Stasi.«

»Sie wussten davon?«

»Ja. Sehen Sie, ich bin in Spanien unter dem Franco-Regime aufgewachsen, Gerhard in der DDR. In solchen Syste-

337

men wird man schnell blind, weil die Angst, anders zu denken und aufzufallen größer ist als alles andere. Man will doch einfach nur in Ruhe leben.«

»Ich bin mir nicht sicher, ob Gerhard nur in Ruhe leben wollte, Frau Hernandez. Wissen Sie Näheres über seine Tätigkeit in der Stasi?«

»Nein. Ich wollte es auch nicht wissen. Er sagte, er bereut, was er getan hat, und ich glaubte ihm, weil er dabei feuchte Augen bekam. Zu mir war er immer höflich und liebenswert. Ich denke, er hätte gern mehr gewollt, aber ich war mit den Männern durch. Ich kam Ende der Achtzigerjahre mit einem Deutschen nach Berlin. Nach ein paar Jahren hat er mich sitzen lassen. Ich habe mich als Putzfrau und Küchenhilfe durchgeschlagen. Konnte nichts anderes. Vor drei Jahren bin ich in Rente gegangen. Bekomme nicht viel. Es reicht gerade so. Aber ich bin nicht anspruchsvoll.«

»Warum musste Gerhard untertauchen?«, frage ich.

»Er sagte, er wollte etwas wiedergutmachen und half jemanden dabei, Mörder zu entlarven. Das ist doch nichts Schlechtes. Aber man ist ihm auf die Schliche gekommen.«

»Wer?«

»Er sagte Malchow und die Hartwig.«

»Hat er in diesem Zusammenhang auch den Namen Tom Seifert erwähnt?«

»Ja ... Vor zwei Jahren, als er untertauchen musste, brachte er Kartons vorbei und wollte, dass ich sie für ihn aufbewahre. Er sagte, wenn ihm etwas zustößt, muss ich sie einem gewissen Tom Seifert übergeben. Das sei der einzige Mensch, dem er neben mir vertraute.«

»Wo befinden sich diese Kartons?«

»In meinem Kellerabteil.«

»Was ist darin aufbewahrt?«

»Ich weiß es nicht. Ich habe nie nachgesehen. Sie stehen dort so, wie Gerhard sie abgestellt hat.«

Im Untergeschoss finden wir die Kellerabteile. Nummer zwei gehört Carmen. Sie wollte nicht mit nach unten kommen.

»Es ist noch verschlossen.« Hanno steht dicht neben mir.

Sein Duft steigt mir in die Nase, vermischt mit Tabakgeruch. Es ist mir egal. Soll er rauchen. Ich lebe und freue mich, ihn noch zu riechen.

»Wir sind wohl gerade noch rechtzeitig hier eingetroffen«, sage ich.

Hanno sieht mich an. »Mir ist da oben das Herz in die Hose gerutscht, als der Mistkerl auf dich zielte.«

»*Du* bist rechtzeitig hier eingetroffen«, verbessere ich mich. »Danke, Hanno. Ich schulde dir was.«

»Nur einen Kuss.« Hanno drängt mich an gegen Lattentür. »Einen richtig langen. Endlich sind wir mal ganz allein. Keine Kollegen, kein Finn. Nur wir beide.«

Seine Augen funkeln und ich spüre unsere Erregung. Einem Kerl wie ihm gucken viele nach. Aber dass er ausgerechnet auf mich rothaarige Milchschnitte abfährt, ist mir immer noch ein Rätsel. Sein warmer Körper ist verführerisch. Meine Hände wandern wie von selbst unter sein T-Shirt und streicheln seinen festen Bauch. Ich fühle Härchen, den Nabel und die Nippelchen. Er packt mich fest am Po und reibt sich an mir.

»Sexy Mister Sandman«, flüstert er mir ins Ohr und knabbert daran. »Was machst du mit mir?«

Ein geiler Schauer jagt über meinen Rücken bis in die Zehen. Wir atmen schwer. Sehen uns an. Küssen uns, als wollten wir uns auffressen.

Ich spüre, wie sich Hannos Nippelchen aufrichten, sich seine Bauchmuskeln anspannen, wie wir hart werden. Aber es ist nicht nur das Körperliche, das mich anzieht.

Es ist Zeit, Klarheit zu schaffen. Auch wenn es vielleicht wehtun wird.

Ich schiebe ihn sanft von mir. »Hanno! Wir können miteinander Sex haben und ich wünsche mir nichts sehnlicher. Aber ich fühle mehr. Mit dir den Tag anzufangen und zu beenden. Deine Stimme zu hören und deinen Herzschlag zu spüren. Das wäre mein Traum. Du bist der Erste, bei dem ich endlich ganz ich selbst sein kann. Jahrelang habe ich mich versteckt und nun könnte ich mich öffnen, Vertrauen aufbauen. Vielleicht sogar eine Beziehung. Doch dann taucht immer wieder diese Deadline vor mir auf. Vier Wochen. Und danach?«

Hannos trauriger Blick sticht in mein Herz wie ein Messer. »Ich weiß es doch nicht, Luis.« Er legt seinen Kopf auf meine Schulter und küsst meinen Hals. »Ich habe nicht damit gerechnet, jemandem wie dir zu begegnen.«

Ich spüre seine eigene Ratlosigkeit. Hanno, der Musterbulle, der Lebensretter, der noch keinen Fall vergeigt hat.

»Meine Pläne … Oma freut sich so …«

»Und du?«

Hanno atmet tief ein und blickt mich an. »Ich weiß nur, dass ich immerzu an dich denke, dass ich mit dir Phil vergessen kann, dass du meinem Leben eine neue Richtung geben könntest.«

»Ich bin kein Therapeut, Hanno.«

»So habe ich das nicht gemeint.« Hanno fasst mich an den Händen und unsere Finger verhaken sich ineinander. Wie Anker an einem Felsen im Meeresboden. »Ich war immer ein Einzelkämpfer wie du und hab nur an mich gedacht. Ich war ein paarmal verliebt, aber es ging immer in die Hose. Es waren immer die falschen, entweder Klammeraffen oder Windhunde. Du bist anders. Du bist so … lebensecht. Ich möchte bei dir sein, dich lächeln sehen, ja, verdammt geilen Sex mit dir haben, mit dir reden, schöne Sachen machen, dich trösten, wenn du es brauchst.«

Ich lächle. »Wow, das war ja schon ein Heiratsantrag. Aber das ist immer noch kein Plan für die Zeit nach den vier Wochen.«

Hanno lächelt. »Nein, das ist es nicht. Braucht man denn immer einen Plan, Luis? Kann man nicht was auf sich zukommen lassen und dann Entscheidungen treffen? So wie in einer Ermittlung. Pläne gehen meistens schief, weil wir nicht alles im Griff haben. Siehst du doch gerade bei uns.«

Ich schmiege mich an Hanno. Unsere Herzen klopfen. »Okay, Hanno. Scheiß drauf. Ich möchte dich nicht wieder verlieren.«

»Da gehts dir nicht besser als mir.«

Wir schnauben leise und lösen uns voneinander.

»Die Pflicht ruft.« Hanno schließt das Vorhängeschloss auf, öffnet die Lattentür und schaltet das Licht an.

Viel steht nicht im Kellerabteil. Eine ausrangierte Stehlampe, zwei kaputte Stühle, ein verrosteter Wäscheständer und die besagten zwei Kartons.

Wir ziehen die dünnen Gummihandschuhe über und öffnen den ersten Karton. Herrenklamotten kommen zum Vorschein. Sie riechen nach Keller.

Im zweiten Karton befinden sich zusammengerollte Handtücher. Dazwischen sind sorgsam Dokumente eingewickelt. Vergilbte, maschinengeschriebene Blätter.

»Ich glaub es nicht!« Hanno pfeift. »Stasi-Akten.«

Wir überfliegen die Papiere.

»Malchow hat für die Stasi im Ministerium für Bauwesen spioniert«, sagt Hanno und guck mich an. »Die haben sich da wohl gegenseitig nicht getraut.«

»Gerhard war Malchows Verbindungsoffizier zur Stasi«, erfahre ich aus einem Schreiben. »Und hier ist ein Dokument mit *streng vertraulich* gekennzeichnet, Hanno. Es handelt von einem Todesfall im Ministerium für Bauwesen. Mitte der Achtziger. Da wurde ein gewisser Hans Brauer erschossen. Von Erich Malchow. Guck mal, es gibt zwei Aussagen von Gerhard Fritsche als Hauptzeuge dazu. Eine besagt, Malchow wäre eifersüchtig auf Brauer gewesen, weil der ein Verhältnis mit Ilse Malchow, seiner Frau, hatte. Es heißt, Malchow hätte den wehrlosen Brauer einfach erschossen. In einer zweiten Aussage revidiert Fritsche die erste und gibt an, es sei Notwehr gewesen. Brauer hätte ihn mit einer Waffe bedroht.« Ich sehe auf. »Was ist nun wahr?«

»Voilà!«, sagt Hanno und grinst. »Da haben wir doch die alte Geschichte, von der Finn erzählte.«

Ich nicke. »Hatte Gerhard Malchow mit einem Mord in der Hand?«

»Das sehen wir uns im Büro mal genauer an.« Hanno betrachtet mich. »Sag mal, findest du Berlin eigentlich sexy?«

Ich kann Hannos plötzlichem Themenwechsel nicht folgen. »Was?«

»Sag schon!«, fordert er.

»Ich finde *dich* sexy. Aber doch keine Stadt. Wie kann eine Stadt sexy sein?«

»Sagen halt viele so. Lebst du gern in Berlin?«

»Ich lebe hier seit fast 25 Jahren, Hanno. Berlin ist meine Heimat und ich hab da ehrlich gesagt noch nie drüber nachgedacht.«

»Und wenn du drüber nachdenkst?«

»Okay … Ich bin ziemlich behütet in einer Dahlemer Villa aufgewachsen. Das Bauunternehmen Sandmann existiert schon mehrere Generationen. Ich bin der letzte direkte Nachfahre und bin ausgestiegen. Meine Cousine wird einmal das Geschäft übernehmen, wenn sich mein Vater zur Ruhe setzt. Meine Anteile behalte ich allerdings.«

Hanno lächelt. »So, so. Ein Aussteiger bist du also.«

»Ich hab mein eigenes Leben aufgebaut. Ohne Papas Hilfe. Mir war nach einem eigenen Weg.«

Hanno nickt und lässt mich dabei nicht aus den Augen. »Gefällt dir der Weg, den du eingeschlagen hast?«

»Bis jetzt habe ich ihn nicht infrage stellen müssen.«

»Bis jetzt?«

Ich weiß nicht, was ich antworten soll. »Gehen wir wieder nach oben?«

Im Treppenhaus telefoniert Hanno mit Verena. »Kannst du Ilse Malchow ausfindig machen … Gut. Danke.«

Regina ist zwischenzeitlich mit ihren Leuten eingetroffen und wuselt in der Wohnung herum. Hanno und ich verabschieden uns von Carmen und fahren gemeinsam zur JVA Plötzensee. Meinen Wagen lasse ich stehen. Den holen wir später.

Wir stellen das Fahrzeug ab und melden uns an. Ein Beamter begleitet uns durch die Sicherheitsschleusen zum Gebäude des Justizvollzugskrankenhauses. Wir befragen den betreffenden Arzt nach Förster.

»Er hat drei Schussverletzungen und bekommt noch Schmerzmittel.«

»Drei?«, frage ich. »Unser Scharfschütze hat nachweislich nur zweimal geschossen.«

Der Arzt grinst. »Förster hat sich wohl irgendwie selbst an der Ferse verletzt. Er verrät uns allerdings nicht wie. Wohl ein Versehen.«

Hanno verdreht die Augen. »Er ist und bleibt ein Idiot.«

Vor Försters Zimmer bittet mich Hanno, ihm die Vernehmung zu überlassen. Ich bin einverstanden und wir treten ein. Förster liegt in seinem Bett und starrt an die Decke. Er dreht uns seinen Kopf zu und schnaubt abfällig. »Verpiss dich, Peters.«

»Hast du schon über dein Sündenregister nachgedacht?«, fragt Hanno.

Schweigen.

»Okay. Ich helfe dir auf die Sprünge. Das Blut auf deiner Waffe stammt von der Krankenschwester. Tatbestand: schwere Körperverletzung. Du hast versucht, Tom Seifert zu töten. Die Schwestern und der Arzt von der Intensivstation haben dich identifiziert. Tatbestand: versuchter Mord. Du hast Finn Seifert angegriffen und bedroht. Du hast auf Polizisten geschossen. Mehrfach versuchter Mord wird die Staatsanwältin dem Richter mitteilen. Du weißt, was das heißt. Und dafür brauchen wir noch nicht mal ein Geständnis. Ende der Durchsage.«

Förster schweigt und ignoriert uns.

»Du kannst jetzt schon mit ein paar schönen Jährchen hinter Gittern rechnen, ob du nun redest oder nicht. Die Zeugenaussagen sind Beweise genug. Außerdem darf ich dich daran erinnern, dass hier in Plötzensee ein paar Kerle sitzen, die dich von ihren Festnahmen in ziemlich schlechter Erinnerung haben und nur darauf warten, dich zu ficken. Ich meine so richtig.«

Aus Hannos kalter Stimme spricht pure Genugtuung. Im Grunde ist es fies, Leute einzuschüchtern, doch Förster ist auch fies. Für einen Augenblick zucken seine Mundwinkel, doch er sagt nichts.

»Glaub mir, Förster, ich sorge dafür, dass du zu deinen Freunden kommst und die Wiedersehensfreude wird auf ihrer Seite sehr groß sein. Außerdem haben die Vollzugsbeamten hier ein Problem mit Polizisten, die die Seiten wechseln und ich schwöre dir, sie werden wegsehen, wenn dir deine Kumpels unter der Knastdusche die Seife in den Arsch stecken. Wenns nur die Seife ist, kannst du froh sein, denn die flutscht wenigstens.«

»Kein Wort ohne Anwalt.«

Hanno nickt. »Gut. Deine nahe Zukunft sieht auch mit Anwalt nicht rosiger aus. Aber sag mal, wurmt es dich nicht, dass du in den Knast wanderst und zum Prügelknaben degradiert wirst, während deine feinen Auftraggeber Charity-Dinners geben und sich anschließend auf den Malediven davon erholen?«

Schweigen.

»Sie lassen dich jetzt schon fallen wie eine heiße Kartoffel, Förster. Weil du deine Sache vermutlich so richtig verbockt hast. Sonst hätten sie dir schon längst einen Anwalt erster Klasse geschickt. So wie ich deine Auftraggeber einschätze, hast du nichts, aber auch gar nichts gegen sie in der Hand. Sie haben dich mit Geld geködert und du warst zu gierig, um dich abzusichern. Wenn du wieder aus dem Knast kommst und sie an eure alte Geschäftsbeziehung erinnerst, wirst du spätestens einen Tag später tot sein. Schau dir Gerhard Fritsche an. Hast du ihn misshandelt und erschossen?«

»Ich hab den Penner nicht erschossen.«

»Aber du weißt, wer.«

»Leck mich.«

»Na gut, vielleicht bringen diese Leute dich ja auch schon im Knast zum Schweigen. Willst du ihnen wirklich die Stange halten? Ich erkenne den alten Förster nicht wieder. Vom Großmaul zum devoten Handlanger mutiert?«

Stille.

»Von wem ist das Geld, das wir bei dir gefunden haben und wofür hast du es bekommen?«

Förster lächelt überheblich.

»Wer hat deine Komplizen erschossen?«

»Ich wars nicht.«

»Das glaube ich dir sogar. Aber ich will wissen, *wer* es war und nicht, *wer nicht*.«

Försters Lächeln verwandelt sich in ein fieses Grinsen. »Du hast nichts gegen sie in der Hand, Peters. Sonst wärst du nicht hier.«

»Wir haben unsere Hausaufgaben gemacht, während du hier herumgelegen hast, Förster. Inzwischen haben wir weitere Männer festgenommen. »Kennst du Kowalski und Beluskin?«

Förster reißt die Augen auf. »Ihr habt die beiden?«

»Für wen arbeiten sie? Malchow oder Hartwig?«, frage ich. Förster ist immer noch nicht bereit, zu reden.

»Denk drüber nach, was dir lieber ist«, sagt Hanno. »Ein Deal mit dem LKA oder in der Knastdusche rangenommen zu werden. Immer und immer wieder. Vielleicht findest du ja mit der Zeit sogar Gefallen daran, wenn sie dich festhalten und nacheinander vergewaltigen. Ich meine jetzt, wo du so devot geworden bist.«

»Du verdammter …«

»Scht!« Hanno legt einen Finger an die Lippen. »Die Beamtenbeleidigung hab ich ja ganz vergessen.« Er winkt ab. »Aber ich will mal nicht sie sein. Du steckst auch so schon tief genug in der Scheiße.« Hanno nickt mir zu. »Abflug, Luis.«

Wir gehen zur Tür.

»He … warte!«

Hanno dreht sich nicht um. Wir verlassen das Zimmer und schließen die Tür.

»He!«, ruft Förster uns nach.

»Warum sind wir nicht geblieben?«, frage ich. »Ist er nicht weich geworden?«

»Vielleicht. Schadet aber nichts, wenn er ein bisschen schmort, Luis. Die Vorstellung, dass sie ihm im Knast keine Ruhe lassen werden, treibt ihm den kalten Schweiß auf die Stirn. Ihm ein bisschen Feuer unter dem Arsch zu machen, ist zwar nicht die feine englische Art, aber wenn er reden will, tut er das auch morgen.«

»Hast du nicht übertrieben, Hanno?«

»Weißt du, Förster ist bei Festnahmen nie zimperlich gewesen. Sein Vorgesetzter Klose hat lange weggeschaut und es auf Notwehr geschoben, weil er keinen Kollegen verpfeifen wollte. Aber dann haben sich Försters Kollegen und ich beschwert und gegen ihn ausgesagt. Die Kerle im Knast vergessen nichts und werden sich ihn vornehmen. Wie auch immer.«

Kapitel 30 - Finn

Angie und Ercan haben beim Aufräumen kräftig mit ange-
packt. Trainierte Personenschützer sind auch beim Woh-
nungsputz sehr gut zu gebrauchen. Wir hatten richtig Spaß
dabei. Angie, die sehnige Triathletin, und Ercan, der stylishe
Türke mit der geschwollenen Nase. Gegen Mittag ist die
Wohnung wieder einigermaßen in Schuss. Wir bestellen Pizzen und essen sie auf dem Balkon mit den Händen.

»Burak und Paps wollen heiraten«, sagte ich.

»Was sagt Buraks Familie?«, fragt Ercan.

»Nichts. Sie wissen es noch nicht.«

»Oh! Aber er ist 24 und dein Vater 45.«

»Hör mal, Paps ist knackig, topfit und macht Eindruck bei
den Jungs. Außerdem ist er ein verständnisvoller Freund und
der beste Vater obendrauf.«

»Darf ich ihn heiraten?«, fragt Angie.

Wir lachen.

Ercan schüttelt den Kopf. »Mag ja alles sein, Finn, aber irgendwann ist er 60 und ...«

»... und was? Dann ist er immer noch Tom. Geht doch
nicht immer nur um Sex, oder?«

Ercan schnieft. »Aber oft. Oder?«

»Denk mal über das Gefühl der Zusammengehörigkeit
nach!«

»Ich hab mal gelesen, dass inzwischen über die Hälfte der
Muslime in Deutschland die gleichgeschlechtliche Ehe unterstützen«, behauptet Angie.

»Gibt eben überall Liberale und Konservative«, sagt Ercan. »In der Türkei möchte ich jedenfalls als Schwuler nicht leben. Ist zwar nicht verboten, aber sie dissen dich, wenn es herauskommt.«

»Burak sagt, in der islamisch-arabischen Kulturgeschichte gab es bis 1800 keine Homophobie. Die haben die Kolonialisten erst eingeführt. Und vor den Achtzigerjahren des letzten Jahrhunderts ist ihm kein Fall bekannt, dass man Homosexuelle im Nahen Osten und Nordafrika strafrechtlich angeklagt hat. Er hat da mal eine Arbeit drüber geschrieben.«

Angie nickt. »Interessant.«

»Der Koran ist gar nicht so eine schwulenfeindliche Schrift, wie viele immer sagen. Allah will, dass wir uns alle liebhaben.«

»Ich hab dich lieb, Ercan. Besonders deine Bizeps und deinen Knackarsch.«

Ercan grinst und lässt die Muskeln spielen. »So um 1200 herum gab es mal einen Rechtsgelehrten und der sagte, wer behauptet, dass er keine Begierde empfindet, wenn er einen schönen Knaben anblickt, ist ein Lügner, und wenn man ihm glaubt, wäre er ein Tier und kein menschliches Wesen.«

»Ich bin kein Knabe mehr, Ercan. Und wenn du mich anbaggern möchtest, sags einfach.«

Angie gluckst.

»Wenn ich mal Not habe, rufe ich dich an. Okay?« Ercan zwinkert.

»Blöd für dich, weil ich gerade kein Phone habe.«

Wir lachen wieder. Die beiden sind wirklich klasse.

»He!«, sagt Ercan. »In Paris gibt es sogar einen offen schwulen Imam.«

»Echt jetzt? Ich bin beeindruckt.«

»Warum muss man überhaupt jemandem in sein Sexleben reinquatschen?«, fragt Angie. »Wenn zwei was miteinander machen, was beide wollen?«

Wir nicken.

»Was würdest du sagen, Ercan, wenn dein Bruder oder deine Schwester sich outen?«

»Also … ehrlich gesagt … ich bin Einzelkind.«

»Faule Ausrede«, sagt Angie.

Wir schmunzeln.

»Dann kann ich Burak also sagen, Schwulsein ist halal. Ich meine, wenn selbst Imame schwul sein dürfen oder können.«

»Wenn er Wert daraufliegt.«

»Er vielleicht nicht so, Ercan. Aber seine Eltern.«

Angies Mobiltelefon klingelt. Sie guckt aufs Display. »Es ist Hanno … Ja, Angie hier … Alles ruhig … Finn sitzt neben mir … Klar.« Sie reicht mir das Telefon. »Er will mit dir sprechen.«

»Ja?«

»Hör zu, Finn. Gute Nachricht. Wir konnten die beiden Männer schnappen, die euren Wagen aufgebrochen haben.«

Ich denke nach. »Das heißt, Hartwig und Malchow müssen nun selbst die Kohlen aus dem Feuer holen?«

»Das hoffen wir. Unser Plan läuft also an. »Wir sind hier in der Wohnung von Gerhards Freundin auf Stasi-Dokumente gestoßen, die möglicherweise Erich Malchow belasten.«

»Altes Zeug. Das hat doch keine Bedeutung mehr.«

»Wenn es um Mord geht, schon.«

Ich pfeife.

»Ich weiß nicht, ob mich die Hartwig verfolgen lässt, Finn. Sie hat auf Mutter gemacht, wollte wissen, wo du bist und mit dir sprechen.«

»Na, vielen Dank auch. Was hast du ihr gesagt?«

»Dass ich am Abend bei dir bin und sie mich anrufen kann. Du musst mitspielen, wenn unser Plan aufgehen soll.«

»Schon klar. Keine Sorge. Ich ramme ihr gern das Messer in die Brust. Wann kommst du?«

»Sehnsucht nach mir, wie?«

Ich grinse. »Was willst du hören?«

»Dass es dir gut geht.«

Ich lächle. »Es geht mir gut und wir haben Fun hier.«

»Wenigstens etwas. Wir sehen uns so gegen sechs. Ich bringe Luis mit. Was dagegen?«

»Muss ich mal drüber nachdenken.«

»Sei nicht so kleinlich und gönne mir auch etwas Spaß, hm?«

»Kannst du doch auch mit mir haben. Aber von mir aus.«

»Du bist so verdammt gnädig. Hast du einen Wunsch fürs Abendessen?«

»Wir essen gerade. Aber wenn du so fragst, ein yummy yummy Falafel-Sandwich geht immer. Aber nur, wenn ihr mitesst.«

»Aye, Captain. Bis dann.«

Hanno legt auf.

Schlag sechs ist die Wohnung tipptop. Hanno und Sandmann erscheinen mit fünf Sandwiches. Wir holen noch zwei Stühle, quetschen uns auf den Balkon und futtern. Es ist schön warm, ein herrlicher Sommerabend. Sandmann bietet

352

mir das *Du* an, die beiden berichten noch einmal, was sie herausgefunden haben, und ich höre ihnen aufmerksam zu.

»Könnt ihr Malchow den Mord anhängen?«, frage ich.

»Die Staatsanwältin prüft das gerade«, sagt Luis. »Wir werden Ilse Malchow befragen. Vielleicht gibt es weitere Zeugen von damals und man kann die alte Geschichte noch mal aufrollen.«

»Was hat die Durchsuchung dieser Security Firma gebracht?«

»Nichts«, sagt Hanno. »Da ist alles sauber. Wenn Förster, Malchow und Hartwig unter einer Decke stecken, haben sie ihre Zusammenarbeit sehr gut verschleiert.«

»Was kannst du Hartwig nachweisen?«

»Kaum etwas. Nur ihr Bewegungsprofil ist verdächtig. Sie oder zumindest ihr Mobiltelefon war am Abend, als dein Opa starb, in der Nähe seiner Adresse und an der alten Fabrik, etwa zu dem Zeitpunkt, als Gerhard starb. Soraya war bei der Berlin Building Association und hat herausgefunden, dass sich Eva Hartwig persönlich um den Verkäufer des Grundstücks an der Spree kümmern wollte. Sie wusste also, dass das Grundstück euch gehörte. Das hat sie uns verschwiegen. Und ihr Telefon war tatsächlich am Handyladen und in jener Nacht am Landwehrkanal, als Ruppert ermordet wurde, der auf deinen Vater geschossen hat.«

Ich nicke. »Reicht das nicht, um sie festzunageln?«

»Sich in der Nähe eines Tatorts aufzuhalten ist noch keine Straftat, Finn.«

»In der Nähe *eines* Tatortes vielleicht. Wir haben hier aber mindestens vier. Das ist doch kein Zufall.«

»Wenn wir Hartwig und Malchow überführen wollen, brauchen wir handfeste Beweise und keine Verdächtigungen. Sie haben die besten Anwälte Berlins. Sie müssen sich sicher fühlen und sich am besten selbst verraten.«

»Meinst du, sie wagt sich in unsere Wohnung und schmeißt mich übers Balkongeländer?«

»Sie wird mich heute Abend anrufen. Außerdem haben wir ihre Dreckarbeiter. Sie muss nun selbst handeln.«

»Bist du sicher, dass sie keine Muskelpakete mehr laufen hat?«

»Nein. Aber wir sind auf alles vorbereitet.«

Ich grüble. »Was, wenn die Hartwig in der Klinik anruft?«

»Die sind alle instruiert und dein Vater ist sicherer als der Bundeskanzler«, sagt Luis. »Wirklich!«

»Und wenn sie sich wegen der Beisetzung bei den Achebes meldet?«

»Die spielen alle mit«, sagt Hanno. »Vertrau uns.«

»Irgendetwas gefällt mir nicht.«

»Und was?«, fragt Luis.

Ich überlege. »Sie war zwar zu blöd, ihr Smartphone abzuschalten und ihre Computerpasswörter zu ändern, aber sie ist schlau. Ihr ganzes Vorgehen bisher spricht doch dafür. Keiner kann ihr was. Sie rennt rum wie ne Königin und zahlt mir 200 Euro Unterhalt. Ich kann mir also gut vorstellen, dass sie unseren Plan riecht und nicht drauf anspringt.«

Hanno betrachtet mich. »Hab ich was übersehen?«

»Du hast mich ihr als ahnungslosen Jugendlichen verkauft. Aber Förster hat ihr bestimmt berichtet, dass ich ihn verprügelt und den andern Typen vor der Tiefgarage abgehängt habe. Außerdem weiß sie, dass jemand den Stick aus dem Wagen geholt hat. Das kann auch nur ich gewesen sein.«

Die vier Polizisten sehen sich an.

»Warum sagst du das jetzt erst, verdammt?« Hannos alter Handgranatencharme kehrt zurück.

»Weil es mir eben erst auffällt, du Heulboje. Da brauchst du mich nicht gleich wieder anmaulen.«

»Sorry.«

»Du hast Hartwig gesagt, dass du auf mich aufpasst, und sie kann sich doch an einem Finger abzählen, dass du nicht der Einzige bist. Ihr seid das LKA und keine kleine Hinterhof-Detektei.«

Hanno nickt. »Okay, Finn. Wie zum Teufel kriegen wir sie dann? Und sag jetzt nicht *keine Ahnung*! Sonst schmeiß *ich* dich über die Brüstung.«

Ich schnaube. »Wir müssen Zeit gewinnen und sie irgendwie überrumpeln ...«

»Okay«, sagt Hanno. »So weit bin ich auch schon. Aber wie, verdammt?«

»Die Tasche«, sagt Luis plötzlich und schlägt sich an die Stirn. »Warum hab ich Idiot nicht schon früher daran gedacht. Es gibt nur einen Hermès-Laden in Berlin und so eine teure Tasche verkaufen die nicht alle Tage. Wir kennen inzwischen das Model. Ich kümmere mich morgen darum.«

»Was ist mit diesem Escortservice?«, frage ich. »Könnt ihr da nicht jemanden einschleusen, der sich mit Hartwig trifft?«

Hanno denkt nach. »Könnte man. Und was soll er mit ihr machen? Glaubst du, sie gesteht dann beim Vögeln?«

Ich verdrehe genervt die Augen.

»Was ganz anderes«, sagt Luis und grinst. »Hartwig glaubt, dass Finns Handy kaputt ist. Sie weiß nicht, dass wir die Spyware entdeckt haben und im Handyladen waren. Ich finde, Finn braucht dringend ein neues Smartphone und Murat Duman wird Ina Seifert anrufen und fragen, ob sie eine neue Spyware haben möchte.«

Hanno strahlt. »Jep. Dann haben wir sie.«

»Klingt nach einem verdammt guten Plan, Luis«, sage ich und haue ihm auf die Schulter.

»Jetzt müssen nur noch Staatsanwältin und Richter mitmachen«, unkt Hanno.

Luis und ich verdrehen die Augen.

»Hört zu!«, sagt Hanno und wir gehen unseren neuen Plan durch.

Nachdem Angie und Ercan gegangen sind, räumen Luis und ich auf. Ich koche Kaffee. Hanno bespricht mit Dabaschi unseren neuen Plan und dass sie das SEK draußen abziehen kann. Hanno meint, er schafft das notfalls mit Luis allein besser und flexibler. Die beiden bleiben über Nacht bei mir. Morgen soll ich dann wieder zu ihm und Milan. Wechselnde Orte, meint er, sind sicherer.

Wir machen es uns vor der Glotze gemütlich. Hanno und Luis kuscheln und kichern. Echt süß die zwei, aber ich hocke da wie das fünfte Rad am Wagen. »Luis? Leihst du mir mal dein Phone? Ich möchte Sindo anrufen.«

»Klar. Hier.« Er reichte es mir.

Ich verziehe mich in mein Zimmer und quatsche mit Sindo.

Im Wohnzimmer klingelt ein Mobiltelefon. Es kann nur das von Hanno sein. Ob es Hartwig ist?

»Sindo, ich mach mal Schluss. Kann sein, dass ich da draußen gebraucht werde. Ich melde mich.«

Ich drücke Sindo weg und gehe ins Wohnzimmer.

»Ist sie das?«, frage ich aufgeregt. »Was soll ich sagen, verdammt?«

»Ruhig bleiben«, sagt Hanno. »Wir schalten auf Lautsprecher, zeichnen das Gespräch auf und machen ihr ein bisschen Feuer unterm Hintern.«

»Kannst du uns Block und Stift besorgen?«, fragt Luis und stellt den Fernseher ab. »Dann schreiben wir dir Stichwörter drauf.«

»Okay.« Ich gehe das Zeug holen, Hanno nimmt ab und wir hören mit.

»Peters?«

»Eva Hartwig hier. Guten Abend.«

»Gleichfalls, Frau Hartwig.« Hanno nickt mir zu und ich lege geräuschlos den Block vor ihn.

»Haben Sie Finn gefragt, ob er mich sprechen möchte?«

»Ja. Er war unsicher. Warten Sie.« Hanno tut, als rufe er mich. »Finn …«

Ich drehe den Kopf zur Seite, damit ich leiser klinge. »Ja?«

»Eva Hartwig ist am Telefon.«

»… keine Ahnung, was ich ihr sagen soll.«

»Nun komm. Sie beißt nicht.«

»Na gut.« Ich halte die Luft an und nehme das Smartphone entgegen. »Hallo?« Ich versuche so niedergeschlagen zu klingen wie möglich.

»Hallo, Finn. Du weißt, wer ich bin?«

»Ja. Oberkommissar Peters hat mir gesagt, dass Sie vielleicht anrufen. Aber ich weiß ehrlich nicht, worüber ich mit
Ihnen reden soll.«

»Mir geht es genauso, Finn. Ich möchte dir nur sagen, das
mit deinem Vater tut mir sehr leid.«

»Danke.« Ich schniefe dramaverdächtig.

»Oberkommissar Peters sagte, dass man dich angegriffen
hat.«

»Ja, das stimmt.«

»Wirst du gut bewacht?«

Ich gucke zu Hanno. Er nickt heftig.

»Ja. Ist immer jemand bei mir. Wegen der Geschichte mit
Paps …«

»Bist du … in der Stadt?«

»Ja …«

»Wir kennen uns nicht persönlich, Finn, aber ich möchte
dir trotzdem meine Hilfe anbieten.«

»Das ist nett von Ihnen. Aber ich weiß nicht …« Ich zucke
mit den Schultern und gucke wieder hilfesuchend zu Hanno.

»Kommst du denn klar, Finn? Ich meine auch finanziell?«

»Ja … ähm … Ich habe gute Freunde …«

Hanno kritzelt:

Das geht sie nichts an. Hat sich nie interessiert!

Sei höflich!

»Hören Sie, Frau Hartwig. Sie haben sich nie für uns interessiert. Danke, aber ich brauche Ihre Hilfe nicht.«

Hanno nickt zufrieden.

»Gut, Finn. Ich verstehe. Wollen wir uns vielleicht irgendwann mal treffen?«

Hanno schüttelt den Kopf und schreibt:

Du brauchst Zeit.

»Ich bin im Augenblick mit so vielem beschäftigt, Frau Hartwig. Lassen Sie mir Zeit.«

»Verstehe.«

Frage nach ihrer Nummer.

»Aber wenn Sie möchten, geben Sie mir doch Ihre Nummer ...«

Du bekommst morgen ein neues Handy, Garantiefall. Handyladen.

»... ich bekomme morgen ein neues Smartphone. Mein Altes ist kaputtgegangen und der Laden macht es noch auf Garantie. Dann können wir nach der Beisetzung mal in Ruhe telefonieren.«

»Das ist eine gute Idee, Finn.« Sie gibt ihre Nummer durch. Hanno schreibt mit.

»Weißt du schon etwas über die Beisetzung?«

Hanno schüttelt den Kopf.

»Nein. Ist ja alles noch frisch.«

»Gut, Finn. Ich werde dich nicht weiter drängen und freue mich, wenn du mich anrufst. Wir könnten ja essen gehen. Da redet es sich leichter. Vielleicht bei deinen Freunden im Dakar.«

Hanno reißt die Augen auf und bedeutet mir, Schluss zu machen.

»Ja. Vielleicht. Ich würde das Gespräch nun gern beenden, Frau Hartwig. Ist alles ein bisschen viel für mich im Augenblick.«

»Natürlich. Bis bald, Finn. Alles Gute.«

»Ihnen auch.« Ich drücke das Gespräch weg, stecke einen Finger in den Mund und deute an, dass ich kotzen könnte.

Hanno hebt den Daumen. »Du warst großartig.«

Ich grinse. »Warum wolltest du, dass ich so schnell Schluss mache?«

»Sie hat sich verraten, Finn. Sie hat das Dakar erwähnt.«

Luis und ich sehen ihn an.

»Keiner von uns hat es ihr gegenüber erwähnt. Woher also kennt sie deine Freunde und das Dakar, hm?«

Ich kapiere. »Klar. Vom Tracken.«

»Ob sie's selbst bemerkt hat?«, fragt Luis.

»An ihrer Stimme war jedenfalls nichts zu erkennen.«

Luis betrachtet die Nummer auf Hannos Zettel. »Das ist die, die sie auch im Telefonladen hinterlassen hat.«

Donnerstag

Kapitel 31 - Hanno

Wieder weckt mich das nervige Grillenzirpen. Luis und ich liegen nackt auf der Schlafcouch unter einem dünnen Laken. Ich sauge seinen erregenden Duft nach Sex und Mann ein.

Luis stöhnt leise.

Unser erstes Mal war zärtlich, spielerisch und begleitet von leisem Kichern. Luis ist kein Draufgänger, er brauchte ein bisschen Zeit. Und die hatten wir.

Zwischen unseren Küssen und Erkundungen schielte ich immer wieder zu Finns Zimmertüre. Ich hatte ihn gewarnt. Wenn er mir diese erste Nacht mit Luis versaut, würde ich ihn auf den Balkon sperren, mit Handschellen ans Geländer fesseln, ihn knebeln und die Rollos runterlassen.

Und wenn ich aufs Klo muss, hat er gefragt.

Dann pinkle aus dem Fenster, hab ich geantwortet.

Finn ließ sich nicht blicken. Braver Junge.

Ich taste nach meinem Handy im Kleiderhaufen neben der Couch und schalte es ab. Dann wende ich mich wieder Luis zu und küsse ihn ganz wach. »Hey, *Mister Sandman*. Zeit aufzustehen.«

Er rekelt sich und reibt sich an mir. Haut auf Haut. Bauch an Bauch. Meine Lenden werden schneller wach, als Luis.

»Ich stehe nie wieder auf«, murmelt er, fixiert mich mit seinen grünen Augen, reibt meine Brustwarzen und küsst mich voller Hingabe.

Dieser erste Kuss am Morgen schmeckt ein bisschen abgestanden, aber je länger er dauert, desto bewusster wird mir, *so schmeckt und riecht nur Luis.* Würde ich jetzt einen plötzlichen Herztod sterben, wäre mein Leben nicht umsonst gewesen. Ist es nicht egal, ob man nur eine einzige Nacht wirklich geliebt wurde oder ein ganzes Leben? Das Gefühl von Luis‹ Liebe umgibt mich von den Zehen bis zum Schädel und verbreitet sich im ganzen Wohnzimmer. Mit dieser Liebe sein Leben auszuhauchen, wäre doch ein grandioser Abgang.

Ich lächle. »Es ist 7 Uhr.«

»Na gut.« Luis gähnt wie ein Löwe.

Wir setzen uns auf.

Es klopft an Finns Zimmertür. »He, seid ihr wach? Ich muss pinkeln wie ein Pferd, verdammt.«

»Dann geh doch aufs Klo«, sagt Luis locker. »Wir sind erst mal durch hier.«

Finn steckt erst vorsichtig den Kopf durch die Tür, wahrscheinlich um sicherzugehen, dass ich nicht doch eine Blumenvase oder eine Zimmerpflanze nach ihm werfe.

Dann grinst er. »Am besten, ich dusche auch gleich. Da bleibt euch noch Zeit für n Quickie.«

Ich springe nackt, wie ich bin, von der Couch und jage ihn ins Bad. Er lacht dreckig. Ich bin ihm nicht böse.

Als ich zurückkomme, liegt Luis da wie das schönste Versprechen der Welt. Wir folgen Finns Vorschlag, ohne uns mit Nebensächlichkeiten aufzuhalten. Ich bin besoffen von Sex und Glück.

Nach einem schnellen Frühstück mit pappsüßem Schokomüsli (Finn ist in mancher Hinsicht wirklich noch ein Kind) und einem starken Kaffee aus der Presskanne fahren wir drei mit dem Aufzug in die Tiefgarage. Ich hatte meinen Wagen auf Tom Seiferts Stellplatz geparkt. Sein Polo steht in der Technik.

Im LKA besprechen wir uns noch mal. Dann redet Soraya mit der Staatsanwältin und dem Richter.

Verena ruft im Hermès-Laden an. Sie gibt das Model der Tasche durch und wir erfahren, dass eines vor drei Jahren auf den Namen Eva Hartwig angefertigt wurde.

Luis ruft im Handyladen an. Murat Duman ist bereit, mitzuspielen. Ercan und Angie begleiten uns an die Skalitzer. Als wir da sind, ist es 11 Uhr.

Wir instruieren Duman und er ruft bei Eva Hartwig an.

»Ja, hallo, Frau Seifert. Murat Duman hier, von Duman Phones & More. Sie erinnern sich doch? ... Es geht um Folgendes: Ihr Sohn Finn war gerade da und hat sich ein neues Smartphone ausgesucht. Das Alte hat einen Schlag abbekommen, die meisten Apps funktionieren nicht mehr. Ich hoffe, dass ich wenigstens seine Kontakte retten kann. Das Ganze geht natürlich auf Garantie. Sie haben keine zusätzlichen Kosten. Meine Frage: Möchten Sie, dass ich eine neue Spyware einrichte?« ... Ja? ... Gut. Finn will das neue Phone am Nachmittag abholen. Sie wissen ja: Jungs ohne Smartphones sind quasi von der Außenwelt abgeschnitten ... Würden Sie Ihr Handy in der nächsten Stunde vorbeibringen? ... Perfekt. Ich bin hier. Das geht dann ganz schnell. Sie können Ihr Gerät gleich wieder mitnehmen ... Ja ... Bis später, Frau Seifert.«

Er legt auf und nickt. »Sie kommt.«

Luis versteckt sich im Büro hinter dem Laden und beobachtet die Überwachungskamera des Geschäfts auf einem

Bildschirm. Er trägt eine Schutzweste. Soraya spielt eine Kundin. Finn und ich warten ebenfalls in Schutzwesten im Hinterhof, weil die Hartwig uns beide kennt. Duman kocht türkischen Mokka für uns. Ercans Bluterguss haben wir mit Schminke überdeckt. Er mimt einen Angestellten und berät scheinbar Soraya. Angie sitzt draußen im Wagen und beobachtet die Straße. Wir sind mit Ohrstöpsel miteinander verbunden.

Finn wird zusehends nervös und wir teilen uns eine Zigarette.

Ich schalte das Mikro am Ohrstöpsel aus. »Danke, Finn.«

»Wofür?«

»Dass du uns heute Nacht nicht gestalkt hast.«

»Wars schön?«

Ich verdrehe die Augen und seufze.

Finn kichert. »Dafür hab ich was gut bei dir, Hanno.«

»Warum?«

»Weil ich tatsächlich einmal aus dem Fenster pinkeln musste.«

Ich lächle. »Du bist ein echter Freund und hast einen Wunsch frei.

Finn grinst. »Darauf kommen wir später zurück. Wie läuft es jetzt zwischen dir und Luis? Ich meine, du gehst ja, oder?«

»Wir haben eine Idee, aber …

Im selben Augenblick höre ich Angie. »Eine Blondine mit Sonnenbrille steigt aus einem Taxi.«

»Allein?«, fragt Soraya.

»Nein. Mit einem Hermès-Täschchen.«

»Hahaha!«

»Kleiner Scherz, Frau Dabaschi. Ich kann sonst nichts erkennen. Keine neuen Fahrzeuge, keine Typen. Sieht gut aus.«

»Alles klar, Angie. Wir sind bereit.«

Ich sehe zu Finn und werde ernst. »Es geht los. Du verhältst dich wie besprochen. Frau Dabaschi übernimmt die Regie.«

Finn nickt. »Verstanden. Ich werde es nicht vermasseln.«

Wir begeben uns zu Luis ins Büro. Die Tür zum Laden ist angelehnt. Dort gehen Finn und Luis in Deckung und lauschen. Luis zieht leise seine Pistole. Ich hole meine aus dem Halfter und verfolge Eva Hartwig über die Kamera.

Die Blondine tritt ein. Die Hermès-Tasche baumelt am Arm.

»Tag, Frau Seifert.«

»Tag. Ich habe nicht viel Zeit, Herr Duman.« Sie überreicht Duman ihr Smartphone.

Ercan und Soraya stehen am Regal und Ercan zeigt ihr ein Gerät.

»Es geht schnell, Frau Seifert.« Duman macht sich auf den Weg nach hinten.

Soraya wählt eine Nummer. Eva Hartwigs Handy klingelt.

»Warten Sie, bitte!«, sagt Hartwig. »Ich gehe noch schnell ran.«

Duman kehrt zurück und übergibt das Handy. »Nur die Ruhe. Bin gleich wieder da.« Er kommt zu uns ins Büro.

Er ist aus der Schusslinie. Es läuft wie geplant. Ich atme auf.

Hartwig guckt auf ihr Telefon und nimmt ab. »Ja?«

»Eva Hartwig?«, fragt Soraya.

Hartwig reißt ihren Kopf herum. »Was soll das?«

»Finn«, sagt Soraya.

Finn und Luis verlassen das Büro.

»Ich hätte dich für schlauer gehalten«, sagt Finn gelassen.
»Mit ner billigen blonden Perücke. Nicht dein Ernst, oder?«

Die Hartwig guckt überrumpelt zwischen Soraya und Finn
hin und her und steckt ihre Hand in die Tasche.

»Sie greift in die Tasche«, warne ich.

»Lassen Sie die Waffe stecken!«, sagt Soraya.

Doch Hartwig zieht sie heraus und richtet sie auf Finn.
»Ich werde jetzt mit Finn diesen Laden verlassen. Und wenn
sich einer von Ihnen rührt oder uns folgt, ist er tot.«

»Das wirst du ganz sicher nicht.« Finns Stimme klingt klar
und kalt wie Eis. »Du hast Opa Seifert, Gerhard und diese
Männer auf dem Gewissen, die für dich gearbeitet haben. Du
wolltest Paps und mich umbringen. Reichts dir immer noch
nicht?«

Sie lacht hysterisch auf. »Tom ist tot. Ich habe im Krankenhaus angerufen.«

»Irrtum. Paps ist fast quicklebendig und befindet sich auf
dem Weg der Besserung. Du hast verdammten Bockmist gebaut, würde ich sagen. Und wenn du mich jetzt abknallst, bist
du endgültig raus.«

Sie blinzelt.

»Tom Seifert lebt.« Luis stellt sich mutig vor Finn. »Legen
Sie die Waffe weg, Frau Hartwig.«

Ich trete aus dem Büro, um sie abzulenken. »Frau Hartwig.«

»Sie wieder, Sie verfluchter …« Sie richtet die Waffe nun
hektisch auf mich.

»Hören sie auf meinen Kollegen«, sage ich ruhig. »Hier sind fünf bewaffnete Polizisten. Sie können nicht alle auf einmal erledigen. Außerdem ist Förster zu einem umfassenden Geständnis bereit. Geben Sie auf und legen Sie die Waffe auf den Boden.«

Hartwig zittert. Sie weiß, dass sie erledigt ist, und steht kurz vor einem Zusammenbruch. Ich kann ihre Augen wegen der Sonnenbrille nicht sehen, aber ich fühle, dass sie abdrücken wird.

Im selben Moment fällt ein Schuss.

Angie!

Mit dem Instinkt einer Löwin schießt sie der Hartwig die Waffe aus der Hand. Luis verpasst der Waffe einen Fußtritt. Ercan stürzt sich auf die Hartwig. Sie wehrt sich und faucht wie eine Wildkatze. Doch Ercan reißt sie zu Boden und kniet sich auf sie. Luis legt ihr Handschellen an und zieht ihre Perücke vom Kopf.

Ich bücke mich und hebe die Waffe Hartwig auf. Es ist eine Taschenpistole älteren Models. Ich ziehe das Magazin heraus. »Kaliber 6,35. Könnte die Tatwaffe sein.«

Soraya lächelt. »Eva Hartwig, ich verhafte Sie aufgrund des Mordverdachts an Herbert Seifert, seinem Nachbarn, Gerhard Frische, Steffen Ruppert und Kevin Wegner. Des Weiteren wegen Anstiftung zum Mord an Tom und Finn Seifert. Wir sind im Besitz von Dokumenten und Tonaufzeichnungen, die zeigen, dass Sie Geldwäsche im großen Stil betreiben. Mit Ihrem Auftauchen hier startet die Abteilung Wirtschaftskriminalität eine Razzia in der Zentrale der Malchow Group.«

»Sie haben nichts gegen mich in der Hand.«

»Abgesehen von Ihrem misslungenen Auftritt hier sind wir im Besitz von Dokumenten und Tonaufzeichnungen, die unsere Verdachtsmomente bestätigen und der Richter wird sie aufgrund der Schwere Ihres Falls als Beweismittel zur weiteren Verwertung zulassen.«

»Ich möchte Herrn Malchow und meinen Anwalt sprechen«, sagt Hartwig trotzig.

»Später gern«, entgegnet Soraya. »Herr Malchow dürfte gerade damit beschäftigt sein, wie er den Mord an Hans Brauer rechtfertigt. Wir fanden in Gerhard Fritsches Nachlass auch zu diesem Fall interessante Neuigkeiten. Ihre Prügelknaben Kowalski und Beluskin sind auch schon nervös und Sie werden bald aussagen, Frau Hartwig.«

Eva Hartwig erstarrt.

»Abführen!«, sagt Soraya angewidert.

Ercan nickt. Er und Angie führen sie zum Ausgang.

»Wartet«, sagt Finn und geht langsam auf die Hartwig zu. »Eins noch: Tom hat das Grundstück an Löwenthal verkauft. Sie haben noch mal zwei Millionen draufgelegt. Du warst so oder so zu spät. Deinen blöden Luisenturm kannste knicken.«

»Ich habe dich und deinen Vater immer gehasst. Euretwegen war ich all die Jahre von Malchow abhängig.«

»Ist jetzt echt nicht mein Problem.« Finn spuckt ihr vor die Füße. »Fahr zur Hölle, Eva Hartwig.«

»Ich krieg dich irgendwann«, keift sie.

Soraya nickt Ercan und Angie zu und sie führen die Verbrecherin ab.

Finn kommt zu mir, umarmt mich und beginnt zu schluchzen.

Ich drücke ihn an mich. »Es ist vorbei. Wir haben es geschafft.«

Ein Jahr später

Kapitel 32 - Hanno

Es ist ein herrlicher Sommertag. Die Strandrose präsentiert sich in neuem Glanz. Über dem Eingang flattert die Regenbogenfahne. Alles ist auf Hochglanz poliert. Leas Freund, der Lord, hat unsere alte Pension im Zuckerbäckerstil den Winter über renoviert, einen nostalgischen Wintergarten als Frühstücksraum angebaut und damit den alten Charme erhalten. Die Wildrosen duften im Garten, die Buchse sind frisch geschnitten. Tom Seifert hatte uns ein zinsloses Darlehen gegeben, damit wir alles in einem Aufwasch durchziehen konnten.

Mein Handy zeigt eine eingehende Nachricht an.

Luis!

Mein Herz klopft noch immer vor Aufregung, wenn ich an ihn denke. Egal wann und wo. Eigentlich immer.

Hey. Sind in fünf Minuten da
Kanns kaum erwarten. Bis gleich

Ich gehe zur Rezeption und prüfe, ob die Zimmer auch wirklich reserviert sind. Eins für Milan. Eins für Lea und ihren Lord. Eins für Burak und Tom. Eins für Finn. Alle mit Blick auf die Förde. Luis schläft natürlich bei mir in der kleinen Zweizimmerwohnung unter dem Dach.

Wir führen eine Fernbeziehung und wechseln uns mit den Besuchen ab. Tut uns beiden gut. Ich bin nicht mehr der Alles-oder-Nichts-Typ, als den mich Milan einmal bezeichnet hat. Es gibt ein Leben und Lieben dazwischen. Luis und mich verbindet etwas, das ich Zusammengehörigkeit nenne. Lea hat mal über Ihre Beziehung gesagt, ihr Lord mag sie, weil sie das ist, was sie ist. Er hat mit ihrer Arbeit kein Problem und sie machen eben beide ihr eigenes Ding. Der Jackpot also. Genauso läuft es im Augenblick mit Luis und mir. Wenn wir zusammen sind, egal wo, dann ist die Seifenblase immer bei uns.

Luis liebt seinen Job und möchte nicht aus Berlin weg. Noch nicht. Als Alternative steht ein Angebot aus dem Polizeipräsidium Kiel. Da würde man ihn mit Kusshand nehmen. Aber das ist im Augenblick nicht wichtig.

Mit Finn verbindet mich inzwischen eine richtig intensive Freundschaft. Wir haben keine Geheimnisse mehr voreinander und vertrauen uns alles an. Wir chatten und sehen uns, wenn ich Luis in Berlin besuche. Die Seiferts wohnen inzwischen mit Burak in einer schicken Penthouse-Wohnung in Kreuzberg.

Und ich?

Ich bin so unendlich ich selbst, hier in dem kleinen Dorf. Ich vermisse außer Luis nichts. Das Hotel mit den 15 Zimmern ist ausgebucht und ich mit der Arbeit auch. Ich jogge, segle wieder und habe meinen Frieden geschlossen. Mit Phil und sogar mit meinen Eltern. Wir nähern uns wieder an.

Stolz wie Oskar schreite ich durch das Untergeschoss und finde Oma im Wintergarten. Kater Fiete streicht um ihre Beine. Sie arrangiert selbstvergessen kleine frische Blumensträußchen auf den Tischen. Wir lächeln uns an.

»Ist alles für das Gartenfest heute Abend vorbereitet?«, frage ich.

»Alles wird gut, Hanno.«

Wir hören eine Autohupe.

»Sie kommen!« Ich renne aus dem Haus.

Toms weißer Tesla fährt vor. Am Steuer sitzt Finn. Er trägt meine alte Basecap und die Ray Ban. Ihm folgt ein alter Jaguar mit Lea, Milan und dem Lord.

Finn steigt aus und fällt mir direkt in die Arme. Wortlos und doch überschwänglich.

Ich hebe ihn hoch, wir drehen uns einmal im Kreis und ich setze ihn wieder ab.

»Noch mal alles Gute zum bestandenen Abi!«

»Danke, Hanno. He, gut siehst du aus.« Er betrachtet mich wieder so vertraut geheimnisvoll mit der Sonnenbrille.

»Du auch. Wie geht es Sindo?«

»Ist frisch verliebt.«

»Ein Mädchen?«

Er winkt ab. »Ne. War doch klar.«

»Und ihr beide?«, erkundige ich mich.

»Wir sind immer zusammen, auch wenn wir nicht zusammen sind.«

Wir lachen.

»Wo gehts denn jetzt zum Meer, Hanno?«

»Hinterm Haus. Aber es ist noch keine See, sondern die Förde.«

»Egal! Gibt es da Muscheln?«

»Da musst du früh aufstehen.«

Tom, Burak und Luis sind unterdessen ausgestiegen.

»Los, Paps, nicht trödeln. Das Meer wartet auf uns!« Finn macht sich sofort auf den Weg zum Strand.

Tom und Burak kommen zu mir. Wir umarmen uns ebenfalls.

»Schön, dass ihr eure Flitterwochen bei mir verbringt.«

Tom lächelt. Er ist die erwachsene Ausgabe von Finn und sieht blendend aus. »Ist wirklich schön geworden hier. Aber wir reden später, Hanno. Du kennst ja Finn. Wenn es nicht nach seinem Kopf geht ...«

»He«, sagt Burak. »Es sind unsere Flitterwochen, Schatz, und du musst auch mal lernen, dass Finn nicht mehr die einzige Hauptrolle in deinem Leben spielt.«

Ich grinse. »Finn gehört wohl zum Flittern dazu.«

»Finde ich auch.« Tom legt einen Arm um Burak. »Bis später, Hanno.«

»In einer halben Stunde gibt es Kaffee und Kuchen«, rufe ich ihnen nach.

Dann versinke ich in Luis grünen Augen. Endlich. Ich fühle mich darin so unglaublich gut aufgehoben.

»Hey.« Er lächelt wie immer ein bisschen schüchtern und das macht mich jedes Mal total heiß. Seine Stimme, sein Körper, die roten Haare ... ach, einfach alles. Wir umarmen und küssen uns.

Ich flüstere ihm Unanständigkeiten ins Ohr.

Er kichert.

»He, wir sind auch angekommen!«

Ich sehe über Luis Schulter zu Milan. Er, Lea und der Lord winken mir zu.

Ja, denke ich, *ich bin auch angekommen. Erst mal jedenfalls.*

Ende

C.S. Poe

Das Geheimnis von Nevermore

Da war etwas faul. Und das nicht im übertragenen Sinne. Etwas stank, als würde es verrotten.

»Scheiße«, murmelte ich leise vor mich hin. Ich stand in der Tür meines Antiquariats und hielt mir die Nase zu. Tupperware. Es musste ein altes Mittagessen sein.

Es war ein winterlicher, trüber Dienstag in New York City und wir waren nur zwei Wochen von Weihnachten entfernt. Durch heftige Schneefälle war die ganze Stadt schon um 7 Uhr morgens weiß bedeckt, was einen eher unheimlichen und dämpfenden Effekt hatte. Ich war extra früh in meinen Laden, *Snows Antiquarisches Imperium*, in Downtown Manhattan gekommen, weil ich mich um neu erworbene Ware kümmern wollte. Stattdessen tropfte nun geschmolzener Schnee von meinem Mantel auf die Fußmatte und ich versuchte, herauszufinden, woher dieser wahnsinnig furchtbare Gestank kam.

Ich hängte schnell meine Jacke und meinen Hut auf, schlüpfte aus meinen Stiefeln und in meine schon etwas abgenutzten Loafer. Dann fuhr ich mir mit den Fingern durch meine widerspenstigen Haare und strich ein paar Falten an meinem Pullover glatt, während ich durch die kleinen, vollgestopften Gänge wanderte. Hier und da hielt ich kurz an, um eine alte Lampe anzumachen, bevor ich wieder dem Geruch folgte. Das Leuchten der Lampen war gedämpft, was den Laden wie eine kleine Höhle erscheinen ließ.

Als ich beim Tresen angekommen war, auf dem eine alte Kasse aus Messing stand, stieg ich ein paar Stufen hinauf auf die erhöhte Verkaufsfläche und ließ meinen Blick durch das Geschäft schweifen. Hier roch es sogar noch schlimmer. Ich griff in meine Pullovertasche und tauschte meine Sonnenbrille gegen eine Lesebrille mit schwarzen Rändern aus. Als ich die Schreibtischlampe neben mir anschaltete, zuckte ich kurz zusammen und sah schnell zur Seite. Grübelnd starrte ich die Tür zu meiner Rechten an, die etwas offen stand. Es war eine winzig kleine Kammer, die als Büro diente. Es gab einen Computer, einen Tisch und einen Minikühlschrank für alle Fälle. Stank vergessenes Thai-Essen wirklich so schlimm?

Ich trat ein, öffnete den Kühlschrank und roch zögerlich an ein paar Menüboxen. Okay, ich sollte dringend sauber machen, aber nicht mal der halb aufgegessene Burrito war die Ursache des Geruchs.

Auf dem Weg zurück zur Kasse stöhnte ich laut auf, als ich mich umsah. Etwas musste gestorben sein. Vielleicht eine Ratte? Ich zuckte bei dem Gedanken zusammen, womöglich ein Nagetier aus New York City in meinem Laden zu finden, ging aber trotzdem in die Hocke und fing an, Boxen und Tüten beiseitezuschieben, um nach der vermeintlichen Ratte zu suchen.

Ein sanftes Klingeln wies mich darauf hin, dass die Tür geöffnet wurde. »Guten Mor... Was ist das für ein Geruch?« Mein Assistent Max rief nach mir. »Sebastian?«

»Hier drüben«, murrte ich.

Max Ridley war ein lieber Kerl. Er hatte gerade sein Kunststudium abgeschlossen und relativ schnell gemerkt, dass das seine Miete nicht zahlen würde. Er war klug und kannte sich gut mit Geschichte aus. Also hatte ich ihm einen Job an dem Tag angeboten, an dem er in den Laden gekommen war, um einen Bewerbungsbogen auszufüllen. Max war groß und hatte breite Schultern. Er war ein gut aussehender junger Mann, der vermutlich bisexuell war, oder vielleicht wollte er einfach mal alles ausprobieren. Ich hatte schon genug Geschichten bei unserem morgendlichen Kaffee, beim Lesen der Post und bei der Preisetikettierung der Ware gehört, um zu wissen, dass jeder Max‹ Typ zu sein schien. Vielleicht war ich altmodisch, aber ich war eher der Beziehungstyp.

»Gott, das Wetter ist furchtbar. Meinst du, wir werden heute viel zu tun haben?« Max kam langsam durch den Laden auf mich zu.

»Normalerweise ja«, antwortete ich und sah ihn über den Tresen hinweg an.

»Was hast du über Nacht stehen lassen?«

»Nichts. Ich glaube, eine Ratte ist gestorben oder so was.«

»Kann ich das Licht anschalten? Das würde das Suchen einfacher machen.«

»Ich habe jetzt schon Kopfschmerzen«, widersprach ich und duckte mich, um weiterhin Gegenstände unter dem Tresen hervorzuräumen.

Ich wurde mit Achromatopsie, also völliger Farbenblindheit, geboren. Das bedeutete, dass ich absolut keine Farben sehen konnte. Menschen haben zwei Arten von Licht reflektierenden Zellen in den Augen, die sogenannten Zapfen und Stäbchen. Die Zapfen nehmen Farbe bei ausreichend Licht wahr, Stäbchen Schwarz-weiß bei schwachem Licht. Meine Zapfen funktionierten nicht. Überhaupt nicht. Die Welt existierte für mich nur in verschiedenen Grautönen und ich hatte Schwierigkeiten, bei hellem Licht überhaupt zu sehen, weil Stäbchen nicht für Tageslicht gemacht waren. Normalerweise trug ich eine Sonnenbrille oder meine speziellen, rot getönten Kontaktlinsen als Extraschutz.

»Ich habe meine Kontaktlinsen vergessen und der Schnee war zu hell.«

»Auch mit Sonnenbrille?«

»Ja. *Verdammt*, wo kommt dieser Geruch her?« Ich richtete mich wieder auf und sah mich um.

Max deutete auf die Kasse. »Hier stinkt es am meisten.«

»Stimmt.«

Unser Programm auf www.deadsoft.de